안
먹히는
남자

안
먹
히
는
남
자

초판 1쇄 인쇄일 2017년 10월 25일
초판 1쇄 발행일 2017년 10월 30일

지은이 | 수증기
펴낸이 | 김기선

편집장 | 김은지
편집부 | 임종성, 박지은, 김지현, 김아름
디자인 | 한주희

펴낸곳 | 와이엠북스(YMBOOKS)
출판등록 | 2012년 7월 17일 (제382-2012-000021호)
주소 | 서울시 도봉구 노해로 379, 802호(창동, 대성빌딩)
전화 | 02)906-7768 / **팩스** | 02)906-7769
E-mail | ymbooks@nate.com

ISBN 979-11-322-4300-7 03810

값 9,000원

안

먹히는

수웅기 장편소설

남자

YMBOOKS
ROMANCE STORY

차 례

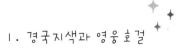

Ⅰ. 경국지색과 영웅호걸

　도이 엔터테인먼트 대표, 선우는 요즘 들어 큰 고민에 밤새 잠을 이루지 못하고 있었다. 소속 연예인의 지고지순한 팬들 덕분에 배부르고 등 따뜻하게, 그들이 넘쳐흐르다시피 벌어다주는 돈으로 회사는 늘 승승장구였고 그 역시 아주 안락한 생활을 영위하고 있었지만 부른 배와 따수운 등을 몇 번이나 뒤척일 정도로 그는 큰 고민에 빠져 있었다. 이 고민은 돈으로 해결할 수 있는 것이 아니었고, 회사 내에서 처리할 수 있는 사안도 아니었다.

　도이 엔터테인먼트의 소속 연예인은 단 한 명의 배우뿐이었다. 최한별. 해맑게 웃으며 누나들의 마음을 설레게 하고 닭똥 같은 눈물을 흘리며 TV 앞 주부들의 모성애를 불러일으키던 아역 탤런트는 찬란한 스무 살이 되어 '잘 자라준 아역 스타 1위' 타이틀과 함께 충무로의 떠오르는 별이 되어 연이은 대박 행진을 터트렸다.

스물넷, 군 제대와 동시에 부모의 품을 벗어난 그는 소속사를 선택하는 과정에서 자신의 자의로, 어린 시절 촬영장에서 자신을 업고 다녔던 선우를 선택했다. 선우는 오직 한별의, 한별에 의한, 한별을 위한 소속사를 차려 그를 등에 업었다. 한별의 인기가 주춤하지도 않고 치솟을 때마다 도이 엔터 건물의 층수와 때깔이 바뀌었다.

얼음 동동 띄운 이온 음료를 마신 것처럼 시원하고 청량한 얼굴, 팔색조처럼 변하는 타고난 연기력, 어떤 곳에 누구와 있어도 가장 먼저 눈에 띄는 스타성. 한별은 연예인들의 연예인이었고 스타들의 스타였다. 방송사 드라마국장들이 그를 두고 멱살잡이를 하고, 해외에서 내로라하는 영화감독들이 그를 두고 '나랑 작업할때 더 잘했다'고 유치한 갑론을박을 하게 만들었으며, 그의 상대역이었던 배우들은 성별을 불문하고 다시 한 번 그와 작품을 하기위해 매니저를 통해 은근한 추파를 던지기도 했다. 한별을 둔 기싸움과 막싸움이 이어지는 것은 어제, 오늘 일이 아니었다.

덕분에 수십 년 지기였던 어느 국장 두 명은 치졸하게 서로를 엿 먹이는 원수지간으로 변했고, 갑론을박하던 영화감독 중 몇몇은 자신의 작품에서 상대방을 교묘하게 욕하는 장면을 넣어 논란을 일으키기도 했다. 한별은 그런 사람이었다. 존재만으로도 많은 것들과 많은 사람들을 흔드는.

선우는 자리에서 벌떡 일어났다. 넓은 침대를 두고 땅바닥에서 자는 것이 억울해서가 아니었다. 자신의 침대에 대자로 누워 있는 도이 엔터테인먼트의 유일한 소속 연예인, 한별 때문이었다.

"신고하자."

선우는 답답한 얼굴로 대답 없이 자신을 보고만 있는 한별을 향해 말했다.

"너 촬영 끝나고 한국 돌아오자마자부터 벌써 일주일째야. 어제부터는 네 집도 불안해서 못 들어가고 여기 있잖아."

"일주일 동안 형이 고민한 결과가 그거야?"

신우는 답답함을 표현하듯 주먹으로 가슴을 두드리며 대답했다.

"더 좋은 방법이 없잖아. 신고해서, 조용히 수사해달라고 하자."

"조용히 어떻게. 수사하려면 범죄 현장인 집에 가야 할 테고, 수사한다고 경찰이 우리 집 드나들면 기자들 눈치채고, 그럼 사람들 다 알게 될 텐데."

"다른 수가 없잖아. 그리고 알면 뭐, 네가 잘못한 일도 아니고 넌 피해자인데. 오히려 네 팬들이 알면 눈 뒤집혀서 그 스토커 금방 찾아낼 수도 있고……."

"형."

나지막한 목소리에 선우는 잠시 입을 다물었다.

그는 미국에서 영화 로케 촬영을 끝내고 한국으로 돌아온 지난주부터 스토킹에 시달리고 있었다.

한별은 한 집에서 반년을 채워 산 게 손에 꼽을 정도로 이사를 자주 하는 편이었다. 이사를 해도 얼마 지나지 않아 귀신같이 이사한 그의 집을 알고 찾아오는 팬들과 기자들 때문에 주민들의 민원이 심해지는 기간이 평균 3개월이었다. 이번 그의 집은 미국으로 촬영 가기 전 이사를 마친, 집에 들어와 산 기간으로 따지자면 한 달도 채 되지 않은 새 집이었다. 아직 찾아오는 기자도 몇 없을 정도로 덜 알려진 그 집은 이제껏 한별이 이사했던 집들 중에서도 경비가 삼엄한 고급 빌라였다. 기자들이 찾아오더라도 입구에서 통제되어 안까지 들어오지 못하는 곳이었다. 그런데 그곳에, 여기는 조금 편하게 오래 있을 수 있겠다 싶었던 그 집에, 스토커가 찾아왔다.

'문 앞에 붙은 것 좀 치워줘.'

한별의 전화를 받고 간 선우가 그의 집 문 앞에서 본 것은 끔찍할 정도로 피가 낭자한 혈서였다. 도대체 어디의 피를 얼마나 뽑아 내 쓴 건지, 일반 편지지나 A4 용지 정도의 범위를 넘어선 길고 넓은 종이에는 그를 향해 넘실대는 증오가 피로 써져 있었다.

선우는 한별의 뜻대로 경찰에 신고하는 대신, 경비실에만 은밀히 알려 경비를 강화해줄 것을 요청했다. 조금 정도가 지나치게 끔찍하긴 했지만 이성을 잃은 어느 팬의 미친 소행이라는 해프닝으로 끝날 거라 예상했다. 그러나 일주일 동안, 해프닝이라고 하기에는 일이 너무 커져버렸다.

스토커는 무슨 재주인지, 경비가 더 삼엄해진 빌라 안을 자유자재로 드나들었다. 경비들과 함께 CCTV를 확인해보니 모자와 마스크를 쓴 의심스러운 사람이 잡혔지만, 문제는 그다음이었다. 그 사람이 어디로 어떻게 오고 가는지 알기 위해서는 경찰 수사가 필요했다. 그러나 한별은 일주일 내내 꿋꿋하게, CCTV 확인 결과에도 굴하지 않고, 집 안까지 쳐들어와 집을 뒤집고 간 스토커 덕에 집도 들어가지 못하는 와중에도 아주 꿋꿋하게.

"경찰 수사는 싫어."

밖으로 새어 나가는 게 싫다는 이유로 경찰 수사를 거부하고 있었다.

"아니. 어쨌든 스토커는 잡아야 될 거 아니야."

"내가 스토킹 당하는 게 기사 나고 사람들 다 알면, 앞으로 몇 년 간은 아무 데서나 내가 스토킹 당한 걸로 지들 마음대로 시끄럽게 떠들 거고, 무슨 드라마를 찍고 무슨 영화를 찍든 인터뷰할 때마다 스토킹 당할 때 기분이 어땠냐고 물어보면서 짜증 나게 할 거고. 어느 미친놈들은 나한테 스토킹 관련한 영화 시나리오나 드라마 시놉시스 들이밀면서 그러겠지. 피해자였으니까 피해자의 심리를 잘 연기할 거라 믿어요. 나보고 그 지랄을 감당하라고? 절대 싫어. 외부로 알려지는 건 절대 안 돼."

따지고 보면 그의 말도 틀린 것은 아니었다. 그러나 당장 스토킹의 위협에 더 무게를 두고 있는 선우는 속이 터져 나갈 지경이었다.

"한두 번 그러고 마는 거면 몰라. 지금 일주일째야. 앞으론 더할 것 같고."

"……다음 주부터 촬영 들어가면 집에 들어갈 시간도 없을 거고. 만약 나한테 접근하는 게 목적이라면, 마지막엔 촬영장에도 오겠지. 그러면 걸리게 되어 있어."

"그렇게 걸리길 기다리다가 그 스토커가 먼저 널 해코지하면, 그러면 어떻게 하려고?"

"해코지 안 당하게 지켜주면 되잖아."

선우는 CCTV 속 보았던 스토커의 형체를 세심하게 떠올렸다. 자신의 눈썰미가 맞다면, 그 사람은 남자였다. 선우는 자신도 모르게 침을 삼켰다. 체격 좋은 남자인 것도 불길한데, 대범하게 스토킹을 할 정도로 미친놈이기까지 하면 현실적으로 상대할 재간이 없었다.

"민석이도 있고."

민석은 한별의 로드매니저였다.

"……걔 물살이야."

"……."

"그리고 걔 다리 두 개 이상이면 다 무서워해. 네가 벌레도 대신 잡아줬던 거 기억 안 나?"

불행하게도 한별을 보호해줄 만큼 강하지도, 용감하지도 않은.

"해결은 해야 되잖아. 한별아."

한별은 고집이 한결 누그러진 얼굴로 대꾸했다.

"그럼 경호 붙여줘."

"경호?"

눈앞에 보이는 타협점에 선우의 얼굴이 한층 밝아졌다. 짝 소리가 나게 박수를 친 선우는 벌떡 일어나 휴대폰을 찾았다.

"그래! 경호 붙여서, 현장에서 스토커 잡으면 현행범으로 바로 넘길 수 있으니까. 경찰에 외부로 알리지 말아달라고 부탁하면 되고. 그래. 경호를 붙여주면 되겠다. 매니저인 척하고 같이 동행할 수도 있고……."

"사설 말고."

한별이 큰 행사를 다닐 때마다 경호를 도맡는 업체에 연락하려던 선우의 손이 멈췄다.

"어?"

"사설 말고. 형 개인적으로 믿을 수 있는 사람한테."

"나한테 그럴 사람이……."

"사설은 안 돼. 어쩔 수 없이 밖으로 얘기 새어 나가. 그러니까 형이 개인적으로 알고 믿을 수 있는 사람한테 부탁해줘."

"야. 내가 그런 사람이 어디 있냐."

"형 가족, 무슨 도장 한다며."

"우리 큰형? 큰형이 검도 도장을 하긴 하는데, 형한테 부탁을 하기에는……."

지이잉. 지이잉. 지이잉.

선우는 손 안에서 울리는 진동에 말을 멈추고 액정을 바라보았다. 액정 위에 떠오른 낯익고 반가운 이름에 한별과 심각한 대화중이라는 것도 잊고 얼른 전화를 받았다.

-삼촌.

"지영아. 이 시간에 웬일이야?"

-지금 서울 집이에요?

"응. 왜?"

-삼촌 집 망원동 맞죠?

"응. 왜? 서울이야? 서울 올라왔어?"

-네. 서울 올라오긴 왔는데……. 삼촌. 저기, 지금 시간 돼요?

"지금?"

선우는 한별을 바라보았다. 한별은 대화가 끝났다고 생각했는지 침대에 다시 벌러덩 누워 있었다.

-삼촌. 저 여기 근처인데, 잠깐만 와주실 수 있어요?

"왜? 무슨 일 있어?"

-별일은 아닌데, 가족이 와야 된다고 해서요.

선우는 문득 몸 안에 스며드는 불길함에 천천히 입을 뗐다.

"……어딘데?"

-망원 경찰서요.

툭. 선우의 휴대폰이 힘없이 떨어졌다.

선우는 형사에게 예의 바르게 허리를 숙여 인사하고 나서야 차분히 걸어 나오는 자신의 조카 지영과, 지영이 가까이 다가오자 벽에 바짝 붙어 고개를 움츠리는 남자 한 명을 바라보며 비닐봉지를 뒤적거렸다.

"밤에 죄송해요. 서울에서 부를 가족이 삼촌밖에 없어서."

"아냐. 네가 잘못한 것도 아닌데."

지영이 망원 경찰서에 있던 이유는 다름 아닌 아까 그녀를 보고 겁에 질려 했던 남자 때문이었다.

저녁 버스로 서울에 도착해 갈 길 가고 있던 지영을 남자는 자신과 원조교제를 하기로 한 여고생인 줄 알고 무작정 그녀를 끌고 가려 했고, 자기 뜻대로 되지 않자 폭력을 가하려 손을 들었다고 했다. 지영은 우선 침착하게 대응하려 했지만 결국 남자의 팔을 꺾고 코피를 터트린 다음 경찰서로 끌고 가게 되었고, 하필 신분증이 없어 신원 확인이 확실히 되지 않아 부득이하게 그를 불러야 했다고 설명했다.

선우는 팔이 꺾이고 코피가 터지고, 아마도 설명할 수 없는 신체 어딘가도 같이 쥐어 터졌을 그 남자의 억울하다는 헛소리를 뒤로하고 걷는 자신의 조카와 나란히 걸었다.

"어디로 가? 데려다줄게."

네비게이션에 주소를 찍기 위해 차 안 불을 켠 선우는 안전벨트를 매는 지영의 손을 발견하고 물었다.

"병원 안 가 봐도 돼? 손에 멍든 것 같은데, 다른 덴 어디 안 다쳤어?"

지영은 멍이 든 자신의 손등을 내려다보며 어깨를 으쓱였다.

"이건 오늘 그런 거 아니에요. 괜찮아요."

"어…… 그래."

선우는 네비게이션에 지영이 알려준 주소를 찍고 나서 차에 시동을 걸었다.

"여기는 어디야? 서울에는 어떻게 왔어?"

"아, 저희 도장에서 일하시던 사범님이 결혼하면서 서울에 도장을 차리셨거든요. 휴학했다고 하니까 잠깐 와서 아르바이트 좀 해 달라고 해서요. 서울 구경도 할 겸."

"휴학했어?"

"네."

"그러고 보니까 지영이 대학 가고 나서 처음 보는 것 같네. 이제 2학년인가?"

"아니요. 3학년이요."

"벌써 3학년이네. 학교는 어때? 대학 생활은 또 다르게 재밌지?"

지영은 활짝 웃으며 대답했다.

"재미없으니까 휴학했죠."

"으응……."

"어, 여기인 것 같아요. 푸름 검도 어쩌고, 간판 있는 거 보니까."

선우는 차 속도를 줄이며 건물 위를 올려다보았다.

"집도 여기에 있는 거야?"

"네. 위층이 집이라고 했어요."

선우가 시동을 끄자 지영은 안전벨트를 푸르고 발 사이에 두었던 두툼한 가방을 앞으로 짊어 멨다. 차 문을 열고 내린 그녀는 문을 닫기 전 허리를 꾸벅 숙였다.

"데려다주셔서 고맙습니다."

"내일 아침에 전화해. 밥 사줄게."

"네."

"먼저 들어가. 가는 거 보고 갈게."

"네. 안녕히 가세요."

건물을 향해 걸어가는 지영을 위해 선우는 헤드라이트를 켰다. 환한 조명 앞으로 차츰차츰 멀어지는 지영을 바라보며, 선우는 집에 혼자 있을 한별에게 전화를 걸었다. 연결음이 한참 이어진 뒤에야 연결된 전화 너머 한별을 향해 입을 뗐다.

"나 지금 집에 가는데. 뭐 사갈까?"

─대표 맞아? 지금이 몇 시인데 나보고 뭘 먹으래.

"아, 그냥 간단하게. 어차피 이번 주는 스케줄도 없잖아. 배고픈데 너 두고 혼자 먹기 뭐해서 그래."

─……그럼 그냥 아무거나 사 와. 그리고 나 맥주 한 캔만 사다 줘.

"그래. 지금 출발하니까 금방 도……."

금방 도착한다고 말을 하려던 참이었다. 선우는 헤드라이트가 환히 비추는 길 안으로 허둥지둥 뛰어오는 두 명의, 아니, 업혀 있는 머리까지 해서 총 세 명의 등장에 입을 벌렸다.

─형?

세 명 중 한 명은, 방금 야무지게 인사를 하고 건물 안으로 들어가던 자신의 조카 지영이었다. 지영은 셋 중 가장 급박한 얼굴로 차를 향해 손을 휘휘 젓고 있었다.

"잠, 잠깐만. 다시 전화할게."

한별의 대답을 끊기도 전에 선우가 전화를 끊을 무렵, 지영은 그의 차로 달려들어 뒷문을 열었다.

"빨리, 빨리!"

급박한 그녀의 외침에 놀란 선우가 '왜, 왜, 왜' 하고 연달아 세 번이나 물었다. 지영은 어딘가를 향해 손짓을 했다. 그리고 그녀의 손짓을 따라 누군가를 업고 뛰어온 남자는 무턱대고 차로 와 지영과 함께 뒷좌석에 업고 있던 누군가를 조심스럽게 눕혔다.

"누구세요? 아니, 지영아. 뭐 하는……."

"양수 터졌어요!"

남자까지 뒷좌석에 타자 지영은 다시 조수석에 타 선우의 어깨를 두드렸다.

"사모님이요. 양수 터졌어요, 양수!"

예전 모 티비 프로그램에서, 카리스마 있기로 소문난 어느 중년 배우가 '이건 엄마의 양수다!' 하고 소리치는 장면이 한겨울에 땀을 삐죽삐죽 흘리며 배를 붙잡고 있는 쓰러진 여자 위로 오버랩됐다. 선우의 얼굴이 하얗게 질렸다.

"설마 그 양수?"

"병원으로 가야 돼요. 빨리!"

"아아악!"

"여보!"

고통스러운 비명을 지르는 여자와 여자의 발을 붙잡고 같이 소리치는 남자, 그리고 둘보다 더 큰 소리로 '병원!'을 외치는 지영을 태운 채 선우는 엑셀을 세게 밟으며 소리 쳤다.

"어디, 어디 병원!"

선우는 먹을 것과 맥주를 사서 간다고 한 지 5시간이 지난 뒤에야 자신의 집으로 도착할 수 있었다. 엉겁결에 서울에 온 이유를 잃어버린 자신의 조카 지영과 함께.

"저 그냥 바로 내려가도 되는데."

예정일보다 한 달이나 빠른 출산이었다고 했다. 갑작스러운 출산에 난산까지 겹쳐 산모에게 얼마 동안은 절대안정이 필요하다는 의사의 소견에 남편은 아내가 회복될 때까지 검도장을 닫기로 결정했다. 졸지에 낙동강 오리알이 된 지영은 바로 전주에 내려가겠다고 했지만, 선우는 그런 지영을 데리고 자신의 집으로 돌아왔다.

"그래도 잠깐 눈이라도 붙이고, 밥도 좀 먹고 가야지."

"고맙습니다."

"그리고 아까 말한 대로, 집에…… 최한별이 있는데. 너무 놀라지 말고."

지영은 표정 변화 하나 없이 고개를 끄덕였다. 선우는 다시 한 번 확답을 받으면서도 불안한 얼굴로 문을 열었다. 이제껏 한별과 다니면서, 그와 우연히 마주친 사람 중에 소리를 지르지 않는사람은 손에 꼽을 정도로 적었다. 특히 지영의 나이 또래 여자애들은 소리만 지르면 다행인 정도로 놀라 까무러쳤다. 한별이 그 흔한 게릴라 데이트나 팬 미팅을 하지 못하는 이유이기도 했다. 선우는 전혀 상관없는 두 사람의 대면에 자신이 더 긴장해 침을 꿀꺽 삼키며 문을 열었다.

"들어가자."

지영을 먼저 안으로 들여보낸 선우가 막 현관에서 신발을 벗을 때였다.

"어디에 있다가 이제야 들어……."

선우는 놀란 눈을 치켜떴다. 방에 있을 줄 알았던 한별이 현관으로 걸어오고 있었다. 슬리퍼를 신고 있던 지영과 걸어오던 한별, 그리고 왼쪽 신발을 벗고 있던 선우가 동시에 행동을 멈췄다. 어색한 기류가 감도는 현관에서 싸늘한 정적을 깬 것은 지영이었다.

"어. 우와, 진짜 최한별이네."

선우와 한별이 서로 다른 표정으로 서로를 바라보았다. 한별은 짜증과 의문이 반반씩 섞인 얼굴로 선우를 흘겨보다가, 그 옆에 선 지영에게 시선을 돌렸다. 눈이 마주치자마자 지영은 깜짝 놀라는 시늉을 했다.

"아, 저보다 한참 나이가 많으실 텐데…… 친구들끼리 하는 말이 습관이 돼서."

선우가 그 뒤를 이어 말했다.

"조카야. 오늘 재우고 내일 터미널까지 바래다주려고."

"안녕하세요."

지영은 경찰서의 형사에게 그랬듯, 또 선우의 차에서 내린 뒤 그랬듯 한별에게 허리를 꾸벅 숙여 인사했다. 인사에 도리어 당황한 한별이 당황스러움을 그대로 드러낸 얼굴로 그녀를 바라보았다.

"삼촌 조카예요."

지영이 직접 자신의 신분을 밝히고 난 뒤에야 한별의 시선이 선우에게로 옮겨졌다. 선우는 당황스러운 감정을 숨기지 않는 한별을 보며 어색하게 웃었다. 그는 지영의 등장보다도 그녀의 차분한 반응에 당황하고 있었다. 둘이 그렇게 멈춰 있는 사이, 지영은 어색함과 당황스러움이 감도는 현관에서 벗어나 거실을 가로질렀다.

"저 거실 써요?"

선우는 부리나케 신발을 마저 벗으며 거실을 향해 소리쳤다.

"아니, 아니. 손님방 있어. 거기 치워줄게. 잠깐만."

그러곤 아직도 당황해 굳어 있는 한별의 어깨를 툭툭 치며 속삭였다.

"너무 불편해하지 마. 어차피 내일 아침이면 다시 가니까."

"애초에 왜 왔는데?"

"아는 사람이 하는 도장에서 일하기로 해줬는데……. 뭐 이런저런 일 때문에 어그러졌어. 설명하기도 힘들다. 몇 시간 사이에 무슨."

"도장?"

"어. 쟤가 큰형 딸이야. 아까 너가 물어봤었던, 검도 도장 한다던……."

정신없이 대답하던 선우가 말을 멈췄다.

"개인적으로 믿을 만한 사람……."

"뭐?"

"밖으로 말 새어 나가지 않을 만큼 믿을 수 있는 사람."

그러면서도 한별을 경호할 수 있고, 또 그러면서도 다른 사람들의 의심을 사지 않을 수 있는.

"갑자기 무슨 말을 하는 거야."

"삼촌. 저기 끝 방이면 치울 필요도 없이 깨끗한데, 저 그냥 쓸게요."

선우는 자신의 앞에 서 있는 한별과 다시 현관으로 온 지영을 번갈아 보며 눈을 번뜩였다.

"그래, 지영이."

"지영이?"

"네?"

피곤함에 절어 있던 선우의 얼굴이 일순간 환해졌다. 한별과 타협할 수 있는 해결책을 찾았다는 기쁨에 그가 손뼉을 부딪쳤다.

"찾았다."

선우는 반짝이는 눈으로 지영을 바라보았다.

그러나 그는 그날 이후부터 아주 오랫동안, 오늘의 이 만남과 자신의 그릇된 판단을 오래오래 후회했다.

지영은 돌잡이에서 청진기를 잡았다. 가족들은 모두 '의사가 되려나 보다!' 하고 박수를 치며 좋아했다. 그러나 그녀가 돌잡이에서 청진기를 잡은 것은 그녀가 장래에 의학계에 종사하는 사람이 된다는 것이 아니라, 앞으로 수많은 사람들을 병원에 보내게 한다는 불행한 예언과 같았다.

아버지인 수한은 전주에서 가장 크고 유명한 검도 도장의 원장이었다. 지영은 베개 대신 목검을 베고 보행기를 타는 대신 목검을 짚고 일어나 걷기 시작했다. 말보다 검을 쥐고 휘두르는 것을 먼저 배운 그녀는 이미 초등학생 때 고등부 앞에서 검도 시범을 보일 정도로 뛰어난 실력을 겸비하게 되었다.

그녀가 검도에 싫증이 날 즈음, 맞은편 새로 생긴 건물에 유도 도장이 생겼다. 이끌리듯 들어가 유도를 배우고 난 다음부터는 마치 도장을 깨듯 발길 닿는 온갖 도장을 다니며 무술을 익혔다. 태권도, 합기도, 심지어 주짓수까지. 고등학교에 입학하기 전에 이미 온갖 시 대회와 도 대회 메달을 휩쓸어 몇몇 대회에서는 '앞으로는 청소년부에 출전하지 말아달라'는 부탁을 가장한 자격 박탈 조치까지 당할 정도였다.

어릴 때부터 아버지와 사범님들에게 '함부로 힘쓰지 마라. 불의에만 힘을 써라'라는 조언을 질리도록 들은 결과로 그녀는 불의에만 나섰다. 문제는, 그녀의 눈에는 '불의'가 보이지 않는 날이 손에 꼽도록 적다는 것이었다.

그녀가 처음 불의에 맞선 것은 7살, 놀이터에서 나뭇가지로 치마를 들추며 팬티 좀 보자던 두 살 많은 초등학생 남자애 둘이 있었다. 초등학생이 된 지도 벌써 2년이 되었다는 우쭐함에 취해 하필 재밌게 흙놀이를 하고 있던 지영을 건드렸고, 지영은 '하지 마'라는 경고에도 자신의 치마를 들추며 낄낄거리는 두 명의 종아리를 걷어찼다.

불의는 그것으로 그치지 않았다. 피하려야 피할 수 없는 불의는 그녀가 나이를 먹을수록 더 크게, 더 자주 일어났다. 지영의 아버지인 수한이 검도 도장보다 학교 교무실이나 동네 지구대를 더 빈번하게 오갈 정도였다.

그녀에 의해 앞니가 부러지거나 코피가 터지거나, 그도 아니면 특정 신체 부위가 쥐어 터진 남자 아이들이 줄을 잇기 시작할 무렵, 그러니까 지영이 의도치 않게 동네를 제패했던 열일곱. 새벽녘

등굣길마다 여자아이들을 두려움에 떨게 했던 성추행범을 때려잡은 일로 '용감한 시민상'을 받게 되었다. 그다음부터 동네 사람들은 지영을 두고 이렇게 말했다.

'장군감이랑께. 진즉에 태어났음 영웅이제! 나라를 열 번은 더 구했을 거랑께!'

'허벌나게 힘이 좋아부러. 장사여, 장사! 여그 쪽도 못 쓰는 놈들보담 더 장군감이랑께!'

용맹하기가 따라올 자 없고 힘 좋은 걸로는 장사도 못 이긴다 해서 동네 사람들은 그녀의 이름 뒤에 이 단어를 붙였다. 영웅, 호걸.

"……이 여자애가?"

한별은 믿기 어렵다는 얼굴로 지영을 빤히 바라보았다. 지영은 그가 빤히 바라보든 말든 밥을 먹는 데 열중하고 있었다. 오물대는 입 모양이 꼭 참새 부리 같아 한별은 저도 모르게 그녀의 얼굴에서 시선을 떼지 않았다.

유독 조그맣게 보이는 여자애였다. 스물을 넘긴 지 고작 2년이 지난, 과장되게 말하자면 조금 아까 성인이 된 여자애는 사람을 때리기는커녕 오락실에 있는 펀치 기계도 제대로 조준하지 못할 것 같은 여리여리한 체구였다. 손은 또 어찌나 작은지, 야무지게 쥐고 있는 숟가락이 국자처럼 보일 지경이었다. 동그랗고 큰 눈, 참새 부리처럼 조그만 입술. 어디 가서 어린애 취급이나 당하지 않으면 다행일 정도로, 보통의 또래보다 체구가 작은 여자애였다.

"주먹도 제대로 못 쥘 것 같은 이 여자애가 뭘, 한다고?"

"아직 한다고 말씀 안 드렸는데."

"뭐?"

빵빵했던 볼이 어느새 홀쭉해 있었다.

"아직 한다고 말씀 안 드렸다구요. 저도 아직 제의만 받은 상태 인데."

허.

한별의 입에서 헛웃음이 터졌다. 얄궂게 말을 받아치는 지영에게 뭐라 한마디 더 보태기 위해 입을 떼려던 순간, 한별은 자신의 어깨를 꾹 잡으며 옆에 앉는 선우의 등장에 입을 다물었다.

"곧 촬영 때문에 부산에 2주 정도 내려가 있는데, 한 달만 아르바이트한다고 생각하면 안 될까? 삼촌이 다른 데 어디 부탁할 데도 없고 마침 지영이 네가 휴학도 했다고 하니 이렇게 부탁 좀 할게."

선우는 지영의 앞에 손가락 세 개를 펼쳤다.

"월급은 너 원래 일하기로 했던 도장에서 얘기한 거에 세 배."

지영은 차분히 수저를 내려놓았다. 휴지를 하나 뽑아 입가를 깨끗하게 닦더니, 물을 한 모금 마셨다. 한별과 선우가 그녀의 움직임을 말없이 주시했다. 입가에 묻은 물기를 다시 닦아낸 지영은 차분한 얼굴로 물었다.

"오늘부터 부산에 갔다가 다시 돌아올 때까지 그거, 경호. 해드리면 되는 거죠?"

지영은 턱 끝으로 한별을 가리켰다.

"그러니까 이……."

말끝을 흐리는 그녀에 한별은 자신도 모르게 눈을 찡그리며 집중했다.

"아저씨?"

"뭐?"

"이분?"

어이가 뚜껑을 열고 나가 하늘로 승천 중인 한별을 손으로 가리키며, 지영은 정말 모르겠다는 얼굴로 말했다.

"또래 친구들끼리는 연예인들을 다 그냥 이름으로만 불러서. 최한별이라고는 할 수 없잖아요. 그러면 호칭을 어떻게, 최한별 씨? 최한별 님? 최한별…… 뭐라고 할까요?"

"부르지 마."

"네. 그럼 피치 못하게 불러야 할 때는 저기요라고 할게요."

"……이름이 뭐랬지?"

"이지영이요."

자신과 눈을 마주하고 이야기를 하면서도 놀라 까무러치기는커녕 눈 하나 깜짝 안 하고 또박또박 말하는 지영을 향해, 한별은 연예인이 된 이후부터 절대 하지 않을 줄 알았던 질문을 던졌다.

"너…… 내가 누군지 몰라?"

거들먹거리는 어조가 아니라, 혹시 정말 모르나 싶어서 묻는 말이었다. 그의 질문에 지영은 의아한 얼굴로 고개를 갸웃거렸다.

"우리나라 20대 여자 중에 최한별 모르는 사람도 있을까요? 아는데요. 최한별."

"그런데 왜."

"아, 나중에 저 전주 내려가기 전에 사인 몇 장만 해주세요. 친구들 주면 좋아할 것 같아서."

"아니, 그런데 왜."

이제는 답답해질 지경이었다. 누군지도 알면서 왜 이런 태도를 보이고 있는 건지 이해가 가지를 않았다. 지영의 말투나 행동은 마치 동네 아저씨와 마주 앉아 있는 것 같았다. 보통 꼭 좋아하지는 않더라도, 화면 속에서만 보던 연예인을 보면 좀 소리도 지르고 해야 하는 거 아닌가. 아니, 백 번 양보해서 소리는 지르지 않더라도 어색해서 어쩔 줄 몰라 해야 하는 거 아닌가. 통속적이고 시대착오적인 생각이긴 했지만, 지영은 정말 이제껏 보거나 마주쳤던 또래의 여자애들과는 큰 차이를 보이고 있었다.

"지영이가 원래 연예인 이런 쪽에 관심이 없어. 드라마나 영화도 잘 안 볼걸. 지영이 너 마지막으로 본 영화가 뭐야?"

"코난 극장판이요."

선우는 고개를 으쓱였다. 거 봐, 내 말이 맞지. 할 때 나오는 그의 제스처였다.

"그래서……."

한별은 믿을 수 없는 얼굴로 물었다.

"내가 안 좋다고?"

지영은 눈을 동그랗게 뜨며 손가락으로 자신을 가리켰다. 자기에게 묻냐는 듯한 손짓에 한별은 굳이 대답하지 않고 고집스럽게 그녀를 바라보았다. 가만히 생각하는가 싶던 지영은 아주 가뿐하게 대꾸했다.

"……굳이 따지자면?"

뒤로 넘어가지 않을 수 없는 대답이었다.

"근데 싫다는 게 아니라요. 구웅이, 굳이 따지자면요. 어…… 그러니까, 좋아하지 않으니까 안 좋아한다는 말이 맞겠죠? 근데 정말 싫은 건 아니에요. 그냥 관심이 없어서."

"관심이 없……."

면전에서 이런 말을 듣는 것은 정말 처음 겪는 일이었다. 뒤로 넘어가기 직전인 한별을 받친 선우가 분위기를 전환하려는 듯 손뼉을 짝짝 치며 주의를 끌었다.

"그러니까 지영이가 정말 딱이지. 지영이가 입도 얼마나 무거운데. 밖으로 얘기 새어 나가게 할 애도 절대 아니야. 그치?"

지영은 빙긋 웃으며 대답했다.

"돈이 무거울수록 입도 무겁죠."

지영은 빈 그릇을 싱크대에 두고 돌아서서 얼이 빠진 한별과 선우를 향해 허리를 꾸벅 숙였다.

"어쨌든 잘 부탁드립니다. 경호든 뭐든 열심히 할게요."

선우는 한별을 향해 고개를 돌려 그에게 속닥거렸다.

"……놀라지 마. 원래 돈을 좀 밝혀. 집안 내력."

"그래서 말인데, 아까."

갑작스러운 목소리에 두 사람이 동시에 돌아보았다.

"조금 의심하는 것 같아서."

지영은 한별을 향해 주먹을 꾹 쥐어 보였다. 짱돌같이 조그맣고 동글동글한 그녀의 주먹은 위협적이라기보다는…… 깜찍한 축에 속했다.

"보시는 대로 주먹은 쥐었고."

지영은 여유 있게 주먹 쥔 손을 빙글빙글 돌렸다.

"못 미더우시면 한번 맞아보실래요? 아픈지, 안 아픈지."

"……뭐?"

자신의 몸 어딘가로 조준되는 그녀의 주먹을 보며 한별은 자신도 모르게 어깨를 움찔 떨었다. 금방이라도 탁 쏘아 나올 것 같던 주먹이 아래로 떨어진 뒤에야 그는 다시 평정심을 찾았다. 물을 한 모금 마시며 놀란 속을 달랜 한별은 아무것도 없는 손을 툭툭 터는 지영의 입 모양을 무심코 보았다. 밥을 먹을 때처럼 오물거리는 부리 같은 입술을 보던 그가 그녀의 입 모양을 따라 중얼거렸다.

쫄기는.

"어어, 최한별. 먹자마자 눕지 마. 배 나와. 배 나온다고……!"

한별은 기어코 뒤로 넘어가고야 말았다. 일주일간의 지독했던 스토킹에도 잃지 않았던 평정심이 고작 지영과 대화를 나눈 20분 만에 박살나버렸다.

"지영이는 새로 들어온 코디라고 할 거야. 남들 눈에도 그렇게 보여야 하니까, 내려가서 거기 현장 스텝한테 인수인계 간단히 받자."

"네."

"숙소 따로 잡아놨으니까 한 달 동안 거기서 생활하면 돼."

"네."

"참, 형한테는 전화했어?"

"네. 했어요. 삼촌이랑 일한다고는 안 하고, 그냥 친구 집에서 신세 지면서 아르바이트한다고 했어요."

"별말 안 해?"

"네. 뭐, 아빠야 언제나 자유방임주의잖아요."

"하하. 그렇긴 하지."

한별은 단란하고 다정한 두 사람의 대화에 부러 대본을 거칠게 넘겼다. 팍팍 넘어가는 종이 소리에 그의 심기를 눈치챈 선우가 목소리를 한층 죽여 속삭이듯 말했다.

"한별이 대본 볼 때는 집중해야 하거든. 지영이 너도 한잠 자."

한별은 그제야 다시 종이를 소리 없이 넘겼다.

부산을 배경으로 전개되는 이번 영화에서 그가 맡은 진오라는 인물은 감정이 없는 미스테리한 캐릭터였다. 첫 대본 리딩 날, 속 편한 어느 조감독은 '감정 연기할 필요 없어서 좋겠네요!' 하고 바보같이 웃었다가 한별의 싸늘한 시선을 이기지 못하고 자리를 피했다. 감정 기복이 심한 배역보다 이렇게 감정을 잘 보이지 않는 배역을 연기하는 게 더 섬세함을 요했다. 그래서인지 대본을 읽을 때마다 한별은 주위에 신경을 다 끊은 채로 대본에 몰두했다.

지영은 창밖을 보았다. 창 너머로 어느덧 바다가 보이고 있었다. 바다를 보니 부산에 왔다는 것이 실감되었다. 지영은 손가락으로 파도의 물결을 따라 그렸다. 차 안 텁텁한 공기가 배로 답답해지는 것 같았다. 창문을 좀 열었으면 좋겠는데. 지영은 손가락을 꼼지락 거리다 한별을 흘깃 보았다. 지겹지도 않은지, 한별은 처음 출발할 때 앉았던 그 자세 그대로 대본만 뚫어지게 보고 있었다.

고요하게 달리는 차 안, 조금은 어두운 조명 아래. 그가 대본에 몰두할 수 있는 최적의 환경이었다. 그러나 한별은 전과 달리 대본에 쉽게 몰두할 수가 없었다. 미간에 잔뜩 주름을 끼운 채 의미 없이 종이를 넘기던 그는 결국 대본집을 소리 나게 덮곤 고개를 돌렸다.

"뭘 봐?"

대본에 곤두서야 할 신경을 빼앗는 것은 조금 떨어진 옆에서 느껴지는 진득한 시선이었다. 불시에 고개를 돌린 그와 눈이 마주친 지영은 참새처럼 눈을 껌뻑였다. 난 아무것도 몰라요. 하는 것 같은 그 순진한 얼굴에 웃음이 나올 지경이었다. 한번 맞아보겠느냐 며 주먹을 조준할 때는 언제고, 이제 와서 이런 순진무구한 얼굴이 라니. 종잡을 수 없는 지영을 향해 한별이 툭 던지듯 되물었다.

"뭘 보냐고."

"신경 쓰이게 했으면 죄송해요. 그냥…… 신기해서요."

"신기해?"

"아니. 신기하다기보다는, 잘생겨서요."

"허."

질리도록 듣는 잘생겼다는 말이 왜 이리 낯선 건지, 한별은 헛 웃음을 터트리며 다시 물었다.

"안 좋아한다며?"

"안 좋아하는 거랑 잘생긴 거랑은…… 상관이 없는 것 같은데."

헛웃음이 자꾸만 나왔다.

"그러니까, 딱히 좋아하지는 않는데 계속 보니까 잘생겨서 신기 한. 뭐…… 그런 말이 하고 싶은 거야?"

지영은 기다렸다는 듯 고개를 끄덕였다.

"네. 그거죠. 티 안 나게 흘긋거린다고 생각했는데 신경 쓰이게 해서 죄송해요."

지영은 대차게 고개를 반대쪽으로 돌렸다.

"이제 신경 안 쓰이게 박혀서 잘 테니까 할 일 하세요."

그러곤 팔짱까지 야무지게 끼는 지영을 보며, 한별은 느리게 입 을 뗐다.

"형."

"……어어."

"얘 도대체…… 뭐야?"

부산으로 가는 긴 시간 동안 한별은 정말 자기 말을 지키려는 듯 한 번 뒤척이지도 않는 조막만 한 뒤통수를 바라보았다. 만나서 얘기한 지 고작 하루 만에, 손쉽게 자신을 들었다 놨다 하는 동그랗고 조막만 한 지영의 뒤통수를.

"어차피 이번 촬영에서 입는 옷이 몇 벌 안 돼서, 그렇게 어려운 일은 없을 거예요. 여기에 씬 넘어갈 때마다 갈아입어야 하는 옷 숫자로 체크해놨으니까 보고 꺼내 입히면 되고."

"입혀……."

"응?"

지영은 어색하게 웃으며 고개를 저었다.

"그리고 입었던 옷은 숫자 표시 떼놓고 이쪽 빈 행거에 보관해 놓으시면 되고."

지영에게 친절하고 차분하게 설명해주는 여자는 한별의 의상 협찬을 담당하고 있는 한 팀장이었다. 겉치레로 보이기 위한 위장이라곤 해도 해야 할 일은 해야 하기 때문에, 지영은 한 팀장의 말 하나하나를 메모장에 슥슥 옮겨 적으며 그녀의 뒤를 바쁘게 따라다녔다.

들어본 적도 없는 코디네이터 일은 단순한 것 같으면서도 생각보다 복잡했다. 한 팀장은 이번 촬영에서 입는 옷이 몇 벌 안 된다고 말 했지만, 그 몇 벌 안 되는 옷의 수는 보통의 성인이 몇 달 동안 돌려 입어도 남을 정도였다. 행거 세 개를 빼곡히 채우고 있는 셔츠와 티, 색이 다채로운 바지까지. 1부터 시작된 숫자 표기가 30이 넘도록 있었다.

"배역 특성상 다른 악세서리 같은 건 없어서 수월할 거예요. 아, 신발은 촬영장 대기실에 보관해뒀는데 신발은 한별이가 그때그때 고르는 걸로 신겨주면 되고."

한 팀장은 지영이 메모하는 모양새를 보며 씩 웃더니 그녀의 팔을 한번 쓰다듬었다.

"내가 원래 정말 바쁜 사람이라 이렇게까지 세세히 말 안 해주는데, 일도 처음인 데다가 하필 담당이 최한별이라고 해서 인계 철저하게 해주는 거예요."

지영은 그녀가 한 말의 의미를 곰곰이 생각하며 고개를 꾸벅 숙였다.

"네에……. 감사합니다."

"대표님 조카라면서요?"

"네."

"잘 해봐요. 그래도 대표님 빽이라도 있어서 저번 애들보다는 좀 낫겠다."

한 팀장에게 명함까지 받은 뒤에야 지영은 대기실로 사용하게 될 호텔 방을 벗어날 수 있었다. 앞으로의 촬영 기간 동안 묵게 될 호텔은 세트장과 걸어서 10분 거리였다. 전문가들이 거의 1년을 공들여 지은 세트장이라고 했었나. 지영은 멀리서부터 보이는 세트장을 향해 걸으며 나직이 말했다.

"영화 한 편 찍는 게 진짜 고된 일이구나."

스릴러 공포물이라고 했나. 대저택에서 일어나는. 말하면서도 무서워서 더 말 못하겠다는 선우 덕에 줄거리는 끝까지 듣지 못했지만, 사람 나오는 영화에 별 관심 없는 그녀도 눈이 뜨일 만큼 흥미진진한 내용이었다. 한별의 역할은 대저택의 주인이자 영화 안에서 반전을 꾀하는 인물이라고 했다. 사진을 찍는 사람이라고 했나. 지영은 선우가 말해주었던 것들을 다시 곱씹어 생각하며 이죽거렸다. 집에 틀어박혀서 사진 찍는 사람이 입을 옷이 뭐가 그리 많은지.

"경호고 뭐고, 속은 거 아니야?"

혼잣말을 한 지영이 우뚝 서서 가까워진 촬영장을 노려보듯 보았다. 인수인계를 해준 한 팀장은 에둘러 표현하기는 했지만, 그녀의 말에서 유추할 수 있는 한별의 성격은 보통이 아닌 것 같았다. 이전에 일했던 코디들도 다 그만둔 것 같은데, 아마도 그 그만둠의 이유는 한별인 게 분명했다.

그냥 일손 필요해서 경호 핑계 대고 데려온 것 같은데.

지영은 한 팀장의 철저한 인수인계를 받으며 문득 들었던 생각을 지울 수가 없었다. 온 김에 잘됐다 싶어 붙잡아 데리고 온 건가. 스토킹을 당하면 우선 신고를 하고 볼 일이지. 아무래도 속은 것 같은 기분에 찝찝함을 떨칠 수 없었다. 그다지 누구한테 당하고 살 사람도 아닌 것 같은데. 마지막으로 한별을 떠올리며 중얼거린 지영은 이내 고개를 흔들고 다시 큰 보폭으로 걸었다.

"경호든 코디든 뭐. 돈 벌면 됐지."

대저택의 형상을 한 촬영장에 들어서며, 지영은 선우가 미리 주었던 관계자 출입용 목걸이를 밖으로 빼냈다. 관계자 목걸이를 착용한 그녀의 입장을 제지하는 사람은 아무도 없었다. 지영은 한눈에 제대로 들어오지도 않는 세트장 주변을 크게 둘러보며 걸었다. 어제는 입구에서부터 사람이 북적북적하더니, 오늘은 휴무일 가게처럼 입구는 물론이고 안까지 한산했다.

더 안쪽까지 걸어간 뒤에야 지영은 서 있는 사람들을 목격할 수 있었다. 사람들 사이로 다가갈수록 코끝에 맴도는 탄 냄새에 코를 킁킁거렸다. 안에서 뭔가를 태웠나 싶어 고개를 앞으로 쭉 내밀고 두리번거리던 때에, 지영은 자신을 향해 흔드는 손짓을 발견했다. 선우였다.

"한 팀장한테 인수인계는 잘 받았어?"

"네. 메모도 착실히 했어요. 명함도 받았고."

"그래. 참, 여기는 민석이. 유민석. 한별이 로드 매니저야."

둥글둥글하게 생긴 덩치 큰 남자와 지영이 동시에 고개를 꾸벅 숙였다.

"안녕하세요."

"안녕하세요. 한별이 형 매니저예요."

"네. 저는……."

지영은 솔직하게 말해야 하는지, 아니면 코디라고 둘러대야 하는지 몰라 선우를 흘긋 바라보았다. 그녀의 속내를 눈치챘는지, 선우는 민석의 어깨를 두드리며 고개를 숙여 낮게 속삭였다.

"삼촌 조카인데, 한별이 경호 겸. 여기선 코디로 일할 거야."

"아아, 네."

민석은 다시 한 번 허리를 꾸벅 숙여 인사했다.

"잘 부탁드립니다."

"예에. 저도요."

"대표님. 저 그러면 서울에 잠깐 다녀올게요."

"조심히 다녀와. 서둘러서 안 와도 되니까 천천히."

34

"네. 다녀오겠습니다."

서둘러 인사하고 후다닥 사라지는 민석의 뒷모습을 바라보며 지영은 선우에게 물었다.

"어디 가요?"

"한별이 심부름. 서울에 잠깐 갔다 올 거야."

지영은 그제야 고개를 돌려 선우를 보았다.

"아까 막 타는 냄새 나던데."

"아아. 고사 지냈거든. 촬영하기 전에, 무사히 잘되게 해달라고 고사를 지내."

"그럼 돼지 코에 돈도 끼웠어요?"

선우는 지영을 보았다. 오랜만에 봐서 잠시 잊고 있었던 조카의 엉뚱함이 새록새록 떠오르는 순간이었다. 전주 동네에 새로 가게가 생기면 돼지머리에 만 원짜리를 끼우고 고사를 지냈는데, 덩그러니 웃고 있는 돼지머리가 무섭고 징그러워 울며 도망가는 애들과 달리 지영은 어른들이 절을 하는 틈을 타 콧구멍에 있는 만 원짜리를 뽑아 혼이 나고야 마는 애였다.

"……그래. 끼웠지."

"아, 좀 일찍 올 걸."

선우는 지영을 오랫동안 붙잡고 있어준 한 팀장에게 진심으로 감사한 마음을 가졌다. 여전히 엉뚱하고 여전히 돈을 밝히는 자신의 조카를 향해 어색하게 웃으며 어깨를 다독였다.

"촬영은 내일부터라 지금 밥 먹으러 갈 건데, 가자. 맛있는 거 사줄게."

"네……."

지영은 선우가 등지고 있는 방문을 흘깃 보며 물었다.

"같이 안 가도 돼요?"

"촬영 들어가면 예민해져서, 아침이랑 점심만 간단히 챙겨 먹어. 저녁은 우리끼리 먹자."

선수들이 대회 전에 공복 상태 유지하는 거랑 비슷한 건가. 지영은 제 식대로 해석하곤 앞장서는 선우의 등을 종종걸음으로 쫓았다.

아무 일도 일어나지 않은 첫날이자 유일한 날이었다.

지영은 간단하게 화장을 마친 한별의 앞에서 주섬주섬 옷을 챙기고 있었다. 가벼운 소재의 셔츠와 진청바지를 꺼내 비어 있는 행거에 걸치곤 수납장 문을 열어 구두와 운동화 몇 켤레를 꺼냈다. 신발은 고르는 걸로 신기면 된다고 했지. 혼자 중얼거린 지영이 슬쩍 소파로 시선을 돌렸다.

"저기요."

한별의 날카로운 눈매가 그녀에게 닿았다.

"진짜 저기요라고 할 거야?"

"그때 부르지 말라고 하셔서, 피치 못하게 불러야 할 때는 저기요라고 한다고 말씀드렸었는데."

한별의 미간에 주름이 졌다. 예의 바른 말투였지만 어딘지 모르게 묘하게 자신의 신경을 긁는 지영의 화법에 짜증이 샘솟았다.

"남들 앞에서도 그럼 저기요, 할 거야?"

"남들 앞에서…… 굳이 불러야 할까요?"

"야."

"가 아니고, 이지영이요. 피차 서로 이름 제대로 부르지도 않는데."

말 한 마디, 한 마디가 틀린 말이 없어 더 분했다. 한별은 무덤덤한 얼굴로 반박할 수 없는 말만 쏙쏙 골라 하는 지영을 흘겨보며 말했다.

"사람들은 어쨌든 널 내 코디로 알고 있는데, 코디가 자기 연예인한테 저기요. 하는 거 봤어?"

"그럼 뭐라고 할까요?"

한별은 대본을 한 장 넘기며 말했다.

"남들 보는 데서는 오빠라고 해."

한별은 무심한 척 눈을 들어 지영의 얼굴을 살폈다. 어떻게 오빠라고 하느냐는 얼굴로 질색을 하며 머뭇거릴 줄 알았던 예상과 달리, 지영은 아주 가뿐하게 고개를 끄덕였다.

"네. 오빠."

가볍게 튀어나오는 오빠 소리에 도리어 당황한 것은 한별이었다. 그는 큼큼 목을 가다듬으며 괜시리 대본을 한 장 더 넘겼다.

"남들 보는 데서만 하라고. 남들 없을 땐 안 그래도 돼."

"네. 그럼, 저기요."

휙휙 아무렇게나 변하는 호칭에 어이가 없을 지경이었다. 그런 한별의 속내를 아는지 모르는지, 지영은 꺼내놓은 신발을 가리키며 말했다.

"신발은 어떤 걸로 신으실래요? 한 팀장님이 신발은 그때그때마다 고르는 걸로 하라고 하셔서."

"옷이 뭔데."

"옷은 여기 셔츠랑 청바지요."

한별은 들고 있던 대본을 내려놓고 거만하게 고개를 까딱였다.

"들고 제대로 서봐. 옷에 맞춰서 어울리는 걸 골라야 할 거 아냐."

지영은 오른손에는 셔츠 옷걸이를, 왼손에는 청바지 허리춤을 들고 자기 몸 앞에 갖다 대었다. 몸집보다 한참 크고 긴 옷에 지영의 몸이 완전히 다 가려졌다. 목을 최대한 위로 쭉 뺀 지영이 고개를 치켜든 채 바라보고 있는 한별을 향해 물었다.

"어떤 걸로 신으실래요?"

"바지 밑단 끌리잖아. 안 끌리게 똑바로 들어야지."

지영은 어쩔 수 없이 뒤꿈치를 들었다. 그래도 바지 밑단은 바닥을 헤매고 있었다. 날카롭게 찢어지는 한별의 눈빛에 지영은 최대한 뒤꿈치를 들고, 가슴 아래까지 청바지 허리춤을 쭉 끌어 올려서 들었다. 그제야 한별은 더 짜증을 부리지 않고 옷과 신발들을 번갈아 보았다.

"왼쪽 운동화로 가져와."

지영은 한참이 지나고서야 짤막하게 말 한마디 툭 던지는 한별을 보며 당장이라도 옷을 집어 던지고 싶은 충동에 사로잡혔다. 말하는 투와 사람 보는 꼬라지가 저런 걸로 미루어 보아, 이전 코디들이 왜 그만두게 되었는지 뼈저리게 알 것 같았다. 지영은 검도장에서 운동하기 전 마음을 달래기 위한 명상 시간을 생각하며 인내했다. 뭐가 어찌 됐든 돈 받고 일하기로 했으니 어지간하지 않으면 참자는 게 그녀의 결론이었다.

"그러면 이걸로 입고 나오세요."

지영이 한별에게 옷걸이를 내미는 것과 동시에 두 사람이 있는 방문을 누군가 똑똑 두드렸다.

"한별 씨. 저희 리허설 들어가겠습니다."

한별은 군말 없이 지영에게 옷을 받아 들곤 커튼을 빙 둘러 만든 간이 탈의실로 들어갔다. 그가 신을 신발을 그 앞에 가지런히 두던 지영은 머리 위로 날아들어 시선을 가로막은 무언가에 멈칫 굳었다.

툭. 머리를 덮은 무언가가 무엇인지 알아챌 새도 없이 다시 그 위로 무언가가 떨어졌다. 손을 들어 머리를 덮은 그 두 개를 쭉 당겼다. 지영의 입에서 헛웃음이 터졌다. 머리 위로 던져진 것은 한별이 입고 있던 티셔츠와 트레이닝 바지였다.

"이지영. 바지 좀 줘."

지영은 부스스해진 머리를 뒤로 쓸어 정리한 뒤 차분히 일어섰다. 한별이 커튼 바로 앞 의자에 걸쳐놓고 미처 가지고 들어가지 못한 청바지가 그녀의 눈에 띄었다.

"바지 좀 달라니까."

"들었어요."

위에서 받으려는 듯 커튼봉 위로 한별의 손이 올라와 있었다. 그녀는 그의 손을 보며 눈을 가늘게 뜨고 위치를 짐작했다. 그의 머리통이 있을 위치를. 대충 위치를 파악한 지영은 청바지를 반으로 접고, 허리춤부터 시작해 김밥을 말 듯 둘둘 말았다. 두께감 있는 청바지가 빡빡하게 말려 들어갔다.

"뭐 해? 달라니까."

"지금 드려요."

지영은 조금 전처럼 뒤꿈치를 들었다. 피구 시합 안에서 공을 잡은 공격수처럼 둔탁해진 청바지를 한 손에 꽉 쥔 지영이 앞에 둔 발을 떼어 무게 중심을 뒤로 했다.

"여기 손 안 보여?"

한별의 짜증이 터지는 것과 동시에 지영의 손에서 청바지가 농구 골대에 꽂히는 농구공처럼 커튼 안으로 억세게 침투했다.

"악!"

명중이네.

지영은 손을 탁탁 털곤 바닥에 떨어진 한별의 옷가지를 주워 들었다. 뭘 먹고 살아서 저렇게 싸가지가 없지. 얼굴과 돈, 인기와 명예가 다 있다며 꺅꺅거리는 친구의 비명을 들으며 그럼 뭐가 없나 생각했던 어느 날을 떠올렸다. 한별에게 손톱만큼도 없는 것은 싸가지였다.

"야!"

얼마나 열이 받았는지, 아니면 머리를 제대로 맞아서 온 충격 때문인지 커튼 밖으로 나온 한별의 얼굴은 새빨개져 있었다. 충격 받은 건지 아님 열을 받은 건지 바지를 입어야 한다는 것도 까먹은 채 밖으로 나온 한별을 보며 지영은 입은 게 하나밖에 없어 허전해진 그의 다리를 향해 손가락질했다.

"아래에 없는데……."

한별은 반사적으로 아래를 향해 고개를 숙였다.

"인사 잘 하신다."

할 말 많은 얼굴로 자신을 노려보는 한별을 향해, 지영은 그를 약 올리기로 작정이라도 한 듯 같이 고개를 꾸벅 숙여 인사를 했다. 그의 속이 분노로 부글부글 끓는 게 들릴 지경이었다.

"너. 서서 딱 기다려."

한별은 다시 커튼을 쳐 몸을 숨겼다. 얼마나 거칠게 옷을 입는지 씩씩대는 소리가 커튼 밖의 지영에게 들릴 지경이었다.

"야. 그리고 너 아까 뭐라 그랬어. 아래에 없다고? 뭐가 없어!"

지영은 그가 벗어 던진 티셔츠를 팡팡 털어 옷걸이에 걸며 대꾸했다.

"바지가 없다고요."

"……."

한바탕 불이 난 뒤 잿더미로 변한 땅처럼 고요해진 커튼 안으로 지영은 조심스럽게 다시 기름을 부었다.

"뭐 다른 게 없다고 하는 줄 알았어요? 피해의식이 조금 있으신가 봐요."

"야!"

화르륵.

지영은 방화범보다 더 지독하게 그의 속에 불을 질렀다.

"쟤 보내."

"뭐?"

"보내라고. 이지영."

한별의 스케줄 관리로 잠시 일을 하다 온 선우는 촬영장에 오자마자 눈을 번뜩이는 한별 덕에 식은땀을 죽 흘려야 했다.

"보내라니. 어디로?"

"서울이든 집이든, 어디든!"

곧 보내지기 일보 직전인 지영은 천하 태평한 얼굴이었다.

"무슨 일 있었어?"

"무슨 일? 쟤가 나를……!"

생각하는 것만으로도 골이 띵한지, 한별은 이마를 짚으며 고개를 뒤로 젖혔다. 선우는 지영을 향해 입 모양으로 '뭐야?' 하고 물었지만 지영은 시원한 대답 대신 답답하게 어깨를 한번 으쓱일 뿐이었다.

"쟤랑 하루 종일 있다가는 스트레스 받아서 더 안 좋아질 것 같으니까, 보내."

"아니, 아무리 그래도 나름 너 경호하러 같이 온 건데."

"경호?"

한별은 화가 잔뜩 난 얼굴로 선우를 노려보았다.

"경호하러 온 사람이 자기가 경호해야 될 사람을 때리고 그래?"

헉. 선우가 숨을 들이켰다. 놀란 선우와 열 받은 한별의 각기 다른 시선이 지영에게로 쏠렸다.

"때렸어?"

"아니요."

"아니요?"

"네. 아니요."

"안 때렸다는데?"

"때렸어. 때렸다고!"

"안 때렸어요."

때렸다는 한별과 안 때렸다는 지영 사이에서 선우는 혼란스러워했다.

"때렸잖아. 청바지 둘둘 말아서!"

한별은 자기가 입고 있는 청바지를 가리켰다. 정확한 증거를 제시하는 한별을 한번 본 선우는 고개를 끄덕였다. 증거가 있네. 청바지 둘둘 말아서 머리통에라도 던진 건가.

"안 때렸어요. 제가 때렸으면 아마 어디가 부러지거나 피가 나거나 하지 않았을까요?"

그럴싸한 반문에 선우는 다시 고개를 끄덕였다.

그렇지. 전주에서 목격했던 것을 되짚어보면, 지영에게 맞은 애들 중 멀쩡한 얼굴이나 몸을 한 애는 거진 볼 수 없었다.

한별의 증거와 지영의 반문을 종합한 뒤에야 선우는 손뼉을 치며 고개를 끄덕였다.

"그러니까 한별이가 지영이한테 먼저 시비 걸어서 지영이가 청바지 말아서 던진 거지? 말아서 던진 청바지에 한별이 너가 맞은 거고."

"시비는 무슨 시비."

"굳이 벗은 옷 남한테 툭 던진 게 시비죠."

선우는 맞아떨어진 자신의 판단에 스스로 박수를 치며 으르렁대는 두 사람 사이에 섰다.

"우선 최한별. 그래도 지영이는 네 진짜 코디가 아니라 혹시 모를 일에 대비해줄 수 있는 경호원으로 온 거니까 네 성질대로 막 부리려고 하면 안 돼. 코디는 어디까지나 남한테 보여지는 겉치레 용이니까. 경찰 신고도 안 돼, 사설 경호도 안 돼, 했던 사람은 너였잖아."

틀린 말 하나 없는 건 알았는지, 화가 뻗쳐서 어쩔 줄 모르던 한별이 조금은 차분하게 가라앉았다.

"그리고 지영이도. 삼촌이랑 약속한 대로 해줘. 그래도 보수 받고 일하기로 한 거니까. 한별이 촬영해야 하는 배우인데, 얼굴에 상처라도 나면 어쩌려고 그랬어. 삼촌 보고 조금만 참아주라."

"⋯⋯네. 삼촌."

선우는 마치 자신이 유치원 선생님이 된 것 같은 기분을 떨칠 수 없었다. 알았다고는 하면서도 여전히 서로를 향해 눈을 부라리고 있는 두 사람에게 각각 손바닥을 보이며 빠른 결정을 내렸다.

"그럼 민석이 이번 주 주말에 올 때까지만 있어보자. 별일 없으면 지영이 다시 전주로 내려가든 서울로 가든, 하고 싶은 대로 하고. 지영이 가고 난 다음에 무슨 일 생기면 바로 전문 경호 업체에 연락을 하든 경찰에 신고를 하든 해서 해결하는 걸로."

한별은 지영을 노려보면서 고심한 끝에, 대답했다.

"그럼 그렇게 해."

"지영이는 괜찮아?"

"네. 그렇게 해도 괜찮아요."

선우는 오랜만에 뽐내는 대표다운 리더십에 스스로 흡족해했다. 그는 지영과 한별의 어깨를 동시에 두드리며 어린이들의 싸움을 마무리했다.

"그럼 그때까지라도 서로 부딪칠 일 없게, 한별이는 지영이 막 대하지 말고. 지영이는 맡은 일 최선을 다해주고. 이제 다시 일하러 가자."

지영과 한별의 등을 다독이며 다시 촬영 현장으로 복귀하면서 선우는 바랐다. 아무 일도 일어나지 않아서, 지영은 지영대로 한별은 한별대로 각자의 원래 생활로 돌아갈 수 있기를.

　그러나 간절히 바라면 도리어 이루어지지 않는다고 했었나. 바로 다음 날, 선우는 산산이 박살나 부서진 카메라 앞에서 망연자실하게 서 있었다.

2. 흔들리다

유독 아침이 상쾌한 날이었다. 지영과 한별은 어제 했던 선우의 말을 찰떡같이 잘 알아듣고 각자의 본분에 최선을 다했다. 물론 한별이 지영에게 괜히 필요도 없는 일로 계단을 두어 번이나 오르락내리락하게 하고, 지영이 한별의 셔츠 소매 단추를 잠가주다 말고 얄궂게 손을 흔들며 '애덤 스미스의 보이지 않는 손도 아니고, 왜 단추를 남이 잠가줘야 하지?' 하며 신경을 건드렸지만 각기 다른 시점에서 두 사람은 한 번씩 화를 인내해 다행히 아무런 갈등도 일어나지 않았다.

촬영이 진행되는 오전 시간 동안, 한별은 칭찬에 인색하고 유별나게 까탈스럽기로 소문난 감독이 다시 한 번 해보자는 말 한 마디 없이 '오케이!'를 외칠 정도로 연기에 몰입했다. 그의 연기를 눈앞에서 처음 보게 된 영화 스텝들은 아직 다른 배역의 배우들이 오지 않은 촬영 극 초반부임에도 벌써 우리 영화는 대박날 거라며 엄지를 치켜들고 입을 모았다.

부산에 온 지 3일. 서울에서 일주일 동안 하루도 빠지지 않고 매일같이 한별의 심기를 어지럽혔던 스토커의 자취도 느껴지지 않았고, 최소한 이곳에 있을 때에는 아무 문제도 일어나지 않을 것 같았다.

그러나 문제는 그의 바람을 처참히 깨부수며 일어났다. 문제는 오전 촬영이 끝난 뒤, 시간을 토막 내어 잠깐 가게 된 VIP 영화 시사회장에서 발생했다.

"왜 하필 부산에서 첫 시사회야?"

"너 오기를 아예 겨냥하고 여기서 VIP 시사회 하는 거라는 말도 있어. 잠깐 가서 앉아만 있다 나오자."

한별과 거의 유일무이하게 친분을 가지고 있는 승오의 첫 주연작 시사회였다. 한동안 미국에 가 있다가 한국에 들어오자마자 부산으로 내려가 촬영을 시작했으니, 팬을 포함한 대중들과 기자들이 한별의 소식에 목말라하는 것은 당연지사였다. 까다로운 배역을 맡은 탓에 예민해진 한별이 모든 인터뷰를 거절하는 바람에 목마름은 더해졌다. VIP 시사회장에 가는 것은 한국에 돌아온 직후 첫 공식 석상에 모습을 보이기 위함이었다.

영화관은 앞에서부터 인산인해였다. 지영은 묵묵히 카디건을 챙겨 입는 한별을 보다가, 고개를 돌려 금방이라도 차 문을 부술 것처럼 달려드는 사람들을 보았다. 한별의 차인 것은 어떻게 알았는지 손을 뻗을 수 있는 대로 뻗으며 그의 이름을 부르짖고 있었다.

"너 이거 써라."

지영은 고개를 돌렸다. 한별이 내민 것은 아무 무늬도 없는 검은색 모자였다. 우선 받아 들면서도 의아한 얼굴을 한 지영이 고개를 갸웃거렸다.

"모자는 갑자기 왜요?"

선우는 아차 싶은 얼굴로 말했다.

"참, 내가 챙겨줬어야 하는데 깜빡했네."

한별은 지영을 향해 모자를 더 쭉 내밀었다.

"쓰라면 써."

지영은 다시 창밖을 보았다. 손을 뻗는 사람들 사이사이 검고 큰 무언가에서 빛이 번쩍번쩍 나고 있었다.

"아, 카메라."

얼굴 팔릴까 봐 그런 건가. 지영은 그의 의도를 대충 알아채곤 군말 없이 모자를 꾹 눌러 썼다. 괜히 같이 사진에 찍혀 얼굴 팔릴 일 없도록 모자 앞 챙을 코까지 당겼다.

"이제 내리자. 기다려."

한별은 차 앞에서부터 영화관 입구까지 경호원들과 펜스가 착착 줄을 짓고 선 뒤에야 내릴 수 있었다. 그를 뒤따라 내리던 지영은 왜 한별이 모자를 쓰라고 건넸는지 정확한 이유를 알 수 있었다.

"오빠! 한별 오빠악!"

"최한별 씨! 왼쪽이요!"

"앞에 봐주세요!"

"밀지 마세요!"

번쩍번쩍 터지는 플래시 세례에 눈앞이 하얗게 마비가 되는 것 같았다. 모자를 써서 눈 위에 그늘을 만들지 않았다면 정말 차에서 내리자마자 실명이 되었을 수도 있을 만큼 플래시 세례의 위력은 대단했다. 지영은 자신도 모르게 코디인 척 보이기 위해 손에 든 한별의 겉옷으로 얼굴을 가렸다. 가릴 만큼 가리고 가는데도 시끄러운 고함소리와 플래시 세례에 눈과 귀가 얼얼했다. 덩치 좋은 장정의 경호원들이 앞으로 움찔움찔 움직일 만큼 사람들이 흥분을 하며 몰려들었다.

지영은 영화관에 다다라시야 옷을 내리고 모자챙을 살짝 들었다. 뒤를 살짝 돌아본 지영은 처음 보는 광경에 눈을 크게 떴다. 문을 막아선 경호원들 사이사이로 온 힘을 다해 손을 뻗는 게 꼭 우연히 본 좀비 영화 예고편에 나오는 좀비들 같았다.

"정신없지? 괜찮아?"

그렇게 묻는 선우도 정신이 없어 보였다. 영화관 안에 들어왔다고 해서 사정이 나아지는 것은 없었다. 바깥보다 약간 어두침침한 실내에서 터지는 플래시 세례는 더 강하게 느껴졌다. 지영은 어렵게 뒤를 쫓아가며 한별을 흘긋 바라보았다. 눈에 보이지 않는 투명 방패라도 씌웠는지, 한별은 그 플래시 세례에도 꿈쩍하지 않고 고개를 빳빳이 든 채 여기저기 손을 흔들어 보이고 있었다.

"지영아. 잠깐 이 뒤쪽으로 나와. 상영관 앞으로 먼저 가야 돼."

지영은 정신이 없는 와중에도 선우를 놓치지 않기 위해 그의 뒤꽁무니를 종종걸음으로 쫓았다. 모자를 푹 눌러 쓰고 한별의 옷가지를 들고 있는 폼이 영락없는 코디네이터처럼 보였는지, 사람들은 그녀에게 그다지 관심을 두지 않았다.

선우와 함께 상영관 입구에 도착한 지영은 몸을 돌려 한별을 찾았다. 기자들 앞에 선 한별은 몸을 꼿꼿하게 세운 채 이제껏 본 적 없는 미소를 지으며 손을 흔들고 있었다.

"여기요! 이쪽!"

"오른쪽이요!"

"왼쪽! 최한별 씨, 왼쪽도 봐주세요!"

밖에서 보아도 정신없는 아수라장이었다.

꼭 도떼기시장 같기도 하네. 애기들 돌 사진이나 100일 사진 찍을 때 사진사 옆에서 저렇게 난리 브루스를 추던데.

혼돈 그 자체인 한별과 기자들을 멀거니 바라보며 시답지 않은 생각에 잠겨 있던 지영의 눈이 일순간 날카로워졌다.

"지영아. 영화 보기 지루하면 잠깐 나가서……."

지켜야 되는 선 안에서 움직이던 기자 중 한 명이 선 밖으로 몸을 기울이고 있었다. 꼭 그게 시발점이 된 것처럼 가장 앞줄에 있던 기자들 몇몇이 질금질금 선 밖을 넘어 펜스 가까이로 다가가는 것이 보였다.

"저러면 안 되는 거 아니에요?"

"왜 그래?"

뒷줄에 있던 기자들이 카메라를 무기 삼아 앞을 막무가내로 밀기 시작했다. 바닥이 보이지 않을 정도로 사람이 많고 플래시 세례에 정신이 없어서인지 가까이에 있는 경호원들은 아직 그들이 선을 넘었음을 눈치채지 못한 것 같았다. 저러면 안 되는 것 같은데. 그 생각이 뇌리를 스치자마자 지영은 고민하지 않고 걸음을 옮겼다.

"지영아!"

지영은 한별과 기자들 무리를 번갈아 보았다.

"밀지 마요! 밀지 말라고요!"

가장 앞줄에 있던 기자 한 명이 큰 소리로 외쳤다. 지영뿐만 아니라 한별과 펜스 주변에 있던 경호원들까지도 그 소리를 들었다. 지영은 한별의 얼굴을 살폈다. 살짝 굳어진 것을 보니 그제야 기자들과 너무 가까워졌음을 알게 된 것 같았다. 앞으로 기울어져 있던 기자들이 순간 중심을 잃고 해일처럼 앞으로 밀려 나오는 건 순식간이었다.

"어어!"

사태의 심각성을 깨달은 경호원들이 팔을 뻗으며 기자들 무리에 달려들었다. 한별은 반사적으로 선우를 찾기 위해 상영관 쪽으로 고개를 돌렸다. 그러나 그의 시선에 잡힌 것은 당황한 얼굴로 뛰어오는 선우보다 한참 앞서 오고 있는 지영이었다. 단상 바로 앞까지 밀려든 경호원들이 팔을 위로 쭉 뻗으며 한별을 가렸다. 그 틈을 타 몸을 돌린 그가 한 발 움직일 때였다.

"어어어!"

갑작스런 비명에 한별의 몸이 굳은 듯 멈췄다. 움직이는 것은 깜빡이는 눈이 전부였다. 눈을 깜빡일 때마다 지영이 한층 가까이 다가오고 있었다. 그녀가 어느새 코앞까지 온 것을 깨달은 순간이었다.

퍽!

한별은 자신이 바닥에 무릎을 대고 넘어졌음을 깨달았다. 뭔가가 완전히 박살나는 소리에 시끄러웠던 영화관 내부가 벼락을 맞고 난 것처럼 싸늘해졌다.

"한별아!"

적막을 깨며 달려오는 선우를 보며 한별은 정신을 차렸다.

"괜찮아요?"

정신을 차린 뒤에야, 한별은 퍽 하는 둔탁한 소리가 나기 직전 누군가의 손에 잡혀 강하게 당겨진 찰나의 순간을 기억했다. 그리고 자신의 손목을 잡아당긴 게 지금 이 앞에 있는 지영이라는 사실도.

한별은 고개를 돌렸다. 누구의 것인지 모를 커다란 카메라가 산산이 부서져 있었다. 그리고 그 옆에는 자신이 지영에게 주었던 모자가 널브러져 있었다. 한별은 다시 지영을 돌아보았다. 지영은 모자를 꾹 눌러쓴 통에 약간 눌려 있던 머리카락을 뒤로 넘기며 오른쪽 어깨를 돌리고 있었다.

"너……."

"넘어지게 하려고 한 건 아니었는데, 죄송해요. 힘 조절이 안 돼서."

무언가 자신에게로 날아든다고 생각하던 순간 지영과 눈이 마주쳤다. 지영은 이미 그때부터 모자를 벗은 상태였다. 넘어지기 전 마지막으로 본 것은 높이 치켜든 지영의 손에 야무지게 잡혀 있었던 모자챙이었다. 한별은 다시 렌즈가 완전히 박살난 카메라를 보았다.

"괜찮아? 안 다쳤어?"

"우선 빈 사무실로 가시죠."

어느새 온 행사 담당자 몇몇과 경호원들이 세 사람을 둘러쌌다. 선우는 한별의 몸 이곳저곳을 살피며 괜찮냐고 거듭 물었다. 말없이 모자를 들어 툭툭 터는 지영을 보던 한별은 나지막이 말했다.

"……죄송한데, 그냥 돌아갈게요. 제가 계속 여기 있어봤자 소란만 더 커질 것 같아서."

한별은 선우를 향해 다시 말했다.

"숙소로 가자."

"어디 다치신 곳은 없으시죠? 혹시라도 어디……."

"괜찮습니다. 선우 형."

선우는 한별을 최대한 보호하듯 감싸고 경호원들과 함께 영화관 밖으로 나갔다. 밖이 한층 더 소란스러운 것을 보니 이미 안에서 벌어진 사고 상황이 어느 정도 알려진 것 같았다. 혹시나 한별이 다쳤을까 울먹이기까지 하는 팬들에게 한별은 끝까지 손을 흔들어주곤 차에 올라탔다. 선우가 운전석에 타고, 마지막으로 차에 탄 지영이 문을 쿵 소리 나게 닫은 뒤에야 억지로 웃고 있던 한별의 얼굴이 굳어졌다. 세 사람이 탄 차가 빠르게 아수라장을 빠져나왔다.

"봤어?"

한별의 질문에 선우는 난처한 표정을 했다.

"방심했어. 미안해."

"……날 겨냥한 것 같았어."

선우는 진지해진 얼굴로 대꾸했다.

"우선 담당자한테 그 카메라 출처랑 CCTV 돌려서 상황 확인 좀 해달라고 했어."

그가 무거운 목소리로 말을 이었다.

"내가…… 너무 안일했다. 3일 아무 일 없었다고 방심했어. 미안하다."

"……안 다쳤으니까 됐어."

한별은 다시 그 순간의 상황을 곱씹었다. 앞줄에 있던 기자들이 중심을 잃고 넘어지면서 도미노처럼 쓰러지던 와중이었다. 경호원들이 단상 앞에 우르르 밀려 나와 손을 위로 쭉 뻗은 탓에 그 상황을 파악할 수 있을 만한 사진을 찍은 기자는 아마 없을 것이었다. 그리고 자신을 향해 무언가 날아든다고 생각한 지 얼마 되지 않아 정신을 번뜩 차려보니 넘어져 있었고, 그 앞에는…….

"……이지영."

지영이 있었다.

"아까 뭐야?"

"네?"

"아까. 카메라…… 부서진 거."

"아, 그거. 참."

지영은 허리를 앞으로 숙여 선우를 향해 물었다.

"그 카메라 물어줘야 돼요?"

"어?"

"카메라 부서진 거요. 물어줘야 돼요?"

"아니…… 아마 아닐걸. 실수든 고의든 던진 사람이 따로 있으니까."

"아, 다행이다."

지영은 그제야 안도하며 다시 의자 등받이에 기대앉았다.

"너무 급해서 그냥 내리꽂고 보니까 박살이 나서 좀 쫄았거든요. 혹시 물어내야 할까 봐."

그냥 내리꽂고 보니까 박살이 나서.

한별은 자신도 모르게 놀란 표정을 감추지 못했다. 그러면 정말, 혹시나 하고 생각한 대로 지영은 그렇게 날아드는 그 무게의 카메라를 모자로 낚아 바닥에 내리꽂아 박살을 낸 게 맞았다. 고개를 돌리던 한별과 거울을 통해 뒷좌석을 바라보던 선우의 시선이 부딪쳤다. 굳이 입 밖으로 말을 하지 않았지만, 두 사람은 서로 같은 생각을 하고 있음을 알아챘다.

"제가 느끼기에도 대놓고 맞으라고 누가 던지는 것 같았는데, 카메라를 그렇게 집어 던질 정도면 힘도 좀 센 것 같고."

아니. 그 속도로 날아오는 카메라를 아래로 꽂아 박살내버리는 사람보다 더할까. 한별은 생각을 밖으로 내뱉지 못하고 조용히 입을 다물었다.

"확실히 좀 위협적이긴 하네요."

"……서울에서, 그 스토커랑 동일 인물일까?"

단순한 사고일 수도 있겠지만, 한별은 처음 집 앞에 대문짝만하게 붙여진 혈서를 보았을 때의 그 섬짓한 기분을 다시 느꼈던 조금 전을 회상하며 대답했다.

"……아마도."

"그런데 그렇게 직접적으로 위협을 하는데, 차라리 경찰에 신고하는 게 낫지 않을까요? 저 하나 가지고 안 될 것 같은데."

한별과 선우는 동시에 고개를 저었다.

"아니."

"아니. 너로도……."

충분한 것 같은데.

한별은 뒷말을 삼키며 창밖으로 시선을 던졌다. 그리고 그는 깨달았다. 어제, 청바지를 둘둘 말아 자신의 머리통을 가격해놓고서 뻔뻔한 얼굴로 '안 때렸는데요'라고 말하던 지영의 속마음을. 지영은 발뺌을 하려고 한 게 아니라, 정말로 안 때렸다고 생각해서 안 때렸다고 말한 것이었다. 그녀가 그 뒤에 했던 말도 뒤이어 떠올랐다.

'제가 때렸으면 아마 어디가 부러지거나 피가 나거나 하지 않았을까요?'

한별은 슬쩍 지영을 돌아보았다. 여전히 태평한 얼굴이었다. 새벽부터 일어나서 피곤했는지 꾸벅꾸벅 조는 여유까지 보였다. 한별은 그녀의 허벅지에 가지런히 놓여 있는 모자를 보며 속으로 중얼거렸다.

애…… 도대체 뭐지.

카메라 하나를 아작내놓고도 덤덤한 얼굴로 어깨를 주무르며 팔을 돌리던 지영을 떠올린 한별은 자신도 모르게 어깨를 떨었다.

"채널H 소속 기자라는데, 자기는 넘어진 기억밖에 없대. 앞에서 자빠지고 뒤에서 미니까 정신없이 넘어졌는데. 일어나고 보니까 카메라가 없더라는 거야. 누가 채 가는 느낌도 없었냐니까 그 때 너무 정신이 없어서 기억이 안 난단다."

한별은 대본으로 얼굴을 덮은 채 침대에 누워 선우의 이야기를 대답 없이 들었다.

"그래서 그 기자 있던 자리 중심으로 CCTV 확대해서 봤는데 그쪽이 사각지대이기도 하고, 그 좁은 데에 워낙 빽빽하게들 들어가서 얼굴이 보이는 사람이 없어. 카메라 날아가는 그 순간도 배속 느리게 해서 몇 번이나 확인했는데 손, 딱 손이랑 팔만 보인다. 그래서 누군지는 식별이 안 될 것 같다고……."

"다른 기사 사진은?"

"제대로 된 사진들이 없나 봐. 사고 난 다음 급하게 나가는 걸 찍은 사진들밖에 없어. 하긴, 다들 넘어져서 카메라 놓치고 아주 난리들이었으니."

한별은 짧게 한숨을 쉬었다.

"너 어디 다쳤을까 봐 난리 안 치는 데가 없다. 내일부터 촬영 본격적으로 들어갈 텐데, 촬영장이나 숙소에 기자들 진 치고 있을 거고. 이렇게 된 바에 그냥 신고를……."

"촬영할 땐 촬영에만 집중하고 싶어."

어느새 얼굴에서 대본을 걷어내고 일어난 한별은 잠시 우물쭈물대더니 말을 이었다.

"그리고 걔도 있고."

"걔?"

"이지영."

선우는 한별을 떠보듯 눈을 게슴츠레하게 뜨고 물었다.

"전주든 서울이든, 어디든 보내라더니? 그리고 민석이 내일 온 대."

"……민석이 물살이라며. 벌레도 내가 잡아주잖아."

한별은 무안한 심정을 감추려 부러 얼굴을 굳혔다.

"부산에서까지 이런 사고 나니까 불안하잖아. 일단 둬. 여기 로케 촬영 끝날 때까지만 두고, 서울 올라가서 신고를 하든 해결을 하든 하자고. 여기선 촬영에만 집중하고 싶어."

"그럼 가서 말해."

한별은 눈썹 한쪽을 치켜 올리며 물었다.

"가서 말하라니, 뭘?"

"지영이. 그래도 오늘 도와줬는데, 너가 가서 고맙다고도 한마디 하고 앞으로 뭐, 잘 부탁한다고 말도 좀 하고."

선우는 단번에 내키지 않는 얼굴을 하는 한별의 어깨를 다독이며 속삭였다.

"그리고 되도록 잘 지내. 이제 봐서 좀 감이 오지? 지영이, 맨손으로 추행범 때려잡아서 용감한 시민상 받은 애야. 무슨 말인지 알겠지?"

좋게 말하고 있지만 더 이상 지영에게 까불지 말라는 의미였다. 한별이 그 의미를 제대로 알아들었으면서도 발끈하지 못하는 건 오늘 그 '영웅호걸'이라는 별명이 허튼 별명이 아니라는 것을 눈으로 확인했기 때문이었다.

한별은 대꾸 없이 선우를 지나쳐 호텔 방을 나갔다.

한별은 지영의 방으로 향하는 복도에서 그녀와 마주쳤다. 그는 아무 일도 없었던 얼굴로 다가오는 지영을 보았다. 사람은 겉으로 보고 판단하면 안 된다더니, 지영은 거의 그 말의 살아 있는 증인 수준이었다.

"어디 가세요?"

도대체 이 조그만 체구 어디에서 그 힘이 나오는 거지. 지영은 조그맣지 않은 부분이 없을 정도로 체구 자체가 작았다. 날쌘 거야 체구가 작아서 그렇다 쳐도, 그 힘은 어떻게 나오는지 알 길이 없었다.

"어……."

나지막한 그 소리가 대답이라고 생각했는지, 지영은 가볍게 고개를 끄덕이곤 대꾸했다.

"네. 그럼 가세요."

한별은 미련도 없이 지나가는 지영을 병 찐 얼굴로 돌아보았다. 지영은 정말 자신에게 볼일이 없다고 생각한 건지, 멈추지도 않고 쭉 걸어가더니 묵고 있는 방 안으로 쏙 들어가 문을 쿵 닫았다. 한별은 적막한 복도를 크게 둘러보았다. 아무도 없는 복도에 덩그러니 남아 있는 기분이 오묘해 마치 다른 세상에 동떨어져 있는 것 같았다.

"진짜…… 뭐지?"

한별은 오묘한 기분을 얼굴에 그대로 드러낸 채 지영이 사라진 방문 앞까지 걸었다. 초인종을 누를까 싶어 벨 근처를 맴돌았다가, 그냥 가볍게 문을 두드릴까 싶어 손을 동그랗게 말아 쥐었다가를 반복하며 문 앞을 맴맴 돌았다.

그냥 두드리거나 벨을 누르면 될 일인데, 그게 어려웠다. 바보처럼 남의 방문 앞에서 고민하는 자신이 낯설어 웃음이 나올 지경이었다. 이게 뭐가 어려운 거라고. 그냥 두드리면 되는데, 그냥 벨을 누르기만 하면 되는데.

"……어렵네."

그게 어려웠다. 마치 앞으로 지영과 함께 보낼 날들이 그에게 어려운 날들이 될 거라는 것을 마음이 먼저 알아채고 신호를 보내는 것 같았다.

덜컥.

한별은 갑작스럽게 열리는 문을 피하지 못했다. 중간에 멈칫도 하지 않고 확 열리는 문에 그대로 얼굴을 부딪친 그가 너무 놀라 비명도 지르지 못하고 그 자리에 주저앉았다.

"여기서 뭐 해요?"

"야. 너는…… 놀라지도 않냐."

"아니, 뭐…… 억지로 놀랄 수는 없잖아요. 왜 여기에 있어요? 어디 간다면서요."

"너. 너 만나러 왔다!"

소리를 팩 지르자 지영은 그제야 놀란 얼굴을 했다.

"그럼 그렇게 말하면 되지, 왜 소리는 지르구…… 어?"

지영의 손가락이 한별의 얼굴 가운데를 가리켰다.

"피 난다."

"피?"

무심코 코 아래를 더듬던 한별은 손에 묻어 나오는 새빨간 피에 입을 떡 벌렸다.

"코피…… 너, 이지영!"

문에 부딪친 충격으로 피가 터진 것 같았다. 기어코 피를 보고야 마는구나. 한별은 어이를 완전히 잃은 얼굴로 지영을 바라보았다. 지영은 꽤나 놀란 얼굴로 방 안에서 휴지를 들고 나오고 있었다.

"이걸로 막아요."

다행히 심각할 정도로 피가 팍 터져 나오지는 않았다. 콧대가 조금 얼얼하기는 했지만, 아파서 붙잡고 뒹굴 정도는 아니었다. 한별은 지영이 말아준 휴지뭉치로 코 아래를 틀어막았다.

"근데 왜 왔어요?"

"……다고."

"에?"

코가 막힌 탓에 저절로 코 막힌 소리가 나왔다.

"고맙다고! 아까, 영화관에서."

"아, 그기요. 네."

"그리고, 그래서 잘…… 한다고."

"뭘 잘해요?"

"아니. 앞으로 잘…… 부탁한다고!"

한별은 피가 쏠린 듯 새빨개진 얼굴로 소리치곤, 입꼬리를 씩 올려 웃는 지영을 흘겨보았다.

"네."

한별은 두루마리 휴지를 꼭 쥐고 있는 지영의 조그만 손을 보았다. 두 손을 다 합쳐도 자신의 한 손보다 더 작을 것 같았다. 한별은 그 조그만 손 위에 꼭 자신이 올라간 것 같은 기분을 떨칠 수 없었다.

늦은 밤. 한별은 모두가 조용해진 틈을 타 호텔을 빠져나왔다. 모자를 꾹 눌러쓴 그는 가벼운 운동복 차림이었다. 한별은 바닷가로 걸어가며 손목을 부드럽게 풀었다. 코피가 갑작스레 터져서인지, 목덜미부터 얼굴 전체에 열이 바짝 올라 그냥 잠을 잘 수 없었다. 몸을 고단하게 만들어야 그나마 남은 시간이라도 잠을 잘 수 있을 것 같았다.

한별은 발이 푹푹 패이는 모래를 성큼성큼 걸었다. 등대 불빛에 노랗게 빛나는 파도가 넘실거렸다. 한별은 휘휘 소리를 내는 파도를 바라보며 간단하게 스트레칭을 했다.

마지막으로 발목을 돌리며 고개를 꺾던 한별이 무언가를 발견했다. 한참 앞에 서 있는, 점 같은 조그만 뒤통수가 전부였지만 왜인지 낯이 익었다. 저도 모르게 그 뒤통수를 향해 걸어갔다. 하나로 묶인 머리꽁지가 바람에 깃발처럼 펄럭이고 있었다.

한별이 허리를 살짝 숙이며 더 가까이 다가갔다. 모래에 발이 패어 발소리가 나지 않았다. 어깨 뒤로 다가간 그가 소리를 내기 위해 입을 막 달싹일 때였다.

쉬익, 바람이 갈라지는 소리가 났다. 한별은 헙, 하고 숨을 들이키며 고개를 뒤로 뺐다. 바람을 맞아 서늘하게 말라 있던 이마에 금방 식은땀이 맺혔다. 그는 자신의 목 앞에서 멈춘 주먹을 내려다보며 침을 꼴깍 삼켰다.

"어⋯⋯."

예상대로 지영이 맞았다. 한별은 잠시 얼어붙었던 입을 뗐다. 지영은 그러는 동안에도 주먹을 내리지 않고, 눈을 가늘게 떴다. 한별은 자신의 얼굴을 빤히 보는 그녀에게, 무언가를 설명해야 할 것 같았다. 그가 뒤로 한 발 물러섰다.

"부르려다가⋯⋯ 혹시 아니면, 곤란한 상황이 될 것 같아서."

지영은 그제야 주먹을 내렸다.

"아."

바람을 가르던 주먹의 속도가 무색할 만큼, 지영은 느리게 반응했다.

"⋯⋯최한별 씨?"

지영은 이름을 불러놓고도 헷갈리는 듯 다시 꼼꼼히 그의 얼굴을 살폈다.

"맞네."

한별은 헛웃음을 터트렸다.

"이제야 알아본 거야?"

"모자 때문에 얼굴 반이 안 보이는데, 어떻게 한눈에 알아봐요."

"보통은……."

다 알아봐.

한별은 구차한 마음이 들어 입을 다물어버렸다.

"뭐 해? 여기서."

"저녁을 좀 과하게 먹은 것 같아서, 달리기 좀 하고 들어가려고요."

"이 밤에?"

한별은 등대가 비추지 않으면 암흑과도 같은 주변을 한 바퀴 둘러보곤, 다시 지영을 보았다.

"겁도 없이."

"그러는 최한별 씨는 겁도 없이 왜 이 밤에 나왔어요?"

"나도 달리기 좀 하려고."

"네. 그럼 잘 달리고 들어가세요."

지영은 군더더기 없이 움직였다. 손목을 탈탈 털고, 앉았다 일어서기를 몇 번 반복하더니 정말 그대로 달리기 시작했다. 한별은 마치 자신이 투명인간이 된 것 같았다. 신선한 충격이었다. 자신이 이렇게까지 누군가에게 아무 존재감을 주지 못한다는 것이. 그리고 그 충격은 그의 속에 왠지 모를 오기를 심었다.

한별은 그 오기를 발판으로 지영을 쫓아 달리기 시작했다.

"……뭐야. 왜 따라와요?"

"따라가는 거 아닌데? 나도 이 방향으로 뛰는 거야."

지영은 더 이상 말을 걸지 않았다. 한별은 두 주먹을 꼭 쥐고 지영과 속도를 맞췄다. 바람이 차갑다는 생각이 들 때쯤, 입 밖으로 나오는 숨이 짧게 끊어지기 시작했다.

한별은 무서울 정도로 일정한 속도를 유지하며 달리는 지영을 보았다. 지친 기색이 전혀 보이지 않았다. 이제 막 달리기 시작한 사람처럼 침착한 얼굴이 한별의 오기를 꺾기 시작했다.

벌써 10분은 지난 것 같았다. 자신의 체력이 이 정도밖에 되지 않나 자괴감이 들었다. 한별은 일어설 수 없을 때까지 트레이닝을 시키는 탓에 악마라고 소문난 트레이너가 박수를 칠 만큼 고강도의 트레이닝을 힘들다는 말 한 번 없이 소화하는 연예인이었다. 러닝머신을 30분 동안 쉬지 않고 달리는 것도 가뿐했다.

그러니까 이건 정말 이상한 일이었다. 고작 10분 정도밖에 달리지 않았는데도 숨이 차기 시작하는 것은.

한별은 입을 꾹 다물고 집념으로 지영을 쫓으며 이상할 정도로 숨이 차는 원인을 생각했다.

코피 좀 흘렸다고 기력이 달리나. 며칠 만에 제대로 한 운동이어서 그런가. 모래에 발이 깊게 패여서. 아니면…….

"어어. 조심해요."

지영의 목소리에 한별은 생각에서 깨어났다. 그러고 나서야 그는 자신의 몸이 앞으로 기울어져 있음을 알았다. 몸의 중심을 바로 잡기에는 이미 늦은 것 역시도.

"잠깐……!"

한별은 뒤에서 끌어당기는 힘에 이끌렸다. 이번에 닥친 문제는 뒤로 넘어가는 무게를 이기지 못하는 것이었다. 한별은 앞으로 넘어지지도, 뒤로 넘어가지도 않기 위해 팔을 허우적거리며 허둥댔다. 한별이 안간힘을 쓰며 자신을 당기는 쪽으로 몸을 돌렸다. 중심을 잡기 위해 허리를 숙인 채 다리에 힘을 주고, 손에 닿는 것을 꽉 쥐었다.

"넘어질 뻔했잖아요."

한별은 코앞에 닿아 있는 지영의 얼굴을 마주 보았다. 상황을 파악하기 위해 그의 눈이 조금씩 움직였다. 덤덤하게 자신을 보고 있는 지영의 눈에서부터 차츰차츰 내려가던 한별의 눈길이 그녀의 어깨를 쥐고 있는 자신의 손에 닿았다. 당황한 빛을 그대로 띤 한별의 눈이 다시 우왕좌왕하며 위로 올라갔다.

"멍 때리면서 뛰면 다쳐요."

지영의 얼굴이 보였다. 이렇게 가까이에서 얼굴을 제대로 보는 것은 처음이었다. 어둠 속에서 은은한 빛을 띠던 얼굴이 코앞에서는 선연하게 반짝였다. 무감한 눈과 일직선으로 다물어진 입술, 살짝 붉은 기가 감도는 뺨이 그의 눈을 잡고 놓아주지 않았다.

"저기요."

한별은 잠에서 깬 사람처럼 눈을 크게 뜨더니, 화들짝 놀라며 지영에게서 손을 뗐다. 과장된 몸짓에도 지영은 별다른 신경을 쓰지 않았다.

"그만 들어가요. 뛸 만큼 뛴 것 같은데."

한별은 자신의 다리를 보았다. 두 다리는 제 자리에 멈춰 있었다. 달리기가 끝난 지 오래였다.

"안 가요?"

그런데 아직도 달리고 있는 것처럼 숨이 턱턱 막혔다. 달음박질을 하고 있는 사람처럼 가슴이 벌떡거렸다.

"바람 차요."

목덜미에서 울컥울컥 치미는 덩어리가 홧홧해 찬기가 느껴지지 않았다.

"최한별 씨."

누군가 온몸을 쥐고 정신없이 흔드는 것 같았다. 한별은 휘청휘청 걸었다. 걸음걸이가 금방이라도 넘어질 것처럼 위태로웠다. 뒤한 번 돌아보지 않고 걸어가는 지영의 등을 바라보며, 한별은 본능적으로 느꼈다. 위태로운 것은 걸음걸이뿐만이 아니라는 것을.

3. 안 먹히는 남자

지영은 한별이 매야 할 넥타이를 들고 서서 그가 셔츠를 다 입을 때까지 기다렸다. 어제만 해도 단추를 채우라며 소매를 내밀더니, 오늘은 무슨 바람이 불었는지 스스로 단추를 다 꿰고 있었다. 군말 없이 셔츠를 입은 그를 향해 지영은 넥타이를 내밀었다.

한별은 셔츠를 입을 때처럼 또 한 번 대꾸 없이 넥타이를 받아 목에 걸었다. 주섬주섬 넥타이를 매던 한별은 순간 거울 속에 비치는 지영을 바라보았다. 멀뚱멀뚱 서 있는 그녀의 얼굴은 꽤나 지루해 보였다. 재미없다. 심심하다. 지루하다. 그렇게 말하고 있었다.

한별은 순간 웃음을 참지 못하고 실소를 내뱉었다. 허탈하게 터져 나오는 그의 웃음소리에 거울 속 지영의 얼굴이 살짝 돌아갔다. 한별은 의아함이 묻어나는 그녀의 눈을 보며, 낮은 목소리로 말했다.

"아무리 생각해도 어이가 없어서."

"혼자 옷 입는 게요?"

지영의 눈이 가늘어졌다. 그녀의 얼굴은 '어쩐지 순순히 입는다 했다'고 말하고 있었다. 한별은 천천히 지영의 얼굴을 뜯어보았다. 눈썹, 눈, 눈 아래 볼과 입술. 아무리 보아도 없었다. 지영은 여전히 지루해 보였고, 얼른 이 밀폐된 방 안에서 나가고 싶은 듯 답답함을 이기지 못한 표정이 얼굴에 그대로 드러났다. 지영은 유달리 얼굴에서 감정이 고스란히 드러나는 편이었다. 굳이 말로 묻지 않아도 얼굴을 보면 알 수 있었다. 그럼에도 한별은, 그래도 믿을 수가 없어 굳이 다시 물었다.

"나랑 여기에 이렇게 있는데, 아무 느낌이 안 들어?"

"네?"

"아무리 생각해도 이상하잖아. 아무리 연예인에 관심이 없다고 해도."

한별은 지난해, 어느 섬으로 촬영을 갔던 때를 떠올렸다. 요즘 시대에도 TV를 잘 보지 않는, 본다고 해도 30년 가까이 된 노래자랑 방송 같은 것을 챙겨 보는 시골 산골짜기 노인들도 이름은 모를지언정 얼굴을 보면 '연예인인가네. 반질반질 예쁘다' 하고 손을 놓지 않는 게 자신이었다.

촬영한답시고 섬 여기저기를 정신없이 다니는 통에 가끔 스텝들에게 욕을 한 바가지 하던 허리가 굽은 할아버지마저도 '고놈 참 잘생겼네' 하며 바다에서 나는 귀한 해산물을 들고 갈 수 없을 정도로 한아름 싸주었다.

한별은 촬영하는 동안 피리 부는 사나이처럼 섬 주민들을 이끌고 다니며 마을회관의 슈퍼스타로 부상했었다.

주관적으로 생각해도, 객관적으로 생각해도 이건 말이 될 수 없는 일이었다.

"아니, 심지어 너 나 잘생겼다며."

지영은 영문을 모르는 얼굴로 고개를 끄덕였다.

도심과 떨어진 저 시골 어딘가의 나이 지긋하게 먹은 할머니도 소녀처럼 얼굴을 붉히게 만드는 자신이었다. 그래서 한별은 아무리 이성적으로 그럴 수 있다고 생각하려 해도, 객관적으로 이럴 수 있다고 받아들이려고 해도 도무지 그렇게 생각하고 받아들일 수 없었다.

"그런데 아무렇지도 않아? 뭐 아무…… 그게 없어?"

"아무…… 그게 뭔데요?"

아무리 에둘러 물어보아도 지영은 도통 이해를 못하는 눈치였다. 한별은 넥타이를 매야 한다는 것도 잊은 채, 거울을 등지고 서서 지영과 눈을 정면으로 부딪쳤다. 지영은 담담히 그의 눈빛을 받아낼 뿐 흔들리지도 피하지도 않았다. 한별은 입을 달싹이다 결국 묻지 못하고 돌아섰다.

"됐다. 아니라는 애한테 뭘."

한별은 거울에 모습을 비추며 넥타이를 똑바로 맸다. 그가 마지막으로 옷매무새를 다듬고, 넥타이 매듭을 고쳐 매는 동안 그의 뒤에 비스듬히 선 채 바라보고 있던 지영이 갑작스럽게 입을 뗐다.

"그런데요."

"왜?"

"먼저 말을 꺼내서 하는 말인데, 정말 잘생기긴 했네요. 어릴 때부터 그랬어요?"

한별은 자신도 모르게 넥타이 매듭을 위로 쭉 끌어 올렸다. 엉겁결에 넥타이로 스스로의 목을 졸라버린 그는 본능적으로 손에 힘을 풀며 허리를 숙였다.

"켁, 콜록! 콜록!"

한별은 눈에 눈물이 찔끔 고일 정도로 억세게 기침했다. 스스로 목을 조를 만큼 그를 당황케 한 지영은 정작 천하태평한 얼굴로 생수 한 병을 내밀었다. 마치 선심을 쓰는 것 같은 표정으로 뚜껑까지 대신 열어주는 지영을 보며 한별은 웃지 않을 수가 없었다.

"너 진짜 왜 그러는 거야?"

"네?"

"나 안 좋다며. 이렇게 있어도 심드렁하게, 지루해 죽겠다는 얼굴로 자리만 겨우 지키고 있으면서 갑자기…… 내가 잘생겼다고?"

"아니. 잘생겼는데 안 잘생겼다고 할 수는 없잖아요."

"너 지금 나 놀리는 거지. 어?"

"그냥 솔직한 감상을……."

"솔직하지 마. 감상하지 마!"

날카로운 어조로 금세 성질을 부리는 한별을 보며 지영은 도리어 어이가 없다는 얼굴로 헛웃음을 쳤다.

"진짜 알 수가 없네."

한별은 도통 모르겠다는 얼굴로 지영을 바라보았다. 지난밤 자신을 휘청거리게 한 이상한 기분이 또다시 다리를 감싸고 올라왔다.

"나 안 좋다는 사람은, 특히 여자는. 정말 네가 처음이야. 알아?"

지영은 눈을 동그랗게 뜨며 대답했다.

"와. 방금 그거 진짜 우리 엄마가 보던 아침 드라마에 나오는 대사였다."

"너처럼 이렇게 신경 툭툭 건드리는 사람도 처음이야."

"……날 이렇게 대하는 여자는 네가 처음이야. 라고도 할 거예요?"

지영은 픽 웃으며 얄궂은 목소리로 말했다.

"죄송한데, 저한테 그런 거 안 먹혀요. 제가 요즘 유행하는 건 몰라도, 그 말이 구닥다리인 건 알거든요."

한별은 발끈했다.

"누가 먹힌대? 먹혀준대? 그냥 그렇다고. 그래서 당황스럽다고, 지금 내 심경을 밝히는 거거든?"

지영은 고개를 끄덕였다. 한별은 '그냥 넘어가준다'라는 표정으로 말을 대신하고 있는 지영을 불만스러운 얼굴로 마주 보았다. 지영은 그런 그에게 대뜸 내밀었다.

"아, 네. 물 좀 드세요."

지영은 다시금 물을 내밀었지만, 한별의 눈에는 물이 아니라 불을 더 키우는 기름이었다.

"안 먹어!"

똑똑.

한별의 신경질 섞인 대답과 동시에 문 두드리는 소리가 났다. 두 사람의 고개가 동시에 문으로 향했다. 가만히 눈을 깜빡이고 있는 지영을 대신해 한별이 입을 뗐다. 들어와. 하는 목소리가 여전히 신경질적이었다. 선우나 민석이겠지 싶어 문 쪽에서 시선을 거둔 채 성질이 잔뜩 난 얼굴로 바짓단을 괜히 툭툭 털었다.

"……어? 우와."

무릎 아래까지 바짓단을 툭툭 털던 한별을 다시 똑바로 일으켜 세운 것은 작게 터지는 감탄이었다. 한별은 어이가 없는 얼굴을 하곤 허리를 세우며 지영을 바라보았다.

"감상하지 말랬지. 그렇게 조그맣게 감탄하는 것도 하지……."

고개를 숙이고 있는 것도 잘생겨서 감탄을 했나 싶었다. 한마디 톡 쏘고 나가려던 한별은 지영이 자신을 보고 있지 않음을 알고는 말을 멈췄다. 감탄을 내뱉은 사람은 지영이 맞았다. 그러나 지영을 감탄하게 한 사람은 그녀의 입으로 두 번이나 '잘생겼네요'라고 말하게 한 자신이 아니었다. 한별은 그녀의 시선을 따라 천천히 고개를 움직였다.

"선배님. 안녕하세요."

서글서글한 얼굴로 웃고 있는 까마득한 후배이자 이번 영화를 함께하게 된, 재환이었다.

"우와."

한별의 얼굴이 급격하게 갈라지기 시작했다. 지영을 보는 눈이 자신도 모르게 날카로워졌다. 며칠 동안 거의 하루 종일 붙어 있으면서 한 번도 본 적 없었던 얼굴로, 한 번도 보여주지 않았던 눈으로 재환을 바라보고 있었다. 꼭 연예인을 만난 소녀 팬처럼.

뭐야. 이 개떡 같은 상황은.

굳이 대기실을 나온 한별은 민석이 가져온 의자에 앉아 감독과 대본을 들고 진지하게 대화를 나누는 재환과, 거기서 한참 떨어진 곳에서 재환을 바라보고 있는 지영을 번갈아 보았다.

"형. 여기 물이요. 미지근하게 해왔어요."

"찬물 줘."

"네?"

한별은 부글부글 끓는 속을 참기 위해 안간힘을 써야 했다.

"얼음 꽉꽉 담아서, 찬물로 좀 가져다줘."

이 개떡 같은 상황을 보며 참기 위해서는 냉수라도 필요한 시점이었다.

윤재환. 그는 이례적으로 대 히트를 친 독립영화의 주연이었다. 그 후 곧바로 배우 전문 소속사에 들어가면서 공중파 미니 드라마 남자주인공으로 대중적 인기를 얻었고, 그다음 작품이었던 영화로 완전히 대중들에게 눈도장을 찍으면서 충무로의 샛별로 떠오른 라이징 스타였다. 신인이었지만 연달아 대박 행진을 하면서 같은 시기에 데뷔한 배우들 중 단연 가장 높고 빠르게 치고 올라오는 배우였다.

한별은 그의 이름을 모르고 싶어도 모를 수가 없었다. 언젠가부터 '최한별의 뒤를 이을 라이징 스타'라는 타이틀로 이곳저곳에 비치더니, 한별이 어떤 광고나 화보를 촬영하면 얼마 지나지 않아 재환이 비슷한 컨셉으로 비슷한 제품의 광고와 화보를 촬영했다. 재환의 소속사가 그를 제2의 최한별로 만들기 위해 한별을 벤치마킹하고 있다는 것은 업계에 공공연하게 나도는 이야기였다. 선우는 뭘 하든 따라한다며 분개했지만, 한별은 그다지 신경 쓰지 않았다. 아역스타일 때부터 지금까지 이제껏 자신의 행보를 따라하던 사람들만 모아도 이미 한 트럭이었다. 한별은 누군가가 자신을 따라한다고 해서 분개하는 사람이 아니었다. 오히려 누군가가 따라하는 자신 스스로에게 우월감을 느끼곤 했다. 재환 역시 그에게 우월감을 가져다주었을 뿐, 경쟁심이나 불안함을 조성하지는 못했다.

그렇게 재환은 지난 2, 3년 동안 한별이 걸었던 행보를 꿋꿋하게 따라 걸었다. 그 결과, '무엇 무엇을 같이 하고 싶은 남자 배우'라는 앙케트를 하면 1위인 한별의 바로 뒤를 이어 2위를 하더니, 광고 출연 개수도 한별의 뒤를 이은 두 번째, 광고 호감도도 두 번째, 오만 데에서 다 한 번씩은 하는 인기투표에서도 한별의 뒤를 이어 두 번째 자리를 지켰다.

오죽하면 한별이 재환을 보자마자 '아. 내 뒤에 개?'라고 할 정도였다.

하늘 높은 줄 모르고 날아오르고 있었지만 아직 한별의 발끝 아래였다. 마치 모두가 함께 정해놓은 규칙인 것 같았다. 첫 번째는 최한별. 그 다음 두 번째가 윤재환. 그래서 한별 역시 당연히 그렇게 생각했다. 결국엔 같이 투 톱 주연으로 영화까지 찍게 되었지만, 모든 대본과 포스터에는 지금까지 그랬듯 당연하게 첫 번째 이름으로 한별이 적혀져 있었고, 그 다음을 재환이 따르고 있었다.

그러니까 언제나, 무엇에서든 재환은 두 번째여야 했다. 자신을 뒤이은.

"……이지영. 나 신발 바꿔 신을 거야."

그런데 지금 첫 번째여야 할 자신이 뒤로 밀려나고 있었다.

"이지영."

불러도 대답 없는 지영의 시야에서.

"이지영."

"잠깐만요."

첫 번째를 위해 기다려야 하는 두 번째 신세가 되어 있었다.

지영은 손까지 모은 채 재환을 뚫어져라 바라보고 있었다. 그 시선이 얼마나 뜨거운지 재환의 얼굴이 뻥 뚫릴 기세였다.

한별은 기가 차고 코가 막힌다는 게 무슨 느낌인지 제대로 알 것 같았다. 이 꼴 같지도 않은 상황에 그가 할 수 있는 거라곤 두 사람을 번갈아 바라보며 바글바글 끓어오르는 짜증을 감내하는 것뿐이었다.

지영은 끝까지 재환을 좇았다. 감독에게 깍듯하게 허리를 숙여 인사하고, 대본을 옆구리에 낀 채 돌아서는 그를 따라 지영의 얼굴이 조금씩 돌아가고 있었다.

"이지영. 일 안 해?"

한별은 얼음물보다 더 얼음장 같은 목소리로 그녀를 채근했다. 지영은 그제야 재환에게서 눈을 떼고 돌아섰다. 한별은 자신에게로 터벅터벅 걸어오는 지영을 흘겨보았다. 오기 싫어 죽겠는 마음이 그대로 드러나는 그녀의 얼굴에 대고 뭐라고 한마디 던지려던 그때, 한별은 반대편에서 자신을 향해 다가오고 있는 기척에 고개를 돌렸다.

"선배님. 아까 인사 제대로 못 드려서요. 앞으로 잘 부탁⋯⋯."

"신발 어떤 걸로 바꿔 신을⋯⋯ 건데요?"

각각 다른 방향에서 온 지영과 재환이 동시에 한별에게 말을 건네다 말고 멈췄다. 한별은 자신을 사이에 두고 동시에 말을 했다가, 다시 동시에 말을 멈추며 눈을 맞추는 두 사람을 보며 눈썹을 씰룩였다.

"아, 죄송해요. 제가 방해를……."

"아니요."

"어."

재환의 말을 뒤이어 이번엔 지영과 한별이 동시에 대답했다.

"제가 방해를…… 한 거죠?"

재환은 지영을 흘긋 보며 물었다.

"스텝분?"

"내 스텝이야. 왜? 이지영. 가서 흰색 운동화 가져와. 그걸로 바꿔 신을 거야."

지영은 뭐라 말하려는 듯 입을 벙긋거리다가, 이내 한별을 흘긋 쳐다보곤 등을 돌렸다. 지금 저게 나 노려본 건가? 한별은 멀어지는 지영의 등을 이글이글한 눈빛으로 바라보았다.

"아까 감독님이 부르시는 바람에 제대로 인사도 못 한 것 같아서."

한별은 짜증이 묻어 나오는 표정을 부러 숨기지 않았다. 그럼에도 재환은 특유의 미소를 지으며 밝은 목소리로 말했다.

"잘 부탁드립니다, 선배님. 부족하지만 열심히 하겠습니다. 많이 가르쳐주세요."

"내가 왜."

"네?"

"내가 널 왜 가르치냐고."

"아……. 제 말은……."

"조연도 아니고 같은 주연으로 나오는데, 나랑 영화 찍으러 오면서 부족하게 준비했어? 그래서 내가 부족한 널 가르쳐야 해? 지완이랑 주호가 사제지간이야?"

지완과 주호는 영화에서 한별과 재환이 각각 맡은 배역의 이름이었다.

재환의 얼굴이 설핏 굳어졌다. 굳어진 얼굴을 보며 한마디 더 쏘아붙이기 위해 한별이 입을 달싹이자, 재환은 얼른 표정을 풀고 그보다 먼저 말을 이었다.

"제가 생각이 짧았습니다. 기분 나쁘셨으면 죄송해요. 선배님 옆에서 부족하지 않게, 열심히 하겠습니다."

한별은 대답 없이 고개를 돌렸다.

"주호 리허설 들어갈게요!"

재환은 '네!' 하곤 큰 소리로 대답하곤 고개를 돌려 한별을 향해 꾸벅 숙여 보였다.

"그럼 앞으로 잘하겠습니다. 선배님."

재환이 멀어지자 기다렸다는 듯 지영이 돌아왔다. 한별은 자신의 앞에 신발을 내려놓으면서도 다른 곳을 두리번거리는 지영에게 톡 쏘아붙였다.

"너 뭐야?"

"네?"

"너 윤재환 좋아해?"

말투가 유치했다. 스스로 유치하다고 느낄 만큼. 그럼에도 한별은 유치한 질문을 멈추지 않았다.

"쟤 좋아하냐고. 너 연예인 관심 없다며."

연예인에 관심 없다며, 그런 거 자기한테 안 먹힌다며 내내 심드렁하게 굴었던 지영이 재환을 보고 감탄하고, 그가 촬영장에 온 직후부터 내내 눈으로 그를 좇는 게 굉장히 마음에 들지 않았다. 나를 두고 윤재환이라니. 지영이 관심을 갖는 주제에 아예 포함도 되어보지 못한 채 뒤로 밀려나는 기분은 최악이었다.

"신발이나 신으세요."

"쟤 팬이야? 어?"

"아이, 참. 귀찮게."

지영은 정말 귀찮은 얼굴이었다. 한별은 어마어마하게 딱딱한 돌에 머리 한가운데를 맞은 것 같았다.

"귀찮아?"

"신발 이거 신는다면서요."

"묻는 말에 하나라도 대답 좀 해봐. 좀."

"아이, 진짜 신발…… 안 신을 거냐고요."

신발의 시옷 발음이 유독 억셌다.

"지금 욕이지."

"아뇨."

"신발과 그 뒤의 문장 사이에 유독 쉼표가 많았는데."

"기분 탓이겠죠."

"욕했지."

"오늘 진짜 왜 이렇게 귀찮게 굴어요?"

"윤재환 좋아하냐니까?"

지영은 그의 집요함에 항복한다는 듯 두 손을 위로 들어 흔들며 대답했다.

"좋아하는 거 아니에요."

"좋아하는 거 아니라는 네 말을 믿을 수 없을 정도로 지금 저 자식만 쳐다보고 있는데?"

"아, 그러니까……."

한별은 놀라운 표정을 지었다. 놀랍게도, 아주 놀랍게도 지영은 부끄러운 얼굴이었다.

"그러니까, 이재훈 선수랑 진짜 똑같이 생겨서."

"누구, 무슨 선수?"

"이재훈 선수요. 재작년에 저 사람이 이재훈 선수 역할로 영화 찍었잖아요."

한별은 잠시 입을 다물고 생각을 정리했다. 얼마 지나지 않아 그가 다시 지영을 향해 말했다.

"그러니까 네 말은, 쟤가 좋아서가 아니라 그 선수랑 닮아서 쟤를 계속 보는 거라고?"

"네. 실제로 보니까 진짜 똑같이 생겨서 보는 거예요. 제가 제일 좋아하는 선수거든요."

제일 좋아하는.

하도 심드렁해서 좋아하는 게 있나 싶었는데, 그런 지영에게 생각하는 것만으로도 얼굴을 붉히는, 닮은 사람에게서 시선을 떼지 못하도록 좋아하는 존재가 있다는 것이 놀라웠다.

어지간한 운동은 다 해봤다 그랬나. 그쪽으로만 관심이 쏠려 있어서 다른 건 아예 생각도 안 하는 건가. 지영의 관심사를 유추하던 한별은 곰곰이 생각하다 물었다.

"그래서, 그 이재훈 선수는 무슨 선수인데?"

"……태권도 선수잖아요. 랭킹 1위, 올림픽 금메달리스트. 이재훈 선수가 태권도 선수인 것도 몰라요? 한국 사람 맞아요?"

자신이 좋아하는 가수가 무시당했을 때 화내는 10대 팬처럼 화를 내는 지영을 보며, 한별은 속으로 생각했다.

왜인지는 모르겠지만, 이건 이거대로 또 기분 더럽네.

"컷! 오케이!"

지완과 주호로 마주 선 한별과 재환의 첫 촬영이 끝났다. 얼마나 몰입을 했는지, 한별은 감독의 컷이 떨어졌는데도 연기를 하는 내내 끌어온 감정을 이기지 못하고 그 자리에 주저앉았다. 어느새 다가온 지영이 한별에게 손수건을 내밀고, 그가 손수건으로 이마를 닦는 동안 생수병 뚜껑을 열었다.

한별은 물로 입 안을 헹구며 여전히 남아 있는 감정의 잔여물을 떨쳐냈다.

"모니터링 좀 하지."

한별은 감독의 말에 고개를 한 번 끄덕이곤, 지영에게 물병을 건네며 턱짓했다.

"여기 정신없으니까 뒤로 빠져 있어."

"네."

지영은 그가 말한 대로 뒤로 한 발 물러섰다. 대기실로 돌아가 있을까, 생각하던 그녀는 이내 고개를 저으며 그 자리에 섰다. 어차피 대기실로 돌아가봤자 할 것도 없이 멍하게 있을 텐데, 앉아서

멍 때리고 있으니 차라리 뭔가 보기라도 하는 게 덜 지루할 것 같았다.

지영은 분주하게 오가는 스텝들의 발길을 막지 않기 위해 한 쪽으로 비켜 나왔다. 정처 없이 헤매던 그녀의 눈이 화면을 보고 있는 재환에게 닿았다.

"볼수록 진짜 닮았네."

혼잣말을 중얼거리던 지영은 시선을 옆으로 조금 옮겼다. 여전히 얼굴에 땀이 베어 있는 한별의 모습이 그녀의 시야 안으로 들어왔다. 진지한 눈매로 화면을 바라보며 감독과 이야기를 나누는 한별을 보며, 지영은 조금 전 눈앞에서 보았던 그의 연기를 회상했다.

눈빛부터 달라진 그는 원래부터 극 중 배역이었던 것처럼 자신에게 배역을 녹여냈다. 음울하게 얼굴을 굳히고 중얼거리다가, 상대방을 몰아붙이며 날카롭게 소리를 치는 것까지. 지영마저도 숨을 죽이고 지켜볼 만큼 혼신의 힘을 다해 연기를 했다.

수많은 카메라 앞에, 조명대 아래에 선 한별은 이 신발을 신네, 안 신네로 유치하게 굴었던 그 사람이 맞나 싶을 정도로 새로운 모습이었다.

한참 감독과 대화를 나누던 한별이 마침내 자리를 옮겼다. 두리번거리고 있는 한별을 향해 지영이 막 걸음을 옮길 때였다.

"고생들 많으십니다."

촬영장 안으로 들어오는 낯선 목소리를 반기는 것은 재환이 유일했다.

"대표님!"

지영의 고개가 반사적으로 돌아갔다. 상체만 한 박스를 들고 있는 네 사람을 양옆에 둔 중년의 남성이 맨손을 파리처럼 비비며 걸어오고 있었다. 촬영장 안까지 들어온 남자의 뒤에 박스가 일렬로 내려졌다.

"왜 이렇게 구석에 있어?"

지영은 어느새 제 앞에 다가온 한별을 향해 물었다.

"저 사람은 누구예요?"

"쟤 소속사 대표."

지영은 한별의 등 뒤로 고개를 내밀었다. 대표라는 사람은 어느새 감독과 두 손으로 악수를 하고 있었다.

"오늘이 재환이 첫 촬영일이라, 제가 이렇게 왔습니다. 스텝분들 간식거리 좀 챙겨서 왔는데, 방해한 건 아니죠?"

"네. 마침 잠깐 쉬는 타임이라."

"타이밍 잘 맞춰서 왔네요. 간식들 좀 드시고 하시죠."

대표는 입에 발린 말을 줄줄 읊더니, 이내 고개를 두리번거렸다. 지영은 두리번거리던 그의 얼굴이 한별의 뒤통수에 꽂히는 것을 보았다.

"한별 씨!"

지영은 한별을 보았다. 꽤나 귀찮은 얼굴이었다.

"아이고, 우리 대 배우님."

"네."

인사치레도 없이 고개만 한 번 까딱이는데도, 대표라는 사람은 기분이 상하지도 않는지 웃는 낯이었다.

"촬영은, 괜찮고?"

"저한테 물어볼 게 아니라 소속 배우한테 물어야 하는 거 아닙니까?"

어느새 재환이 대표의 등 뒤에 딱 붙어 있었다.

"재환이 잘 좀 부탁해. 한별 씨에 비해 아직 한참 멀었어. 잘 이끌어줘."

"한참 먼 거 알면 나한테 부탁할 게 아니라 연습 좀 시키세요."

한별은 턱으로 재환을 가리키며 말을 쏟아냈다.

"뭐뭐 합니다. 뭐뭐 하는 겁니까. 할 때 끝처리 똑바로 못 하고 뒷소리 다 날려먹어서 웅얼웅얼, 일대일로 대사 주고받을 때 시선처리 한곳에 못 해서 눈동자 흔들리고. 요즘 연기학원에서도 이 정도는 기본으로 다 가르치는데, 이 정도 기본기도 없이⋯⋯ 그리고, 캐릭터 분석은 아예 안 한 건가? 표정은 미간에 주름지게 하거나 눈 동그랗게 뜨는 게 전부고?"

다다다 쏘아붙이는 한별의 기습적인 독설에 두 사람은 꿀 먹은 벙어리가 되어 금붕어처럼 입을 뻐끔거렸다. 둘 중에 먼저 정신을 차린 것은 대표였다.

"재환이가⋯⋯ 우리 한별 씨랑 연기한다니까 많이 긴장을 했나 보네. 그리고 또 이런 작품은 처음이라. 그러니까 선배로서 많이 끌어줘. 못하면 따끔하게 혼도 내고."

"감독님도 있는데 제가 뭐하러요."

"아이, 그래도 직속 선배는 또 다르지."

"제가 왜 직속 선배입니까? 전 직속 후배 둔 적 없는데요."

말문이 막힌 대표가 벙긋대는 사이, 재환이 옆으로 비켜서서 허리를 숙였다.

"죄송합니다, 선배님. 제대로 열심히 하겠습니다."

그러나 한별은 대꾸도 안 하고 돌아섰다.

"이지영. 뭐 해."

"어…… 네, 가요."

지영은 여전히 허리를 숙이고 있는 재환을 돌아보다가, 한별의 뒤를 쫓아가며 조심스럽게 말했다.

"피도 눈물도 없네요."

"뭐가."

"그래도 선배님, 선배님 하면서 싹싹하게 구는데. 너무 가차 없어서요."

한별은 넥타이를 풀며 나직이 말했다.

"선배님은 개뿔. 넌 쟤가 날 진심으로 선배라고 생각할 것 같아?"

"안 그러면 뭐하러 선배님 거리면서 고개 숙이겠어요?"

"쟤는 내가 선배라서가 아니라……."

한별은 똘망똘망한 지영의 눈을 보며 한숨을 쉬었다.

"됐다. 말을 말자."

대기실 문을 열던 한별은 뒤에서 문이 열리기를 기다리는 지영을 향해 돌아섰다.

"민석이 숙소에 있나?"

"아마도요."

"형은."

"아까 문자 왔어요. 저녁에 도착한다고."

"민석이한테 전화해서 내 휴대폰…… 아니다. 너가 숙소에 좀 가서 가져와."

"제가요? 귀찮은데, 그냥 민석 씨한테 전화해서 가지고 오라고 하면 되잖아요."

"너가 가서 가져와."

지영은 눈을 가늘게 떴다.

"혹시 민석 씨도 못 믿는 거예요?"

부정하지 않는 한별을 향해 지영은 혀를 찼다.

"매니저도 못 믿으면 누구를 믿어요?"

"너."

대뜸 자신을 가리키는 한별에 지영은 눈을 동그랗게 떴다.

"나한테 손톱만큼도 관심 없어서, 내 휴대폰 안에 뭐가 있는 지도 아마 관심 없어 할 이지영."

틀리지 않은 말이었다. 반박할 수 없게 된 지영은 입을 꾹 다물었다.

"믿고 맡길 테니까 내 휴대폰 가져와."

"사람 너무 함부로 믿으시네."

한별은 그녀를 심부름 보내기 위해 결정타를 날렸다.

"코디. 월급 주는 사람 말 좀 듣지."

지영은 입을 삐쭉이면서도 어쩔 수 없이 돌아섰다.

세트장을 벗어난 지영은 바닷바람에 잠시 멈춰 서서 눈을 감고 기지개를 켰다. 영화 특성상 어두컴컴하게 만들어진 세트장에 박혀 있다가 햇볕 아래 나오니 정신이 다시 한 번 떠지는 기분이었다.

한별은 왕복 15분 만에 다녀오라고 못을 박았지만, 지영은 그럴 생각이 전혀 없는 듯 바닷바람을 맞으며 여유를 부렸다.

"싸가지 없는 새끼. 나 저 새끼랑 얼굴 맞대고 있으면 진짜 한 대 치고 싶다니까."

……무슨 소리지? 상쾌한 기분에 순식간에 찬물을 끼얹는 상스러운 욕설에 지영은 주변을 두리번거렸다.

"참아. 이번에 정말 잘해야 되는 거 알지. 잘해야 최한별 코를 납작하게 누르지."

"재수 없는 새끼. 지가 뭐 그렇게 잘났다고."

듣다 보니 목소리가 익숙했다. 지영은 소리가 나는 쪽을 향해 걸어갔다. 빽빽하게 서 있는 차 사이를 비집으며 걸어가자 상스러운 욕 소리는 더 가까워졌다.

"비교당하는 것도 싫어 죽겠는데, 앞에서 거들먹거리는 거 봤어? 미친 새끼. 지는 언제부터 그렇게 잘했다고."

언뜻 뒤통수가 보였다. 욕이 많은 지분을 차지하는 상스러운 대화를 나누고 있는 사람은 두 명이었다.

"2주만 참아. 영화 홍보할 때 제작사랑 홍보사에서 너 위주로 팍팍 띄워주기로 했으니까."

먼저 얼굴이 보인 것은 아까 그, 파리처럼 손을 비비며 들어오더니 한별의 앞에서 붕어가 되어 뻐끔거리던 대표였다.

"썅. 성질 같아선 진짜. 차라리 나도 저 새끼처럼 할 말 다 하는 안하무인으로 컨셉 잡아주지 그랬어요. 감독 새끼도 은근히 나 후려치면서 최한별 추켜세우는 것 같은데."

"다른 건 다 따라 해도 성격에서 차별화를 둬야지. 예민하고 까칠한 최한별과 달리, 친근하고 사근사근한 윤재환으로. 옆집 청년 같은 훈훈한 배우. 그게 네 정체성인데."

"이번에 아주 밟아버……."

신나게 욕을 하던 다른 한 사람은 조금 전만 해도 선배님, 감독님, 하며 서글서글하게 웃던 재환이었다.

적막을 깬 것은 지영이었다.

"아, 죄송해요. 들으려고 들은 건 아닌데 저도 모르게."

지영은 고개를 까딱 숙이며 말을 이었다.

"하던 얘기들, 마저 하세요."

지영은 여전히 손으로 입을 막은 채 눈을 깜빡이는 재환을 보았다. 그렇게 사근사근하게 굴더니, 성질 더럽네. 좋아하는 선수와 쌍둥이라고 해도 무방할 정도로 닮은 탓일까, 그 선수 역으로 전기 영화까지 찍은 걸 본 탓일. 은연중에 이재훈 선수와 성격까지 동일시하고 있어서인지, 조심성 없이 세트장 바로 옆에서 오만 욕을 다 쏟아내는 꼴을 보니 더 확 깨는 기분이었다.

지영은 무언가 눈짓을 주고받는 두 남자를 등지고 돌아섰다. 얼굴만 닮았지, 다른 건 발끝도 못 미치는고만. 지영은 혼잣말을 중얼거리며 고개를 저었다.

"저기, 저기요!"

다급한 소리가 지영의 등에 닿았다 떨어졌다. 지영은 자신의 팔 근처로 다가오는 기척에 날렵하게 손을 가슴 앞으로 올렸다. 재환의 손이 목적을 잃고 허공에서 굳었다. 지영은 몸을 비스듬히 돌려 물었다.

"왜요?"

재환은 웃고 있었다. 그러나 촬영장 안에서 보았던 미소와는 달랐다. 굳이 말하자면 겨우 웃고 있는 꼴이었다. 얼굴은 하얗게 질린 채로.

"들으…… 셨어요?"

지영은 가볍게 고개를 끄덕였다.

"네."

"어디까지……."

지영은 기억을 꼼꼼히 되새김질하며 대답했다.

"최한…… 아니, 한별 오빠 보고 싸가지 없는 새끼, 재수 없는 새끼라고 하신 거랑 감독님한테 감독 새끼라고 한 거까지요."

깔끔한 대답에 재환의 얼굴이 새하얗게 질렸다. 그것은 뒤에 서 있던 남자, 조금 전 한별에게 파리처럼 손을 비비던 대표 역시 마찬가지였다.

"한별이 스텝이야?"

"저기, 제가 한 말은."

"말씀 중에 죄송한데. 제가 심부름이 좀 급해서요."

지영은 자신의 휴대폰이 오기만을 기다리고 있을 한별을 생각했다. 왕복 15분 만에 다녀오라는 그의 말을 들어줄 생각은 없었지만, 그렇다고 해서 너무 늦어버리면 듣기 싫은 소리를 들을 것 같아 마음이 급해졌다.

그러나 그녀보다도 더 급한 것은 재환이었다.

"지금 들었던 말, 못 들은 걸로 해주실 수 있어요? 제가 영화 준비 때문에 너무 예민해져서 잠깐 기분이 좀 그랬나 봐요. 그러니까 못 들은 걸로 해주시면······."

지영은 말끝을 흐리는 재환을 보며 고개를 갸웃거렸다.

"이미 들은 얘기를 어떻게 못 들은 걸로 해요?"

지영은 문장 그 자체가 이해가 되지 않아 물어본 것이었지만, 재환과 대표에게는 마치 '다 들었으니 여기저기에 소문 팍팍 내고 다닐 것이다'라는 의미로 돌아갔다. 가려는 지영을 막아선 것은 아연실색한 대표였다. 재환은 지영에게 한 발 더 다가서서 두 손을 모았다.

"말 안 하셨으면 좋겠는데. 되도록 잊어주시면 더 좋고······."

"네."

"네?"

"네."

아무렇지도 않게 튀어 나오는 대답에 재환은 또 한 번 물었다.

"······네?"

말갛던 지영의 얼굴에 짜증이 한 줄 그어졌다.

"네. 말 안 할게요."

"정말······ 요?"

"네. 누가 자기 욕한 거 알아서 좋아할 사람이 어디 있어요? 얘기 안 할게요. 중간에 말 전하는 사람 되는 것도 싫고. 대답 세 번이나 했으니까 저 가도 되죠?"

지영은 대답도 듣지 않고 돌아섰다.

그러나 이번에 그녀를 붙잡은 것은 대표라는 남자였다. 지영은 불쾌감을 표정으로 드러내며 팔목을 붙잡은 손을 뿌리쳤다.

"저 진짜 심부름 가야 하는데요."

더 이상 쓸데없이 붙잡지 말라는 얼굴로 지영은 두 사람을 번갈아 보았다.

"정말 말한 대로 얘기 안 하는 거⋯⋯."

"네. 안 한다고요. 그리고 그렇게 엄청 인상적인 대화도 아니어서 이미 희미해지고 있으니까, 걱정하지 말라고요. 그렇게 걱정 많으신 분들이 왜 여기서 다 들리게 떠들고 계셨어요?"

지영은 손을 툭툭 털며 대답도 못 하고 입을 꾹 다무는 두 남자를 지나쳤다. 저 둘 때문에 괜히 한 소리 듣겠네. 숙소로 가는 지영의 발걸음이 빨라졌다.

"넌 네가 현재에 있다고 생각하겠지. 하지만 거울을 봐. 비춰지는 건 나고, 보이지 않는 건 너야."

"아니, 아니야. 난⋯⋯ 내가⋯⋯."

두 남자의 시선이 거울 속에서 부딪쳤다.

"오케이, 컷!"

컷 소리가 나자 먼저 고개를 돌리는 것은 재환이었다. 재환은 땀이 송골송골 맺힌 이마를 손으로 훑으며 숨을 몰아쉬었다. 한별은 목까지 채운 셔츠 단추 하나를 조용히 풀었다.

촬영은 숨이 막힐 정도로 긴장됐다. 장르 특성상 어쩔 수 없는 긴장감이었다. 한별이 뻣뻣해진 손을 주무르는 사이, 지영이 손수건과 물병을 든 채 그에게 다가왔다.

"물이요."

한별은 물을 반쯤은 비운 뒤에야 한숨을 돌렸다. 이제야 극 중 배역인 지완에게서 조금 벗어난 기분이었다. 목덜미를 손수건으로 닦으며 남은 물까지 모조리 비워낸 그는 지영이 손가락에 자기 손바닥만 한 퍼프를 손에 끼고 있는 것을 보며 피식 웃었다.

"왜요?"

한별은 지영에게만 들릴 정도로 작은 소리로 속삭였다.

"두드릴 줄은 알아?"

"기름진 부분만 살짝 건드릴 거예요."

"그러니까, 할 줄 아냐고."

지영은 헛웃음을 쳤다.

"저 화장 꽤 잘하는 편이거든요?"

한별은 의심조로 대꾸했다.

"웃기시네. 너 계속 맨얼굴이었잖아. 지금도 맨얼굴이고."

"여기선 할 필요가 없으니까 안 하는 거고, 학교 다닐 때는 꼬박 꼬박 해요. 그리고 지금도 눈썹 그리고, 입술도 바른 건데."

속닥거리던 지영은 비어 있는 반대쪽 손을 까딱였다.

"다리 살짝 굽혀봐요."

"싫어."

"네?"

"싫어. 네가 뒤꿈치 들어."

지영은 주변을 살피곤 한별에게 한 발 더 가까이 다가가 더 낮 게 속삭였다.

"어제부터 왜 이렇게 귀찮게 굴어요?"

"내가 뭐?"

"똑같은 말 두 번, 세 번 하게 하고. 헛수고하게 하고. 애처럼 굴 지 말고 다리 굽히라고요. 기름진 얼굴로 카메라 잡히면 안 된다면 서요."

한별은 그럼에도 다리를 굽히지 않았다. 인내심의 한계를 느낀 지영이 아래를 슥 보며 물었다.

"강제로 굽혀지고 싶어요?"

금방이라도 발로 찰 기세였다. 바닥에 신발 앞코를 툭툭 치는 작은 움직임이 크게 위협적이었다.

지영보다 한참 위에 있던 한별의 머리가 그녀와 엇비슷해질 정도까지 내려왔다. 지영은 그제야 땅에 발을 똑바로 딛고 서서 한별의 이마를 퍼프로 가볍게 톡톡 두드렸다. 말끔해진 한별의 얼굴을 이리저리 둘러보던 지영이 고개를 한번 끄덕였다.

"됐어요."

"은근히 이 일이 적성에 맞는 것 같은데."

"적성에 맞는 게 아니라, 그냥 제가 어지간한 건 다 잘해요. 일 머리가 좋아서."

아무렇지도 않게 자기자랑을 하는 지영을 보던 한별이 작게 웃으며 다리를 폈다. 가득 들어왔던 지영의 얼굴이 사라진 그의 시야에, 어둠을 등지고 서 있는 재환이 들어왔다. 웃고 있던 그의 얼굴이 단박에 굳어졌다. 재환은 한별이 자신을 쳐다보고 얼굴을 굳히는 것도 눈치채지 못할 정도로 지영의 뒤통수를 빤히 보고 있었다.

"뭘 봐?"

한별은 뚫리기 일보 직전인 지영의 뒤통수를 대신해 물었다. 그 소리에 재환과 지영이 동시에 고개를 들었다. 한별은 자신과 눈을 마주치자마자 옆으로 살짝 피하는 재환을 보며 사납게 물었다.

"할 말이라도 있어?"

"……아니요."

"씬 67, 촬영 들어가겠습니다!"

스텝의 외침에 지영이 뒤로 물러났다. 한별은 잠시 옆에 두었던 대본을 들고 재환에게 가까이 다가갔다.

"내 눈이나 그렇게 봐."

"네?"

"방금 재 뒤통수 본 것처럼, 내 눈을 그렇게 보라고. 끝까지 봐. 피하지 말고."

한별은 재환의 눈을 똑바로 쳐다보았다.

"두 명이 대등하게 붙어야 하는데, 하나가 자꾸 밀리잖아."

"……."

"똑바로 해."

한별은 대답이 없는 재환을 지나쳤다. 그때까지만 해도 약간 신경에 거슬리는 정도였다. 둘이 붙어야 하는 씬 촬영에 예민해진 한별은 지영을 졸졸 따라다녔던 재환의 시선을 애써 지워냈다.

재환이 애써 지워낼 수 있을 만큼의 정도를 넘어선 것은 바로 그 다음 날부터였다.

"인상 쓰지 말아봐요."

지영의 말에도 한별의 미간에 진 주름은 펴질 줄을 몰랐다. 그를 주름지게 하는 것은 지영의 뒤통수에 꽂혀 빠질 줄을 모르는 재환의 눈길이었다. 참다못한 한별이 지영을 내려다보며 짜증스러운 어조로 물었다.

"혹시 재 왜 저러는지 알아?"

"네?"

지영은 한별의 시선을 따라 고개를 돌렸다. 재환은 그제야 안 본 척 고개를 돌렸다. 그 어색한 모습에 한별은 확신했다. 지영은 몰라도, 재환은 지영에게 무언가 있는 것 같았다. 예를 들면 할 말이라든가, 용건이라든가, 그 둘도 아니라면.

"쟤 너한테 관심 있대?"

관심 같은 거.

"글쎄요."

무심한 대답이 왠지 모르게 속을 긁는 것 같았다.

"뒤통수 안 따가워? 어제부터 저 모양인데."

"머리숱이 많아서……."

지영은 손바닥을 뒤로 넘겨 뒷머리를 툭툭 두드렸다. 한별은 그녀의 시답잖은 농담에 어이없는 얼굴로 웃음을 터트리다가, 어느새 다시 지영의 뒤통수에 콕 박혀 있는 재환의 시선에 눈을 찌푸렸다.

천천히 생각해볼수록 더 이상했다. 재환은 어제부터 눈으로 지영을 졸졸 쫓고 있었다. 어제는 그렇다 치고, 오늘은 자신의 촬영분도 없는데 굳이 현장에 나와서까지 지영을 빤히 보고 있었다. 지영이 조금만 움직여도 눈을 크게 뜨며 그녀를 쫓았다. 어찌나 집요한지 그의 매니저로 보이는 남자까지 지영을 흘긋거릴 지경이었다. 한별은 다시 지영을 내려다보며 말을 건넸다.

"물 좀 떠다줘."

"네."

한별은 빈 물통을 가지고 걸어가는 지영의 뒷모습을 가만히 바라보았다. 시야에서 완전히 사라지기 전인데도 지영의 등이 가려져 보이지 않았다. 한별의 얼굴이 딱딱하게 굳었다. 방금 전까지만 해도 마르지 않았던 목이 가뭄이 난 땅처럼 버석하게 갈라졌다. 지영을 쫓아가며 그녀의 등을 가린 것은 재환이었다.

앞으로 누군가가 최한별 어떻게 생각해. 라고 묻는다면, 하마 같다고 해야겠다. 물을 왜 이렇게 많이 마시는지. 물 먹는 하마랑 다를 게 뭐야. 지영은 그런 시시한 생각을 하며 꼬록, 꼬록 물이 빠지는 정수기 통을 멀거니 바라보고 있었다. 그때였다.

"저기."

"아, 깜짝이야."

지영은 놀란 얼굴로 뒤를 돌아봤다. 한두 발짝 떨어진 곳에 어색하게 웃으며 서 있는 사람은 재환이었다. 지영은 놀란 가슴을 추스르고 물병 뚜껑을 닫으며 재환을 향해 물었다.

"왜요?"

"아, 저기…… 우선."

재환은 목을 가다듬고 물었다.

"이름이 뭐예요?"

"제 이름은 왜요?"

생각할 겨를도 없이 톡 쏘아붙이는 지영의 질문에 재환은 도리어 당황한 눈치였다.

"이름을 몰라서요. 계속 저기, 라고 할 수는 없잖아요."

"몰라도 되는 이름 아니에요?"

"네?"

"제 이름이요. 굳이 알아야 되는 이름 아니잖아요. 불러야 할 사이도 아니고."

"그래도 촬영장에서 오다 가다 마주치면 인사 정도는……."

"그럼 인사하세요. 인사에 이름이 들어가야 하는 건 아니잖아요."

벽도 이런 벽이 없었다. 지영은 당황하며 어쩔 줄 몰라 하는 재환의 얼굴을 보며 콧방귀를 꼈다.

한별에게 말을 하지 않는다고 한 것은 사실이었지만, 잊어준다고 한 것은 사실이 아니었다. 뒤에서 남을 욕하고 헐뜯는 것은 지영이 가장 싫어하는 잘못 중 하나였다. 그 사람이 어떤 사람이든, 할 말이 있거나 불만이 있다면 면전에서 풀고 넘어가야 한다는 것이 그녀의 지론 중 하나였다. 그런 자신의 지론과 맞지 않는 사람에게 이름을 알려줄 필요는 없었다.

"이름 물어보려고 오셨어요?"

아닌 걸 알았지만 부러 물었다. 재환은 주변을 살피며 지영에게 한 발짝 더 가까이 다가갔다.

"저번에 있었던 일이요."

"네."

"안 그러려고 해도 계속 신경이 쓰여서요. 혹시나……."

"원래 잘못한 사람이 그래요."

지영은 재환을 똑바로 쳐다보며 차분히 말을 이었다.

"전 말 안 했고, 앞으로도 말할 생각 없어요. 그러니까 계속 불안해하세요."

재환은 자신도 모르게 고개를 갸웃거렸다. 앞의 문장과 뒤의 문장이 상당히 이질적이었다. 보통 안 할 테니까, 걱정하지 말라거나 불안해하지 말라고 해야 하는 거 아닌가.

그의 마음을 읽었는지 지영은 다시 입을 뗐다.

"잘못한 사람이 자기 잘못 들킬까 봐 불안해하는 건 당연하잖아요. 그러니까 계속 불안해하시라고요. 어쨌든 전 말 안 할 테니까."

지영은 재환을 보며 고개를 저었다. 재환은 죄짓고 못 살 성격임에도 굳이 죄를 짓는 사람 중 하나인 것 같았다. 거짓말이든 뭐든, 잘못을 해도 뻔뻔한 사람이 있기 마련인데 재환은 뻔뻔하지 못했다. 뻔뻔하게 배짱부리지 못할 짓을 뭐하러 하는지. 지영은 한심한 눈을 했다.

"그럼 저 가봐도 되죠."

지영이 막 그를 지나치려 할 때였다.

"이지영."

한참 뒤에서 들려오는 자신의 이름에 지영은 눈을 동그랗게 떴다.

"뭐 해?"

한별이었다. 지영은 재환의 등 뒤로 다가오는 그를 향해 물병을 흔들어 보였다.

"물 떴어요."

"알아. 너 말고."

한별은 재환의 등 뒤에서 멈췄다.

"윤재환, 너."

"……."

"너. 뭐 하냐고."

재환은 돌아섰다. 지영은 돌아선 재환을 바라보았다. 짧게 한숨을 쉬는 것도 같았다.

"지영 씨."

지영은 눈을 깜빡였다. 이번에 자신의 이름을 부른 것은 재환이었다.

"이름 알았네요."

재환이 고개를 돌려 지영을 향해 웃어 보였다. 이질적인 미소였다.

"말 안 한다고 약속했죠?"

"네?"

미소만큼이나 낯선 얼굴이었다. 이제 보니 이재훈 선수랑 하나도 안 닮았네. 지영은 이제껏 알았던 얼굴이 보이지 않을 정도로 낯선 그의 표정을 보며 입을 꾹 다물었다.

"무슨 말."

지영은 매끄럽게 올라가 있는 재환의 입꼬리를 보며 깨달았다.

"지영 씨랑 약속해서, 선배님한테 말씀 못 드리겠는데요."

"약속?"

그는 자신이 욕한 사람 앞에서 뻔뻔한 얼굴로 배짱을 부리고 있었다. 그게 다 거짓말이었구나. 죄짓고 못 살 성격이라고 단정할 수밖에 없을 정도로 쭈뼛거리고 어쩔 줄 몰라 하던 그 모습이 전부. 지영은 조금 전 자신의 판단이 틀렸음을 인정했다. 그리고 죄짓고도 잘 살 사람의 등을 보며 입을 달싹였다.

"싸가지 없대요."

앞에 선 두 사람의 고개가 동시에 지영에게로 돌아갔다.

"제가 모르고 들었거든요. 이쪽이 그 대표라는 사람이랑 뒤에서 막 욕하는 걸. 최한별 싸가지 없는 새끼, 재수 없는 새끼."

이로써 말하지 않겠다는 것도, 잊어주겠다는 것도 지켜주지 못한 셈이 되어버렸다. 완전히 굳어버린 재환의 얼굴을 보며 지영은 얄밉게 어깨를 으쓱였다.

"싸가지 없는 새끼. 재수 없는 새끼?"

숙소로 돌아오자마자 소식을 전해들은 선우는 황당한 얼굴을 했다. 재환이 대표와 한별을 씹었고, 하필 그걸 지영이 들었고, 또 하필 그걸 한별이 알게 되었다는 것에 놀라 자빠지기 일보 직전이었다. 선우는 뒤로 자빠지기 전에 의자에 앉아 머리를 싸맸다.

"왜 내가 자리만 비우면 이런 일이 생기냐."

선우는 한별을 보았다. 침대 등받이에 등을 기대고 편히 앉은 그는 태평한 얼굴로 대본을 넘기고 있었다. 까마득한 후배에게 뒤에서 욕을 먹은 사람치고는 평화로운 얼굴이었다.

"그래서, 넌 뭐라고 했어?"

"뭘 뭐라고 해? 아무 말도 안 했는데. 이지영만 데리고 돌아왔어."

"걔는 그냥 두고?"

"그냥 두고."

"그냥 뒀다고?"

한별은 대본 너머에 있는 선우를 바라보며 물었다.

"그럼 뭐. 어떻게 하고 나와? 한 대 패고 나와?"

선우가 뭐라 대답하기도 전에, 한별이 먼저 선수를 쳐 말을 이었다.

"그냥 둬. 그런 놈이 처음인 것도 아니고."

"아무리 그래도 크랭크업까지 계속 얼굴 맞대고 촬영해야 하는데."

"앞으로 나랑 있을 때마다 바짝 얼어 있을 건데, 캐릭터에도 맞고 좋지."

누가 최한별 아니랄까 봐. 그다운 대답에 선우는 고개를 저었다. 지영은 몰랐겠지만, 한별은 같은 연예인들이나, 스텝, 아니면 언론사 기자들 사이에서 가장 자주 뒷담화로 오르는 재료였다. 비슷한 나이 대의 남자 배우 중에 가장 앞서 나가고 있다는 이유만으로 또래 배우들의 시기와 질투를 받는 것은 익숙했다. 그래도 이렇게 같이 촬영을 하는 도중 뒷담화를 하고, 또 그 뒷담화가 바로 당사자인 한별에게 들어간 것은 전례가 없는 일이었다.

"회사 차원에서는 말해야지."

"됐어. 그냥 둬."

한별은 대본을 한 장 넘기며 말을 이었다.

"촬영할 때는 촬영만."

짧은 한 문장은 그의 신조이기도 했다. 한별은 촬영할 때는 촬영에만, 자신이 맡은 배역에만 집중하고 싶어 했다. 그 외의 것들은 전부 다 뒤로 밀어 넣은 채로.

"너가 정 그러면 크랭크업할 때까지만 두고 보는데, 그래도."

"서울에서는 얼마나 촬영하지?"

"서울에서는 일주일 정도."

"그때까지 그냥 계속 둬. 피 바짝 마르게."

차분히 대꾸하던 한별은 불시에 대본을 확 내리며 반대편으로 고개를 돌렸다.

"그런데 이지영."

"네?"

조용히 선우가 사 온 초밥을 먹고 있던 지영이 초밥 하나를 입에 넣다 말고 한별을 보았다.

"넌 왜 말 안 한다고 했어?"

차분했던 어조는 온데간데 없었다.

"괜히 중간에 말 전하는 사람 되기 싫어서요."

"그게 다야?"

"네."

한별은 가장 궁금했던 것을 확인하기 위해 물었다.

"그거 때문에 윤재환이 그렇게 널 신경 쓴 거야?"

"아마도요?"

지영의 대답을 들은 한별은 다시 대본을 들었다.

"앞으론 말해. 누가 나에 대해서 뭐라고 말하는 거 전부, 그게 뭐든 들리는 족족. 그것도 스텝이 하는 일이야."

지영은 혼잣말을 하듯 중얼거렸다.

"부업이 전업을 앞서가는 것 같은데."

"경호원으로서도 해야 될 일이야."

지영은 그제야 고개를 끄덕였다.

"네."

지영이 대답을 하자마자, 한별은 한 가지를 덧붙였다.

"그리고 말하지 마. 윤재환이랑."

"네?"

"윤재환이랑 말섞지 말라고, 한마디도."

지영은 이유를 묻지 않고 고개를 끄덕였다.

"네."

한별은 다시 대본을 한 장 넘겼다.

관심은 아닌 거네.

갈등이 가장 극심해지는 장면의 대사를 읽는 그의 얼굴에 은근한 미소가 번졌다.

4. STEP BY STEP

　한별의 예상대로, 재환은 촬영하는 동안에도 촬영하지 않는 동안에도 한별과 눈을 마주치지 못했다. 그동안 하지 않았던 실수까지 겹쳐져서 기어코 감독에게 한 소리를 듣고야 말았다. '죄송합니다'라고 허리를 숙이는 재환을 보면서, 지영은 그가 죄송한 마음을 가지고 있지 않다는 것을 알았다.

　지영은 쯧, 하고 혀를 찼다. 사람이 저렇게 살다가는 정말 큰코 다치는데. 착한 척 웃고 있는 얼굴을 보자니 쯧쯧, 하고 혀 차는 소리가 절로 났다.

　"이번에는 너야?"

　"네?"

　지영은 갑작스러운 소리에 고개를 돌렸다. 한별이 바로 뒤에서 불만스러운 표정을 짓고 있었다. 지영은 그제야 한별의 메이크업을 다듬어주러 온 것을 잊고 있었다는 걸 깨달았다. 지영은 한별을 향해 완전히 돌아섰다. 이제는 익숙하게 무릎을 굽히고 지영과 눈 높이를 맞춘 한별이 불만스럽게 물었다.

"왜 쳐다봐?"

"어차피 이거 하려면."

지영이 손가락에 끼운 퍼프를 흔들어 보였다. 그럼 눈이라도 감고 두드리라는 건가. 이제 와서 자기 얼굴이 아깝나? 지영이 시답지 않은 생각으로 고개를 갸웃거릴 때였다.

"나 말고."

한별은 어딘가를 향해 턱짓했다. 그 방향으로 지영의 고개가 돌아갔다.

"쟤."

가리킨 곳에는 재환이 있었다. 다시 고개를 돌린 지영은 황당한 얼굴이었다.

"보여서 보죠."

"보여서 보는 것치고는 시간이 너무 길어서 묻는 건데."

"쟤봤어요?"

"3분 가까이 봤어."

"……."

지영은 입을 다물었다. 그의 유치한 말에 대답하는 대신 해야 할 일에 집중하기로 했다.

"왜 대답 안 해?"

"원래 이렇게 칭얼대는 편이에요?"

"칭…… 뭐?"

"그냥 눈에 띄니까 봤다고요. 말하지 말랬지 보지도 말라는 말은 안 했잖아요. 눈을 감고 다닐 수도 없고."

"감고 다녀. 보지 마."

지영의 손바닥만 한 퍼프가 한별의 눈을 눌렀다.

"야."

"유재환 씨한테 경쟁심리 있어요?"

꾸깃꾸깃했던 한별의 얼굴이 깨끗하게 펼쳐졌다.

"뭐?"

"경쟁심리 있냐고요. 어제는 되게 아무렇지도 않게 넘어가고 무시까지 하더니, 오늘은 왜."

"그게 아니라, 그 앞에 말."

"앞에 말이요?"

"앞에, 뭐라고? 무슨 재환?"

지영은 고개를 다시 갸웃거리며 말했다.

"유재환이요."

지영은 한별을 보며 정말 알 수가 없다는 얼굴을 했다. 한별은 인상을 잔뜩 구기고 짜증 낼 때는 언제고, 이제는 다시 입꼬리를 올렸다. 배우라서 감정기복이 심한가. 아무리 그래도 그렇지. 이렇게까지 심하게 오락가락하는 건가? 한별의 감정 변화는 마치 마른 하늘에 비가 오고 한여름에 눈이 오는 기묘한 계절 같았다.

"내 이름은 뭐야?"

"……최한별이요. 왜요?"

또 웃는다.

"왜 웃어요?"

"내가 언제."

"웃잖아요. 지금, 계속."

한별은 그제야 자신의 입꼬리가 눈꼬리를 향해 올라가 있는 것을 느꼈다.

"그러게. 왜 웃지."

한별은 지영을 보았다. 웃기지도 않은데 왜 웃을까. 아니, 뭐가 웃음이 나서 웃고 있는 걸까. 한별은 자신의 얼굴을 유심히 보며 조심스럽게 퍼프를 톡톡 두드리는 지영을 바라보았다.

"됐어요."

한별은 됐다는 말에도 지영과 눈높이를 맞춘 채로 그녀를 보았다.

"다 했어요."

다시 말해도 마찬가지였다.

"뭐 필요한 거 있어요? 뭐, 더…… 해요?"

퍼프를 흔드는 지영을 보며, 한별은 다시 한 번 미소를 보였다. 그는 웃음에 헤픈 사람이 아니었다. 특히나 촬영장 안에 있을 때는 더더욱. 촬영에 신경이 쏠린 탓에 남에게 관심도 잘 두지 않았고, 그로 인해 남이 무슨 짓을 하더라도 모르고 넘어가는 것이 대부분이었다. 연기하는 것이 아니라면 웃는 일도 없었다.

그런데 지금 웃고 있었다. 촬영장 한가운데에서. 방금 전까지 자신이 무슨 연기를 어떻게 했는지 곱씹어보지도 않고서. 게다가 평소라면 눈에 보이지도 않았을 조그만 몸이 어디로 가는지, 어디를 향해 돌아가는지를 일일이 신경 쓰고 있었다. 동그란 눈이 어디로 가는지 누구를 보고 있는지를 전부 살피고 있었다. 무슨 말을 할지 모르는 입술에 신경이 쏠렸다.

"어쨌든. 저도 유재환 씨랑 부딪치고 말하고 싶지 않으니까 괜히 트집 잡지 마세요."

웃을 말이 아닌데도, 고작 재환의 성을 잘못 알고 있는 것뿐인데도 웃음이 났다. 한별은 무릎을 펴고 똑바로 서서, 마치 자비를 베푸는 사람처럼 나긋한 어조로 말했다.

"실컷 봐. 말도 하려면 하든지."

"네?"

한별은 작은 소리로 중얼거렸다.

"이름도 제대로 모르는데 무슨."

지영은 그의 말을 제대로 듣지 못해 또, '네?' 하고 물었다. 그러나 한별은 다시 말해주지 않았다. 그저 다시, 지영을 눈으로 좇을 뿐이었다. 지영을 좇고, 왜 지영의 말에 웃음이 나는지에 대한 이유가 어렴풋이 떠오르고 있음을 느끼면서.

"한별 씨. 오늘 나랑 점심 같이하자. 재환 씨도."

감독의 제안에 한별과 재환이 동시에 서로를 바라보았다.

"앞으로 촬영 진행하는 것도 같이 의논할 겸."

먼저 대답한 것은 재환이었다.

"전 좋아요. 감독님이랑 선배님한테 의견 구하고 싶은 것도 많고요."

한별은 재환을 흘겨보았다.

"다음에는 야비한 역할을 한번 해봐."

"네?"

"잘 어울릴 것 같아서."

한별은 슬쩍 웃었다. 그제야 말의 의중을 깨달은 재환이 얼굴을 살짝 굳혔다. 그 사이에서 영문을 모르는 사람은 감독 하나였다. 한별은 표정을 갈무리하는 재환을 빤히 바라보며 한마디 더 툭 던졌다.

"조언해주는 거야. 나한테 조언 듣고 싶어서 안달을 했잖아."

"아, 네. 조언…… 감사합……."

한별은 재환의 대답을 끝까지 듣지 않고 스쳐 지나갔다.

"점심 같이하시죠, 감독님. 저도 드릴 말씀도 있고."

한별은 부러 '드릴 말씀'에 힘을 주었다. 그를 눈치챈 재환의 얼굴은 더 뻣뻣해질 수 없을 정도로 굳어갔다. 가감 없이 드러나는 재환의 표정을 보며 한별은 만족스러운 미소를 지었다. 앞으로 촬영이 다 끝나도록 이렇게 피를 바짝 말릴 심산이었다. 한별은 뒤에서 있던 민석을 돌아보며 물었다.

"이지영은?"

"잠깐 화장실 가신다고."

"둘이 점심 먹어. 난 감독님이랑 점심 먹고 올 테니까."

"네."

한별은 다시 몸을 돌렸다.

"가시죠."

한별은 나란히 가는 감독과 재환의 한 발 뒤에서 쫓아갔다. 막 걸어가기 시작할 즈음, 공사장 소음 같은 쿵쿵거리는 소리가 들리기 시작했다. 사용이 끝난 세트장을 철거하는 소리였다. 그 소리에도 덤덤히 걷던 한별은 저 앞에서 종종걸음으로 걸어오는 지영을 발견했다. 자신을 발견했는지, 눈을 좋긋 뜨고 걸어오는 지영은 혼자였다. 한별은 감독과 재환을 지나쳐 지영을 향해 빠르게 걸으며 말했다.

"형은?"

"삼……."

무심코 이야기하려던 지영은 뒤에서 오고 있는 재환과 감독을 보곤 다시 말했다.

"대표님은 한 팀장님이랑 회의할 거 있다고 잠깐 자리 비우셨어요."

쿵쿵 울리는 소음에 목소리가 잘 들리지 않았다. 한별은 한쪽 눈을 찡그렸다.

"여기 정신없으니까 대기실로 가. 민석이랑 점심 먹어."

소음 속에서 겨우 알아들었는지 지영은 고개를 끄덕였다. 뒤이어 걸어오던 재환과 감독에게 고개를 꾸벅 숙이며 지나가는 지영을 확인하곤, 다시 돌아서는 그때였다.

쿵쿵쿵!

천둥이 떨어지는 것처럼 느껴질 정도로 큰 소리였다. 바쁘게 움직이던 모든 사람들이 멈출 만큼. 한별은 반사적으로 고개를 치켜들었다.

"어어, 아래로 떨어진다!"

큰 소리의 정체는 2층 난간을 쩍 가르며 빠르게 아래로 떨어졌다.

"아래에 피하세요!"

2층에 설치되어 있었던 조명 장비였다. 머리를 향해 떨어지는 그것을 피하기 위해 뒤로 한 발 물러서려던 그는 무심코 뒤를 돌았다. 뒤를 돌자마자 보이는 것은 자신을 향해 뛰어오는 지영이었다. 조명이 떨어지는 것을 보면서도 무심했던 그의 얼굴이 삽시간에 굳어졌다.

"이지영!"

한별은 반사적으로 지영에게 손을 뻗었다. 그것은 그에게 달려오는 지영 역시 마찬가지였다. 누가 누구를 잡았다고 할 수 없을 정도로 동시에, 두 사람이 서로의 팔을 붙잡아 당겼다. 팽팽하게 당긴 끝에 먼저 중심을 잃은 사람은 지영이었다.

쾅!

"한별 씨!"

바닥에 어깨를 부딪치며 쓰러진 한별은 몸을 누르는 묵직한 무게에 반사적으로 인상을 썼다. 몸을 짓누르고 있는 것은 자신이 중심을 잃는 그 순간에 함께 기울어진 지영이었다.

"괜찮아요?"

지영은 한별의 머리 옆 바닥에 손을 짚고 상체를 들었다. 쭉 뻗은 지영의 두 팔 사이에 가둬진 한별의 얼굴로 긴 머리카락이 흩어졌다. 한별은 강아지풀이 코끝을 톡톡 건드리는 것 같은 간질간질한 감각에 눈을 치켜떴다. 완전히 열린 시야 안으로, 지영의 동그란 얼굴이 가득 들어왔다.

"……."

엄청난 소리와 함께 머리 위로 떨어지던 조명을 보고서도 차분하게 뒤로 물러서던 그의 몸이, 고요하게 내려와 닿는 지영의 눈동자를 바라본 순간 딱딱하게 굳어갔다.

몸이 묶인 것 같았다.

쿵. 이제야 조명이 떨어진 것처럼 둔탁한 소리가 그의 가슴을 때렸다. 느린 배속으로 재생되는 영상처럼 지영이 눈을 감았다 뜨는 것이 느리게 보였다.

"위에 뭐야!"

"조명 내리다가 놓쳐서……."

"어떤 미친 새끼야! 정신 안 차려!"

감독의 성난 목소리가 세트장 안을 쩌렁쩌렁하게 울렸다. 그 고함에 정신을 차린 한별은 지영의 두 팔을 잡아떼며 상체를 일으켰다. 갑작스럽게 확 몸을 일으킨 그로 인해 뒤로 엉덩방아를 찧은 지영이 머리를 재빠르게 흔들었다. 앞으로 잔뜩 쏟아져 있던 머리카락들이 다시 제자리를 찾자, 말간 그녀의 얼굴이 다시 드러났다. 한별은 지영의 팔을 놓고 손으로 얼굴을 훑었다. 아직도 지영의 머리카락이 자신의 얼굴을 건드리고 있는 것 같았다. 한별은 머리카락 한 올 묻어나오지 않는 손바닥을 가만히 보다가 이내 동그랗게 말아 쥐었다.

"괜찮아요?"

지영의 눈길이 그의 팔과 어깨를 스쳤다.

"한별 씨! 괜찮아? 안 다쳤어?"

두 사람 주위로 금세 사람들이 동그랗게 모였다. 한별은 너 나 할 것 없이 자신의 상태만을 살피는 사람들 사이에서, 지영의 손을 붙잡고 일어났다.

"괜찮습니다. 안 다쳤어요."

한별은 굳은 표정을 가다듬으며 감독과 재환을 향해 말했다.

"점심은 내일 해도 될까요? 저보다 제 코디가 좀 놀란 것 같아서."

"네? 저, 아니……."

한별은 지영의 손을 붙잡은 손에 가볍게 힘을 주었다 뺐다. 그의 신호를 알아들은 지영이 더 말하지 않고 입을 다물었다.

"나도 안 되겠네. 위에 상황 먼저 봐야 해서. 재환 씨도 놀랐을 텐데, 대기실 들어가서 조금 쉬어."

"……네."

감독은 돌아서자마자 원형을 만들어 모여 있던 스텝들을 향해 고함쳤다.

"뭘 구경하고 서 있어! 현장 정리 안 할 거야!"

모였던 사람들은 금세 뿔뿔이 흩어졌다. 그럼에도 감독의 고함은 멈추지 않았다. 조명이 떨어지는 소리보다 더 우렁찬 소리가 가득한 세트장에서, 아직 자리를 지키고 있는 사람은 세 사람이었다.

"이지영, 너 왜……!"

한별은 끝까지 말을 잇지 못했다. 아직 남아 있는 재환을 의식한 그는 입을 다물고 지영 앞에 등을 보이고 앉았다.

"……대기실로 가. 걸을 수 있겠어?"

지영이 막 대답하기도 전, 두 사람 사이에 재환이 불쑥 끼어들었다.

"괜찮아요?"

지영은 이번에도 대답하지 못했다.

"넌 왜 안 가?"

한별은 지영에게 한 발 다가오려는 재환의 앞을 막아서며 불쾌한 표정을 그대로 드러냈다. 재환이 뭐라 말하기도 전, 한별은 턱을 까닥 움직였다.

"가. 신경 쓰지 말고."

한별은 재환을 등지고 돌아섰다.

"걸을 수 있어?"

"네. 저 하나도 안 다쳤는……."

한별은 지영의 말을 끝까지 들어주지 않았다. 그리고 지영 역시 불시에 자신의 어깨를 감싸오는 그로 인해 말을 다 이루지 못했다. 지영은 자신을 부축하듯 어깨를 감싸 안고 발을 맞추는 한별을 향해 속삭였다.

"……좀 오버하시는 것 같은데."

"이러고 가. 방금 머리 박살 날 뻔한 사람이 멀쩡히 걷는 것도 이상하잖아."

지영은 그 말에 군말 없이 따르며 한별과 함께 대기실로 향했다.

'방금 머리가 박살 날 뻔해서 놀란 사람' 행색은 대기실 문이 닫힌 순간 끝이 났다. 민석은 같이 대기실로 들어온 두 사람을 향해 물었다.

"같이 오세요? 형 감독님이랑 점심 드신다고……."

"그렇게 됐어. 일이 좀 있어서."

"무슨 일이요?"

"선우 형한테 전화 좀 해. 오늘 촬영 접을 것 같으니까 숙소로 오라고. 너도 전화하고 숙소로 바로 가고."

"촬영 접어요? 왜요?"

"아직 접는다는 말은 없는데, 접을 것 같아. 형한테 그렇게 말하고 숙소 가 있어. 나도 오늘 촬영 그만한다고 전달 받으면 바로 갈 테니까. 숙소 가서 밥 먹어."

민석은 지영을 흘긋 보며 손짓했다.

"네. 그러면 지영 씨도 점심……."

"아, 네. 그러면 저도."

"넌 어디 가."

한별은 소파에 편히 앉아 지영을 붙잡았다.

"스텝이 한 명은 있어야지."

"저도 점심……."

"잠깐 참아."

한별은 어중간하게 서 있는 민석을 향해 손짓했다.

"넌 얼른 가서 선우 형한테 전화하고, 기다리지 말고 먼저 밥 먹어."

"네, 형."

지영의 앞에서 문이 닫혔다. 민석이 나가자 한별은 꾹 참고 있던 말을 지영을 향해 쏟아냈다.

"이지영. 아까 왜 그렇게 달려들었어?"

"네?"

영문을 모르겠다는 얼굴을 보니 괜히 화가 났다.

"떨어지는 조명 아래로 달려드는 사람이 어디 있어. 미쳤어?"

"그게 제 일이잖아요?"

지영은 알 수가 없다는 듯 고개를 갸웃대며 말했다.

"최한별 씨 경호해주는 게 제 일이잖아요. 그래서 그런 건데."

한별에게서 대답이 없자, 지영은 어깨를 으쓱였다.

"하도 부업으로 부려먹으니까, 진짜 코디로 데려온 것 같고 그렇죠?"

"뭐?"

"그러니까 적당히 부려먹으시지. 저 경호하러 왔잖아요. 경호하러 온 사람이 경호해주러 뛰어든 게 그렇게 혼날 일인가."

지영은 한별에게로 가까이 다가갔다.

"그러니까 이제 말해봐요."

"……뭘."

"아까 넘어질 때 그냥 뒤로 넘어갔잖아요. 어디 아픈 것 같은 데 없어요?"

한별은 가까이 온 지영을 잠시 바라보다가 천천히 대답했다.

"……있어."

"아파요?"

한별은 지금 선연히 느껴지는 이질적인 감각을 솔직히 말했다.

"욱신거려."

"욱신거려요? 넘어지면서 결렸나. 어깨가 그래요? 한번 돌려봐요."

"어깨 아니야."

"그럼 팔이 그래요? 팔꿈치?"

"아니야."

지영은 답답함을 숨기지 않았다.

"그럼 뭐, 어디가요."

한별은 고집스럽게 입을 다물었다. 지영은 두 배로 부푼 답답함을 참지 못하고 한별의 어깨 뒤쪽에 손을 댔다.

"등이 그래요?"

한별은 굳은 얼굴을 저었다.

"아, 그럼 어디가요?"

"몰라."

"네?"

"모른다고."

사실은 알고 있었다. 욱신거리는 것은 어깨도, 팔꿈치도 아니고, 또한 등도 아니었다. 지영이 다시 한 번 자신의 몸에 손을 대는 그 순간 그는 완전히 알았다. 알 수밖에 없을 만큼 욱신거리고 있었다.

"이지영."

어깨 뒤, 목덜미 바로 아래에 달라붙어 있는 지영의 손이 가슴에서 느껴졌다.

"진짜 모르겠다."

"아니, 욱신거리는 게 느껴지니까 욱신거린다고 한 거 아니에요? 그런데 어디가 그런지 모른다는 게……."

"넘어진 게 뭔지."

"무슨 말이에요?"

"이지영."

여기저기를 살피느라 오가던 지영의 눈이 그의 목소리에 한곳으로 고정됐다. 두 사람의 시선이 직선으로 맞닿았다. 아무것도 떨어진 게 없는데, 마치 무언가가 떨어진 것처럼 쿵. 하는 소리가 들렸다. 쿵. 쿵. 쿵. 여러 번 반복해 들린 뒤에야 한별은 깨달았다. 그 소리는 밖에서 나는 게 아니라 몸 안에서 나는 거라는 것을.

"내 이름 불러봐."

"……아까 넘어질 때 바닥에 머리 찧은 거 아니에요?"

"불러봐."

지영은 눈을 게슴츠레하게 뜨며 조용히 말했다.

"최한별."

"……."

"이름 부르라고 해서 이름만 부른 거예요. 말 깐 거 아니에요."

지영은 틱틱대는 어조로 말을 이었다.

"그리고 이름 안 까먹으니까 쓸데없이 부르라는 말 좀 그만해요."

한별은 완전히 깨달았다.

조금 전, 넘어진 것이 몸이 전부가 아니라는 것을.

바닥으로 몸이 기울어져 쓰러진 것처럼, 마음이 기울어져 넘어간 것 같았다.

몸이 넘어진 바닥은 딱딱해 일어설 수 있었지만, 마음이 넘어진 곳은 발을 딛고 일어설 수 없을 정도로 물렁거리고, 몸을 움직일수록 더 깊은 곳을 향해 빠져드는 늪이었다. 끝을 알 수 없어서, 한번 빠지기 시작한 순간 나오기 힘든 아주 깊은 늪.

한별은 자신의 마음이 그 늪에 넘어져 발이 묶였음을 깨달았다. 아직은 발목이 잠긴 것이 전부였지만, 빠져나오지 않는다면 점점 더 깊이 잠기게 될 거라는 것까지도.

"솔직히 말해봐요. 아픈 데 없죠."

"욱신거린다니까."

"아, 그러니까 어디가요!"

확실했다. 인상을 팍 구기고 짜증을 내는 지영을 두고서도 웃음이 나오려는 것을 보면.

"제 생각에는 머리가 아파진 것 같아요."

자신의 머리를 톡톡 두드리며 진지하게 이야기하는 지영의 목소리가 귓가에 간지럽게 스며들었다. 간지럽지 않은 곳이 없었다. 귀와 눈, 입술과 목덜미, 손이 닿았던 어깨와 등, 욱신거리는 가슴까지.

"제가 오늘 최한별 씨, 연기 말고 새로운 재능을 하나 발견한 것 같아요. 사람 속 터지게 하는 거."

발은 이미 잡혔으니 어떻게 할까.

어떻게든 발버둥을 쳐서 벗어날까, 아니면.

"이지영."

아래로 깊이 빠져버릴까.

2층에서 조명이 떨어지는 사고로 멈췄던 촬영은 그 다음 날 다시 시작됐다. 부산에서도 벌써 일주일이 지나가고 있었다. 일주일 사이에 벌어진 사고는 두 개였다. 두 사고에 다른 게 있다면 하나는 한별을 직접적으로 노린 것이 드러나는 사고였고, 다른 하나는 정말 단순한 촬영장 해프닝일 수도 있는 사고라는 것이었다.

"만약에 어제 사고도 누군가 고의적으로 그런 거라면."

대기실에 함께 있던 세 사람의 시선이 동시에 한별에게 향했다. 한별은 그중 자신의 바로 앞에 있는 지영을 보았다.

"촬영 스텝 중에 한 명일 수도 있다는 거네."

지영은 그의 말에 고개를 끄덕이며 대꾸했다.

"그러네요. 그 영화관에서 있었던 사고도, 어쨌든 같은 부산이니까."

선우는 심각한 얼굴로 낮게 속삭였다.

"조명 옮기던 스텝은 둘 다 최 감독님 영화사 직원들이야. 앞을 등지고 걷던 한 명이 갑자기 전선줄에 걸려서 넘어졌다던데. 그러면서 조명이 아래로 떨어졌다고."

큰 사고이긴 했지만, 복잡한 세트장에서 충분히 있을 수 있는 사고였다.

"이제 드는 생각인데."

선우는 한별을 향해 한 발 다가가며 말했다.

"만약에 어제 사고도 고의였다면, 그리고 그게 다 스토커 짓이라면 좀 이상하지 않아?"

"이상해?"

"네 집에 들어갔을 때도, 어지럽히기만 했지 뭐 하나 훔치지도 않았잖아. 서울에서도 그렇고, 여기서도 계속 널 겁주고, 다치게 하려고 하고. 너를 좋아해서 그러는 게 아니라, 너를 꼭…… 싫어해서."

한별과 선우가 시선을 부딪쳤다.

"싫어해서?"

"다치게 하고 싶어서."

마치 증거라도 찾아낸 것처럼, 선우는 눈을 번뜩이며 말을 이었다.

"계속 생각할수록 그래. 네 집에 들어온 것도, 애초에 그 빌라 안에 들어온 것도 들어갈 방법이 없을 텐데 들어온 거잖아. 서울에서 부산까지, 아무나 못 들어오는 곳에 자연스럽게 들어오고. 어제 사고 얘기 듣고 여기 오면서 지금까지 계속 생각한 건데, 혹시."

"혹시, 뭐."

"CCTV에 잡혔던 그 남자. 이쪽 일 하는 사람 아니야?"

조용히 듣고만 있던 지영마저 선우를 향해 고개를 돌렸다.

"그러니까, 그냥 혼자서 무작정 널 쫓아다니는 게 아니라."

"아무한테도 의심 안 받고."

한별이 선우를 대신해 말을 이었다.

"날 직접적으로 다치게 만들려는 목적이 뚜렷하고."

"……."

"기자들 사이나, 촬영장 안에 끼어들 수 있는 사람."

한별과 선우가 동시에 입을 다물었다. 둘은 서로를 바라보는 눈에서 같은 생각을 읽었다.

"형. 샐러드 사 왔는데, 소스 뿌리지 말까요?"

막 씻고 나온 한별은 방에 비치된 동그란 테이블 앞에 앉으며 가져오라 손짓했다.

"반만 뿌려."

"네."

민석이 막 한별의 앞에 샐러드를 놓아줄 때쯤, 지영이 방 안으로 들어왔다.

"안녕히 주무셨어요."

"형은?"

"삼촌은 촬영장에 먼저 간대요. 뭐 이것저것, 체크해본다고."

지영은 양손에 가득 가져온 옷가지들을 들고 한별을 지나쳐 창가 앞에 있는 행거로 걸어갔다. 한별은 자연스레 지영의 움직임을 눈으로 좇았다. 지영은 창가 커튼과 침대 옆 협탁 사이에 껴 있는 행거를 앞으로 빼내기 위해 행거 기둥에 발을 걸고 뒤로 주춤주춤 물러섰다. 손을 쓸 수가 없어 영 불편한 모양새였다. 한별은 자신도 모르게 손을 뻗으며 엉덩이를 들었다.

"도와줄까?"

그러나 지영에게 먼저 도와줄까, 하고 묻는 사람은 그가 아닌 민석이었다.

"아니요. 괜찮아요."

갈 곳을 잃은 손을 거두며 한별은 괜히 삐딱하게 말했다.

"여기에 잠깐 두고 손으로 빼면 될 걸 가지고."

지영은 돌아보지도 않고 대꾸했다.

"아, 그러면 되는구나."

한별은 조그만 등을 흘겨보다가, 지영 대신 행거를 앞으로 쭉 빼주고 그 앞에 서 있는 민석을 보았다.

"아, 도시락 내 방에 뒀는데. 가져다줄까?"

"왔다 갔다 하기 번거롭잖아. 그냥 가서 같이 먹지, 뭐."

한별의 눈이 배로 커졌다.

"너네 뭐야?"

"네?"

그리고 보니 아까도 '도와줄까?'였다. 한별은 민석과 지영을 번갈아 보며 물었다.

"서로 말이 왜 이렇게 편해?"

도드라지게 커진 한별의 눈에 도리어 당황한 민석이 쭈뼛대며
대답했다.

"아, 어제 저녁에 그냥…… 그래도 같이 일하는 사이라, 편하게
말 놓는 게 좋을 것 같아서."

"네. 그래서 그냥 말 놓기로 했어요."

"……어제저녁에? 어제 저녁에 둘이 만났어?"

민석은 알 수 없다는 표정으로 대답했다.

"둘은 아니고 대표님이랑, 한 팀장님이랑…… 간단하게 맥주 한
잔했어요."

한별의 스케줄이 끝나면 직원들끼리 모여 간단히 맥주 한잔하
는 것은 가끔 있는 일이었다. 한별은 술을 전혀 하지 못했기에 참
석한 적은 없었지만 자신을 빼고 술 한잔씩 하는 것에 그다지 소
외감을 느끼지도 않았고, 남과 억지로 섞이는 것보다 혼자 있는 시
간을 더 좋아하기 때문에 지나가는 말로도 섭섭함을 표현해본 적
이 없었다.

"술은 무슨 술이야. 일해야 되는 사람들이."

"한 잔씩만…… 했는데."

한별은 민석의 말이 들리지 않는 듯, 지영에게 눈을 콕 박았다.

"그리고, 넌 어제 그렇게 나가서 곧장 자러 안 가고 뭘 또 따라
나갔어?"

지영은 눈을 깜빡이며 대답했다.

"마침 복도에서 딱 마주쳐서……."

한별은 눈을 번뜩 뜨며 딱 잘라 말했다.

"앞으로 촬영 끝날 때까지 모여서 술 마시지 마."

한별은 샐러드를 거칠게 뒤적거렸다. 그 덕에 지영과 민석은 눈치 아닌 눈치를 보며 발소리까지 죽인 채 살금살금 걸어다녔다.

지영이 행거에 옷걸이를 다 걸자, 민석은 지영에게 손짓하며 말했다.

"형. 그럼 식사하세요. 저희 30분 있다가 다시 올게요."

한별은 부리나케 대꾸했다.

"왜. 어디 가?"

"네?"

"어디 가냐고."

"밥 먹으러……."

한별의 목소리가 한층 올라갔다.

"둘이 같이?"

민석은 뭐가 잘못된 건가 싶은 얼굴로 조심스럽게 고개를 끄덕였다.

"네. 저희 밥…… 먹으러."

한별은 3일 전부터 본격적인 체중 관리에 들어갔다. 점점 말라가는 캐릭터를 표현하기 위해 식이를 조절하며 천천히 체중을 감량할 계획이었다. 체중 관리에 익숙한 연예인이라고는 하지만, 먹을 것을 참는 건 쉽게 적응되는 일이 아니었다. 혹시나 음식 냄새를 맡는 것에도 예민해질까, 3일 전부터 선우는 식사는 혼자 하라며 식사 시간마다 자리를 비워줬다. 한별 역시 그게 편했다.

"안 돼."

그러나 이번은, 한껏 친근해진 민석과 지영이 함께 밥을 먹으러 나가는 꼴을 보는 것이 편하지 않았다.

"가져와."

"네?"

"여기로 가져오라고."

"여기에요?"

민석은 멈칫했다.

"대표님이 식사할 때는……."

"그냥 가져와. 여기서 먹어."

민석은 더 묻지 않았다. 의아함이 해소되지 않은 얼굴이었지만, 그저 고개를 한 번 끄덕이고 그의 말에 따랐다.

"그럼 가져올게요."

탁. 민석이 부리나케 문을 닫고 나가자마자, 한별은 가만히 서있는 지영을 향해 턱짓했다.

"앉아."

"일부러 혼자 먹는다고 하지 않았어요? 왜 갑자기……."

자리에 앉는 지영을 향해, 한별은 그녀의 말을 끊으며 물었다.

"뭐라고 해?"

"네?"

"민석이한테, 뭐라고 하냐고."

"뭐라고 하냐니……."

"너보다 두 살 많잖아."

"아아."

지영은 그의 질문이 내포한 의미를 깨닫곤 고개를 끄덕이다가,

이내 대수롭지 않게 대답했다.

"당연히 오빠라고 하죠."

"……."

"두 살 많은데, 야, 라고 할 수는 없잖아요."

한별의 얼굴이 딱딱하게 굳었음을 아는지 모르는지, 지영은 얄밉도록 순진한 얼굴로 물었다.

"왜요?"

"나 너보다 여섯 살 많아."

"네?"

"여섯 살. 많다고."

지영의 고개가 오른쪽으로 꺾였다.

"알고 있는데요?"

"아는데……."

한별은 말을 다 잇지 못하고 입을 다물었다. 지영이 서슴없이 오빠라 부르기 시작한 민석이 영문을 모르는 얼굴로 다시 돌아왔기 때문이었다. 나란히 앉아 있는 꼴이 한별의 화를 부추겼다. 한별은 맛도 나지 않는 풀을 아그작 씹으며 날이 선 목소리로 말했다.

"너네 앞으로 밥 여기서 먹어."

도시락 뚜껑을 여는 둘을 향한 선포 아닌 선포였다.

"지영아. 한별이 형 넥타이, 숙소에 두고 온 게 이거 맞지?"

"맞아. 아, 숙소에서 흘렸나 보네. 번거롭게 해서 미안."

"지금 얼른 줘."

"응."

한별은 민석과 지영의 대화를 들었음에도 부러 못 들은 척 고개를 돌리지 않았다. 대본을 넘기던 손은 지영의 목소리가 들릴 무렵부터 멈춰 있었다. 그러나 한별은 아는 척 돌아보지 않았다. 대본에 깊이 빠져 있는 척, 미간에 주름까지 만들고 고개를 숙인 채 가만히 있었다.

타박타박, 지영이 걸어오는 소리가 들렸다. 곧 시작될 촬영 준비로 스텝들이 분주히 오가는 사이에서도 지영의 기척이 유독 선명히 느껴졌다. 다가오는 발소리가 점점 커질 무렵, 한별은 발을 옮겼다.

"저기, 이거……."

"감독님."

한별은 지영의 부름을 못 들은 척 발을 옮겨 감독에게로 향했다. 돌아보지 않아도 지영이 어떻게 반응하고 있을지 눈에 선했다. 못 들은 건가, 못 들은 척하는 건가. 둘 중 무엇인지 헷갈리는 얼굴로 고개를 갸웃거리고 있을 게 분명했다. 픽 새어 나오는 웃음을 참으며 감독에게 대본을 내민 한별은, 이미 파악된 대사의 의미를 굳이 물으며 지영이 끼어들 틈이 없도록 만들었다.

"이 부분은 조금 과장되게 표현하고, 지문에서는 창밖을 바라보고 있다고만 했는데, 나는 이 대사 끝처리 할 때 창밖에서 살짝 시선을 떨어트렸으면 좋겠어."

한별의 의중을 모르는 감독은 뿌듯한 얼굴로 그의 팔을 두드렸다.

"안 그래도 말하려고 했는데. 한별 씨가 확실히 감이 있다니까."

그 덕에 맞은편에 똑같은 모양새로 대본을 잡고 있던 재환의 얼굴이 사정없이 구겨졌다. 그러나 한별은 감독의 인정과 칭찬도, 재환의 질투 어린 시선도 그다지 신경 쓰지 않았다. 말하자면 관심 밖이었다. 감독도, 재환도 들어오지 않는 그의 신경과 관심 안에 들어와 있는 것은 단 하나뿐이었다.

"저기이……."

틈을 찾는 지영이 다시 감독과 자신 사이를 비집고 말을 걸자, 한별은 또다시 듣지 못한 척 반대로 고개를 돌렸다. 그는 여전히 지영을 등진 채 본격적으로 촬영 준비에 들어가는 양 창가로 다가갔다. 결국 지영은 참지 못하고 다른 호칭으로 그를 불러 세웠다.

"한별…… 오빠!"

한별은 기다렸다는 듯 고개를 돌렸다. 지영을 돌아보는 그의 얼굴에 매끄러운 미소가 걸렸다.

위조 아닌 위조로 코디로 들어온 이후부터, 지영은 한별을 '저기'나 '저기요'로 가장 많이 부르더니, 어느 순간부터는 그냥 '최한별 씨'로 부르곤 했다. 한별은 평소에 누가 자신을 부르는 호칭에 민감하게 구는 편이 아니었지만, 어쩐지 지영이 자신을 부를 때 쓰는 호칭은 유독 거슬렸다.

다른 사람들 보는 데서는 의심 사지 않게끔 '한별 오빠'라고 부르라 했더니, 그때에는 알겠다며 고개를 끄덕여놓고 막상 사람들 있는 곳에서는 아예 부르지도 않았다. 그저 촬영을 준비할 때나 촬영이 잠시 멈췄을 때 말없이 다가와 제 할 일만 하고 쌩하니 돌아갈 뿐이었다. 불만을 삼지 않아도 되는 소소한 거슬림이었지만, 한별은 굳이 그것을 불만으로 삼았다. 아침나절 민석과 지영의 친근한 모습을 보니 불만으로 삼지 않을 수 없었다.

한별이 창가를 등지고 완전히 돌아서자 지영은 그의 앞으로 재빠르게 다가왔다. 손에는 자신이 일부러 흘리고 왔던 넥타이를 쥔 채였다.

"왜 불러도 못 들어요?"

"한별 오빠라고 우렁차게 부르는 거 듣고 돌아본 건데."

"그 전에요. 계속 불렀는데 못 들었잖아요."

"그 전에…… 는, 감독님이랑 얘기 중이어서 그랬나."

감쪽같은 연기였다. 정말 몰랐다는 듯 눈을 한 번 껌뻑이자 지영은 순순히 속아 넘어갔다.

"넥타이요."

평소 같았으면 받아서 직접 맸을 한별이었다. 그러나 그는 받아 들지도 않고 대신 허리를 살짝 구부렸다.

"보는 사람들 있잖아."

그럴싸한 이유를 갖다 붙이면서, 한별은 지영에게 매달라는 눈 짓을 보냈다.

"코디 두고 혼자 넥타이 매는 연예인은 없어."

지영은 헛웃음을 치면서도, 그의 목덜미에 넥타이를 둘렀다. 한 별은 지영이 더 편하게 넥타이를 맬 수 있게 허리를 더 숙였다. 그 덕에 두 사람이 한층 가까워졌다. 목 언저리와 가까운 지영의 얼굴 을 내려다보며, 한별은 차분히 말했다.

"넥타이 맬 줄 아네."

"한 팀장님한테 배웠어요. 넥타이를 많이 매게 될 거니까, 잘 배 워두라고 하셔서."

"잘 배워놓고, 그동안 맨날 나한테 직접 매라고 한 거야?"

"어쨌든 오늘 이렇게 써먹잖아요."

얼마나 잘 배운 건지, 지영은 금세 다 매진 넥타이를 한번 톡 치곤 손을 뗐다.

"됐어요."

그럼에도 한별은 허리를 펼 생각도, 고개를 들 생각도 하지 않았다.

"다 했어요."

무심코 고개를 들던 지영이 잠시 멈칫할 정도로 두 얼굴 사이의 간격이 좁았다. 지영이 눈을 깜빡일 때 눈꺼풀이 옅게 흔들리는 것까지 다 보일 정도로 가까웠다.

"왜요?"

"뭐가."

"다 했어요."

"알아."

"……고개 들어도 된다구요."

"그것도 알아."

"그런데 왜 가만히 있어요?"

한별은 낮은 목소리로 물었다.

"왜겠어?"

"네?"

"왜 그러는 것 같냐고."

지영의 눈이 빠르게 깜빡였다. 도무지 알 수 없다는 그녀의 생각이 얼굴에 고스란히 드러났다. 한별은 입꼬리를 올려 웃었다. 결국 지영이 그의 의중을 파악하지 못한 채 뒤로 한 발 물러섰다. 그제야 한별은 허리를 펴며 고개를 들었다. 그러곤 지영의 얼굴을 빤히 보았다. 한별은 잠시 지영을 바라보다가, 한탄스러운 어조로 나지막이 말했다.

"내가 어쩌다."

그와 가장 가까이 서 있는 지영조차도 잘 듣지 못할 만큼 작은 목소리였다.

한별은 고개를 갸우뚱 꺾는 지영을 보며 입을 다물었다.

내가 어쩌다, 나랑 얼굴을 맞대고 있어도 얼굴색 하나 안 변하는 여자애를.

"왜요?"

입을 달싹이던 한별은 결국 고개를 저었다. 그러자 지영은 망설이지 않고 고개를 돌렸다. 쉽게 등을 보인 채 멀어지는 지영을 보며, 한별은 아쉬움을 감추지 못했다. 어떻게 해야 저 가벼운 발을 무겁게 만들어 잡을 수 있을까. 지영과 보내는 하루하루가 길어질수록 그녀로 인한 고민이 하나씩 늘어가고 있었다.

"컷!"

재환은 참았던 숨을 터트렸다. 유리창에 비치는 그의 얼굴이 창백했다. 재환은 고개를 돌려 감독을 바라보았다. 한별에게는 셀 수 없을 정도로 말하던 '오케이!'를 덧붙이지 않은 채, 그저 고개를 끄덕일 뿐이었다.

"됐어. 이 테이크로 가지."

감독은 턱을 쓰다듬었다. 재환은 그게 무슨 뜻을 의미하는지 알

았다. 애매모호함. 나쁘지는 않지만 그렇다고 해서 마음에 꼭 들어
차지도 않는. 감독은 그런 순간에 꼭 자신의 턱을 매만졌다. 재환
은 흘긋 눈을 돌려 그 옆에 서 있는 한별을 바라보았다. 단독 촬영
을 하고 있는 내내 감독의 옆에 수문장처럼 서서, 자신을 보고 있
는 그로 인해 집중하기가 힘들었다.

재환은 주변을 살펴보았다. 감독이 컷을 소리치고, 이 테이크로
가자는 말을 하자마자 스텝들은 기다렸다는 듯 일사분란하게 다
음 씬 촬영을 준비하고 있었다. 조연출 몇 명이 감독 앞을 뛰어다
니고, 카메라 감독들은 미리 앵글을 맞추며 동선을 체크했다.

재환은 어제 자신이 보았던 한별의 단독 촬영을 생각하지 않을
수가 없었다. 첫 테이크에 이미 오케이를 들었음에도, 한별은 자신
의 욕심인지 두 번이나 더 같은 씬을 촬영했다. 결국 세 번째 테이
크에 더 좋은 연기가 나왔다. 삐딱하게 보고 있던 자신마저 전율이
일 정도로. 촬영이 끝났음에도 스텝들이 움직이지 않았다. 작은 탄
성이 흘러나오기도 했다.

"씬 94 촬영 시작하겠습니다!"

한별은 어느새 성큼 다가와 있었다. 이미 배역과 동화된 얼굴로,
초연한 눈으로 정면을 주시했다. 재환은 온전히 촬영에 몰입한 그
를 보며 이를 악물었다.

재환은 세트에서 멀찍이 떨어져 대기실을 향해 걸었다. 다른 촬
영장에서도 함께 출연한 배우들과 기싸움은 있었다. 서로 의식하
며 기싸움을 하던 그 순간에도, 속내를 보이지 않고 의연하게 넘기
곤 했었다. 한별과도 그럴 수 있을 거라 생각했다. 그러나 그것은

완전한 착각이었다.

기본적으로, 한별은 자신을 의식하지 않았다. 앞에서 쏘아붙일지언정 보이지 않는 기싸움은 하려고 들지도 않았다. 경쟁자로 여기지도 않았고, 촬영할 때는 윤재환이 아닌 주호로만 대했다. 그 역시 최한별이 아닌 재완이었다. 어떻게 해야 그보다 더 존재감을 과시할 수 있을지 매일 고민하는 저녁이 무색할 정도로, 한별은 아무것도 하지 않았다. 그럼에도 그는 자신을 한참 앞섰다. 그리고 재환은 한참 앞서고 있는 한별의 뒤를 쫓는 것조차 버거웠다.

"……."

입을 떼면 그대로 욕이 터질 것 같아, 재환은 억지로 이를 악물었다. 대기실로 가기 위해 걷는 걸음이 배로 빨라졌다. 한참 걷던 재환이 멈춘 것은 대기실에 거의 다다를 무렵, 정수기에 꽂혀 있는 물통을 툭 빼는 지영을 본 순간이었다.

빈 물통은 지영의 손에 쉽게 뽑혀 나갔다. 한쪽에 빈 물통을 세운 지영은 곧바로 그 옆에 있던 새 물통을 쥐었다. 입구에서 손을 깔짝이더니 입구를 막고 있던 껍데기를 벗겨냈다. 재환은 그대로 살짝 들어보는 지영을 향해 손을 뻗었다.

"제가 도와드릴……."

탁.

물통 아랫부분에 발을 끼워 넣은 지영은 허리를 숙이는가 싶더니, 그대로 입구와 밑바닥을 각각 손으로 짚어 쉽게 들었다. 지영이 재환을 향해 고개를 돌린 것은 이미 새 물통을 정수기에 끼워 넣은 직후였다. 지영은 보골보골 소리를 내는 정수기를 손으로 가리키며 물었다.

"물 드시려고요?"

"네?"

"드시려면 먼저 쓰세요. 저는 담아갈 통이 좀 많아서."

한별의 것인지 각기 다른 크기의 물통이 어느새 지영의 손에 들려 있었다. 재환은 정수기 앞에 서 있는 지영에게 가까이 다가갔다. 지영은 그가 자신에게 온다는 것은 생각하지 못한 채, 옆으로 한 발 비켜서며 정수기 앞을 양보했다.

"위험하게 왜 혼자 했어요. 누구한테 도와달라고 하지."

"뭐가 위험해요?"

"물통이요. 혼자 들기에는 위험하잖아요."

"아, 이거."

지영은 어깨를 으쓱였다.

"이런 건 기술로 하는 거죠. 힘으로 어떻게 들어요? 무턱대고 힘 줘서 들라고 하면 허리 나가요."

그러더니 발을 까딱였다.

"지렛대 원리로."

까딱거리는 발이 유독 조그맣게 보여 괜히 웃음이 났다. 재환이 바람 빠진 소리를 내며 웃자 지영이 물었다.

"물 안 드실 거예요?"

"……네."

"그럼 저 좀 쓸게요."

재환이 뒤로 물러서자 지영이 물통 하나에 물을 담기 시작했다. 재환은 눈으로 그녀가 물을 담아야 할 텀블러의 수를 셌다. 총 세 개. 얘기할 시간은 충분했다.

"이지영 씨."

"네?"

"그때, 왜 말했어요?"

"뭘요?"

"제가…… 한별 선배님 욕한 거요. 말 안 한다고 몇 번이나 얘기해놓고, 그날 앞에서 다 얘기했었잖아요."

그날. 여유로운 척 표정을 바꾸고 상황을 모면하려는 자신에게 넘어가지 않겠다는 듯, 지영은 한별에게 순식간에 전부 말해버렸다. 당황스러운 상황에서, 한별은 조용히 지영과 함께 자리를 떠났다. 그 이후에도 따로 불러서 따져 묻거나 회사 쪽으로 언질을 주는 것도 없이 조용히 넘기듯 굴었다. 그러나 도리어 그것이 재환을 피 말리게 했다. 왜 아무것도 하지 않는지, 왜 아무 말도 하지 않는지. 그날 이후로 묻고 싶은 것이 많았다. 그리고 그중 가장 묻고 싶은 것은 이것이었다.

"왜 얘기했는지 물어봐도 돼요?"

"내가 속았구나 싶어서요."

"네?"

"뒤에서 남 욕하다 걸리니까 어쩔 줄 몰라 하면서 눈치 보길래, 죄짓고는 못 사는 사람인가 보다 했거든요. 괜히 중간에서 얘기 전달하는 사람 되기도 싫고, 뻔뻔한 사람인 것 같지 않아서 언젠가 후회하겠거니 하고 넘어가려고 했는데."

지영은 두 번째 빈 통에 물을 따르기 시작했다.

"그런데 아닌 것 같아서요. 그때 엄청 뻔뻔하게 굴었잖아요. 나중에도 후회 안 할 것 같아서, 그 자리에서 후회하게 만들어야 될 것 같아서 그랬어요."

지영은 재환을 돌아보며 말을 이었다.

"하나도 안 미안하죠?"

"……네?"

"하나도 안 고맙고."

"무슨……."

"죄송합니다. 고맙습니다. 이 두 말을 입에 달고 다니잖아요. 그런데 사실은 하나도 안 미안하고, 하나도 안 고마운 것 같아서요."

"……."

잠깐의 적막에 물이 흐르는 소리가 잔잔히 울렸다.

"그러면 나중에, 정말 미안하거나 정말 고마울 때 오히려 죄송합니다. 고맙습니다. 하고 말하는 게 어려워질 수도 있어요."

벌써 세 번째 통에 물이 채워지기 시작했다. 재환은 아무 대답도 하지 않고 지영을 가만히 보았다. 그 대신 말을 잇는 것은 지영이었다.

"충고나 뭐 그런 건 아니니까 새겨듣지 않아도 괜찮아요. 유재환 씨."

재환은 조심스럽게 입을 뗐다.

"저…… 윤재환인데요."

"네?"

"성이요. 유가 아니라 윤이에요."

"아."

지영은 꽉 채운 물통을 품에 안고 고개를 꾸벅 숙였다.

"죄송해요. 제가 헷갈렸나 봐요."

웃음이 나올 상황이 아니었는데, 왜인지 웃음이 났다. 재환은 미소를 머금은 채 물었다.

"이제까지 제 이름…… 유재환으로 알고 있던 거였어요?"

"……네. 저는 계속 유 씨인 줄 알았거든요. 헷갈려서 미안해요."

"그럼 이름 알려줘요."

"네? 제 이름 알고 계시잖아요. 아까도 부른 것 같은데."

"직접 알려줬으면 좋겠다는 말이에요."

재환은 뒷말을 덧붙였다.

"진심으로요."

잠시 재환을 바라보던 지영은 천천히 입을 뗐다.

"저는 이……."

"이지영."

그러나 그녀보다 먼저 이름을 말한 것은 낮고 신경질적인 목소리였다.

"물을 바다에서 길어 오나 했다."

재환은 굳이 돌아보지 않아도 그가 한별임을 알 수 있었다.

"얘랑 말하지 말랬지."

한별은 빠르게 둘 사이를 비집었다. 뒤로 한 발 물러서던 재환은 무심코 한별과 눈을 마주쳤다.

"아니. 별말 안 했는데요."

"별말은 말 아니야? 하지 마, 너."

한별의 얼굴을 본 재환은 눈을 감았다 떴다. 지금 눈앞에 있는 그의 표정은 이제껏 본 적 없는 것이었다.

"너도 내 스텝한테 쓸데없이 말 걸지 마."

경계심.

한별의 얼굴 가득 번져 있는 것은 경계심이었다. 아무것도 하지 않던 그가, 표정과 말로 자신을 경계하고 있었다. 경쟁할 생각도 없는 듯, 촬영할 때가 아니면 보이지 않는 듯 무시로 일관하던 한별이 눈을 번뜩이며 자신을 경계하고 있었다. 등만 보인 채 한참 자신을 앞질러 가던 그가, 자신과 마주 선 채 경계심을 온전히 드러내고 있었다.

반쯤은 충동적이었다.

"……그럼 또 봐요. 지영 씨."

충동적으로 말을 내뱉은 그다음, 재환은 확신했다.

"윤재환."

한별이 지금 자신을 강하게 경계하고 있고, 그가 그토록 자신을 경계하는 이유는 그의 등 뒤에 있다는 것을.

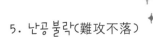

5. 난공 불락(難攻不落)

"지영 씨. 아이스크림 먹을래요?"

"아, 저 단거 별로 안 좋아해서."

"지영 씨. 커피 마셔요."

"쓴맛 별로 안 좋아해서."

"지영 씨. 이거……."

"윤재환."

재환은 입을 다물고 제자리에 우뚝 섰다. 어느새 온 한별이 험악한 얼굴로 지영을 가리고 섰다. 그의 뒤편에서 유유히 사라지는 지영을 살며시 보던 재환이 이내 한별을 향해 시선을 돌렸다.

무시로 일관하던 최한별이 이렇게 대놓고 반응할 줄이야. 예상보다 더한 그의 예민한 반응에 재환은 웃을 수밖에 없었다.

"내 스텝한테 신경 쓰지 말라고 했지."

"저희 팬분들이 스텝분들이랑 같이 나눠 먹으라고 보내주신 거라, 지영 씨한테도 드리려고 한 거예요."

이렇게 티를 낼 정도로 경계하는 이유가 뭘까. 재환은 웃는 얼굴을 유지한 채 한별을 살폈다. 자신이 지영을 쫓으면 쫓을수록 한별은 더 예민하고 크게 반응했다. 처음에는 야, 하는 짤막한 경고였다. 그 다음에는 티 나게 둘 사이를 막았고, 그럼에도 지영에게 말을 걸고 가까이 다가가자 이제는 대놓고 분명하게 말했다.

"이지영한테 말 걸지 마."

자기 스텝이라 다른 배우와 엮이는 걸 싫어하는 건가. 아니면 혹시 사생활이 새어 나갈까 자기 스텝도 믿지 못하는 건가.

처음에는 둘 중에 이유가 있다고 생각했다. 그러나 이틀이 지난 지금은 아니었다. 한별은 그저 단순히 지영이 자신의 스텝이어서 다른 사람이 다가오는 것을 경계하는 게 아니었다.

재환의 눈이 가늘어졌다. 이게 뭘까. 다가오는 사람을 경계할 정도로 거센 독점욕인 것은 분명했다. 마치 자기 것을 뺏기기 싫어, 스스로 만든 테두리 안에 가둬놓고 밖으로는 날을 세우는.

"더 말 안 해. 마지막이야. 가까이 오지도 마."

재환은 가만히 한별의 표정을 읽었다. 대놓고 날을 세울 만큼 강한 독점욕이 자기 사람 전부를 향하고 있는 건지, 아니면 한 사람을 향하고 있는 건지 알기 위해서.

한별의 반응에 즐거운 것과 별개로, 재환은 지영의 앞에서 매번 튕겨져 나가야 했다. 한별이 대놓고 사이를 가르며 경계하는 통에 제대로 대화를 나누지 못했지만, 짧은 대화에서도 재환은 지영이 자신을 어떻게 생각하고 있는지 알 수 있었다.

"지영 씨. 좋은 아침이에요."

"네."

"무겁지 않아요? 들어줄까요?"

"이거 한별…… 오빠 옷인데. 그쪽이 들면 싫어하지 않을까요?"

지영은 자신을 귀찮아했다. 말로 하지는 않았지만 귀찮아하고 있음을 얼굴 표정만으로 충분히 알 수 있었다.

"그래도 도와줄게요."

"그리고 애초에 안 무거워요."

촬영이 없는데도 일찍 나온 의미가 점점 없어지고 있었다. 말 한마디를 할 때마다 켜켜이 쌓여지는 벽이 눈에 보일 정도였다.

"점심은 어떻게 먹을 예정이에요? 오늘 우리 회사에서 밥차 지원해주기로 했는데, 같이 먹어요."

"제가 뷔페식을 별로 안 좋아해서."

재환은 이제 자존심이 상할 지경이었다. 지영의 근처를 어슬렁 거리면서 한별의 심기를 건드리는 것까지는 좋은데, 도무지 지영 과 거리가 좁혀지지 않았다. 한별을 더 자극하려면 지영과 가까워 지는 것이 필수적이었다. 그렇게 쫓아다닌 게 이틀이었다.

웃는 얼굴에는 거절을 못 하겠지 싶어서 생글생글 웃으며 말을 건네도, 지영은 입꼬리 한 번 씰룩이지 않고 차갑고 짧게 대꾸했 다. 딱 예의를 지키는 선에서 끊어내는 대답이었다.

재환은 지영의 앞을 가로막듯 서서 뒤로 걸으며 다시 말을 건넸다.

"그럼 뭘 좋아해요?"

"왜요?"

"단것도 안 좋아하고, 쓴맛도 안 좋아하고, 뷔페식도 안 좋아하고. 그럼 좋아하는 게 뭔지 궁금해서요."

지영은 재환을 제대로 쳐다보지도 않고 대답했다.

"그게 왜 궁금해요?"

"그냥…… 혹시 내가 해줄 수도 있잖아요. 지영 씨가 좋아하는 거."

지영은 잠시 무언가를 생각하는가 싶더니, 다시 입을 달싹였다.

"좋아하는 거 말하면 해주려고요?"

"네. 줄 수 있는 건 줄 수도 있고요."

뭐가 좋다고 하려나. 좋다고 하는 걸 앞에다 들이밀고 벽을 허물어볼 심산이었다. 재환은 생글생글 웃으며 지영을 재촉했다.

"그러니까 가르쳐줘요."

"윤재환 씨가 말 안 거는 거요."

예상치 못한 대답에 재환은 당황스러움을 감추지 못했다.

"그리고 비켜줬으면 좋겠는데."

여유롭게 걷던 발걸음이 삽시간에 박자를 놓치고 꼬였다. 지영과 얼굴을 마주한 채 뒤로 성큼성큼 걷던 그가 순간 중심을 잃고 옆으로 삐끗했다.

"억!"

재환은 목이 살짝 조이는 느낌에 인상을 구겼다. 몸의 중심이 옆으로 기울었다고 생각했는데, 눈을 질끈 감았다 뜨고 나니 제자리에 두 발을 딛고 서 있었다. 다른 점이 있다면 목이 조여드는 느낌이 들 만큼 강하게, 멱살이 잡혀 있다는 점이었다.

"……"

넘어지려는 그 순간에 멱살을 잡아 세운 사람은 지영이었다. 지영은 재환이 똑바로 선 것을 확인하자마자 손에 힘을 풀고, 구겨진 그의 옷깃을 손으로 한번 가볍게 털었다. 그러더니 한쪽 어깨에 걸치고 있던 옷가지들을 두 팔로 감쌌다.

"해준다면서요?"

비키라는 뜻이었다.

재환은 당황한 표정을 감추지 못한 채 살며시 옆으로 비켜섰다. 앞이 트이자마자 지영은 재환에게 눈길 한 번 제대로 주지 않고 보폭을 넓게 해 걸어갔다.

"뭐지?"

혼잣말이 자연스럽게 나왔다.

먹을 것도, 웃는 낯으로 사근대는 것도 통하지 않고, 대놓고 좋아하는 것을 물었더니 말 걸지 말고 비키라는 지영은 이제껏 경험하지 못한 단단한 철벽 그 자체였다. 무엇으로 허물어야 할지 도무지 감이 잡히지 않았다.

그리고 대기실 안. 재환만큼이나, 아니 그보다 더 딱딱한 철벽을 무엇으로 허물어야 할지 감을 잡지 못하고 쩔쩔매는 한별이 질리도록 지영을 부르고 있었다.

"이지영. 왜 이렇게 늦게 와?"

"……."

"이지영."

"아, 내 이름 닳겠네."

"뭐가 닳아."

"이름 부르는 사람이 많아서, 제 이름 닳겠다고요."

한별은 예민하게 반응했다.

"나 말고 누가 또 널 불러."

"됐어요."

"이지영."

"……그만 좀 부르면 안 될까요? 제 이름에 질릴 지경이에요."

한별은 그가 벗어놓은 티셔츠를 옷걸이에 거는 지영을 가만히 보다가, 불시에 일어서서 대기실 문을 열었다. 벌컥 문을 열자 놀란 지영이 먼저 그를 향해 손을 뻗었다.

"이거 셔츠도 입어야 되는데……."

한별은 못 들은 척 문을 훤히 열어놓고 촬영장을 향해 걸었다. 탁탁탁, 지영이 종종걸음으로 빠르게 걸어오는 소리가 또렷하게 들렸다. 알면서도 모르는 척 한별은 부러 사람이 많은 곳을 골라 그곳으로 재빠르게 걸어갔다.

"최, 아니."

무심코 부르려다 잦아드는 지영의 목소리에 한별은 미소를 지었다.

"한별 오빠!"

마침 한별이 막바지 촬영 준비가 한창인 스텝들 사이에서 멈춰 섰을 때였다. 한별은 타이밍 좋게 자신을 부르는 지영을 향해 돌아섰다. 셔츠를 팔에 걸치고 부리나케 오는 지영은 꽤나 불만스러운 표정을 하고 있었다.

"아, 진짜. 왜 자꾸 덜 입고 나가요?"

불만스러운 목소리가 한별에게만 들릴 정도로 작았다.

"셔츠요. 이거까지 입어야 한다고요."

한별은 고분고분 셔츠를 받아 걸쳤다. 무심코 소매 단추를 잠그려던 그는 뒤쪽에서 다가오는 재환을 발견하곤 움직임을 멈췄다. 눈이 마주쳤다 생각한 순간도 잠시, 재환의 눈이 한참 아래로 내려가 지영에게 닿는 것을 보며 표정을 굳혔다. 한별은 서슴없이 다가오는 재환을 보다가 지영에게 손목을 내밀었다.

지영은 자신의 앞에 쭉 내밀어진 한별의 손목을 바라만 보고 있었다. 물음표가 쳐진 그녀의 얼굴을 향해 한별이 말했다.

"잠가줘."

"네?"

"코디 두고 혼자 단추 잠그는 연예인은 없어."

지영은 한쪽 눈을 찡그리며 물었다.

"요즘 왜 자꾸 그래요?"

"뭐가."

모르는 체하는 게 어이가 없어서인지, 지영은 헛웃음을 치곤 입을 다물었다. 더 말하는 대신 셔츠의 소매 단추를 빠르게 채웠다. 한별은 자연스럽게 반대쪽 손목을 내밀었다. 지영의 두 손이 셔츠 위에서 오밀조밀 움직였다.

"됐다. 됐어요."

"이거 가지고, 여기 있어."

한별은 지영에게 대본을 넘기고, 얼떨결에 대본을 넘겨받은 지영이 재환과 한참 떨어진 곳에 서는 것까지 확인한 뒤에야 안심하고 표정을 갈무리했다.

한별은 촬영이 끝나자마자 지영을 찾았다. 저 멀리에서부터 지영이 걸어오고 있었다. 손을 들어 그녀를 부르려던 그는 잠시 멈칫했다. 분명히 갈아입을 옷만 휙 던져놓고 등 돌리고 있을 게 분명했다.

붙잡아두고 싶은데. 붙잡아둘 구실을 찾기 위해 굴러가던 한별의 눈에 셔츠 소매가 걸렸다.

한별은 고민하지 않았다. 소매 단추를 뜯어버린 그가 뻔뻔한 얼굴로 지영에게 걸어갔다.

"단추 뜯어졌어."

"뭐야. 언제 이렇게 뜯어졌어요?"

"몰라. 아까 누구랑 부딪치고 나서 보니까 뜯어져 있었어."

"꿰매야겠네. 가요."

지영을 따라 대기실로 가는 한별이 싱글벙글 웃었다.

붙잡아둘 구실을 만들어 웃던 것도 잠시, 한별은 실망스러운 표정으로 지영을 가만히 바라보았다. 벌써 10분째, 지영은 아무 말도 하지 않고 한별이 뜯어버린 소매 단추를 조심조심 꿰매고 있었다. 한별은 지영의 얼굴을 살폈다. 평소와 같은 무던한 얼굴인 걸 보니, 그다지 바느질에 온 신경을 집중하고 있는 것도 아니었다. 지영은 그저 말이 없을 뿐이었다. 조금 더 정확하게 말하자면, 굳이 말하지 않는 것이었다.

"바느질 꽤 하네."

"도복도 가끔 꿰매고 하거든요. 특히 유치부나 초등부 애들 도복 찢어지면 그때그때 급하게 덧대서 꿰맬 때가 많아서."

한별은 입을 다문 채 지영을 빤히 보았다. 당연하게도 지영은 말이 없었다. 빤히 보는 시선이 부담스럽지도 않은지, 아니면 애초에 느끼지를 못하는 건지 고개 한 번 들지 않았다.

떨어진 단추는 금세 제자리를 찾았다. 매듭을 지은 지영은 불시에 고개를 살짝 숙였다. 한별은 손목에 훅 다가오는 지영의 입술에 자신도 모르게 숨을 참았다. 닿지도 않았는데, 살결에 입술이 닿은 것 같은 착각이 일었다. 이로 실을 끊어낸 지영은 아무 표정 변화 없이 담담하게 고개를 들었다.

"이쪽도."

지영은 바늘에 새로 실을 꿰며 고개를 갸웃거렸다.

"어떻게 양쪽이 다 떨어졌지. 부딪치는 장면도 없었던 것 같은데."

지영의 혼잣말에 한별은 괜히 헛기침을 했다.

"처음부터 헐거웠나 보지."

되지도 않는 변명을 하며, 한별은 손목을 더 앞으로 내밀었다. 지영은 또다시 말없이 바느질을 하기 시작했다.

"이지영."

"네?"

자신이 부르고, 말을 걸었을 때 대답할 뿐 지영은 먼저 말을 걸지 않았다. 부르는 것도 꼭 필요에 의해서였다. 일부러 옷을 다 갖춰 입지 않고 나가야지만 억지로 한별 오빠, 하고 한두 번 부르는 게 다였다.

"왜요?"

"원래 말이 없는 편이야?"

"네?"

한별은 차마 두 번 물을 수 없었다. 지금껏 자신과 일했던 매니저나 코디들이 들었다면 뒤집어져 웃을 질문이었다. 한별은 필요 이상의 말을 하는 것을 싫어했다. 지금껏 그와 일한 스텝들의 첫 번째 규칙이 '쓸데없는 말 하지 말 것'일 정도였다. 그런 그에게 지영은 사실 최상의 직원이었다. 해야 할 일만 하고, 굳이 쓸데없는 말을 보태며 신경을 거스르지 않는 최적의 스텝이었다.

"뭐…… 할 말 없어?"

그러나 말을 하지 않는 게 오히려 신경을 거스르게 될 줄은 그 조차도 예상하지 못했던 것이었다.

"다 꿰맸어요."

할 말이라곤 고작 그게 다인 지영 앞에서, 내심 기대하고 있던 마음을 똑 분지르듯 손으로 실을 끊어내는 그녀 앞에서, 한별은 좌절할 수밖에 없었다.

한별은 마치 자신이 보이지 않는 것처럼, 손톱만큼도 신경 쓰지 않고 자기 할 일을 하는 지영을 바라보았다. 입은 옷과 입어야 하는 옷을 나누어 정리하고, 박스에서 신발을 꺼내 가지런히 정리했다. 무릎을 굽히고 쪼그려 앉은 지영은 흘러내리는 머리가 거추장스러운지 머리카락을 귀 뒤로 바짝 넘겼다. 그 덕에 얼굴이 고스란히 드러났다.

"왜요?"

"뭐가."

"뭐 시킬 일 있어요?"

한별은 고개를 저었다. 지영이 이상하다는 듯 되물었다.

"그런데 왜 자꾸 봐요?"

"보고 싶어서."

"왜요?"

예뻐서.

한별은 굳이 그 대답을 입 밖으로 꺼내지 않았다. 그가 말없이 입을 다물자 지영은 의아한 듯 고개를 갸웃거리다가, 다시 자신의 일에 집중했다. 고개를 움직이던 와중에 도로 흘러내린 머리카락을 넘겼다. 한별은 그 모든 움직임에서 눈을 떼지 않았다.

눈으로 그리듯 지영의 얼굴을 바라보던 한별의 눈이 점차 아래로 향했다. 그의 눈이 정착한 곳은 지영의 손이었다. 신발 끈을 리본 모양으로 묶어 매듭짓는 손이 꽤나 섬세했다.

운동을 오래 한 사람치고는 손이 부드러워 보였다. 잡아보고 싶을 정도로.

한별은 옅게 웃었다. 지영은 자꾸 무엇인가를 하고 싶게 만들었다. 보고 싶게 하고, 만지고 싶게 하고, 잡고 싶게 했다. 그리고 알고 싶게 했다.

한별은 지영을 끊임없이 눈으로 좇았다. 화장대 앞에 서서 시계를 정리하는 지영의 얼굴이 거울에 비춰졌다. 뭘 좋아할까, 평소에는 뭘 하고 지낼까…….

한별이 자세를 고쳐 앉았다. 생각해보니 지영에 대해 아는 게 거의 없었다. 또래 여자애들보다 월등히 힘이 세고, 운동을 이것저것 한 선우의 조카. 스물두 살. 연예인에 그다지 관심 없고, 무슨 태권도 메달리스트 어쩌구 선수를 제일 좋아하는. 지영과 2주 가까이 붙어 지내면서 알아낸 것이라곤 이런 쓸데없는 것들이 전부였다.

"이지영."

"네?"

하나 더 덧붙이자면, 자신을 꽤나 귀찮아하고 있다는 것까지.

"뭐 필요한 거 있어요?"

막상 물어보려니 무엇을 어떻게 물어야 할지 감이 오지 않았다. 한별은 한참 주저하다가 입을 뗐다.

"학교는 휴학했다고 했나?"

"학교요? 학교는 갑자기 왜…… 휴학하긴 했는데요."

"어디 다니는데?"

"K대요."

"K대에도 체대가 있어?"

"사회 체육학과랑, 체육 교육과는 있죠. 근데 왜요?"

"너는 둘 중에 뭐야?"

"둘 중에 아무것도 아닌데요."

의외의 대답에 한별은 눈을 동그랗게 떴다.

"……체육 관련 과 아니야?"

"저 국문학과예요."

"어릴 때부터 운동했다며."

"취미로 한 거죠."

취미로 하는데 그렇게 오래, 이렇게 엄청나게 한다는 건가.

의외의 사실에 놀라는 한별과 달리 지영은 덤덤한 얼굴을 하곤 물었다.

"갑자기 이런 건 왜 물어봐요? 이제 와서 뭐 학벌…… 그런 거 보는 거예요?"

"아니. 그냥…… 궁금해서."

지영은 어깨를 으쓱이며 물었다.

"그게 왜 궁금해요?"

"그냥."

뭐라도 알고 싶어서.

솔직한 대답을 삼킨 한별은 지영을 향해 말했다.

"너도 뭐 물어봐."

"네?"

"뭐, 궁금한 거 아무거나."

지영은 한참이나 말이 없었다. 침묵이 얼마나 긴지, 물어보라던 한별이 다시 재촉을 할 정도였다.

"뭐 안 물어봐?"

지영은 그제야 침묵을 깨고 대답했다.

"……네."

"왜?"

"왜냐니……. 그다지 궁금한 게 없어서요."

누가 머리 뒤에서 징을 세게 후려친 것처럼 뒷골이 띵했다.

"……없어?"

"네."

"하나도?"

"음……. 아."

뭔가 생각난 듯 눈을 동그랗게 뜨는 지영을 보며, 한별은 자세를 고쳤다. 뭘 물어보려나. 이름이나 나이는 알고, 궁금한 게 뭐가 있으려나. 순식간에 기대감이 부풀었다.

"신발 뭐 신을 거예요?"

"……뭐?"

"다음 촬영 때 신을 신발이요. 지금 미리 정하려고요."

한별의 몸이 순식간에 풀어졌다. 대답 없이 소파에 길게 누워버리는 한별에게 확인사살이라도 하듯, 지영은 운동화 두 켤레를 양손에 들고 그의 앞에 서서 손을 흔들었다.

"둘 중에 어떤 거 신을 거예요?"

"……라."

"네?"

기대감으로 들떴던 얼굴에는 어느새 진한 주름이 졌다.

"몰라!"

속이 꽉 막혀왔다. 지영은 고함 소리에도 눈 하나 깜짝하지 않고 미련 없이 돌아섰다.

"촬영 들어가기 전에 고르세요. 여기다 둘게요."

손톱만큼도 동요하지 않는 지영에 비해, 한별은 무참할 정도로 흔들리기 시작했다. 바람 앞에 나부끼는 갈대처럼.

지난번 한별의 선포대로 지영과 민석, 그리고 선우까지 세 사람은 그의 방 안에서 저녁을 먹었다. 한별은 고기를 포함해 입맛을 다시게 하는 반찬 냄새에도 굴하지 않고 묵묵히 아무 소스도 뿌리지 않은 풀을 뜯어 먹었다. 말을 하지는 않지만 괴로울 한별을 위해, 세 사람은 최대한 빠르게 도시락을 비웠다. 밥을 먹는 데는 20분도 채 걸리지 않았다. 적막이 깨진 것은 민석이 막 빈 도시락을 정리할 때였다.

"참, 아까 형한테 전화 왔었는데. 지영이 너 전화 안 받는다고."

"아빠가요?"

지영은 그제야 휴대폰을 찾으며 바지와 겉옷 주머니를 뒤적였다.

"세 번이나 했는데 안 받아서 무슨 일 있나 걱정하더라. 내가 아무 일 없다고 하긴 했는데, 형한테 전화 좀 해."

"네. 그런데…… 어?"

주머니를 한참 뒤적이던 지영의 손은 여전히 빈손이었다.

"왜?"

"휴대폰이 없어요."

"없어?"

테이블을 정리하던 민석이 고개를 갸웃대며 물었다.

"혹시 아까 대기실에 두고 온 거 아냐? 거기서 만지고 있는 거 본 것 같은데."

"아, 대기실."

지영은 낭패 어린 얼굴을 했다.

"대기실에 두고 왔나 봐요. 챙긴 기억이 없어요."

"내일은 인터뷰 때문에 촬영 없는데…… 지금 가서 가져와야겠다. 더 늦기 전에 다녀와."

지영은 평소답지 않게 굼뜨게 대답했다.

"어……. 네……."

"난 일 남은 게 있어서 정리 좀 하러 가야겠다."

선우는 문가로 다가가다 말고 돌아서서 말했다.

"한별이 너, 내일 씨네필 인터뷰 최 기자가 오는 거 알지? 질문 몇 개 미리 추려줄 테니까 적당히 준비 좀 해놔. 민석이 잠깐 나 좀

152

따라오고. 질문지 뽑아 가."

"네."

민석이 얼른 선우를 뒤따라 나갔다. 한별은 아직도 자리를 지키고 있는 지영을 보며 의아한 얼굴을 했다. 평소 같으면 벌써 뛰어나가고도 남았을 텐데 아직도 제자리였다.

"뭐야?"

"……네?"

"계속 여기 있을 거야?"

한별은 일부러 과장된 손짓으로 입고 있던 카디건을 벗었다.

"계속 있을 거냐고."

"아니요. 휴대폰…… 찾으러 가야죠."

그렇게 말하면서도 지영은 움직이지 않았다. 그저 반대쪽으로 고개를 움직일 뿐이었다. 한별은 그녀의 고개를 따라 눈을 돌렸다. 지영은 커튼을 친 창밖을 바라보고 있었다. 저녁을 먹는 동안 해가 꼭꼭 숨어버려 어두워진 바깥을. 한별은 다시 지영의 얼굴을 보았다. 지영의 얼굴이 어느새 바깥보다 더 까맣게 그늘져 있었다.

"왜?"

"세트장에…… 누가 있을까요?"

한별은 시간을 확인했다.

"아무도 없을걸. 출입증 챙겨서 조연출한테 열쇠 받아 가. 1층이 전부 조연출 숙소니까……"

느긋하게 말하던 한별이 말끝을 흐렸다. 지영의 얼굴에 평소와 달리 당황한 표정이 도드라졌다. 한별은 뻣뻣하게 굳은 지영의 얼굴을 바라보다가 아, 하고 작은 소리를 내며 눈을 가늘게 떴다. 설

마. 한별은 자신도 모르게 중얼거렸다. 까맣게 그늘지다 못해 어느 순간부터 하얗게 질려가는 지영의 얼굴을 보며, 한별은 부러 느긋하게 말을 건넸다.

"안 갈 거야? 내일 아침 일찍부터 인터뷰하러 갈 거라, 지금 갔다 와야 할 텐데."

말이 끝나자마자 지영의 어깨가 흠칫, 잘게 떨렸다. 한별은 설마 하는 마음에 확신을 가졌다. 여전히 자리를 지키고 있는 지영을 보며 한별은 느긋하게 의자 등받이에 등을 기댔다. 미소가 절로 나왔다.

도저히 파고들지 못할 것 같은 단단한 벽 사이에 틈이, 드디어 보였다.

"왜?"

"네?"

"왜 안 가. 나 피곤해."

"……삼촌, 바쁘겠죠?"

한별은 비집고 나오려는 웃음을 간신히 참으며 무던하려 노력했다.

"아까 일 다 마무리한다고 했잖아. 민석이도 인터뷰지 미리 뽑으러 갔고."

"……."

한별은 마침내 찾은 틈새를 놓치지 않았다.

"더 늦기 전에 갔다 와."

손톱만큼이나 작게 벌어진 틈새를 벌렸다.

"조연출한테 열쇠 받으면서 손전등도 하나 달라고 해. 깜깜해서 아무것도 안 보일걸. 뭐가 튀어나와도 모를 정도로."

"저기."

드디어 단단한 벽이 흔들리기 시작했다.

"지금 바빠요?"

한별은 지영의 질문에 웃음을 터트릴 수밖에 없었다.

6. 틈

철문이 열리는 소리가 유독 시끄러웠다. 한별은 타의로 인해 깜깜한 촬영 세트장 안에 한 발짝 들어왔다. 내내 이런 식이었다. 방에서 나와 조연출 숙소를 찾아 세트장 열쇠와 손전등을 전해 받고, 호텔에서 나와 파도가 철썩철썩 치는 소리를 들으며 어둠 속을 걸어 세트장에 오는 동안.

"걷고 있으니까 밀지 마."

한별은 자의가 아닌 타의로 걸어가고 있었다. 더 정확하게 말하자면, 세트장에 가까워질수록 뒤에 바짝 달라붙어 자신의 등허리를 콕콕 찌르고 밀고 있는 지영으로 인해 밀려 걷고 있었다. 세트장에 들어온 뒤로 정도가 더 심해져, 한별은 지영에게 허리춤이 잡힌 채 지영의 의지대로 걷고 움직여야 했다.

한별은 고개를 돌려 지영의 상태를 확인했다. 그래도 호텔에서 나와 막 걸을 때만 해도 잘 걷던 지영이 완전히 뻣뻣하게 굳어버린 것은 그녀를 앞장서며 한별이 스치듯 한 말 한마디 이후였다.

'촬영 세트장에 귀신이 많다던데.'

혹시나 했던 의심에 확신이 드는 순간이었다. 뻣뻣하게 굳은 지영은 본능적으로 의존할 무언가에 손을 뻗었다. 본능적으로 잡은 것은 한별의 티셔츠였다. 어찌나 꽉 잡는지 배 부분이 팽팽하게 당겨질 정도였다. 세트장에 들어온 이후부터는 아예 두 손으로 티셔츠를 쥐어짜고 있었다.

"너 내 경호라며."

"아니. 지금은…… 근무 외 시간……."

한별은 웃음을 참으며 부러 차분하게 물었다.

"경호에 근무 외 시간이 어디 있어?"

그러곤 괜히 손전등으로 지영을 비췄다. 창백한 불빛에 겁에 질려 하얗게 굳은 얼굴이 비췄다. 핏기라고는 하나 없는 희끗한 얼굴에 박힌 검은 눈이 완전히 딱딱하게 굳어 있었다. 지영은 불빛에 눈을 가늘게 뜨며 한별의 티셔츠를 더 세게 쥐었다. 얇은 면이 손아귀에 찢겨지지 않는 것이 다행일 지경이었다.

사아악, 사아악. 걸을 때마다 발바닥에 시멘트 가루가 갈리는 소리가 났다. 으스스한 분위기에 거의 반죽음이 되어가고 있는 지영과 달리 한별은 천하태평이었다. 그는 본래 공포나 스릴러 장르 영화를 좋아하기도 하고, 찍어보기도 한 경험이 있어서인지 으스스한 분위기나 그런 상황에 무딘 편이었다. 한별은 이제까지 자신이 이런 것에 겁이 없다는 것에 그다지 큰 의미를 두지 않았지만, 오늘은 달랐다. 겁이 없는 스스로에게 용하다고 박수라도 쳐주고 싶은 심정이었다. 지영이 겁을 먹고 있다는 것을 재빠르게 알아챈 눈치까지. 한별은 오늘 밤처럼 자신의 눈썰미와 겁 없는 성격이 마음에 든 적이 없었다.

"엄마아악!"

바람에 창문이 부딪치는 소리에도 소리를 지르며 지영이 달라붙을 때마다 속에서 박수가 절로 나왔다.

"네가 앞장서."

"네?"

"원래 뒤에 있는 게 더 안 좋아."

"앞…… 이 더 무서운데요."

한별은 어깨를 으쓱이며 대수롭지 않게 말했다.

"그럼 뒤에 있든지. 근데 영화 같은 데 보면 이런 데서 다니다가 뒤에 있는 사람부터 한 명씩 없어지……."

한별은 말을 다 잇지 못하고 입술을 질끈 깨물었다. 어느새 앞으로 온 지영이 제대로 앞을 보지도, 뒤로 돌지도 못하고 어중간하게 서서 게처럼 옆으로 주춤주춤 걷기 시작했다. 한별의 눈이 가로로 늘어졌다. 점점 더 웃음을 참기가 힘들었다. 웃음소리 대신 큼큼, 하는 헛기침 소리가 세트장 안을 울렸다.

"똑바로 걸어."

"앞이 잘 안 보여서……."

"자. 비춰줄 테니까 똑바로 걸어."

한별은 지영의 정면을 향해 손전등을 똑바로 비췄다. 손전등에 비춰진 것은 검은색 천이 칭칭 감겨 있는 길쭉한 봉이었다. 채 말리지 못한 천 끝이 손전등 불빛에 비춰졌다. 별것 아니었지만, 그

별것 아닌 것에도 지영은 정말 못 볼 거라도 본 것처럼 반응했다.

"아악!"

엉거주춤하게 서 있던 지영은 잽싸게 뒤로 돌아 한별의 가슴팍에 머리를 박았다. 둔탁한 마찰음이 날 정도로 세게 부딪쳐온 지영의 머리통에 한별은 허리를 숙였다. 중심을 잃은 손전등이 이리저리 흔들리며 곳곳을 비췄다. 그 덕에 지영은 눈도 못 뜨고 자리에 주저앉았다. 한순간에 쪼그라든 지영으로 인해 한별은 더 이상 웃음을 참지 못했다. 웃음소리는 오래 이어졌다. 이렇게 크게 웃어본 적이 언제가 마지막이었더라. 한별은 눈물을 닦는 시늉까지 하며 시원하게 웃은 뒤에야 지영을 내려다보았다.

"일어나."

한별은 지영을 향해 손을 내밀었다. 평소라면 왜 내미나 싶은 얼굴로 보다가 끝내 잡지 않을 그녀였지만, 이 순간만큼은 잡지 않을 수가 없었다. 그리고 그의 예상대로, 지영은 한 손도 아닌 두 손으로 그가 내민 손을 덥석 잡고 일어났다. 한별은 자신의 손을 피가 통하지 않을 정도로 꼭 잡는 지영을 향해 장난스럽게 물었다.

"겁먹으면 힘이 더 세져?"

"제가 지금 진짜…… 죽겠거든요."

지영에게는 죽을 맛이지만, 한별에게는 이보다 더 좋은 순간이 없었다. 지영은 동아줄을 잡은 것처럼 한별의 손을 꼭 붙잡은 채로 느리게 말을 이었다.

"다리에 힘이 안 들어……."

한별은 괜히 지영을 재촉했다.

"그럼 여기서 밤샐 거야?"

나야 좋지만.

한별은 뒷말을 삼키며 팔을 위로 당겼다.

"못 일어나겠으면 여기 잠깐 있든지. 내가 가서 가져올 테니……."

"그건……!"

한별이 지영을 채 일으키기도 전에, 지영이 한별을 당겨 그를 넘어트렸다. 지영의 앞에 무릎을 꿇고 간신히 버틴 한별이 인상을 찡그린 채 고개를 들었다. 주름져 있던 미간이 맑게 펴지는 것은 순식간이었다. 당황한 지영이 입을 달싹이자 더운 숨이 나왔다. 그 숨결이 고스란히 뺨에 닿을 정도로 거리가 가까웠다.

쿵!

으스스한 분위기를 더 고조시키려 작정이라도 한 건지, 바람이 매섭게 창문을 두드렸다. 그 덕에 지영의 어깨가 펴질 줄을 모르고 점점 더 움츠러들었다. 허공에 떠 있던 지영의 빈손이 한별의 어깨를 쥐었다. 본능에 의한 움직임이었다. 한별은 어둠 속에서도 유독 선명히 보이는 지영의 얼굴을 가만히 바라보았다.

"……그렇게 무섭냐."

"네. 제가…… 아주 놀랍게도, 겁이 좀 있는 편이라."

"좀이 아닌데."

"네. 좀, 많이……."

지영의 입술이 달싹일 때마다 그에 맞춰 한별의 눈이 깜빡였다. 코와 코가 잘못 움직이면 부딪칠 정도로 가까운 거리에서, 한별은 지영에게로 기울어지려는 얼굴을 억지로 돌려 세웠다. 겨우 지영에게서 시선을 떼고 다시 무릎을 펴 일어나며 지영을 일으켰다.

"여기 있든지, 아니면 손전등 줄 테니까 밖에 나가서 기다리든지."

"둘 다 그다지…… 좋은 방법이 아닌 것 같은데요."

지영은 길을 잃어버린 어린애처럼 울먹울먹한 얼굴로 한별을 올려다보았다. 그게 한별의 무엇을 자극하고 있는지도 모르고.

"휴대폰 안 찾을 거야?"

"……"

"잘 걸어. 뒤에서 불 비춰줄 테니까."

"불 비추는 게 더 무서워요."

"그럼 뒤로 와."

"뒤에서부터 없어진다면서요!"

"그러면 뭐, 어떻게 할 거야?"

지영은 주춤주춤 자리를 옮겨 한별의 팔 옆에 바짝 붙어 섰다. 여전히 손은 꼭 쥔 채였다.

"이렇게…… 나란히 가면 안 될까요?"

한별은 입을 꾹 다물고 고개를 돌렸다. 그게 싫다는 표현인 줄 알았던 건지, 지영은 더 간절하게 달라붙었다. 그 덕에 한별의 표정은 더 오묘해졌다. 좋은 걸 숨기기 위해 애를 쓰느라 인상을 찡그린 것도, 웃는 것도 아닌 애매한 표정으로 손전등을 고쳐 잡았다. 어두워서 다행이다. 이지영이 내 얼굴을 볼 정신이 없어서 다행이다. 속으로 중얼거리면서.

"그럼 이렇게 가."

나란히 걷는 것이 그나마 안심이 되는 듯, 지영은 겨우겨우 발을 떼기 시작했다.

휴대폰은 다행히 눈에 바로 보이는 테이블 위에 놓여 있었다. 지영은 휴대폰을 잽싸게 집어 주머니에 넣었다. 한별은 누가 쫓아오기라도 하는 것처럼 허둥지둥 움직이는 지영의 앞으로 불빛을 비췄다. 종종 움직이는 조그만 발이 귀여워 절로 웃음이 났다.

"됐어요. 가요."

한별은 입꼬리를 올려 웃었다. 휴대폰을 찾고 나니 긴장이 조금 풀렸는지, 지영의 얼굴은 처음 들어왔을 때보다 한층 누그러져 있었다. 제 색으로 돌아온 얼굴을 보자니 놀리고 싶은 충동이 일었다.

"안 가요?"

"……너 뒤에 뭐 있다."

지영이 반응한 것은 몇 초가 지난 후였다.

"으아악!"

한별은 귀가 찢어질 듯한 비명에 반사적으로 눈을 찡그렸다. 갑작스럽게 팔을 잡아채는 감각에 한별은 손전등을 떨어트렸다. 어둠 속에서 지영이 코앞에 와 있다는 것을 인지하고 놀라기도 잠시, 옆으로 기울어지는 지영의 몸을 팔로 감싸며 함께 쓰러졌다.

"아!"

한별은 몸을 짓누르는 묵직한 무게를 느끼며 눈을 떴다. 자신의 몸 위에 쓰러져 있는 것은 지영이었다. 맞닿은 가슴에서 쿵쿵쿵쿵 빠르게 뛰는 심장이 느껴졌다. 빠르게 뛰는 심장은 한별의 것이기도 했고, 또 지영의 것이기도 했다. 의미는 달랐지만 세기와 속도는 같았다.

"……무거워."

한별은 겨우 짧게 말한 뒤에 입술을 질끈 깨물었다. 지영은 아쉬울 정도로 재빠르게 아래로 떨어졌다. 진정되지 않는 가슴을 억지로 달래며 몸을 일으켰다. 한별이 완전히 일어서서 바지에 붙은 먼지를 털어낼 때까지도 지영은 쓰러진 자리에 박혀 고개를 숙이고 있었다.

"이지영."

한별은 지영을 향해 고개를 숙였다.

"……아무것도 없어."

겨우 고개를 든 지영이 한별을 향해 손을 뻗었다.

"……저 다리에 힘이 안 들어가요."

결국 다시 웃음이 터졌다. 한별은 아이처럼 어쩔 줄 몰라 하는 지영을 가만히 보다가 그녀를 향해 등을 보이며 앉았다.

"업혀."

"네?"

"업히라고. 너 걷는 거 맞춰서 걷다가 날 샌다."

"……"

"안 업히면 두고 간다."

지영이 냉큼 한별의 옷깃을 쥐었다. 한별이 피식 웃음을 흘리는 사이, 지영은 주춤주춤 그의 등에 몸을 포갰다. 지영이 어깨를 잡자 한별은 그녀의 무릎 뒤쪽에 팔을 넣으며 몸을 일으켰다. 확 높아진 눈높이에 무서움을 느낀 건지, 지영은 그의 목덜미에 팔을 둘렀다. 지영의 숨결이 한별의 뒷목에 닿았다 떨어지기를 반복했다.

"휴대폰으로 플래시 좀 켜봐. 앞이 하나도 안 보인다."

지영이 켠 휴대폰 플래시 빛에 의존한 채 한별은 부러 천천히 걸었다. 지영에게는 귀신이 튀어나올 것 같은 두렵고 무서운 공간이겠지만, 그에게는 이보다 더 좋을 수 없는 공간이었다.

"좀 빨리…… 가면 안 될까요?"

"최대한 빨리 가고 있는데."

"아닌데. 엄청 느린 것…… 같은데."

한별은 고개를 살짝 돌려 물었다.

"뭐 때문인 것 같아?"

질문의 의도를 한 번에 파악한 지영이 기어 들어가는 목소리로 되물었다.

"……제가 그렇게 못 걸을 정도로 무거워요?"

한별은 대답하지 않았다. 무언의 대답에 도리어 확신이 든 지영이 그의 어깨를 붙잡곤 팔을 쭉 폈다.

"그러면 차라리 저 내려서 걸어갈게요. 이제 뛸 수도 있을 것 같은데."

"됐어."

한별은 지영을 내려주지 않았다.

"이지영. 너 때문에 느리게 걷는 거 맞아."

"그러니까……."

"근데 무거워서 그런 거 아니니까 그냥 있어."

"네?"

두근두근, 등에 닿은 지영의 가슴에서 심장박동이 기분 좋게 울렸다. 아직도 무서움에서 벗어나지 못한 가슴이 빠르게 뛰고 있는 것에 불과했지만, 그것만으로도 한별을 들뜨게 하기에 충분했다.

세트장 철문을 다시 잠그고 돌아서서, 내려달라는 지영의 부탁에도 군이 업은 채로 밤길을 걸었다. 한별은 물살이 튈 정도로 세차게 쏟아지는 파도소리보다 더 크게 울리는 지영의 심장박동 소리에, 그리고 그보다 더 세게 쿵쿵 울리는 자신의 심장박동 소리에 귀를 기울였다.

자신의 심장박동이 잦아들지 않는다는 것을 깨달은 그 순간, 한별은 이 길을 걷는 지금 이 시간을 잊지 못할 것임을 직감했다. 이 감정을 몰랐던 때로 돌아갈 수 없다는 것도, 이제는 이 마음을 혼자서만 간직하고 있을 수 없다는 것도.

"왜 그렇게 겁이 많아?"

"……최한별 씨가 너무 겁이 없는 거 아닐까요? 어지간한 사람이면 다 무서워할 정도인데."

"그래도 너처럼 그렇게까지 겁내지는 않을걸."

한별은 지영을 놀리듯 가벼운 어조로 물었다.

"공포영화도 못 보겠네?"

"당연하죠. 절대. 귀신이나 귀신 비슷한 거 무조건 싫어요. 그리고 귀신이든 뭐든 튀어나올 것 같은 이런 꽉 막힌 데."

"그렇게 겁이 많은데 밤에는 어떻게 다녀?"

"밤길은 그다지 안 무섭거든요. 그런데 세트장은 꼭 공포영화에 나오는 것 같은 집이라서."

"공포영화 세트장 맞아. 지금 찍고 있는 영화 공포영화인데."

어느새 호텔 앞이었다. 보는 눈이 있을 수 있다는 것을 알면서도, 한별은 지영을 내려주지 않았다. 그리고 엘리베이터가 너무 높은 층에 멈춰 있다는 것을 핑계로 군이 계단을 통해 올라갔다.

"반전 스릴러…… 뭐 그런 거라고 하던데."

"반전이 내가 귀신인 게 반전이거든."

흠칫, 지영의 손이 떨리는 것이 느껴졌다.

"시사회 보러 꼭 와."

"⋯⋯그 전에 꼭 그만둘게요."

"안 돼."

한별은 지영의 방문 앞에 다다라서야 다시 몸을 낮췄다.

"이제 안 돼."

"네?"

한별은 완전히 자기 색으로 돌아온 지영의 얼굴을 바라보았다.

"마음대로 못 그만둬."

지영은 전혀 알 수 없다는 표정으로 대꾸했다.

"무슨 말을⋯⋯."

"너도, 나도."

한별은 지영을 향해 한 발 다가갔다. 공포가 달아나서일까, 지영
은 어느새 다시 평소 모습으로 돌아와 있었다. 피할 상황에도 피하
지 않고, 외면할 정도로 부담스럽게 다가오는 순간에도 외면하지
않는. 얼굴을 똑바로 마주하고 정면에서 눈을 부딪치는 평소의 그
녀로.

"무서운 거 보고 나면 계속 생각나지."

지영은 축 늘어진 얼굴을 끄덕거렸다.

"생각 안 나게 해줄까."

"네?"

"다른 생각에 빠지면, 무서운 건 생각 안 하게 될 수도 있잖아."

한별은 지영을 향해 한 발짝 더 다가갔다. 더 가까워질 수 없을

만큼 가까웠다.

"다른 생각 뭐요?"

"이지영."

눈을 깜빡이는 그녀를 향해 한별은 미소를 지어 보였다.

"좋아하게 된 것 같아."

"⋯⋯네?"

"내가."

한별은 흔들림 없이 말했다.

"너를."

"⋯⋯."

"그러니까 무서운 거 말고, 내 생각 해."

이 고백이 지영의 틈을 온전히 파고들기를 바라면서.

"안녕하세요. 지영 씨."

"네."

"아침은 먹었어요? 오늘⋯⋯."

재환은 자신에게 눈길 하나 주지 않는 지영에게 집요하게 말을 걸다가, 하던 말을 채 잇지 못하고 고개를 돌렸다. 시선 하나가 따갑게 따라붙어 할 말도 잊게 만들었다. 재환의 눈이 헤매지도 않고 한 번에 시선의 주인을 찾았다. 당연하게도 한별이었다. 재환은 한별을 더 자세히 살폈다. 그의 눈빛이나 표정이 이전과는 달랐다. 눈빛도 묘하게 지영 쪽으로만 쏠려 있었다. 한별은 죽일 듯이 자신을 노려보는 눈빛과는 완전히 반대되는 풀어진 눈으로 지영을 보고 있었다. 더 확실하게 말하자면, 지영만을 보고 있었다. 마치 이

공간에 그녀밖에 없는 것처럼. 재환의 눈이 순간 가늘어졌다. 일자로 굳은 채로 움직이지 않는 것 같았던 그의 입꼬리가 위로 올라가 있었다.

"……."

재환은 간이 테이블에 시계 몇 개를 두고 고심하는 지영을 보았다가, 다시 고개를 돌려 한별을 보았다. 한별은 지영만을 고집스럽게 보고 있었다. 그 옆에 누가 있는지도 모를 정도로.

"……지영 씨."

지영은 시계 두 개를 들고 돌아섰다. 여전히 재환에게는 눈길하나 주지 않은 채였다.

"저기."

"죄송한데, 저 지금 바빠서."

재환은 지영의 뒷모습을 쫓았다. 지영은 한별에게로 갔다. 앉아있는 그 앞에 선 지영이 무어라고 말하자, 한별은 한쪽 팔을 그녀의 앞에 내밀었다. 지영은 가져간 시계 두 개를 한별의 손목에 둘러보면서 고개를 갸웃거렸다. 재환은 천천히 둘을 향해 걸었다.

"이게 더 나은 것 같은데……."

재환은 시계만 보고 있는 지영과, 그런 지영만을 보고 있는 한별을 번갈아 보았다.

"뭐가 더 나은 것 같아요?"

"……."

"깔끔하게 검은색이 더 나으려나. 한 팀장님이 다 괜찮으니까대보고 제일 잘 어울리는 걸로 하라고 했는데."

지영이 입을 꾹 다물며 음, 하고 고심하는 표정을 짓자 한별이 턱짓을 하며 말했다.

"검은색으로 해."

"그럴까요?"

겉으로 보기에는 연예인과 코디의 일상적인 대화에 불과했다. 그래서인지 주변에 있는 사람들은 둘에게 신경을 쓰지 않고 자기 할 일에만 몰두하고 있었다. 둘에게 집중한 사람은 재환 하나뿐이었다. 재환은 한별의 옆에 마련된 의자에 앉았다. 한별은 그가 다가와 앉는지 마는지, 완전히 관심을 끈 채 오직 지영에게 집중하고 있었다. 그 덕분에, 재환은 한별의 작은 속삭임을 들을 수 있었다.

"이지영."

"네. 소매 좀 올릴게요."

"생각은 했어?"

"네. 저도 검은색이 좋을 것 같다고 생각을……."

"그거 말고."

가까이에서 본 한별의 얼굴은 마치 사랑에 빠진 사람 같았다.

"내 생각."

지영을 바라보는 눈은 정직했다. 재환이 알아챌 수 있을 만큼.

7. 시발점

인터뷰는 싱거웠다. 흥미를 끌 만큼만 영화 내용을 주거니 받거니 이야기하고, 궁금하지도 않은 서로의 근황에 적당히 호응을 해주고, 남들 눈에 분위기가 괜찮아 보일 정도로만 친근한 척 연기를 했다. 인터뷰 일정이 잡힌 이후부터 '무조건 최한별보다 더 많이 말해야 한다'고 세뇌 아닌 세뇌를 하던 대표 탓에 데뷔 이후로 가장 많은 준비를 했지만, 준비는 다 무소용이었다.

준비한 것을 다 하지 못했다는 걸 인지하지 못할 정도로, 재환은 다른 것에 정신이 팔려 있었다. 사실 인터뷰를 잘 해냈는지도 생각이 나지 않을 정도였다. 정신이 팔린 곳에는 한별이 있었다. 자신처럼 인터뷰보다 다른 곳에 정신을 빼고 있는 그가.

"……선배님. 오늘 수고하셨습니다."

한별은 건성으로 고개를 끄덕였다. 가벼운 대답조차 없이 앞서

가던 한별은 계단을 내려가는 입구 앞에 멈춰 서서 등을 돌렸다. 그 탓에 그를 쫓던 재환 역시 걸음을 멈췄다. 재환은 한별을 따라 고개를 돌렸다. 촬영 장비를 하나씩 들고 정리하느라 바쁜 몇몇 스텝들을 등지고 지영이 걸어오고 있었다. 눈 깜짝할 새 한별이 재환을 스쳐 지영을 향해 걸어갔다.

"민석이는?"

"후문 쪽으로 차 빼놓는다고 먼저 내려갔어요."

"내 생각은?"

"아, 진짜."

지영이 가볍게 눈을 흘기자 한별은 부러 뻔뻔한 얼굴을 했다. 지영은 고개를 절레절레 저으며 빠른 걸음으로 한별을 앞질렀다. 입구 앞으로 빠르게 걸어간 지영은 계단을 막고 서 있는 재환을 보며 눈을 깜빡였다.

"안 내려가요?"

재환은 흘긋 뒤를 바라보았다. 역시나 한별이 지영의 뒤를 따라붙고 있었다. 재환은 뭐라고 한마디만 해도 그냥 두지 않겠다는 듯한 경고의 눈으로 자신을 쏘아보는 한별을 보며 입을 뗐다.

"내려가야죠."

그렇게 내려가려 할 때였다. 텅, 하는 둔탁한 소리와 함께 왼편에서 스텝 몇몇의 탄식이 터졌다. 약간의 소란에 계단을 두고 몇 발자국씩 간격을 두고 있던 세 사람이 동시에 소리가 난 쪽을 보았다. 상체만 한 가방이 넘어진 건지, 그 안에 있어야 할 길고 짧은 삼각대들이 우르르 쏟아져 있었다. 재환은 짜증을 내는 사람들 사이에서 고개를 숙이며 연신 죄송하다는 말을 반복하는 한 사람을 발견했다. 낑낑대며 삼각대를 다시 드는 스텝을 도와주기 위해 한 발 걸어가던 그 순간이었다.

탁탁. 뒤에서 들리는 발소리에 걸음이 멈췄다. 다시 무심코, 소리가 나는 쪽을 본 재환의 눈이 배로 커졌다. 뒤로 넘어진 한별과 그 앞을 막고 선 지영이 누군가와 마주 서 있었다. 낯선 남자였다. 남자가 어떤 행동을 하기도 전에, 지영이 먼저 그 남자의 멱살을 틀어잡았다.

쿵!

남자의 다리가 허공을 향해 들리는 것은 순식간이었다. 보고도 믿을 수 없는 상황이었다. 지영의 어깨에 걸린 남자의 몸이 한 바퀴 돌아 앞으로 떨어진 것은.

"뭐야. 무슨 일이야!"

놀란 스텝들이 한발 늦게 한별의 주변으로 뛰어들었다. 갑작스레 몰려든 사람들을 밀치며 낯선 남자가 튀어나왔다. 그 벌어진 사람들 틈 사이로 지영이 나왔다. 그때까지도 계단 앞에 어중간하게 서 있던 재환은 어찌할 바를 모르고 자신을 향해 달려오는 남자와 지영을 번갈아 보았다. 계단을 향해 뛰어가는 두 사람이 재환에게 동시에 소리쳤다.

"비켜!"

"그 사람 잡아요!"

재환은 지영의 외침에 반사적으로 손을 뻗었지만 남자는 잡히지 않았다. 도리어 남자가 재환을 밀치곤 계단을 내달려 도망쳤다. 남자에게 밀쳐져 중심을 잃은 재환이 팔을 허우적거렸다. 그러나 몸은 이미 바로 세울 수 없이 뒤로 넘어가고 있었다. 재환은 본능적으로 눈을 질끈 감았다.

"윽!"

계단을 구를 거라고 생각했던 몸이 바닥에 거칠게 박혔다. 몸이 바닥으로 쓰러지는 그 짧은 시간에, 재환은 자신의 뒷머리를 잡는 손길을 느꼈다.

"재환 씨!"

꺄악, 하는 새된 비명소리에 재환이 눈을 떴다. 놀라고 당황한 스텝들의 얼굴이 그의 시야를 가득 채웠다.

또렷해진 정신으로 처음 듣는 것은 지영의 목소리였다.

"윤재환 씨. 괜찮아요?"

그리고 가장 먼저 본 것은 자신의 뒷머리를 감싼 채 다른 한 손으로 바닥을 짚고, 자신을 내려다보고 있는 지영이었다.

"이지영, 너!"

모여드는 스텝들을 헤치고 한달음에 달려온 한별이 지영의 어깨를 잡고 일으켜 세웠다.

"재환 씨! 괜찮아요? 다친 데 없어요?"

"뭐야. 방금 그 남자 누구야!"

재환은 그제야 완전히 상황을 파악했다. 사람들이 다른 쪽에 시선을 둔 사이, 낯선 남자가 아마도 한별에게 달려들었고, 지영이 한별을 뒤로 밀쳐낸 뒤.

"안 다쳤어? 괜찮아?"

"누가 할 소리를, 괜찮아요?"

낯선 남자를 붙잡으려 했다는 것을. 그리고 순식간에 계단으로 굴러떨어질 뻔한 자신을 잡아 바닥으로 같이 쓰러졌다는 것까지.

"어디 다친 거 아니에요?"

"아니요. 저는…… 괜찮습니다."

재환은 벌떡벌떡 문을 열었다 닫기를 반복하는 가슴 위로 손을 올렸다. 쿵쾅, 쿵쾅. 갑작스러운 상황에 밖으로 소리가 들릴 정도로 가슴이 뛰었다. 꿈처럼 느껴질 정도로 갑작스러운 상황에 모두가 당황해 어쩔 줄 몰라 했다. 재환 역시 마찬가지였다. 뒷머리를 감싸던 그 손길의 진한 여운만이 이 상황이 꿈이 아니라는 것을 말해주고 있었다.

"너 괜찮아? 안 다쳤어?"

재환은 지영을 감싸고 뒤로 빠져나가는 한별을 보았다. 한별은 지영의 어깨와 등에 묻은 먼지를 털어내며, 그녀의 이곳저곳을 빠짐없이 살펴보고 있었다.

"저 괜찮은데요."

"다쳤잖아."

"고작 이거 가지고 뭘 그렇게……."

"고작 아니야. 나한테는."

한별의 목소리가 딱딱했다. 재환을 둘러싸고 있던 스텝 중 몇몇이 한별의 상태를 확인하기 위해 다가갔지만, 한별은 모두를 쳐냈다. 한별은 지영을 숨기듯 감싸곤 고개를 돌렸다. 재환은 갑작스레 눈을 맞춰오는 한별에 어깨를 움찔 떨었다. 그의 눈에 적의가 가득했다.

"병원에라도 가봐야 하는 거……."

"됐습니다. 먼저 가보겠습니다."

재환은 한별에게 가려져 잘 보이지 않는 지영의 뒷모습을 한참 동안 보았다. 아예 보이지 않을 때까지.

[충격! 영화 '집' 인터뷰 현장에 의문의 남성 급습.]

선우는 짧은 한숨을 쉬며 패드 전원을 껐다. 다행인지 불행인지, 기사들은 죄다 특정한 누구를 겨냥한 스토킹이라기보다는 촬영 현장에 의문의 남성이 급습한 것에 초점을 맞추어 보도하고 있었다. 대범하게 현장에 숨어 있다가 불시에 덮쳐든 남자는 신고한 지 얼마 되지 않아 붙잡혔다. 경찰서에서 붙잡혀 있는 남자와 휴대폰 앨범에 넣어 다니던 CCTV 속 스토커의 모습을 대조해보니 동일 인물이 맞는 것 같았다. 그러나 그동안 골머리를 썩혔던 스토커가 잡혔는데도, 선우는 찝찝한 마음을 털어내지 못했다.

"기사도 그냥 미친놈 혼자 날뛴 것처럼 말하고 있고."

중얼거리던 선우가 한별에게 물었다.

"윤재환은 모르는 눈치였다고?"

"응. 보니까 정말 놀란 눈치던데. 그게 연기라면 대단한 거고."

고심하는 선우를 향해 한별이 물었다.

"그래서, 신원조회는 해봤어?"

"이쪽 일을 하는 사람이라고 생각했는데……. 평범해. 전과 기록 같은 것도 없고, 일용직 전전하면서 일하던 사람인 것 같아. 그런데, 평범한 게 거슬려."

한별은 동의한다는 듯 고개를 끄덕이며 말했다.

"그러네. 그렇게 평범한 사람이 내가 어디에 살고 어디에 가는지 다 알 리가 없지."

"네가 정말 좋아서 쫓아다니는 광팬 같은 것도 아니고, 원한 관계도 아닌 데다가……. 경찰이 하는 말이, 널 아예 잘 모르는 것 같다고 하던데. 그런데 스토커처럼 굴고, 부산까지 쫓아와서 사고를 내고."

선우의 목소리가 낮게 가라앉았다.

"이쪽이랑 아무 연관도 없는 평범한 사람이 혼자서 할 수 있는 일이 아니지."

한별과 선우가 같은 생각을 하고 있는 눈으로 서로를 보았다.

"아무래도…… 뒤에 누가 있는 것 같네."

한별은 의미심장한 어조로 말했다.

"뒤에 있는 사람, 난 누군지 알 것 같은데."

선우가 고개를 끄덕였다. 한별이 생각하고 있는 사람이 누구인지 단번에 알 수 있었다. 한별의 동선을 알고 있는 사람, 관계자 외에는 출입이 통제되는 곳을 드나들 수 있게 해줄 수 있는 사람, 한별이 위험에 처하면 처할수록 이득을 보는 사람은 단 한 명뿐이었다. 재환의 소속사 대표인 정윤호. 배후가 있다면 분명 윤호일 것이라고 확신할 수 있었다.

"그런데 윤재환이 모른다."

한 가지 의아한 점이 있다면 재환이 모르고 있는 것 같다는 점이었다. 배후가 윤호라면, 그와 내내 붙어 있는 재환이 그 사실을 모를 리가 없었다. 그러나 인터뷰 장에서, 갑작스레 닥친 사고에 놀란 재환의 얼굴은 꾸며낸 것이라 보기 힘들었다. 정말 생각지도 못한 사고에 당황한 것이 느껴질 정도였다.

"심지어 지영이 아니었으면 큰일 날 뻔했고."

선우는 복잡한 심경이 그대로 드러나는 얼굴로 몇 차례 한숨을 더 쉬었다.

"우선…… 좀 더 생각해보자. 정윤호 그 자식이 윤재환 몰래 꾸민 걸 수도 있고. 그 자식이 배후가 맞으면, 다른 사고도 날 수 있으니까 앞으로도 조심하고……."

선우는 한별의 몸 이곳저곳을 살피며 물었다.

"다친 데는 없어?"

"나 말고 쟤한테 물어봐."

"쟤…… 지영이?"

방에 있던 세 사람의 시선이 지영에게로 쏠렸다. 한별은 지영을 빤히 보며 입을 뗐다.

"민석아. 약국 가서 연고랑 대일밴드 같은 것 좀 사와."

"형 어디 다치셨어요?"

"나 말고. 쟤."

그제야 선우가 눈을 크게 뜨며 지영에게 한 발 다가갔다.

"지영이 어디 다쳤어?"

지영은 어깨를 으쓱이며 고개를 저었다.

"아니요. 저 멀쩡한데……."

지영은 갑작스레 다가온 한별 탓에 말을 다 잇지 못했다. 의자에서 일어나 지영에게 한달음에 걸어온 한별이 그녀의 두 팔을 잡아 앞으로 당겼다. 한별은 지영의 양 손목을 붙잡은 채 그녀의 손등을 보았다.

"민석아. 갔다 와."

"네……. 다녀오겠습니다."

민석이 급하게 방을 나가자마자 선우는 심각해 보이는 두 사람

옆으로 다가가 섰다. 선우의 눈이 한별을 따라 지영의 손등에 닿았다. 한 손은 슬쩍 보아도 티가 날 정도로 파랗게 멍이 든 채 부어 있었고, 다른 한 손은 어디에 쓸린 건지 살갗이 까져 있었다.

"너 손이 왜 이래?"

"그 남자 놓칠 때…… 확 뿌리칠 때 손등끼리 부딪쳐서 그런가 봐요. 이거는, 윤재환 씨랑 같이 넘어질 때 그랬나."

지영은 꼭 남 얘기를 하듯 무덤덤했다. 대수롭지 않아 하며 대답한 그녀는 손을 뒤로 빼려 했지만, 한별은 지영의 손목을 꼭 잡은 채 놓아주지 않았다.

"다쳤잖아."

"그렇게 심각하게 말할 정도는 아닌……."

"심각해."

"……."

"나한테는 심각하다고."

셋 중에 가장 심각해진 한별을 바라보는 선우의 표정이 묘하게 달라졌다.

"나 때문에 다친 것도."

"아니. 이건 다쳤다고 하기에는 좀."

"그 새끼 때문에 다친 것도, 나한테는 심각해."

선우는 눈을 껌뻑거리며 두 사람을 번갈아보았다. 한별은 이 세상에서 제일 심각해진 사람인 것처럼 얼굴을 굳히고 있었고, 반면 지영은 당황한 티를 숨기지 못하고 눈을 이리저리 굴리고 있었다.

"이지영."

고개가 뻐근할 정도로 둘을 번갈아 보는 선우의 눈에 물음표가 톡 떠올랐다.

"지금부로 너 해고야."

"……네?"

"경호로도, 코디로도."

선우는 공기를 무겁게 짓누르는 한별의 목소리를 들으며 생각했다.

"해고야. 이지영."

그러니까 지금 이게, 둘이…… 뭐지?

민석이 올 때까지 지영의 손을 놓지 않는 한별을 보며, 선우는 끝을 알 수 없는 물음표에 빠져들었다.

지영은 여중, 여고를 나왔다. 대학에 와서도 함께 다니는 친구는 모두들 여자였다. 친구들은 그 흔한 소개팅 한 번 하지 않고, 심지어는 관심 있게 다가오는 극소수의 남자들에게도 심드렁한 지영을 재미없어 했다. 지영은 남자와 만나고 사귀는 과정에 전혀 관심이 없을 뿐 아니라, 심지어는 귀찮아했다. 친구들의 사귀고 헤어지는 연애 이야기에도 적당히 맞장구만 쳐줄 뿐이었다.

친구들은 연애를 끝낸 뒤에 항상 현실의 괴로움을 떨치기 위해 행복한 상상의 나래를 펼치곤 했다. 보통은 현실에서 이루어질 수 없는 환상 속의 운명적인 만남과 연애가 주된 소재였다.

'만약에 최한별이 좋아한다고 고백하면 어떻게 할 거야?'

그 상상의 나래에서 빠지지 않는 것이 있다면 단연 한별이었다.

'어떻게 하긴. 뭘 고민해? 고맙습니다 하고 넙죽 사귀어야지.'

'난 너무 부담스러워서 오히려 좀 고민될 것 같은데.'

'아냐. 난 그래도 좋아.'

'사귀는 거 들키면, 팬들도 장난 아닐 것 같지 않아?'

그런 이야기가 시작될 때마다, 지영은 친구들의 상상이 더 깊어지기 전에 깨주는 역할을 도맡았다.

'그럴 일 없으니까 그만들 고민해라. 친구들아.'

지영은 하긴, 하고 아쉽게 웃어넘기던 친구들을 떠올렸다.

절대 없어야 할 그런 일이 현실에서, 심지어 다른 누구도 아닌 자신에게 닥쳐올 줄이야.

'좋아하고 있어. 내가 너를, 좋아해.'

한별의 말대로 지영은 그날 귀신의 기역 자도 생각하지 않았다. 아니, 않았다기보다는 생각하지 못했다. 처음에는 얼떨떨했고, 그 다음에는 믿기지 않았고, 또 그 다음에는 이 믿을 수 없는 상황이 꿈이 아닌 현실이라는 것에 놀랐다. 믿기지 않는 상황을 곱씹으며 현실을 깨닫기를 반복하다 보니 동이 텄다. 날이 밝은 뒤에야 지영은 이 미친 상황을 곱씹느라 날을 샜다는 것을 깨달았다. 아침이 밝은 뒤에야 지영은 천천히 상황을 정리했다.

최한별은 나에게 고백을 했다. 최한별은 나를 좋아한다. 좋아한다는 것은 아마도, 친구 간의 우정이나 보통의 호감 같은 게 아니라, 이성적인 그런 것이겠지.

머릿속으로 하나씩 정리하던 지영은 정리 끝에 다다라 의문을 가졌다.

고맙습니다. 하고 넙죽 사귀고 싶은 마음은 없는 것 같은데, 그렇다고 해서 고백이 부담스럽지도 않으면…… 어떻게 해야 하지.

"너 해고야."

지영은 입을 떡 벌렸다. 생각을 했냐고 재촉할 때는 언제고, 생각이 정리되기도 전에 들이대더니 갑작스럽게 자신을 잘라버리는 한별로 인해 머릿속이 하얘졌다. 하얗게 텅 비어버린 머릿속에는 방울이 퐁퐁 올라오듯 물음표가 하나둘씩 띄워졌다.

한별은 묵묵히 지영의 손등에 연고를 바르고, 상처 위에 대일밴드를 붙였다.

"그런데요."

지영은 대일밴드를 꼼꼼하게 붙여준 뒤에야 손을 놓아주는 한별을 향해 말했다.

"저 뭐 하나만 물어봐도 돼요?"

한별은 이미 알고 있다는 얼굴로 픽 웃으며 답했다.

"뭐. 널 왜 좋아하냐고? 그냥 언젠가부터 네가……."

"아니. 그게 아니라."

지영은 한별에게 또박또박 물었다.

"저 오늘부로 해고된 거면, 돈은 언제……."

"뭐?"

지영은 한별의 눈치를 살피다, 이내 혼자 알겠다는 듯 고개를 끄덕였다.

"아, 삼촌한테 말하면 되는 거구나."

한별은 혼자 묻고 혼자 대답하는 지영을 보며 넋을 놓은 듯 입을 벌리다가, 이내 바람 빠지는 소리를 내며 웃기 시작했다. 허리를 숙이고 한참이나 웃던 그는 겨우 웃음을 멈추고 숨을 돌렸다.

"내가 널 왜 좋아하는지는 안 궁금해?"

지영은 고개를 저었다.

"물어보면 대답을 들어야 되잖아요. 대답을 듣기에는 제가 손이 쪼그라들 것 같아서."

한별은 지영의 손목을 다시 잡았다.

"안 물어봤지만 대답할 거니까 들어."

"……들은 걸로 하면 안 될까요?"

"내 이름 불러봐."

"갑자기 무슨."

"이름. 불러봐."

지영은 잠시 망설이다가 천천히 한별을 불렀다.

"최한별…… 이요."

한별은 그녀의 부름에 응답하듯 입을 달싹였다.

"지금 떨려."

"……"

"저린 것처럼 떨리고 설레."

한별은 지영과 눈을 마주치며 말을 이었다.

"네가 내 이름을 부를 때마다 설레고 떨려서."

지영은 미묘한 표정으로 한참을 망설이다가, 조심스럽게 물었다.

"그러면 제가…… 뭘, 어떻게 해야 할까요?"

서슴없는 질문에 한별이 다시 웃음을 터트렸다.

"대답을 해야지."

"그러니까 대답을 뭐라고."

웃음기 남은 목소리가 이어졌다.

"그럼 정확하게 다시 물어볼게."

입을 다무는 지영을 보며 한별이 속삭이듯 말했다.

"이지영. 난 네가 좋아. 이렇게 다른 사람이랑 섞여 있는 건 그만두고, 너랑 만나보고 싶어."

"……."

"만나고 싶다는 게 뭘 의미하는지는 알지?"

지영은 고개를 끄덕였다. 한별은 그런 지영을 향해 다시 말했다.

"물어봤으니까 이제 대답해. 선택지는 두 개. 네, 아니요."

지영은 한별이 애가 닳을 만큼 아주 천천히, 느리게 입을 움직였다.

"네……."

한별의 얼굴에 놀라움이 채 번지기도 전.

"……니요?"

지영은 간단하게 그를 혼란의 구덩이로 밀어 넣었다.

자신이 한 대답이 얼마나 황당한 대답인지 스스로 아는 듯, 지영은 눈을 이리저리 굴리며 한별의 눈치를 살폈다. 한별은 정말 머리 뚜껑을 열고 어이가 멀리 뛰쳐나간 표정이었다. 뒤통수를 아무리 세게 맞아도 이렇게 얼이 빠진 표정은 나오지 않을 것이라 지영은 확신했다. 한참 눈치를 살피던 지영은 조심스럽게 입을 뗐다.

"선택지가 두 개라고 해서……."

어이가 나간 뒤 머리가 하얗게 표백된 한별을 들쑤시기에는 충분한 말이었다. 한별은 헛웃음을 치며 물었다.

"시험 문제 풀어?"

"시험은 아니지만, 문제이기는 하죠."

눈치를 보면서도 할 말은 빠짐없이 다 하는 지영이 이토록 얄미운 날도 없었다.

"모두 고르라고는 한 적 없는데. 하나만 골라."

"답 찍기 전에 뭐 하나만 확실히 물어봐도 돼요?"

"뭔데."

"그러니까, 그 만나고 싶다의 그 만나다가 그냥 얼굴을 보고 싶다는 건지, 아니면……."

"무슨 뜻인지 안다며."

"그래도 확실하게 아는 게 좋을 것 같아서."

"사귀고 싶다고."

한별은 자꾸만 헛웃음이 나왔다. 이렇게 꽉 찬 직구를 몇 번씩이나 날리며 연애를 시작한 적이 있었나. 사귀자는 말을 실제로 해본 적이 있었는지도 의문이었다. 이렇게 몇 번이나 확실하게 마음을 표현하고 말을 하는데도 정작 지영은 자신에게 향한 표현과 말들이 얼마나 적나라한 것인지를 짐작조차 못하고 있었다.

한별은 다시 또박또박 말했다.

"나랑 사귀자고."

"……."

"연애하자고."

한별은 자신과 지영을 손가락으로 번갈아 가리켰다.

"이렇게 둘이, 애인 하자고."

이쯤이면 확실하겠지. 한별은 떨림을 애써 숨기며 되물었다.

"다시 답 골라. 하나만. 네, 아니요."

"그러면……."

한별은 자신도 모르게 가슴에 손을 올렸다. 지영의 입이 약하게 달싹이는 것만으로도 심장이 남아나지 않았다. 남우주연상 발표를 목전에 앞둔 순간 못지않게 떨렸다.

"그러면 저는."

한별은 자신도 모르게 고개를 한 번 끄덕였다.

"아니요."

그리고 그의 고개가 다시 움직이는 일은 없었다.

지영은 대답이 없는 한별을 살폈다. 그러곤 무언가를 고민하는 듯 다시 눈을 이리저리 굴렸다. 뭘 해야 할지 모르거나 뭘 말해야 할지 모를 때 지영은 곧잘 이렇게 눈을 굴리곤 했다. 한별은 입술을 깨물며 속으로 욕지거리를 중얼거렸다.

"저는 그런 마음이 안 들어서."

지영은 뒷목을 매만지며 쭈뼛쭈뼛 말을 이었다. 뒷목을 주무르듯 만지는 것 역시 어떻게 해야 할지 모를 때 나오는 그녀의 습관이었다.

"그리고 꼭 최한별 씨 아니더라도, 누구랑 사귈 생각이 없고……."

"내가."

한별은 지영의 말을 끊어냈다.

"내가, 정말 어쩌다."

"네?"

지영은 눈을 동그랗게 떴다. 그러곤 빠르게 몇 번 깜빡였다. 상대방이 무슨 말을 하는지 잘 모를 때, 제대로 들으려고 할 때마다 나오는 습관이었다.

한별은 머릿속에서 시간을 되감았다. 처음 지영을 보았을 때, 이 여자애는 도대체 정체가 뭐지. 놀라 자빠지기는커녕 도리어 자신을 한 방 먹이는 그녀를 보며 그렇게 생각했었다.

"이지영."

어쩌다 얼굴을 맞대고 있어도 얼굴색 하나 안 변하는 너를.

"나 마음 없는 사람한테 매달리는 법 몰라. 한 번도 그런 적 없거든."

나를 쥐고 흔들면서도, 나를 쥐고 있는지도 모르는 너를 어쩌다 좋아하게 됐을까.

"그러니까 틀릴 수도 있어."

"네?"

말하는 투와 습관을 일일이 다 기억하고, 작은 손짓이나 몸짓 하나하나에 의미를 붙이게 됐을까.

"그러니까 싫으면, 네 생각에 틀린 것 같으면 뿌리쳐."

"무슨······."

아무리 세고 빠르게 던지는 공이어도 쉽게 장외로 넘겨버리는 너를 어쩌다, 좋아하게 됐을까.

"나는 최선을 다해서 너한테 매달릴 테니까."

자존심이 상해서 고집을 부리는 것이 아니었다. 네가 감히, 라는 생각으로 거절을 거절로 받아들이지 못하는 것도 아니었다. 다른 이물질이 하나도 끼어 있지 않은 단 하나의 마음이었다.

"좋아해."

처음이었다. 그래서 이 마음을 어떻게 조절해야 할지 몰랐다. 얼마만큼 보여주고 표현해야 하는지조차도. 그래서 그는 조절하지 않기로 했다. 보여주고 싶은 만큼 전부 보여주고, 말하고 싶은 만큼 말하기로 했다.

지영을 좋아한다는, 오직 그 마음 하나만으로 한별은 자신을 전부 내던졌다. 그가 선택한 방식이었다.

인터뷰 현장에 의문의 남성이 급습했다는 기사가 나간 뒤, 바로 다음 날 예정되어 있었던 촬영은 진행되지 못했다. 혹시 다른 사고가 있을지 모르니 철저히 조사해야 한다며 윤호가 길길이 날뛰는 통에 촬영을 접고 영화 제작사 관계자부터 막내 스텝까지 전부 신원을 조회하는 데 시간을 다 허비한 탓이었다.

"너무 과한 거 아냐? 어차피 범인도 잡혔는데."

"앞으로 서울에서도 그럴지 모르는데 확실히 해야지."

선우는 덤덤한 척 표정을 가다듬으며 말했다.

"예전에 명은이었나. 명은이 신인 때 스토킹 당할 때는 그냥 대충 묻고 말았잖아."

"명은이 얘기가 여기서 왜 나와?"

"그냥…… 반응이 너무 달라서."

재환이 계단을 굴러 크게 다칠 뻔했다는 것 때문에 어제저녁부터 날뛰었다더니, 윤호는 목이 다 쉬어 있었다. 선우는 윤호의 표정을 면밀히 살폈다. 돌아보는 얼굴이 당황한 낯빛은 아니었다. 열을 올려서 얼굴이 시뻘겋게 익기는 했지만, 흠칫 놀라거나 당황해 굳지는 않았다.

"그러는 거기는, 너무 안일한 거 아니야? 코디까지 다칠 뻔했다며."

"그래. 그 와중에 재환이도 도와주고."

선우는 윤호 옆에 굳어 앉아 있는 재환을 보며 말을 이었다.

"고맙다는 말은 했나. 지영이 아니었으면 크게 다칠 뻔했는데."

재환은 조심스럽게 대답했다.

"네. 안 그래도…… 괜찮으시다면 밥이라도 한번 대접을……."

"밥은 무슨 얼어죽을."

차갑게 말을 잘라낸 사람은 묵묵히 자리를 지키고 앉아 있던 한별이었다. 할 수만 있다면 말이 아니라 지영에게로 향하는 시선까지 잘라내고 싶었다.

"그래도 도와주셨는데……."

"신원조회는 다 한 겁니까?"

한별은 윤호에게로 눈길을 돌렸다. 말이 두 번이나 툭 잘린 재환이 자신을 묘한 눈길로 보는 것이 느껴졌지만 전혀 개의치 않고 어깨를 반듯하게 폈다.

"조회는 다 했는데……."

윤호가 말끝을 흐리자 한별이 대신해서 말을 덧붙였다.

"문제는 없는 거고요."

한별이 눈을 가늘게 떴다.

"조회해볼 데가 두 군데나 남아 있는 것 같은데."

"두 군데?"

제작사, 영화사, 인터뷰 진행을 주관한 홍보사와 그날 촬영에 임했던 스텝들까지 전부 조회를 마쳤다. 한별은 자신의 말을 이해하지 못한 윤호를 향해 느긋이 말했다.

"우리 회사랑 그쪽 회사요."

"⋯⋯."

대기실에 적막이 깃들었다.

"혹시 모르는 거잖아요. 이쪽 업계에서 서로 견제하려고 사람 시켜서 손쓰는 게 없는 일도 아니고."

윤호의 낯빛이 급격하게 어두워졌다. 그를 보며 한별이 의미심장하게 웃었다.

"어차피 지금 대표님들도 다 같이 있는데. 말 나온 김에 조사 할까요?"

한별은 윤호를 지긋이 바라보았다. 온종일 큰 소리를 뻥뻥 치고 다니며 분개했던 사람이었나 싶을 정도로 수그러들어 있었다. 윤호는 자신을 바라보는 한별의 눈빛이 부담스러운 듯, 주춤주춤 눈을 옆으로 피했다.

한별의 입가에 잠깐 미소가 스쳤다.

"⋯⋯그냥 해본 말입니다. 하도 전부 의심을 하고 조사를 하시길래."

한별은 자리에서 일어섰다.

"형. 가자. 어차피 촬영도 접혔는데, 조금 쉬고 싶네."

"어. 그래."

한별은 윤호에게 슬쩍 눈인사를 했다.

"그럼 먼저 나가보겠습니다."

재환은 완전히 없는 사람인 양 취급하곤, 한별은 재빠르게 대기실을 나갔다.

한별은 선우를 뒤따라 엘리베이터에 탔다. 민석이 3층을 누르고 뒤로 한 발 물러서자, 한별은 기다렸다는 듯 층수 버튼을 향해 손을 뻗었다.

"저녁 간단히 뭐 먹을…… 왜 4층을 눌러?"

3층에 도착하는 것은 순식간이었다. 한별은 열림 버튼을 누르고 민석과 선우를 향해 눈짓했다.

"쉬어."

"……네 방도 3층이야."

"알아."

한별은 주춤주춤 움직이는 선우와 민석을 한 팔로 쭉 밀어냈다. 그로 인해 복도로 밀려난 두 사람이 얼떨떨한 얼굴로 한별을 보았다.

"난 자유시간이다."

"뭐?"

엘리베이터 문은 금세 닫혔다.

"야. 최한……!"

선우는 말을 멈췄다. 거의 10년 넘게 봐왔던 한별인데도, 잠깐 사이에 보였던 그의 모습이 너무나도 낯설었다. 눈 깜빡할 사이에 닫히는 문틈으로 언뜻 보이는 한별은 생전 처음 보는 표정을 짓고 있었다.

선우는 4에서 멈춘 엘리베이터 숫자를 보며 얼굴을 굳혔다.

"지영이. 방에 있어?"

"한 팀장님이랑 옷 정리한다고 했으니까, 아마도요."

선우가 다시 고개를 들었다. 빨간색 점자로 표시된 숫자 4가 꼭 불길함을 예언해주는 것만 같았다. 불길하다. 불길해. 선우는 뒷목부터 흠칫 돋아나는 소름에 뒷덜미를 더듬었다.

"에이."

설마.

"에이……"

인터뷰 촬영장에서 그 일이 있고 난 다음 둘이 기류가 조금 묘하기는 했지만. 아니, 유독 한별이 평소와 조금 다르게…… 지영과 부쩍 가까워진 것 같다고 생각한 뒤에부터 조금 다르게 느껴지기는 했지만. 이건 뭔가 싶기는 했지만, 그래도. 설마.

"아닐 거야."

선우는 불안한 얼굴로 민석을 보았다. 확신을 원하는 얼굴이었다.

"아니겠지?"

민석 역시 같은 얼굴이었다.

"아니…… 지 않을까요?"

"그렇…… 겠지?"

"네. 아마도."

"그래. 그럼, 그래. 설마."

선우와 민석은 서로의 불길한 생각에 아니라는 확신을 주지 못한 채, 스멀스멀 파고드는 불안에 몸을 떨었다.

선우와 민석이 방에도 들어가지 못하고 불안에 떠는 사이, 한별은 어느새 지영의 방 앞이었다. 벨을 누르고 문을 두드리는 데 거침이 없었다. 딩동 소리가 나는 그 잠깐도 기다리지 못해 콩콩콩 문을 두드리곤, 한별은 지영을 불렀다.

"이지영."

방 안에서 막힌 소리가 들렸다.

"누구세요?"

한별은 얼굴에 미소를 띠우며 대답했다.

"알면서 뭘 물어."

"……."

"별일 없으면 문 열지."

"별일 있는데요."

"한 팀장 차 없는 거 봤어. 일 끝낸 지 오래인 거 다 알고."

"그…… 거 말고, 다른 별일 있는데요."

콩콩콩. 문을 두드리는 소리가 심장소리처럼 튀어 올랐다.

"아이, 진짜."

덜컥 문이 열렸다. 한별은 문이 열린 만큼 뒤로 물러섰다. 벌어진 틈 사이로 지영의 얼굴이 쏙 튀어나왔다.

"혼자 있고 싶다는 말을 굉장히 못 알아들으시네."

"왜 혼자 있고 싶은데."

"생각할 게 좀 있어서요."

"무슨 생각."

"왜요?"

한별은 다시 한 걸음 다가가 문을 막고 서서 지영을 바라보며 낮은 목소리로 물었다.

"말 안 해주는 거 보니까 내 생각인가 보네."

"아니요? 전혀 아니요. 완전 아닌데."

"화들짝 놀라서 대꾸하는 것 보니까 맞는 것 같은데."

"전혀. 일당 생각인데요. 앞으로도 계속 일당 생각만 할 예정이었는데."

한별은 고개를 살짝 숙였다. 한층 가까워진 거리감에 지영은 머리를 뒤로 뺐다.

"뭐 볼일 있어요?"

"응."

"왜. 뭐요."

"너 보러 왔는데."

지영은 눈을 찡그렸다.

"볼일 있다면서요."

"내가 너한테 볼일이 너 보는 것 말고 뭐가 있겠어. 이제 내 코디도 아닌데."

한별은 웃었다. 말문이 막히는 것을 보는 게 꽤나 통쾌했다.

"……아무튼, 저는 깊은 생각을 해야 하니까 이만 닫을게요."

"안 돼."

"왜요? 대충 볼일도 다 보신 것 같은데."

지영은 그러면서 얼굴을 살짝 들어 올렸다.

"봤음 됐잖아요."

"이지영."

한별은 문을 잡은 채 옆으로 비켜섰다.

"생각 더 잘 나게 해줄까?"

"……더 잘 나게요?"

"따라와."

한별은 천천히 등을 보이고 돌아섰다. 여유로운 척 한 걸음 옮겼지만, 온 신경은 등 뒤에 있는 지영에게 쏠린 채였다. 문이 닫히는 소리가 유독 선명했다. 문을 닫고 방 안으로 들어갔을까. 아니면 문을 닫고 나를 따라 나온 걸까. 한별은 부러 발소리를 죽이며 느리게 걸었다.

타박, 타박.

자신의 발소리가 아니었다.

"어디 가는데요."

한별은 그제야 온전히 여유를 찾고 주머니에 손을 꽂았다.

"어때."

한별은 지영을 돌아보며 의기양양하게 어깨를 폈다. 달과 별에 의존해야 하는 어둠 속에서 쏴아아, 바람에 나부끼는 물결 소리가 세차게 울렸다.

"뭐야. 꼭 자기 거 보여주는 것처럼."

삐쭉이며 말했지만 싫지는 않은 눈치였다.

지영은 검푸른 바다를 향해 걸어갔다. 한별은 지영의 넓은 보폭에 발을 맞춰 느긋이 걸으며 바람을 맞았다.

"아, 시원하다."

물결이 신발 앞코에 번지듯 닿았다.

"발 젖는다."

"괜찮아요."

한별은 물가에 둔 애를 보듯 지영을 보며 그녀의 뒤를 쫓았다.

"똑바로 걸어. 넘어진다."

"원래 바다에서는 이렇게 걸어야 제맛이에요."

지영은 두 팔을 수평대처럼 뻗고 몸을 좌우로 움직이며 걸었다. 휘청휘청 흔들리는 몸이 불안해 한별은 자꾸만 지영을 향해 손을 뻗었다.

휘이이, 바람이 센 소리를 내며 두 사람을 스쳤다. 거센 바람에 지영의 몸이 바다 쪽으로 기우뚱 기울자, 한별은 재빠르게 손을 뻗었다.

"거 봐."

한별은 지영의 손을 꼭 잡은 채 자신의 몸 가까이로 당겼다.

"넘어질 뻔했잖아."

"저 운동신경 되게 좋은데."

한별은 꼭 잡은 손을 슬쩍 들어 보였다.

"도와주려고 잡은 거다."

지영은 잡힌 손을 빼기 위해 팔을 비틀었다.

"그럼 안 넘어졌으니까……."

"그리고 좋아서 잡고 있는 거고."

한별은 한번 붙잡은 지영의 손을 쉽게 놓아주지 않았다.

"무슨 생각 했어?"

입을 달싹이던 지영은, 거짓말로 변명하는 것을 포기했다.

"……최한별 씨한테 끼인 것 같은 깍지가 무슨 깍지인가 하는 생각이요."

지영은 잠시 한별을 바라보다가 불시에 손에 힘을 주었다. 팔을 뒤로 당기자 방심하고 있던 한별이 속수무책으로 끌려갔다. 억 소리도 내지 못하고 지영에게로 기울던 한별의 몸은 그녀의 손에 의해 멈췄다.

"최한별 씨."

지영은 붙잡힌 손을 가슴께까지 올리고, 다른 손으로 한별의 어깨를 잡아 그를 세운 뒤 고개를 들었다. 기울어진 한별의 얼굴이 가까이에 있었다. 달보다 번쩍거리네. 지영은 눈앞에 흐드러진 그의 얼굴을 바라보며 중얼거렸다.

"거절한 마당에 이런 얘기 하는 거 조금 염치없지만."

"뭐?"

"고마워요."

"……뭐가."

"좋다고 해줘서요."

갑작스러운 말에 한별의 몸에서 힘이 전부 빠져나갔다. 지영은 그제야 한별을 밀어 똑바로 세우고, 그에게 붙잡혀 있던 손을 빼냈다.

"처음이거든요. 누가 나를 그런 마음으로, 좋아한다고 고백해준 거."

한별은 나직이 대답했다.

"나도 처음이야. 누구를 이렇게 좋아하는 거, 좋다고 고백하는 거."

한별은 다시 손을 뻗었다. 또 손을 잡으려 한 줄 알았는지, 지영은 두 손을 등 뒤로 돌려 뒷짐을 지며 말했다.

"그러니까 거절해놓고 미안하지만……."

한별의 손은 지영의 손이 아닌 얼굴로 향했다. 그의 손가락 사이로 지영의 머리카락이 물결치듯 흔들렸다.

"이것도 처음이겠네."

한별은 지영의 머리카락을 귀 뒤로 넘겼다.

"앞으로도 내가 너한테 할 모든 게, 처음일 거고."

지영은 그제야 바람이 나부끼고 있음을 깨달았다. 펄럭이며 흔들리는 옷자락이 살을 간질였다.

"끝에는…… 내가 네 처음이었으면 좋겠다."

바람에 흔들리지 않는 것은 오직 하나였다.

"네가 처음 떨리는 사람이, 나였으면."

지영을 바라보는 한별의 눈빛만이 오직 흔들리지 않고 또렷했다.

"그러니까 오늘로 그치지 말고, 계속 생각해."

"……"

"내 생각."

지영은 눈을 깜빡이지도 못하고 한별을 바라보았다. 그의 웃는 얼굴이 유독 밝게 보였다. 어둠 속에서 반짝반짝 빛을 내는 그의 눈길이 간지러웠다. 지영은 끝내 고개를 돌렸다.

"……영아, 지영아?"

지영은 눈을 크게 뜨며 고개를 돌렸다.

"네? 네."

"자고 있었어?"

"아니요. 그냥 창밖 구경 좀."

창밖에 뭐가 지나가고 있었는지 하나도 보지 못했지만, 지영은 차마 딴생각에 정신이 팔려 있었다고 솔직하게 말하지 못했다.

"집에 바로 갈 거냐고 물어보려구."

"아······. 집에요."

맞다. 나 해고당했었지.

지영은 자신이 딴생각에 정신이 팔리게 한 주범이자 갑작스럽게 해고를 통보한 업주를 흘깃 보았다. 한별은 평온한 얼굴로 눈을 감고 있었다. 흔들리는 차 안에서도 어찌나 잘 자는지, 꼭 투탕카멘 같기도 했다. 곧은 자세로 기절한 것처럼 잠이 들어 있는 그를 한참이나 바라보던 지영은 선우를 향해 고개를 돌렸다.

"우선 서울에 있는 친구들 몇몇 좀 만나기로 해서요. 가도 그 이후에 갈 것 같아요."

"서울에 있는 친구? 대학교 친구들?"

"네."

"언제 만나는데?"

"이번 주 주말이랑, 다음 주 화요일에요."

선우는 혼잣말로 날짜를 세었다.

"오늘이 화요일이니까····· 일주일은 서울에 있어야 하네?"

"네. 친구 중에 자취하는 애가 있어서, 그 친구 집에서 지내려고요. 걱정하지 마세요."

"자취하는 친구보다 삼촌 집에서 지내는 게 편하지 않아?"

지영은 한별을 다시 슬쩍 보았다.

"삼촌····· 집이요?"

"어차피 서울 촬영은 지금보다 더 바빠서, 2주 동안은 거의 집 못 들어갈 거야. 방도 있고, 혼자 편하게 지내는 게 더 좋잖아."

"그렇기는 한데······."

"집에 내려갈 때까지 삼촌 집에 편하게 있어. 아빠도 그게 더 좋다고 하실걸."

지영은 고심 끝에 고개를 끄덕였다.

"네. 그러면…… 친구한테 그렇게 말해둘게요."

선우는 민석에게 가야 할 순서를 짚어주었다.

"그러면 한별이 먼저 집에 데려다놓고, 우리 집에도 잠깐 들르자. 그 다음에 회사."

"네, 대표님."

뒤로 비틀어져 있던 선우의 몸이 다시 제자리를 찾았다. 지영은 민석과 선우의 뒤통수를 번갈아 보다가, 천천히 고개를 옆으로 돌렸다. 팔 하나 길이만큼 떨어져 앉아 있는 한별은 여전히 잠에 푹 빠진 채였다. 이틀치 분량을 하루에 몰아 찍느라 서울로 출발하는 오늘 새벽까지 촬영을 한 탓인지, 인상 한 번 찡그리지 않고 완전히 곯아떨어져 있었다.

"참, 부산에서 2주 동안 고생했어."

선우가 다시금 말을 걸어오자, 지영은 그제야 한별에게서 시선을 뗐다.

"아니요. 그다지…… 별로 한 것도 없는데요."

"한 게 없기는. 네 덕에 한별이도 안 다치고, 스토커도 무사히 잡았는데."

"서울에서부터 그랬던 사람 맞대요?"

"아직 조사 중이긴 한데, 대조해보니까 맞는 것 같아. 경위는 추후에 나오겠지."

"그렇구나. 다행이에요."

선우는 아, 하고 짧막한 소리를 내더니 다시 몸을 뒤로 비틀어

지영을 보았다.

"한별이한테 사인은 받았어? 친구들한테 사인 받아준다고 했었잖아."

처음 만났을 때 흘렸었던 말이었나. 지영은 어렴풋이 기억나는 한별과의 첫 대면을 떠올리며 고개를 저었다.

"아니요. 까먹고 있었어요."

"받아놔. 사인은 묵묵히 잘 해주는 편이야."

"……네."

선우가 다시 제자리를 찾자, 지영은 창 너머로 시선을 던졌다. 서울로 돌아가고 있는 지금, 어제부터 자신을 알쏭달쏭하게 만들던 이 기분이 무엇인지 알 것만 같았다. 지영은 창문에 이마를 가볍게 댄 채 눈을 이리저리 굴렸다.

싱숭생숭. 글자로만 알고 있던 '싱숭생숭'이라는 단어가 마음에 확 와 닿았다. 지영은 창문에 다시 이마를 콩 부딪치며 중얼거렸다.

기분 참…… 싱숭생숭하네.

서울까지는 별 탈 없이 올라왔다. 낯선 풍경에 시선을 빼앗긴 지영은 한참 동안 창밖을 응시했다. 그러는 사이 금세 서울이었다. 차는 서울에 진입해서도 한참을 더 달렸다. 어느새 일어난 한별이 지독하게도 집요한 시선으로 지영을 못 견디게 할 만큼.

지영은 부산에서 서울까지 온 시간보다 서울에 들어와서 한별의 집으로 가는 시간이 더 긴 것처럼 느껴졌다. 뒤통수가 따끔거리고, 뒷목이 괜히 저렸다. 잘못한 것도 없는데 마치 큰 잘못이라도 저지른 것처럼, 지영은 땀을 삐질삐질 흘리며 창밖을 응시했다. 이제는 풍경조차 눈에 담기지 않는데도.

고백의 위력은 대단하구나.

지영은 남의 시선에 어쩔 줄 몰라 하는 스스로가 낯설었다. 평소에는 옆으로 누가 지나가든, 또 누가 쳐다보든 아예 그런 줄도 모를 정도로 무심한 자신이었다. 관심을 둔 것이나 사람 이외에는 너무할 정도로 모르고, 모르는 만큼 신경 쓰지 않았었는데. 이렇게 어쩔 줄 몰라 하는 것은, 자신조차도 처음이었다.

그러고 보니 또 처음이네.

처음. 이 명사를 이렇게 몇 번이고 곱씹었던 적이 있었나. 생각해보면 애초부터 '처음'이라는 것에 큰 의미를 두지 않았다. 그럴 수밖에 없는 것이, 지영은 뇌리에 딱 남을 만한 '첫' 경험을 해본 적이 없었다.

가장 좋아하는 운동도 기억도 안 나는 아기 때부터 손에 집히고 보이는 것들이 그런 것이었으니 자연스럽게 접하게 된 것이었다. 도복을 입고 띠를 매던 기억도 잔상처럼 흐릿할 정도였다. 그 외에도 친구들이 한창 첫사랑에 들뜰 때, 첫키스 이야기를 하며 몸부림칠 때, 그런 비슷한 첫 경험담을 이야기할 때에도 지영은 늘 고개만 끄덕일 뿐이었다.

첫눈에 반한다는 것도 그녀와는 먼 이야기였다. 그나마 좋아하는 운동선수도 그저 '선수'로서 응원하고 좋아할 뿐이었으니 처음 본 순간부터 좋아했다거나 할 수는 없었다.

'지영이 너가 심드렁한 게 이상한 거라니까. 처음이 얼마나 설레는데. 첫사랑, 첫키스. 말만 해도 떨린다.'

'그게 뭐 중요해. 누구한테나 처음은 있는데.'

'누구한테나 있고, 누구나 떨리는 거 아냐? 지영이 너도 잘 생각해 봐. 눈이든 귀든, 뭐든 딱 어디에 꽂혔던 그 첫 순간이 있지 않았는지.'

지영은 심드렁한 자신의 어깨를 흔들며 열변을 토했던 친구를 떠올리며 깨달았다. 누구에게나 왔던 '처음'이 자신에게 이제야 온 것이라고. 그것도 아주 폭풍처럼 휘몰아쳐서.

"이게……."

"응? 지영아. 왜?"

지영은 자신조차 모르는 사이 새어 나온 말에 화들짝 놀라며 고개를 저었다.

"아니요."

지영은 어색하게 웃으며 괜히 차 안을 살폈다.

"그냥. 다 왔나 해서……."

그나마도 자연스럽게 넘어갈 수 없었다.

"거의 다 왔어. 답답해?"

한별과 정면으로 시선이 부딪친 탓이었다.

지영은 선우에게 다시 대답을 해야 한다는 것마저 잊었다. 자신을 바라보고 있는 한별의 눈이 마치 눈이 아니라 화살촉처럼 느껴졌다. 도장에서 몇 번 만져보았던 아주 날카로운 진검의 칼끝 같기도 했다. 단단하고 날카로웠다. 금방이라도 쏘이거나 베일 것 같았다.

지영은 최대한 자연스럽게 눈을 깜빡이며 다시 시선을 돌렸다. 이제는 없는데, 아직도 한별의 눈을 정면으로 보고 있는 것만 같았다. 그의 잔상이 강렬했다. 지영은 눈을 뜨고 있을 수 없어 자는 척, 창가에 머리를 기대고 눈을 감았다. 어둠 속에서도 그의 잔상은 여전히 번뜩였다.

이것마저 처음이었다.

마치 누군가에게 고백을 처음 들었던 것처럼.

'앞으로도 내가 너한테 할 모든 게, 처음일 거고.'

당연하게도 지난밤 한별의 목소리가 다시금 상기되었다. 그의 말이 예언인지, 아니면 예언을 가장한 저주인지는 몰라도 정말 그가 말한 것처럼 되어가고 있었다. 뇌리에 박힐 만큼 강렬한 '처음'이 모두 그로부터 나오고 있었다.

처음으로 고백을 받고, 처음으로 남의 생각에 잠을 설치고, 처음으로 시선을 신경 쓰고, 눈을 피하며 어쩔 줄을 몰라 하게 되는 것까지.

이게 처음이구나.

지영은 상기되는 기억을 털어버리기 위해 고개를 재빠르게 흔들었다. 그렇지만 한 번 떠오른 기억은 거머리처럼 붙어 머릿속에서 그치지 않고 재생됐다.

'끝에는…… 내가 네 처음이었으면 좋겠다.'

머릿속이 복잡했다. 경기장 안에 서 있는 것 같았다. 자신은 경기장 모서리에 갇혀 있었다. 상대는 체급도, 경기력도, 주특기도 달랐다. 허무맹랑한 경기라고 생각해서 경기장 밖을 나가려던 그 순간, 예상치 못하게 공격이 들어왔다. 그 후로도 계속 공격이 이어졌다. 정면만을 향하는 정직한 공격이었다. 문제는 자신이었다. 충분히 피할 수 있을 만큼 눈에 보이는데도 그것을 막지 못하고 있는 자신.

"한별아. 다 왔는데, 집까지 같이 들어가?"

"아니."

"그럼 캐리어만 옮겨줘?"

"아니."

"뭐야. 왜 다 아니야?"

"민석아. 시동 걸어."

"네?"

"집으로 가."

"뭐야. 잠이 덜 깼어? 아직도 꿈꿔? 벌써 네 집 주차장이야. 그런데 무슨 집으로……."

"형 집으로."

지영은 무심코 고개를 돌렸다. 당연하게도 한별은 자신을 보고 있었다. 자신을 똑바로 직시하고 있는 한별의 눈을 마주하며, 지영은 깨달았다.

"형 집에서 지낼 거야."

공격도 수비도 하지 못하고, 한별에게 말리기 시작했다는 것을.

한별은 막무가내였다. 선우는 그가 한번 고집을 피우기 시작하면 누구도 말릴 수 없다는 것을 가장 잘 알고 있는 사람이었다. 그래도 어떻게든 달래서 들여보내려는 선우와 버티는 한별 중 백기를 든 건 당연하게도 선우였다.

"내가 저 방 쓴다."

"야. 거기 내 방이잖아!"

집으로 들어와서도 한별은 막무가내로 굴었다. 한별은 캐리어를 끌고 선우가 말릴 새도 없이 집주인의 방을 점령했다.

"이래서 사람 오냐오냐 키우는 거 아니라고, 옛날 어른들 말 틀린 거 하나 없다니까."

촬영 때는 유난히 예민해서, 선우는 어지간한 것은 대부분 한별이 원하는 대로 맞춰주며 지냈다. 오늘날의 고집불통 막무가내, 독불장군 최한별을 만든 것은 자신이었다. 누구를 원망할 수도 없어 방을 빼앗긴 선우는 쓰디쓴 눈물을 뒤로 삼켰다.

"저기, 삼촌."

선우는 조카에게 더 꼴사나운 모습을 보이지 않기 위해 억지로 표정을 가다듬었다.

"어. 지영이는 저쪽에 쓰던 방 계속 쓰면 돼."

"아니. 그게 아니라, 저요."

"응. 왜?"

"그냥 친구 집에서 지낼까 하고요."

선우는 눈을 동그랗게 떴다. 지영은 답지 않게 쭈뼛대며 말을 이었다.

"삼촌이 너무 신경 쓸 것 같아서, 그냥."

"지영아. 왜 그래?"

선우는 눈을 질끈 감았다 다시 떴다. 자신이 잘못 보았나 했지만, 지영은 정말로 자신의 눈치를 살피고 있었다. 선우의 입이 떡 벌어졌다. 눈치 안 보기로는 한별과 엎치락뒤치락하는 자신의 조카가 눈치를 보고 있다니. 뒤로 넘어갈 법한 일이었다.

"무슨 일 있어? 아니면, 혹시 여기 있는 게 불편해?"

"아니. 제가 아니라 삼촌이 불편할 것 같아서요. 불편하다기보다는 신경 쓰일 것 같고, 그리고."

"아냐. 내가 왜 불편해. 날 불편하게 하는 건 네가 아니라 저기에 있는……."

자신의 방문을 가리킨 손을 따라 시선을 돌리던 선우가 놀라 말을 멈췄다. 곧바로 침대에 쓰러져 있을 줄 알았던 한별이 문을 열고 정승처럼 서 있었다. 문가에 비스듬히 기대 선 한별은 선우가 자신을 가리키고 있든 말든, 오직 한곳을 집요하게 바라보았다. 선우의 손가락과 눈이 그의 시선을 자연스럽게 좇았다. 눈과 손이 다시 동시에 가리키는 곳에는 지영이 있었다. 생전 처음 보는 당황한 얼굴로, 한별의 시선을 피하고 있는 지영이.

"왜 가?"

선우는 지영과 한별을 번갈아 보았다.

"원래 친구네 집에서 지내기로 했었는데요."

"친구네 집보다는 여기가 더 넓고 편할 것 아냐."

"정말 편할 거라고 생각하세요?"

"그럼 아니야?"

두 사람의 대화가 선우를 사이에 두고 빠르게 오갔다.

"편하고 싶어도 편할 수가 없잖아요."

"왜."

"그러니까 최한별 씨 때문에!"

지영이 재빠르게 자신의 입을 틀어막았다. 선우는 어안이 벙벙한 채로 지영을 보았다. 이게 정말 자신의 조카 지영이 맞는지 의심스러울 정도였다. 무슨 생각을 하고 있는지 얼굴에 그대로 다 보였다. 지영은 지금 당황하고 있었다. 티가 날 정도로 한별을 회피하고, 한별로 인해 어쩔 줄을 몰라 하고 있었다.

"지영아."

"나 때문에, 뭐."

두 사람이 동시에 지영에게 말을 건넸다. 지영이 대답해주기로 선택한 사람은 선우였다.

"삼촌. 아무래도 그냥 친구네 집에 가는 게 좋을 것 같아요. 사실은 제가 너무 불편해서."

지영은 대답도 듣지 않고 선 자리에서 돌아섰다. 그러나 그녀는 단 한 발자국도 움직이지 못했다.

"안 돼."

어느새 성큼 다가온 한별이 지영의 가방을 억세게 쥔 채 또박또박 말했다.

"내가 이 집에 뭐 하러 왔는데."

선우가 헉, 하고 숨을 들이켰다.

"야, 최한별. 너 진짜 설마……."

"가방 좀 놓죠."

"싫어."

지영이 가방 양쪽 끈을 꼭 쥔 채 몸을 한번 뒤틀었지만, 단단히 작정을 한 듯 한별은 꿈쩍도 하지 않았다. 한별은 보란 듯이 핏줄이 도드라질 정도로 가방을 꼭 잡았다. 지영은 말을 들어주지 않는 그를 향해 경고했다.

"놔요."

"안 놔."

지영은 어쩔 수 없이 가방에서 팔을 뺐다. 그러나 이번에도 한별이 더 빨랐다. 한별은 가방을 포기한 지영이 한 발 떼기도 전에 그녀의 손을 붙잡았다.

"제가 지금 가방을 포기하면서까지 이 자리를 피하고 싶은 심정을 굉장히 표현한 것 같은데."

"나는 그런 너를 이렇게 붙잡으면서, 못 보낸다고 온몸으로 설명하고 있는 중인데."

"최한별 씨."

지영은 숨을 크게 내쉬며 한별을 보았다. 마지막 경고였다. 그러나 한별은 그 경고를 무시했다.

"가지 마. 여기 있어."

"그러니까 둘이 지금 뭐야?"

선우가 두 사람에게 한 발 다가섰다. 그러나 둘 중 누구도 선우에게 말을 건네지 않았고, 잠깐의 시선도 두지 않았다. 선우는 마치 둘과 같은 공간에 있음에도 다른 세계에 홀로 있는 것 같았다. 선우는 둘을 향해 손을 뻗었다. 우선 두 사람을 떼어놓고 이 말도 안 되는 상황을 정리해야 할 것 같았다.

선우가 손을 뻗음과 동시에 한별이 붙잡은 지영의 손을 가볍게 당겼다. 그리고 바로 그다음이었다. 지영이 날쌔게 허리를 숙이며 한별의 뒷무릎을 걷어찬 것은.

"아!"

지영은 순식간에 중심을 잃고 휘청거리는 한별의 팔을 잡아 어깨에 걸쳤다. 선우는 생전에 볼 수 없을 장면을 코앞에서 보았다. 공중을 향해 거꾸로 붕 떴다가 바닥으로 곤두박질치며 쓰러지는 한별을.

"윽!"

지영은 한별이 갑작스러운 충격을 몸으로 받아들이는 동안, 손을 탁탁 털고 가방을 들었다. 혹시라도 그가 다시 잡아챌까 이번에는 앞으로 둘러매고 여전히 멍해 있는 선우를 향해 허리를 숙였다.

"우선 말한 대로 친구네 집에서 지낼게요. 전화할게요."

지영은 더 이상 대답을 듣지 않겠다는 듯 단호하게 돌아섰다. 그러나 또다시, 그녀는 한 발도 움직일 수 없었다.

"콜록, 콜록!"

한쪽 무릎을 꿇고 겨우 앉은 한별이 그녀의 손을 다시 붙잡았다. 붙잡았다기보다는 붙들고 매달렸다는 표현이 더 정확했다.

"정말 이럴 거예요?"

"진짜 이럴 거야. 계속!"

지영은 다시 한별을 향해 손을 뻗었다. 그녀의 손이 한별의 어깨에 닿기 직전, 선우가 둘 사이를 파고들었다.

"둘 다 그만!"

지켜보다가는 한별의 몸이 두 동강으로 아작 날 것 같았다. 선우는 또 한 번 지영을 경찰서에서 보고 싶지 않았다. 선우는 겨우 그들을 떼어놓고, 양손에 각각 두 사람의 손을 잡은 채 다급히 말했다.

"우선 멈춰봐."

선우는 숨을 몰아쉬었다. 셋 중 가장 가만히 서 있던 사람이었는데도 가장 호흡이 거칠었다.

"내가 상황 파악 좀 하자."

받아들일 수 없는 상황에 직면해서일까. 앞으로 다가올 엄청난 충격에 미리 반응하는 것일까. 선우는 도무지 진정이 되지 않는 호흡을 억지로 가다듬으며, 천천히 말했다.

"우선, 둘이 지금…… 뭐야?"

"뭐긴."

한별은 바닥에 제대로 부딪친 어깨를 둥글게 돌리며 일어섰다.

"보고도 몰라?"

선우는 더듬더듬 대답했다.

"보고도, 그러니까 내가 보고도 믿을 수가 없어서……."

"보는 대로 믿어."

한별은 지영을 눈으로 가리켰다.

"내가 애한테 매달리고 있잖아."

이번에는 선우의 몸이 휘청거렸다. 중심이 제멋대로 흔들렸다.

"왜 매달리냐고도 물어볼까 봐 먼저 말하는 건데."

한별은 정확하게, 그리고 단호하게 말했다.

"내가 이지영 좋아해."

"최한별 씨."

"그런데 보다시피 이지영은 나에게 전혀 마음이 없어서 이렇게 피하고."

한별은 또다시 지영의 손을 잡았다.

"그런데 내가 포기가 안 돼서, 이렇게 매달리고 있는 중이야."

기우뚱. 오뚜기처럼 앞뒤로 꾸벅꾸벅 움직이던 선우의 몸이 뒤로 확 넘어갔다.

한별은 성인이 되고 난 뒤부터 지금까지 크고 작은 스캔들이 많았다. 그러나 스캔들은 전부 상대방 소속사의 노이즈 마케팅 아니면 기자들의 소설이었다. 그는 워낙 누군가에게 곁을 주지 않는 데다, 연예인 친구도 거의 없고, 그러다 보니 사적인 모임이나 뒤풀이 같은 만남을 하지 않아 이렇다 할 무언가가 없었다. 스캔들은 언제나 루머에 불과했다.

그렇기 때문에 선우는 한별의 스캔들에 늘 일관된 자세로 대처했다. 사실무근이다. 그런 일 없다. 증거조차 없는 소설에 일일이 대응하고 싶지 않다. 한별의 스캔들은 언제나 그렇게 마무리됐다.

"언제부터?"

"부산에서."

그래서 선우는 이 상황을 어떻게 대처해야 하는지 알 수 없었다. 이것은 노이즈 마케팅도 아니고, 기자들의 소설도 아니었다.

"일방적으로, 좋아하는 거라고?"

심지어는 증거조차 확실했다.

"응."

당사자가 증거 그 자체였다.

"난 하는 데까지 해볼 거야."

선우는 또다시 한별의 시야에서 밀려났다.

"싫다고 하지 마."

선우는 자신이 크게 실수했음을 깨달았다. 차라리, 한별이 아무리 싫다고 해도 처음부터 경찰에 신고를 했어야 했다. 그도 아니면 믿을 수 있는 사설 경호업체를 고용했어야 했다. 지영을 보고 '찾았다'며 좋아할 게 아니었다. 모든 선택이 후회로 밀려들었다. 선우는 지끈거리는 머리를 감싸 쥐며 바닥에 풀썩 앉았다.

"말로 하면 못 알아들을 거니까."

"최한별 씨. 그럴 땐 안 알아듣는다고 하는 거예요."

"그래. 안 알아들을 거야."

한별은 다시 한 번 지영의 손을 잡았다. 감싸 쥐는 손길이 부드러워, 지영은 저도 모르게 움찔 떨었다.

"그러니까 싫으면 계속 엎어뜨려."

"최한별 씨."

"계속 넘기고, 땅에 거꾸로 박아."

"그러다 최한별 씨 어디 아작 나요."

"도망만 가지 마."

한별이 지영을 가볍게 당겼다. 앞으로 매고 있던 가방이 그의 상체에 닿을 만큼.

"어디가 아작 나도, 계속 매달려볼 테니까."

한별이 입꼬리를 올려 웃었다.

"난 자신 있거든. 끝까지 매달려서, 널 통째로 흔들 자신."

지영은 자신도 모르게 뒤로 한 발 물러섰다. 그러나 멀어진 딱 그만큼 한별이 다가왔다. 거리가 좀처럼 좁혀지지 않았다.

이런 것도, 고백의 위력인가.

힘으로 손을 뺄 수도 있었다. 방금 전처럼 한별을 억지로 넘기고 넘어뜨려 벗어날 수 있었다. 마음만 먹으면 지금 당장 현관을 박차고 나갈 수도 있었다. 아무리 그래도 싫다는 말로 거절할 수 있었다.

"이지영."

그런데 아무것도 할 수 없었다. 그저 그에게 손이 잡힌 채 굳어서 있는 것 말고는. 자신을 묶은 것이 그의 손만은 아닌 것 같았다.
지영은 이제야 불안해졌다.

"이지영."

이 남자가 이렇게 다가올 때마다 매번 넘기고, 엎어트릴 수 있
을까.

흔들리지 않을 수 있을까.

어디가 부러질지라도 끝끝내 매달려올 이 남자에게 잡히지 않
을 수 있을까.

8. 유도하다

지영은 숨까지 참아가며 천천히 문을 열었다. 새벽이긴 하지만 혹시나 가벼운 기척에라도 한별의 잠을 깨울까 조심스러웠다.

거실을 살금살금 걸었다. 현관에 쪼그려 앉아 신발을 신는 그녀는 오랜만에 제대로 된 운동복 차림이었다. 신발 끈을 적당히 매듭지어 묶고, 머리카락도 한데 모아 묶었다.

새벽에 운동을 나가는 이유는 단 한 가지였다. 몸이라도 혹사시켜야 생각을 그만할 수 있을 것 같았다. 지영은 또다시 스멀스멀 피어오르는 생각에 고개를 흔들었다.

한별은 연기 같았다. 늘 주변에 피어오르고 있는 연기. 언젠가부터 주변을 맴맴 돌고 있지만, 사방이 환한 아침이나 낮에는 바로 근처에 있다 해도 눈을 잘 뜨고 찾아야 어렴풋이 볼 수 있었다. 그래서 괜찮았다. 찾지 않으면 잘 보이지 않으니까.

문제는 밤이었다. 해가 지고 어둠이 장막처럼 깔린 밤에는 희뿌연 연기가 주변을 맴맴 도는 것이 잘 보였다. 무슨 재주인지, 눈을 감아도 또렷했다. 그것은 자신을 못 견디게 괴롭혔다.

억지로라도 잠을 자기 위해 눈을 질끈 감으면, 왜인지 모르게 그것이 몸에 닿는 감촉이 느껴지는 것 같아 잠을 잘 수도 없었다. 이불을 머리끝까지 덮고 숨어도, 형체가 없는 그것은 쉽게 이불 사이를 파고들어 자신을 괴롭혔다. 창문을 열어도 나가지 않고, 눈을 감아도 보이고, 몸을 웅크려 숨어도 파고들었다.

지영은 저녁 내내 잠을 설치느라 퀭해진 눈 아래를 손으로 꾹 눌렀다. 피곤한 눈을 가볍게 풀기 위해 눈꺼풀을 깜빡이자, 기다렸다는 듯 한별이 머릿속에 붕 떠올랐다. 지영은 한숨을 푹 쉬었다. 형체가 없어 잡지도 못했다.

"어휴."

한숨을 푹 쉰 지영이 막 일어설 때였다.

"이지영."

지영은 헛웃음을 터트렸다.

"이제는 진짜…… 또렷이 들리기까지 하네."

지영은 고개를 재빠르게 흔들었다.

"이지영."

옆으로 돌아간 지영의 목이 그대로 굳었다.

"뭐 해. 이 새벽에."

희뿌연 환상이 아니었다. 한별이 바로 등 뒤에 있었다. 희뿌연 연기가 아닌 진짜 그 자체로.

"달리기 좀…… 하려고요."

"달리기?"

지영은 고개를 돌려 현관에 눈을 박고 있었지만, 한별이 한 발 가까이 다가오는 것을 알 수 있었다. 그가 가까워져 오는 기척이 유독 선명했다.

"지금이 몇 시인 줄 알아? 새벽 4시에 무슨 달리기야."

"이 앞이 바로 한강이길래."

"잘 시간에 무슨."

지영은 입을 꾹 다물었다.

잘 시간에 잘 수 있으면 잤지. 잠이 안 오니까 이 시간에 나간다는 건데. 그러나 그에게 사실을 말할 수 없었다.

"지금 시간에 위험해."

지영은 대답하지 않았다. 뒤에 서 있는 그를 한번 쳐다보지도 않고 곧장 현관문을 열었다. 어중간한 새벽에 나가 달리기를 하는 것보다 이 집에서 한별과 있는 것이 더 위험했다. 혹시라도 한별에게 다시 잡힐세라, 지영은 얼른 문을 닫았다.

싸늘한 한기가 몸을 감싸며 정신을 일깨웠다. 지영은 엘리베이터 대신 계단으로 내려갔다. 계단을 밟고 내려가는 동안 그의 잔상이 조금이라도 떨쳐지기를 바라며.

"정신 좀 차리자. 이지……."

'이지영.'

1층에 다다른 지영의 발이 멈췄다.

"왜 이러냐. 진짜."

지영은 주먹을 쥐었다 펴기를 반복했다. 잔상이 떨어져 나가지를 않았다. 옆으로 졸졸 쫓아와 달라붙어 사라지지도 않았다. 형체도 없는 주제에 힘은 어찌나 센지, 시도 때도 없이 자신을 이리저리 흔들었다.

'난 자신 있거든. 끝까지 매달려서, 널 통째로 흔들 자신.'

왜 그때, 그 말에 아무 대답도 할 수 없었는지. 왜 한별에게 붙잡힌 손을 빼지 못했는지.

"이지영."

불행인지 다행인지, 지영은 이유를 깨달았다.

"무슨 생각을 하길래 여기 멍하니 서 있어."

흔들렸다.

그가 자신하며 말하기도 전에 이미. 언제 그랬는지는 알 수 없지만 확실하게, 흔들렸다.

"무슨 생각 하냐고."

그리고 흔들리고 있었다.

이렇게 흔들리고 있는 자신이 낯설 정도로, 왜 이렇게 흔들리는 건지 알 수 없지만 그럼에도.

"설마, 내 생각?"

흔들림은 잦아들지 않았다. 시계추와도 같았다. 흔들림이 멎으려 할 때쯤 다시 정각이 되어 세차게 흔들리는 시계추처럼, 흔들림이 그치지 않았다.

"대답 안 하면 진짜 내 생각 하고 있다고 생각한다."

"……진짜예요."

지영은 한별을 바라보았다.

"설마 아니고 진짜라고요."

너무 예상치도 못한 일이어서일까. 한별이 그저 보통 사람은 아닌 남자여서일까. 아니면 자신이 고백을 처음 받아보아서일까. 원래 고백을 받고 나면 이렇게 내가, 내가 아닌 것처럼 흔들리는 걸까.

경험한 적도 없고, 배운 적도 없었다.

"내…… 생각 한다고?"

"네. 어젯밤부터 계속."

물음표는 많은데 느낌표는 하나 없었다. 의문에 딱 떨어지는 해답이 없어 체한 것처럼 속이 답답했다. 모르는 것을 모르는 채로 넘어가는 것은 지영의 성미와 맞지 않았다. 한별을 보며 한참을 고민하던 지영은, 자신을 이렇게 만든 당사자에게 직접 묻기로 결심했다. 그래서, 물었다.

"왜 제가 최한별 씨 생각을 계속 하고 있을까요?"

그것도 아주 적나라하게, 단도직입적으로.

"좋아하는 거라니까."

지영은 고개를 저었다.

"그게 아니면 뭐야. 내 생각 한다며. 어제저녁부터 계속 내 생각했다며."

지영은 숨을 골라 쉬었다. 끈질기게 쫓아오는 한별 때문에 평소보다 속도를 높였다.

"좋아하는 거라니까."

지영은 막무가내로 쫓아오는 한별을 흘깃 보았다. 뭐가 좋은지 히죽 웃고 있는 얼굴을 보니 후회가 물밀듯이 밀려왔다. 아무래도 질문을 잘못 한 것 같았다. 차라리 다른 사람한테 물어볼 걸. 최소한 인터넷에 검색이라도 해볼 걸. 한별에게 물어본 것은 자신의 실수였다.

"안 좋아하면 내 생각을 왜 해?"

"그러게요."

"그러게요. 라고 대답할 게 아니잖아. 남 일이야?"

숨이 점점 차오르기 시작했다. 옆에서 끈덕지게 달라붙는 한별 때문인지, 체력이 빠르게 동이 나고 있었다.

"그런데 그냥 막 뛰어도 돼요? 얼굴 팔리잖아요."

"말 돌리지 마."

안 먹히네.

지영은 입을 꾹 다물었다.

"네가 생각을 해봐."

"그럼 생각을 할 수 있게 자리 좀 비켜주세요."

"그냥 해. 나 옆에 두고. 어차피 내 생각 할 거 아냐?"

지영은 자신의 실수를 곱씹었다. 한별이 이렇게 쫓아 나온 탓에, 애초에 그의 잔상을 떨어트리려는 목표부터가 어그러졌다. 어차피 떨쳐내는 것이 안 된 이상 혼자 생각을 좀 하고 싶은데, 한별은 좀처럼 떨어지지 않았다. 힘들지도 않은지 앞질러서 뒤를 돌았다가, 옆에 붙었다가를 반복하며 정신을 혼란스럽게 했다.

지영은 제자리에 섰다.

"확실해."

지영이 물은 그 순간부터, 한별은 성급하게 확신하고 있었다.

"넌 날 좋아해."

"아니라니까요. 안 좋아해요."

"백 번 양보해서, 호감이 있어."

"그것도 그다지."

"지금 계속 반복되고 있는 거 알지? 그럼 왜 내 생각을 하냐고."

"그러니까요."

무한반복이었다. 지영은 이 반복을 끝내기 위해 부러 딱딱하게
말했다.

"제가 그래도 누구를 이성적으로 좋아하고 있다는 감정이 뭔지
는 알거든요?"

한별의 입꼬리가 올라갔다.

"아니. 전혀 모르는 것 같은데. 너 고백 받은 것도 처음이라며."

"그건 그렇지만, 어쨌든 그래도 대충은 알아요. 누가 누구를 이
성적으로 좋아했을 때 기분이 어떤지."

한별이 지영에게 한 발 다가섰다. 지영은 성큼 가까이 다가온
그를 피해 뒤로 물러서려 발을 뺐다.

"물러서지 마."

그러자 한별이 다시 그만큼 다가갔다.

"이대로 얘기해봐. 뭔데."

"……."

"이성적으로 좋아하는 거, 뭐냐고."

지영은 머릿속에 깊숙이 묻어놓은 것들을 최대한 끄집어냈다.

"보면…… 떨리고, 말 걸고 싶고. 옆에 있고 싶은 그런 마음이
요."

"그런데 넌, 그런 마음은 아니고?"

지영은 고개를 끄덕였다. 한별을 보면 떨린다기보다는 혼란스

러웠다.

그가 불쑥 말을 걸면 놀랄 때가 많기는 했지만, 먼저 말을 걸고 싶다는 마음까지 든 적은 없었다. 옆에 있는 그가 신경이 쓰인 적은 있어도, 그의 옆에 있고 싶다는 생각을 한 적 역시 없었다.

"그래서 날 안 좋아한다고 말하는 거고."

지영이 느리게 고개를 끄덕이자 한별은 샐쭉 웃었다.

"그런데 내 생각은 하고."

안 좋아한다고 확인사살을 당했는데도, 왜인지 한별은 기분이 좋아 보였다.

"알겠어."

"네?"

"이지영 네 심리, 잘 알겠다고."

지영의 고개가 옆으로 꺾였다. 나도 모르겠는 내 심리를 어떻게 안다는 거지.

"내가 다시 정정해줄게."

"네?"

"그래. 넌 날 안 좋아해."

"무슨 말을……."

"근데 안 좋아한다고 말하기 전에, 앞에 부사 하나가 붙어야 돼."

"부…… 사요? 무슨."

한별은 다시, 한 발 움직였다. 그러면서 허리를 숙였다. 머리에 그의 입술이 닿을 정도로 가까워진 거리에 지영은 피하지도 못하고 숨을 들이켰다.

"아직."

"……네?"

한별이 빙그레 웃었다. 지영은 갑작스레 나오려던 기침을 겨우 삼켰다. 이상하게도 숨이 찼다. 달리고 있는 것도 아닌데, 마치 전력 질주를 하고 있는 것처럼.

"아직, 안 좋아한다고 해."

"무슨 소리예요?"

"넌 날 좋아하게 될 것 같거든."

"네?"

"아니. 확실하게, 넌 날 좋아하게 될 거야."

지영은 어이가 없는 얼굴로 대꾸했다.

"최한별 씨가 그걸 어떻게 장담해요?"

"내기할래?"

"네?"

"네가 날 좋아하게 되는지, 아닌지."

지영은 고개를 저으며 뒤로 물러섰다.

"무슨 그런 말도 안 되는 내기를……."

그러나 지영은 한별에게서 멀어지지 못했다. 어제처럼, 지영은 그에게 손을 붙잡혔다.

"기한은 네가 서울에 있는 동안."

"최한별 씨."

"마지막 날까지도 내가 좋아지지 않는다면, 그땐 이렇게 안 달라붙을게. 끝까지 싫다는 사람한테 억지로 매달리는 것도 안 되는 일이니까."

"저는 지금도 최한별 씨가 옆에 달라붙는 게 불편한……."

"그러니까 서울에 있을 때까지만."

지영은 또, 그의 손을 뿌리치지 못하는 자신을 깨달았다.

"네 말대로 난 그렇거든."

"……."

"널 보면 떨려."

"최한별 씨."

"계속 말 걸고 싶고."

지영은 자신도 모르게 주변을 살폈다. 다행인지 불행인지, 주변에는 아무도 없었다. 두 사람의 목소리를 들을 수 있을 만한 위치에도, 사람 한 명 보이지 않았다. 그럼에도 혹시나, 자신이 예상치 못한 곳에서 누군가가 이 모습을 보고 한별의 이야기를 들었을까 지영은 불안했다.

"잠깐……!"

지영은 불시에 자신을 확 당기는 한별을 저지하기 위해 다른 팔을 뻗었다. 그러나 그것은 무용지물이었다. 한별은 도리어 그 다른 팔까지 꼭 쥔 채 지영을 지그시 보았다. 불안해하는 지영과는 다른 평온한 얼굴이었다.

"옆에 있고 싶어."

"저는……."

"그러니까 딱, 그때까지만."

딱 잘라 거절해야 했다. 그게 맞는 일이었다.

"지금부터다."

그런데 그렇게 하지 않았다. 그런 내기가 어디 있느냐고, 싫다고 딱 잘라 거절하지 않았다. 아니, 않았다기보다는 하지 못했다.

지영은 자신의 두 팔을 놓고 옆으로 돌아서는 한별을 멀거니 바라보았다. 왜 뿌리치지 못하는 걸까. 왜 거절하지 못할까. 의문이 꼬리에 꼬리를 물고 이어졌다.

"이지영."

왜…… 한별이 자신의 이름을 부를 때마다 옴짝달싹할 수 없는 걸까.

"100m 몇 초야?"

한별은 밤이 깃든 바닷가에서 지영을 쫓아 달리던 때를 떠올렸다. 이번에는 넘어지지 않을 자신이 있었다. 이번에는 자신이 아니라, 지영이 휘청거리도록 흔들 자신이 넘치도록 있었다.

"갑자기 그건 왜요?"

"난 15초 정도 되는데. 너는."

"재본 지가 오래돼서…… 아마 16초 정도."

한별은 손을 들어 저 앞쪽에 있는 가로등을 가리켰다.

"저기까지 대충, 100m 정도 될 것 같은데."

지영은 의문스러운 표정으로 한별을 보았다. 대화의 흐름을 종잡을 수 없었다.

무슨 말이 하고 싶은 걸까.

지영이 고개를 갸웃거리며 가로등을 보던 그때, 한별이 씩 웃으며 말했다.

"먼저 찍는 사람 소원 하나 들어주기."

"네?"

"달리기 시합."

"아니, 잠깐만요."

"준비. 땅!"

한별은 입으로 총소리를 내자마자 총알같이 빠르게 발을 굴렸다. 땅! 하는 소리에 지영은 조건반사적으로 발을 구르기 시작했다. 체육관에서 워낙 자주 듣던 소리와 비슷해서일까. 시합이라는 단어에 반사적으로 반응해서일까. 애초에 뛰지 않고 시합을 하지 않으면 될 일이었지만, 지영은 굳이 달리기 시작했다.

트랙 위에 선 육상선수처럼 두 사람은 서로를 봐주지 않고 달렸다. 팔과 팔이 스칠 정도로 대등한 속도였다. 지영은 다리에 단단히 힘을 주고, 직각으로 굽힌 팔을 앞뒤로 흔들며 있는 힘껏 달렸다. 그 짧은 시간, 지영은 자신과 거의 나란히 달리고 있는 한별을 견제하기 위해 고개를 돌렸다. 그는 이를 악물고 달리고 있었다. 새빨개진 얼굴이 얼마나 전력을 다해 질주하고 있는지를 대신 말해주고 있었다.

정말 이상한 일이었다. 이제껏 한 번도 겪지 못한 상황이었다.

충분히 이길 수 있는 시합에서 페이스를 잃은 적은 없었다.

"내가, 이겼지."

한별은 몇 발 떨어진 앞에서 가로등을 짚고 숨을 몰아쉬고 있었다. 지영은 끝까지 달리지 못한 채, 빨개진 얼굴로 숨을 헐떡거리는 그를 가만히 바라보았다.

한별의 얼굴을 본 순간, 마치 상대방에게 페이스를 말린 선수가 된 기분이었다. 잘 달리던 다리가 갑작스럽게 풀렸다. 넘어지지 않기 위해 휘청거리는 몸에 중심을 두는 동안 한별은 앞서 달렸다. 지영은 순식간에 격차를 두고 멀어지는 그의 등을 보며 또다시 후회했다.

애초에 달리지 말았어야 했는데.

후회하던 그 순간까지도 지영은 미처 알지 못했다.

"소원 하나 들어줘야 한다."

그와 나란히 트랙에 선 이상, 경기가 끝날 때까지 바깥으로 나갈 수 없다는 것을.

대본을 넘기던 한별은 문이 열리는 소리에 고개를 돌렸다. 들어오는 사람을 확인한 그는 대본을 얼굴 가까이 대 입가에 핀 미소를 가렸다. 지영이었다. 대기실로 들어온 지영은 아무 말도 하지 않았지만, 한별은 그녀가 속으로 무슨 생각을 하고 있는지 알 수 있었다.

"이지영. 너 또 내가 왜 여기에 있는 거지. 라고 생각하고 있지."

"······어떻게 알았어요?"

"모르는 게 더 이상해."

지영은 부산에서처럼, 또다시 그의 코디로 함께하고 있었다. 서울에서 하는 촬영이기 때문에 충분히 한 팀장이 스텝으로 동행해 줄 수 있었지만, 한별은 지영을 고집했다. 지영은 또다시 코디로 촬영장에 같이 가달라는 한별의 제안을 거절하지 못했다. 한별이 자신의 소원이라며 끌고 온 탓이었다.

스토커도 잡힌 데다, 자신들이 눈치채고 있다는 걸 알고 있을 윤호가 더 사고를 내려 하지도 않을 텐데 왜 지영이를 대동하려고 하냐는 선우의 질문에도, 한별은 꿋꿋하게 지영을 자신의 옆에 도로 붙여놓았다.

'네가 잘랐잖아. 나중이면 또 몰라도, 지금은 잠잠해져서 경호도 필요 없을 것 같은데 왜?'

'경호 필요해서 다시 붙여놓은 거 아니야.'

선우에게 대답한 그대로였다. 한별은 더 이상 경호를 목적으로 지영을 필요로 하지 않았다. 그저 그녀가 자신이 보이는 곳에 있기를 바랐고, 부르면 닿는 곳에 있기를 바랐다.

한별은 대본을 덮었다. 지영은 손에 대롱대롱 매달고 온 신발 두 켤레를 그의 앞에 놓았다.

"둘 중에 아무거나 신으래요. 오늘 안 신은 건 내일 촬영 때 신고."

"오늘은 이걸로 신을게."

"네."

한별은 소파 등받이에 등을 편히 기대며 지영을 향해 물었다.

"그런데 왜 순순히 그러겠다고 했어?"

"뭐가요?"

"정말 싫으면 소원이 아니라 소원 할머니가 와도 싫다고 했을 거잖아."

"시합에서 졌잖아요."

지영은 한별이 착용할 시계를 정리하며 담담하게 말했다.

"뭐 말도 안 되는 시합이기는 했지만, 어쨌든 응했으면 결과도 받아들여야죠."

지영은 정리하던 시계 중 하나를 골라 한별에게 내밀었다.

"아빠가 그랬거든요. 무슨 이유에서든지, 자의로 시합에 참여했으면 결과도 받아들여야 한다고요."

"그래서 결과에 승복한 거고?"

한별은 직접 받지 않고, 지영에게 손을 내밀었다. 그는 지영의 눈이 가늘어지는 것을 알면서도 모르는 척 뻔뻔하게 웃었다.

"정말 그게 다야?"

"그럼, 또 뭐요."

"그냥. 정말 그게 다인가 해서."

한별은 지영의 얼굴에 묘한 균열이 생기는 것을 놓치지 않았다.

"그럼 그게 다죠."

"아닌 것 같은데."

지영은 한별의 손목에 얼른 시계를 채우지 못했다. 버벅거리는 손이 그녀의 심정을 대신하고 있었다.

"……삼촌이 일당도 좀 올려준다고 했고."

궁색한 이유에 웃음이 절로 났다. 한별은 그녀를 대신해 시계를 채웠다. 지영은 허공에 붕 뜬 채 굳어버린 손을 주춤주춤 아래로 떨어트렸다.

"이지영. 나랑 또 내기할래?"

"내기에 맛들렸어요? 왜 이렇게 내기하는 걸 좋아해요."

"이긴 사람 소원 들어주기. 똑같은 거 걸고."

"됐어요. 이제 진짜 안 해요."

"종목은 네가 정해."

지영은 처음 만났을 때보다, 자신을 대하는 태도가 확실히 달라져 있었다. 고백에 쐐기를 박던 그 밤, 흔들리는 눈동자를 보며 한별은 가능성을 보았다. 그리고 그날 이후부터 묘하게 자신을 피하고, 말을 걸거나 옆에 다가설 때마다 티가 나게 어쩔 줄 몰라 하는 지영을 보며 확신을 얻었다.

"······제가 뭘 정할지 알구요?"

"뭐든 상관없어."

지난 새벽, 한별은 그 확신에 확신을 더했다. 지영은 분명하게 흔들리고 있었다.

'안 좋아해요.'

그래. 아직은.

한별은 직감했다. 휘청휘청 흔들리고 있는 지영이 중심을 잃고 넘어지기까지, 아주 조금 남았다는 것을.

한별이 언제 할 거냐 묻자, 지영은 고민도 하지 않고 오늘이라고 답했다. 마땅한 장소가 있어야 할 것 같다는 지영의 말에, 한별은 촬영이 끝나자마자 곧바로 지영을 데리고 회사로 향했다.

"회사에 기자들 있을 텐데······."

두 사람의 오묘한 관계를 확실하게 눈치챈 민석이 가는 동안 몇 번이나 중얼거렸지만, 그럴 때마다 한별은 운전이나 하라는 눈빛으로 그를 쏘아보았다. 지영은 무슨 종목을 할지 생각이라도 하고 있는 건지 차를 탄 이후부터 창밖만 바라보고 있었다.

한별은 지영의 뒤통수를 보았다. 장소가 있어야 할 것 같다고 하는 것을 보니, 예상대로 운동 종목을 할 생각인 것 같았다. 뭘 하려고 할까. 한별은 지영의 뒤통수만 바라보며 그녀의 머릿속을 가늠했다.

"여기 정도면 돼?"

지영은 한별을 따라 들어온 피트니스룸을 쓱 둘러보았다. 간단한 운동기구들이 있었다.

"여기는 좀 그렇고……."

지영은 앞으로 걸어 가 문을 열었다. 적당한 넓이의 방이었다. 두꺼운 매트가 깔려 있고 전면이 거울로 되어 있는 것을 보니 연습실 비슷하게 사용하고 있는 것 같았다.

"여기서 하는 게 좋을 것 같아요."

지영은 문 앞에 서서 신발을 벗었다.

"신발 신고 들어가도 돼."

"벗어야 돼요. 최한별 씨도 벗고 들어와요."

한별이 신발을 벗는 동안 지영은 완전히 방 안으로 들어갔다. 지영은 넓이를 눈으로 재듯 둘러보며 겉에 걸치고 있던 셔츠를 벗었다.

"문 닫아요."

한별은 순순히 문을 닫았다.

"시계 풀어요."

한별은 시계를 만지작대며 물었다.

"시계는 왜?"

"어긋나서 시계에 잘못 부딪치면 살 찢어질 수도 있어요."

한별은 더 묻지 않았다. 그저 시계를 천천히 풀어 문가에 내려놓았다. 그가 쭈뼛대는 사이, 지영은 반팔 티셔츠를 바지 안에 적당히 집어넣으며 옷매무새를 다잡았다.

"잠깐 몸 좀 풀어요."

한별은 자신의 예측이 맞아떨어졌음을 짐작했다. 그러면서도 모르는 척, 괜히 쭈뼛거리며 지영을 향해 물었다.

"도대체 뭘 할 건데?"

지영은 가볍게 스트레칭을 하며 그에게 되물었다.

"유도 경기 본 적 있어요?"

"……유도?"

"룰은 제대로 모를 테니까, 그냥 간단하게 말할게요. 잡고, 채서 넘기고. 바닥에 등이 세 번 먼저 닿으면 지는 걸로."

지영은 어깨를 쭉 피며 경고하듯 말했다.

"지금이라도 안 되겠으면 그만둬요."

"그만두기는."

한별은 지영을 따라 똑같이 스트레칭을 시작했다.

"좋아."

"……후회 안 하죠?"

"응."

후회는 네가 하게 될걸. 한별은 회심의 미소를 지었다.

지영에게 종목을 정하라고 한 것은 그의 계획이었다. 지영은 자신을 이기려 할 테고, 자신을 이기기 위해 분명 운동 종목 중 하나를 정할 거라고 예상했다. 검도는 목검조차 구할 수 없으니 제외될 것이 당연했고, 그 외엔 지영이 무엇을 고른다 한들 자신에게 유리했다.

"남자, 여자라서 힘 차이가 난다고 해도 긴장 풀지 말아요. 저 유도 7년 했어요. 최한별 씨 금방 넘겨요."

"그래."

"……이길 자신 있어요?"

"이길 자신은 없지."

한별은 씩 웃었다.

"그런데 다른 자신은 있어."

한별은 지영에게 네가 종목을 정하라고 할 때부터, 내기에서 그녀에게 이길 생각을 저버렸다.

"무슨 말이에요?"

지영이 이 내기에서 이기듯, 한별 역시 최초의 내기에서 이길 것이었다.

"지금부터 해?"

"……지금부터. 세 번 먼저 넘어가는 사람이 지는 거예요."

"그래."

말이 끝나자마자, 지영은 한별의 옷깃을 제대로 쥐었다.

"방법은 상관없으니까 넘기기만 하면 돼요."

지영이 다른 손으로 한별의 팔을 단단히 잡았다. 한별은 방어를 하듯 팔을 잡은 지영의 손 위로 자신의 손을 올렸다. 그때였다. 바위같이 단단했던 조그만 손이 움찔, 하고 떨린 것은.

한별의 입가에 꽃처럼 미소가 피었다.

지영은 당황한 티를 숨기지 못하고 있었다. 숨을 고르는 그녀의 얼굴에 지난 새벽에 본 그 표정이 떠오르고 있었다. 한별은 쐐기를 박듯 그녀의 손가락 사이에 자신의 손가락을 밀어 넣었다. 그물처럼 엉켜드는 손가락에 놀란 지영이 반사적으로 한 걸음 물러섰다. 한별은 그녀가 더 이상 물러서지 못하게 팔을 쥐었다.

"넘기기만 하면 된다고 했지?"

금방이라도 넘길 것처럼 물었지만, 사실 한별은 유도의 이응 자도 모르는 사람이었다. 이런 자세에서 어떻게 넘겨야 하는지에 대한 기술이 무지했다. 그렇다고 막무가내로 힘을 쓸 수도 없었다. 한별은 지영의 몸을 뒤집어 넘기는 대신, 그녀의 팔을 강하게 당겼다. 지영이 순식간의 그의 코앞으로 다가왔다.

헉. 지영의 숨소리가 거칠었다. 한별은 재빠르게 다른 손으로 지영의 뒷덜미를 감쌌다.

"이지영."

숨을 내쉴 때마다 뜨거운 입김이 고스란히 느껴질 정도로 가까웠다. 갑작스러운 상황에, 자칫하면 얼굴이 부딪칠 정도로 가까워진 거리에 지영은 정신을 못 차리고 있었다. 하얗게 굳은 얼굴로, 고양이 앞에 쥐처럼 몸을 웅크릴 뿐이었다. 한별은 지영에게 반 걸음 더 다가섰다. 발과 발이 닿았다.

한별은 지영을 향해 허리를 숙였다. 더 고개를 숙일 수 없는 지영이 한별을 막기 위해 그의 어깨를 잡았다. 처음 옷깃을 쥐었을 때와는 완전히 다른 느낌이었다. 한별은 고개를 살짝 비틀어 지영의 귓가에 얼굴을 가까이 가져다 댔다. 그러곤 천천히 속삭였다.

"왜 떨고 있어?"

순간 지영의 눈꺼풀이 파르르 떨렸다. 전기가 오른 사람처럼 어깨를 떨던 지영이 이를 악물었다. 감았다 뜬 눈에 이제까지와 다른 감정이 비쳤다. 한별은 그 감정을 확실하게 읽어냈다.

오기, 그리고 부정이었다.

지영은 다시 손에 단단히 힘을 주었다. 힘이 실린 그녀의 손은 끝이 뾰족한 갈고리처럼 매서웠다. 그대로 등을 돌린 지영이 한별의 몸을 자신의 어깨에 걸쳤다. 지난밤처럼, 한별의 다리가 천장을 향해 붕 들렸다.

"윽!"

지영은 바닥에 내팽개쳐진 한별을 보며 나직이 말했다.

"일 대 영."

아프게 넘어졌는데도 한별은 웃고 있었다.

"일어나요."

지영은 한별을 봐주지 않았다.

일어나 허리를 세우기가 무섭게, 다시 지영에게 잡혀 또 한 번 바닥에 엎어졌다.

"이 대 영."

조금 전과 달리 목소리가 약간 거칠었다. 아무리 그녀라도 성인 남자를 연달아 뒤집어 넘기는 것은 무리였는지, 지영은 숨을 몰아쉬며 손목을 주물렀다. 한별은 바닥에 대자로 뻗은 그대로 지영을 올려다보았다.

"한 번 남았어요."

목소리가 전에 없이 떨렸다.

"지쳤어? 힘들어 보이네."

지영은 눈썹을 위로 씰룩이며 대꾸했다.

"아니요. 이거 가지고 무슨."

지영은 누워 있는 한별을 보며 손짓했다.

"일어나요. 시간 끌지 말고."

그러나 한별은 일어나지 않았다. 침대에 누운 것처럼 편안하게 누워 얄궂게 눈을 깜빡였다.

"이지영."

한별은 집요하게 지영을 보았다. 지영은 전에 없이 자신의 눈길을 피하고 있었다. 이리저리 방황하는 눈빛 역시 전과 달랐다. '아예 관심 없음'이라고 얼굴에 써 붙인 듯 무심하게 자신을 바라보던 그때의 지영과는 완전히 반대되는 얼굴이었다. '관심은 없지만 잘생기기는 했네요' 하고 심드렁하게 말하던 그 이지영이 맞나 싶을 정도였다.

지영은 자신에게 쏟아지는 시선을 못 견뎌하고 있었다. 어디를 보고 있는지, 어떻게 보고 있는지, 의식하고 있는 것이 표정에 전부 드러났다.

그러나 지영은 흔들리고 있을 뿐, 아직 자신에게 넘어오지 않았다.

지영이 이런 것을 내기 종목으로 고를 줄 알면서 제안한 것은 이것 때문이었다. 아직 흔들리고만 있는 지영을 자신에게로 넘어오게 하기 위해서.

지영은 이런 경험이 없었고, 무지할 정도로 무심했다. 그녀의 마음은 아무 색도 없는 하얀 백지와 같았다.

그 어떤 색도 없는 백지는 도리어 물이 들기 쉬웠다.

하얀 백지에 빠르게 색을 물들이기 위해서는 붓에 물감을 묻혀 일일이 칠하는 것보다 물감을 푼 물에 백지를 담가버리는 것이 더 효과적이었다. 그래서 한별은, 지영을 넘어뜨리기로 했다.

"허리 삐끗했나 봐."

한별은 멀끔한 얼굴로 거짓말을 시작했다.

"네?"

"잘못 넘어진 것 같아."

지영은 놀라 커진 눈을 깜빡였다.

"그렇게 세게 안 넘겼는데."

"못 일어나겠어."

"정말이에요?"

"제대로 삔 것 같은데."

한별은 지영을 향해 손을 뻗었다.

"우선 좀 일으켜줘."

"혼자 못 일어날 만큼 아파요?"

"응. 허리에 힘을 줄 수가 없네."

"그럼 몸을 뒤집어서 무릎을 먼저 대고……."

"일으켜줘."

한별은 팔을 최대한 뻗었다. 지영은 그의 손을 멀거니 볼 뿐 손 하나 까딱 움직이지 않았다. 입술을 잘근잘근 깨무는 것을 보니 고심에 고심을 거듭하고 있는 것 같았다.

"정말…… 허리 삐끗했어요?"

지영의 의심스러운 눈초리에 한별은 뻔뻔하게 대꾸했다.

"그럼, 내가 뭐하러 거짓말을 해."

그러곤 지영이 생각을 더 하지도 못하게 밀어붙였다.

"그럼 선우 형한테 전화라도 해주든가. 어차피 회사에 있을 텐데. 아니면 민석이나."

"……정말 아파요?"

선우나 민석을 부르라는 소리에 지영은 속아 넘어가고 있었다. 한별은 웃음이 터져 나오려는 얼굴을 가다듬으며, 연기자로 살아온 인생을 이 순간에 녹여내 최고의 연기를 펼치기 시작했다.

"그렇다니까. 이대로 누워 있을 수도 없고, 민석이나 형 불러서 병원이라도 가봐야 될 거 아냐."

정말이라고 믿게 된 듯, 지영은 허둥지둥대며 주변을 둘러보았다.

"그러면 우선 삼촌한테 전화를 먼저 할게요."

한별은 문 옆으로 턱짓을 했다.

"아까 저기에 휴대폰 둔 것 같던데."

"네. 잠시만요."

한별은 최대한 자연스럽게 다시 손을 뻗었다.

"그전에 나 좀 일으켜주면 안 돼? 계속 누워 있으려니까 허리에 더 힘이 풀리는 느낌이야."

"아, 네."

지영은 아무런 의심 없이 자신에게 열린 마수에 손을 뻗었다. 한별의 두 손을 잡은 지영은 무게 중심을 뒤로 두며 수를 세었다.

"하나, 둘, 세엣……!"

지영은 한별을 일으키려 손을 당기고, 그와 동시에 한별은 지영을 넘어트리기 위해 손을 당겼다. 짧은 순간 벌어진 줄다리기에서 진 것은 지영이었다.

"아!"

잠깐 경계심이 풀려 있었던 지영은 한별의 몸 위로 완전히 쓰러졌다. 한별은 그때를 놓치지 않고 지영의 팔과 허리를 잡고 몸을 돌렸다.

"잠깐……!"

한별은 지영의 어깨를 잡아 살며시 누르며 속삭였다.

"등 닿았다."

"······."

"방법은 상관없으니까, 넘기기만 하면 된다고 했지?"

잠시 굳어 있던 지영의 하얀 얼굴에 점점 색이 물들어가기 시작했다.

"허리 다친 거 아니에요?"

"응, 아니야. 거짓말."

한별은 얄밉게 어깨를 으쓱였다.

"내가 널 넘기려면 이런 방법밖에는 없잖아."

말이 끝나기가 무섭게 지영이 그의 멱살을 틀어쥐었다. 한별은 옆으로 밀리지 않기 위해 안간힘을 다해 버텼다. 지영의 얼굴이 구겨져갔다. 악으로 버티는 한별을 넘기기가 쉽지 않았다. 한별도 어쨌든 남자였다. 아래에 누워 있는 상태에서 힘으로 남자를 밀어내는 것은 아무리 운동을 오래 한 그녀여도 어려운 일이었다.

"후회하기 전에 비켜요."

"후회 안 해."

이런 상황에 남자를 밀어낼 수 있는 방법은 하나뿐이었다. 지영은 결심한 듯 눈을 번뜩이며 발목을 한번 돌렸다. 죽을 만큼 아프지만 정말 잘못되지는 않을 만큼 세게. 지금 목표로 하고 있는 부위를 가격하기 위해서는 고도의 기술이 필요했다. 지영은 숨을 들이쉬었다.

한별의 급소를 가격하기 위해, 지영이 막 무릎을 세우던 그때였다.

"이지영, 최한별! 너네 회사까지 와서 둘이 뭐 하는······."

지영의 모든 움직임이 멈췄다.

멈춘 것은 문을 열고 들어온 선우의 고함 역시 마찬가지였다.

"형."

얼어붙은 두 사람 사이에서 천하태평한 건, 한별뿐이었다.

9. 넘어지다

[대표니ㅁ 혀ㅇㅇㅣ랑 ㅈ영ㅇㅣ 같이 호사러 가요.]

이게 도대체 무슨 문자지.

선우는 한 시간 전 민석이 보내온 알 수 없는 외계어를 곱씹어 읽으며 고개를 갸웃거렸다.

"왜 그래?"

한 팀장이 불쑥 얼굴을 내밀었다. 선우는 한 팀장에게 휴대폰을 보여주었다.

"민석이가 문자 보냈는데. 뭐라고 한 건지 알겠어?"

"음……."

주의 깊게 문자를 읽던 한 팀장은 차분히 말했다.

"대표님. 형이랑 지영이 같이 회사로 가요."

선우는 다시 문자를 보았다.

"이거 아냐? 운전하면서 보냈나 보네. 차라리 전화를 하지. 운전하면서 위험하게 왜 문자를…… 어어, 어디 가?"

한 팀장이 반사적으로 손을 뻗어보았지만 선우는 이미 문을 박차고 나간 뒤였다.

회의실을 뛰쳐나간 선우는 엘리베이터를 타지 않고 일일이 층층을 계단으로 내려갔다. 곳곳에 있는 휴게실을 살폈지만 둘은 어디에도 없었다. 4층에서부터 시작한 뜀박질은 지하에서 멈췄다. 직원들이 일하고 있는 사무실에 있을 리는 없고, 회의실은 방금까지 자신과 한 팀장이 있었고, 층층마다 있는 휴게실 어디에도 없었으니 남은 곳은 이곳뿐이었다.

피트니스룸 안에서도 구석에 위치한 또 다른 조그만 연습실. 그 안에서 둔탁한 소음이 들렸다. 선우는 거침없이 소리가 난 쪽을 향해 걸어가 문을 활짝 열었다.

"이지영, 최한별! 너네 회사까지 와서 둘이 뭐 하는……."

선우는 말을 잇지 못했다. 아무것도 없는 조용한 방 안, 손으로 바닥을 겨우 지탱하고 있는 한별과 그 아래 누워 있는 지영이 동시에 고개를 돌렸다.

"형."

선우는 마지막 남은 이성으로 우선 문을 닫았다. 들어올 사람이 없다는 걸 알면서도, 혹시나 누가 들어올까 아예 잠가버렸다. 문이 잠기는 소리에 정신이 돌아온 듯 지영은 눈을 크게 뜨며 한별을 세게 밀쳤다. 얕은 신음과 함께 한별이 뒤로 고꾸라졌다. 지영은 그것만으로는 모자랐는지, 자세를 역전하듯 한별의 어깨를 잡고 그를 완전히 깔아뭉갰다.

순식간에 벌어진 상황에 선우는 아연실색하며 휘청거렸다.

"지영이 너, 지금⋯⋯."

"삼 대 일. 내가 이겼죠."

지영은 벌떡 일어나 어깨가 들썩일 정도로 숨을 거칠게 쉬었다. 선우는 혼란스러운 얼굴로 지영과 한별을 번갈아 보았다. 이게 도대체 무슨 일인지 하나도 예측이 되지 않았다.

"최한별 씨."

"그래. 내가 졌어."

지영은 숨 한 번 돌릴 새도 없이 빠르게 말을 이었다.

"제 소원은⋯⋯."

"너도 졌고."

느긋하게 일어선 한별이 의기양양한 표정을 지었다.

"무슨 말이에요?"

선우는 두 사람 사이에 끼어들었다.

"나야말로 묻자. 두 사람 지금 무슨 말을 하는 거야? 무슨 일이야?"

한별은 그런 선우가 보이지 않는 사람처럼 그를 지나쳐 지영에게로 한 발 다가갔다.

"맨 처음에 했던 내기. 기억 안 나?"

한별은 지영의 손을 잡았다. 지영은 또다시 그를 피하지 못했다.

"떨잖아. 너."

"갑자기 이러니까 놀라서."

"계속 떨었잖아."

한별이 자신만만한 미소를 지었다.

"나랑 여기 있는 내내, 계속."

선우는 한별의 어깨 너머로 지영을 보았다. 몇 발 뒤에 서 있는 자신조차 놀랄 정도로, 지영의 눈이 바르르 떨리고 있었다. 지영이지만 지영이 아닌 것 같았다. 자신이 알던 조카의 모습과는 사뭇 다른 표정에 선우는 낯설음을 느꼈다. 한별의 눈을 피하고 있는 지영은 한별의 말대로, 정말 떨고 있었다.

눈부터 어깨, 그리고 팔까지.

"놔요."

"이지영."

"……지금 안 놓으면 정말 다칠지도 몰라요. 저 지금 힘 조절 안 되거든요."

"그러니까 확실하게 말해봐. 왜 힘 조절이 안 되는……."

선우는 지난 밤 거실에서 보았던 장면을 떠올렸다. 그때와 같은 기술은 아니었지만, 비슷한 상황이었다.

지영은 삽시간에 한별의 팔을 돌려 꺾곤 무릎 뒤쪽을 걷어차 그를 넘어뜨렸다. 무릎이 꺾인 한별이 소리도 내지 못하고 앞으로 고꾸라졌다. 그제야 그에게서 완전히 벗어난 지영은 황급히 몸을 돌렸다.

"지영아, 삼촌이랑 잠깐 얘기 좀……!"

붙잡을 새도 없이 나가버린 지영은 타닥타닥 발소리를 내며 달려 나갔다. 허공을 향해 손을 뻗고 있던 선우는 지영이 시야에서 완전히 사라지자 다시 고개를 반대편으로 돌렸다. 한별은 아직도 바닥에 얼굴을 대고 엎어져 있었다.

"도대체 뭐야? 안 다쳤어? 너 왜 자꾸 지영이한테……."

하나씩 물어 따지려던 선우는 귓가에 들리는 한별의 나직한 웃음소리에 입을 떡 벌렸다.

"최한별. 너 지금…… 웃어?"

"형."

한별은 일어나는 대신 몸을 돌려 천장을 보고 누웠다.

"내가 이 적성에도 안 맞는 연예인을 하는 건, 연기를 하는 게 너무 좋아서야."

"갑자기 그 말이 이 상황에서 왜 나와?"

"내가 좋아서 하는 거야. 그러니까 지금까지 이렇게, 계속 하는 거고."

한별은 선우를 향해 시선을 돌렸다.

"형."

"내가 지금…… 너랑 지영이를 어떻게 받아들여야 돼?"

"말했잖아. 나 이지영 좋아해."

선우는 순간 눈앞이 아찔해졌다. 말 그대로 딱 미칠 노릇이었다. 왜 하필 한별이, 왜 하필이면 지영이를. 만약이라는 가정으로도 묶일 수 없을 거라 생각했던 둘이 이렇게 꼬일 줄이야. 선우는 눈을 질끈 감았다 떴다. 눈을 다시 떴는데도 앞이 캄캄했다.

"내가 좋아하고 싶어서, 좋아하는 거야."

선우는 진심으로 과거로 돌아가고 싶었다. 어느 영화 속, 달려오는 기차 앞에서 두 팔을 뻗고 절규하던 남자 주인공처럼 '나 다시 돌아갈래!'라고 소리치고 싶었다. 다시 돌아가게 된다면 우선 지영을 부산으로 데려간 자신의 머리를 쥐어뜯고, 한별과 지영이 다시는 부딪칠 일 없게 만들고 싶었다.

"내가 좋아서 시작하면, 아무도 못 말리는 거 알지."

그러나 과거로 돌아갈 수 있는 방법은 없었고.

"그러니까 형은 날 못 말려. 뭘 생각하든 일찌감치 포기해."

한별을 말릴 수 있는 방법은 더더욱 없었다.

"의견 내는 거 아니야. 통보하는 거지."

선우는 풀썩 주저앉아 자신의 머리를 쥐어뜯었다.

대기실은 폭풍 전야였다. 선우와 민석은 한별을, 한별은 지영을 보고 있었다. 지영은 어디도, 아무것도 보고 있지 않았다. 그저 허공에 의미 없는 시선을 두고만 있었다. 숨 막히는 적막을 깬 건 밖에서 난 문소리였다.

"장비 세팅 끝났습니다. 촬영 다시 할게요."

한별이 대본을 들고 대기실을 나서자, 민석이 자신도 모르게 안도의 한숨을 쉬었다. 그러곤 여전히 허공을 헤매고 있는 지영과 한숨을 쉬는 선우 사이에서 조용히 식은땀을 닦았다.

장비 문제로 잠시 멈췄던 촬영이 다시 재개되었다. 갑작스러운 촬영 지연에 몰입이 풀려버린 재환과 달리, 한별은 멈춘 적이 없는 것처럼 연기를 이어갔다.

"어쩌면 나를…… 내가…… 죄송합니다."

"컷!"

벌써 다섯 번째, 같은 실수였다. 재환이 고개를 흔들었다.

장비 문제로 한층 예민해진 감독이 낮게 욕지거리를 내뱉었다. 스텝들은 너 나 할 것 없이 감독의 눈치를 살폈다. 얼음장처럼 차갑게 굳어버린 분위기에 모두가 숨을 죽였다.

"대본 한 번 더 체크해도 될까요."

조용히 말을 꺼낸 것은 재환이 아닌 한별이었다. 감독이 고개를 끄덕이며 조연출에게 눈짓을 하자, 단번에 감독의 의중을 눈치 챈 조연출이 크게 소리쳤다.

"5분 쉬고 다시 이어가겠습니다!"

말이 끝나기가 무섭게 감독은 자리를 비웠다.

"윤주호."

대본을 확인하던 재환이 한별을 보았다. 한별은 그를 재환이라 부르지 않았다. 그가 부른 것은 재환이 연기하고 있는 극 중 이름이었다.

"난 여기에 날 가뒀어. 아무도 보지 못하게 나를 꽁꽁 숨겼지."

재환은 놀란 얼굴로 한별을 보았다. 한별은 자신의 대사를 읊고 있었다. 주호로서 재환을 바라보는 한별 역시 그가 아닌 지완이었다. 대본 리딩이나 감독의 주도하에 리허설을 하는 것은 종종 있었지만, 이렇게 한별이 먼저 대사를 맞춰온 것은 처음이었다.

"네가 날 찾았잖아."

"……어쩌면 나를 찾았는지도 모르지."

"숨 쉬지 마."

재환이 입을 다물었다.

"그 대사 칠 때, 뜸 들이지 마. 숨 쉬지 말고 한 번에 말하고, 힘 주지도 마. 물 흘리는 느낌으로 부드럽고 조용하게. 속삭여."

"하지만 이 대사로 반전이 시작되는데, 중요하게……."

"넌 나한테 말하는 거야. 네가 숨겨왔던 비밀을."

재환은 입을 달싹일 뿐, 무어라고 대답하지 못했다.

"관객들한테 이게 반전의 시작이라고 소리치는 게 아니라."

감독이 조연출과 함께 돌아와 자신의 자리에 앉았다. 재환은 눈을 감았다. 대사를 곱씹으며 다시 감정을 잡았다.

"난 여기에 날 가뒀어. 아무도 보지 못하게 나를 꽁꽁 숨겼지."

한별이 재환과 마주 섰다.

"네가 날 찾았잖아."

"어쩌면 나를 찾았는지도 모르지."

재환이 그의 눈을 마주 보았다.

지영은 스텝들 뒤편에 서서 한별을 보았다. 한별이 촬영장 안에서 연기를 하고 있을 때가 그를 마음 편하게 볼 수 있는 유일한 때였다. 지영은 오직 재환에게만 눈길을 쏟고 있는 그를 바라보았다. 한별이 촬영장에 있을 때면, 평소에 보지 못하는 표정을 볼 수 있었다. 그런 것들을 볼 때마다 말로는 표현할 수 없는 기분이 들곤 했다.

오묘한 기분이 들어서일까. 서울에서까지 한별의 코디로 함께한 이후부터, 지영은 매번 촬영이 끝날 때까지 그를 보았다. 감독이 마지막으로 컷, 오케이, 를 외치고 한별이 다시 자신에게 시선을 돌릴 때까지.

지영은 정해진 수순처럼, 한별이 자신에게로 눈을 돌리자마자 거의 동시에 등을 돌렸다. 촬영장을 정리하기 위해 움직이는 스텝들 사이로 재빠르게 사라졌다.

"그냥 싫다고 할 걸."

지영은 정정당당이고 뭐고, 그냥 싫다고 딱 잡아떼지 못한 걸 후회했다. 이렇게 그와 다시 붙어 있는 게 고역일 줄은 몰랐다.

"지영아. 어디 가?"

지영은 선우에게 짧게 대답했다.

"물 떠오려고요."

"물? 한별이 오늘 점심 먹은 뒤로 물 안 마시지 않았어?"

"네. 제가 다 마셨거든요."

선우는 지영의 품에 안긴 물통들을 보며 물었다.

"그걸…… 다?"

"네."

"점심 짜게 먹었어? 이 물을 다 마시고."

"그건 아닌데……."

지영이 적당한 이유를 찾으려 머리를 굴리는 사이, 한별이 다가오기 시작했다. 그가 가까워지는 것을 직감한 지영은 말을 잇지 않고 자리를 피했다. 뒤에서 자신을 부르는 목소리가 들렸지만 걸음을 멈추지 않았다. 지영은 스텝들이 조금 더 분주하게 움직여주기를 바랐다. 걸어가고 있는 자신이 가려질 수 있도록.

물통에 물이 어느 정도 차자마자 지영은 단숨에 들이켰다. 운동을 하면서 물을 달고 살았지만, 이렇게까지 빠른 시간에 많은 물을 마신 것은 처음이었다. 물을 마시지 않으면 금세 목이 타고 갈증이 일었다. 날이 갈수록 증상이 심해져 한별의 물통을 자신의 것처럼 사용할 정도였다.

다시 물을 받던 지영은 한숨을 푹 쉬었다. 보골보골 물거품이 일고 있는 정수기통에 머리를 박았다. 머리가 부딪칠 때마다 통, 통 하는 둔탁한 소리가 났다. 운동을 하는 것도 아닌데, 전력으로 달리고 난 것도 아닌데 숨이 차고 갈증이 일었다. 한별을 보고 난 다음이면 늘 그랬다.

"물 넘쳐요."

지영은 반사적으로 뒷걸음질 쳤다.

"깜! ……짝이야."

지영은 우선 물이 넘쳐흐르고 있는 물통을 뺐다. 바깥으로 흐른 물이 금세 지영의 손바닥을 적셨다. 지영은 손에 물기를 털며 재환을 보았다.

"언제부터 있었어요?"

재환은 알 수가 없다는 표정을 지었다.

"지영 씨가 올 때부터요. 계속 있었는데."

이번에는 지영이 알 수 없다는 얼굴이었다. 재환이 있었나. 곰곰이 떠올려봐도 정수기 앞까지 오는 내내 그를 발견하지 못했다.

"인사해도 못 들은 체해서, 저한테 화가 난 줄 알았어요."

인사까지 했는데 듣지도 못했다니. 평소에는 가벼운 기척만으로도 남이 다가오는 걸 알아채던 자신이었기에 지영은 더 혼란스러웠다.

"화났어요?"

지영은 겨우 정신을 잡고 차분히 대답했다.

"아니요. 제가 왜요."

"그때, 인터뷰장에서. 도와줬는데 고맙다는 인사도 제대로 못 했잖아요."

"아, 그때."

지영은 어깨를 으쓱였다.

"전부 정신이 없었잖아요. 고맙다는 말 들으려고 도와준 것도 아니고."

"다쳤다면서요."

지영은 멀끔한 손을 앞뒤로 보여주었다.

"흉도 안 남았어요. 신경 쓰지 말아요."

지영은 물로 꽉꽉 채운 물통을 품에 끌어안았다.

"인사 끝났으니까 이만 가도 되죠?"

"지영 씨."

돌아서려던 지영이 어중간한 자세로 섰다.

"네."

"지영 씨. 혹시."

무언가 말하려던 재환은 입을 달싹일 뿐, 더 말을 잇지 않고 웃었다.

"아니에요."

"무슨 말 하려던 거 아니에요?"

재환은 정수기 물통을 통통 두드렸다.

"여기에 머리 두드린 거. 왜 그랬냐고 물어봐도……."

지영은 무안한 얼굴로 그의 말을 잘랐다.

"대답해야 하나요?"

"……그렇게 말할 줄 알았어요."

재환은 더 묻지 않고 먼저 돌아섰다. 지영은 멀어져가는 재환의 등을 바라보며 생각했다. 한참 멀리 있어도 눈에 확 들어올 정도로 키가 큰 재환이 옆에 있는데도, 왜 보지도 듣지도 못한 건지에 대해서.

의문이 풀린 것은 촬영이 없는 주말 오후였다.

"지영이, 오늘 친구들 만난다고 했지?"

지영은 고개를 저었다.

"아니요. 다음 주로 미뤄졌어요."

"그래?"

"네. 그래서…… 집은 다다음주에 가야 할 것 같아요. 아빠한테 전화는 해놨어요."

"그래. 나야 상관없으니까 괜찮아."

선우는 한별이 쓰고 있는 방을 흘깃 보며 소리를 죽였다.

"우리 나가서 점심 먹을까?"

"나가서요?"

"최한별 빼고. 둘이서만."

선우는 더 낮게 속삭였다.

"삼촌이랑 할 얘기도 있을 것 같고."

그 말에 지영의 얼굴이 굳었다.

"사실은 내가 물을 게 많아서."

선우는 굳게 닫혀 있는 방문을 가리켰다.

"한별이랑 얘기하는 것보다는 그래도 지영이 너랑……."

지영은 고개를 끄덕였다.

"네. 좋아요."

"맛있는 거 사줄게. 여기 앞에 맛있는 브런치 카페가 있는데, 거기로 갈까?"

"네. 그럼 저 옷만 갈아입고 금방 나올게요."

"그래."

지영과 선우가 동시에 고개를 돌렸다. 지영에게 '그래'라고 대답을 한 사람은 선우가 아닌 한별이었다. 말끔하게 옷을 갖춰 입은 채로 나온 그는 머리를 손으로 빗었다.

"뭐 해? 옷 갈아입고 와."

지영은 다급하게 말했다.

"저는 오늘 친구들이랑 약속이……."

"다음 주로 미뤘다며. 그래서 집은 다다음주에 내려가기로 했고."

한별은 얄밉게 웃었다.

"둘이 계속 그렇게 서 있을 거야?"

"너 주말에 밖에 나가면 사람들이……."

한별은 기다렸다는 듯 모자를 푹 눌러 썼다. 모자챙에 그의 얼굴 반이 넘게 가려졌다.

"가자."

"……여우 같은 놈."

선우와 지영이 한별에게 붙잡혀 억지로 걷기 시작했다.

"어쩌지. 나 지금 회사 들어가봐야 할 것 같은데, 제작사 미팅이 오늘이었어."

한별과 지영의 얼굴에 희비가 교차했다.

"어쩔 수 없지. 가봐."

"그러면 저도 그냥 집에……."

"너는 여기서 나랑 점심 먹고."

선우는 미안하다는 말을 몇 번이나 반복하며 카페를 나갔다. 엉겁결에 다시 둘이었다. 한별은 메뉴판을 가리키며 말했다.

"난 오믈렛. 주문 좀 해줘."

지영은 군말 없이 카운터로 향했다. 그를 두고 집에 돌아가는 게 가장 좋은 방법이었지만, 그러고 싶진 않았다. 지영은 카운터로 걸어가는 동안 그러고 싶지 않은 자신의 마음을 합리화했다. 그냥 주말에 이런 카페에 온 게 오랜만이어서, 날씨도 좋으니까, 신경 쓰일 만큼 사람이 많지도 않으니까, 그리고 브런치 메뉴가 맛있다고 하니까 서울에 온 만큼 한번 맛보는 것도…….

"앗, 죄송합니다."

"아니요. 제가 못 봐서, 죄송합니다."

지영은 황급히 자신의 생각을 잘라냈다. 카운터 앞에 서서 겨우 주문을 하고 자리로 돌아왔다.

"주문했어요."

"왜 그렇게 짧게 인사했어?"

"네?"

한별은 지영의 어깨 뒤 너머를 바라보고 있었다.

"실제로 보니까 진짜 닮았네. 네가 윤재환 보고 놀랄 만하다."

"무슨……."

"머리 모양이 달라서 알아봤지, 안 그러면 윤재환인 줄 알고 나설 뻔했네."

"무슨 말을 하는 거예요?"

지영은 한별의 얼굴을 따라 고개를 돌렸다.

"아까 너랑 고개 숙여가면서 인사한 사람, 이재훈 선수 아냐?"

눈이 좋지 않은 것도 아닌데 사방에 퍼져 앉아 있는 사람들의 얼굴이 흐릿했다. 지영은 흐릿한 시야에서 겨우 한 사람을 찾았다. 한별이 말한 대로, 정말 재훈이었다.

"사인이라도 한 장 해달라고 하지."

"……."

"왜 그래?"

지영은 고개를 돌렸다. 가까이에 있다고는 해도 한별이 유독 선명하게 보였다.

"인사…… 안 했어요."

"왜?"

"몰랐어요."

손에서 진동이 웅웅 울렸다. 지영은 그조차도 느끼지 못했다.

"왜 몰라. 여기 앉아 있는 나도 딱 알아봤는데, 어깨까지 부딪쳐놓고."

"……몰랐어요."

같은 대답에 한별의 표정이 묘하게 굳었다.

"그럼 지금도 모르고 있는 거야?"

그가 고개를 젖히자 모자에 가려져 있던 눈이 보였다. 그의 눈이 지영의 손에 닿았다.

"진동 울려. 아까부터 계속."

이상하다.

모자에 거의 가려져 있는데도 왜 전부 보이는 것 같지.

보이지 않는데도 왜 이렇게 잘 보이지.

“이지영.”

다른 건 다 안 보이고, 안 들리는데 왜 유독.

왜 오직 한별만이 선명한 건지.

“이지영?”

“⋯⋯가요.”

“뭐?”

모르는 척하는 것도 한계였다.

마냥 회피하며 휘청거릴 수 없었다.

몸이 흔들리는 것보다 마음이 흔들리는 것을 더 견딜 수 없었다.

“집으로 가요.”

더 이상은 회피할 수 없었다.

지영은 깨달았다. 그와 동시에 인정했다.

“제가 졌어요.”

“저번에, 제가 내기에서 이겼었잖아요.”

아무래도 맨정신으로는 말하지 못할 것 같았다. 지영은 다급히 냉장고를 열었다. 가슴속이 터질 지경이라 뭐라도 넘겨 달래야 했다. 이왕 마시는 거, 소주가 있으면 좋았으련만. 아쉽게도 있는 것은 맥주가 전부였다.

지영은 맥주를 꺼내 캔을 따자마자 탄산음료를 마시듯 입 한 번 떼지 않고 쭉 들이켰다.

“이지영. 뭐 해?”

지영은 입가를 닦으며 빈 캔을 싱크대에 던졌다.

"제가 엄마를 닮아서, 술을 진짜 잘 마셔요."

계획과는 다른 서두였다.

"맥주는 저한테, 보리차랑 비슷하거든요."

엄청난 속도로 마신 맥주가 목과 가슴 안에서 부글부글 끓기 시작했다.

"그러니까 취해서 하는 말 아니에요."

지영은 식탁 의자를 끌어와 한별의 앞에 놓고, 거기에 앉았다. 눈을 감고 길게 숨을 들이켜고 내쉬기를 반복하던 지영은 불시에 눈을 떴다. 코앞에 한별이 있었다. 지영은 허리를 빳빳하게 세우고, 어깨를 편 채 한별을 지그시 보았다. 눈을 피하지 않았다. 두 사람의 시선이 허공에서 강하게 부딪쳤다.

"지금 소원 쓸게요."

한별은 고개를 끄덕였다. 지영은 고개와 함께 살며시 움직이는 그의 눈길까지 집요하게 좇았다.

"제 말에 어떤 대답도 하지 말아요."

"그게 소원이야?"

"네. 지금부터, 아무 말도 하지 않는 거예요."

한별은 입을 꾹 다물었다. 그게 꼭 시작하라는 신호인 것 같아, 지영은 천천히 입을 달싹였다.

지영은 시합에서도, 시험에서도 떨어본 전례가 없었다. 자신보다 훨씬 높은 체급과 경기를 앞두고 있었을 때도, 1등을 코앞에 두고 있었을 때도 오히려 담담했다. 시험도 언제나 차분히 치르고 담담히 결과를 받아들였다.

지영은 파르르 떨리는 손을 억제하기 위해 두 손을 맞잡았다.

그저 문장으로만 읽었던 '떨려 죽을 것 같다'라는 것이 어떤 느낌인지 오늘에서야 알았다. 정말 말 그대로, 가슴이 너무 떨려 금방이라도 죽을 것 같았다. 목소리까지 떨릴까 봐 지영은 몇 번이나 목을 가다듬었다.

"인정해야 할 것 같아요."

이 말을 다 하고 나면, 그 다음부터는 어떻게 되는 걸까. 두려울 정도로 떨렸다.

"제가 졌어요."

다행히도 목소리는 떨리지 않았다. 평상시처럼 차분하고 담담했다.

"떨려요. 최한별 씨랑 같이 있으면."

시계추처럼 무겁게 흔들리던 마음이 한쪽으로 기울어지더니, 이윽고 넘어지고 말았다.

"최한별 씨가 말 걸면, 어떻게 대답해야 하나 고민해요."

"……."

"옆에 있으면 혹시나 눈이 마주칠까 전전긍긍하고…… 떨리고"

다시 내 자리로 돌아갈 수 있을까. 이미 넘어져버렸는데, 넘어지면서 몸에 잔뜩 묻은 이 희뿌연 감정들을 다 털어낼 수 있을까.

"제가 알고 있던 것과는 다른 느낌이지만."

그럴 수 없을 거라는 걸 이미 알았기 때문에, 넘어지지 않기 위해 버티고 버틴 것 같았다.

"알겠어요. 지금 이것도, 지금 제 마음도…… 그것과 다르지 않다는 걸."

지영은 주먹을 꼭 쥐었다.

"좋아해요."

치열하게 고민한 것에 비해 너무나도 짧은 결론이었다.

그 말이 끝난 뒤, 지영은 새로운 위기에 처했다.

좋아한다고 말을 하자. 까지만 생각하고, 좋아한다고 말을 한 뒤 어떻게 마무리를 지어야 하는지에 대해 미처 생각하지 않은 것이었다. 서론, 본론까지는 다 말했는데 결론이 나지 않았다. 낯설 정도로 차분히 앉아 있는 한별의 눈치를 살피며 고민하던 지영은, 잠깐의 치열했던 고민 끝에 적당한 결론을 도출했다.

"……이상."

지영은 벌떡 일어났다. 더 이상 그와 마주 보고 있을 수 없었다. 손을 대지 않아도 얼굴이 얼마나 뜨겁게 익었는지 알 수 있을 정도로 열기가 느껴졌다.

맥주를 너무 빨리 마셔서 그런가.

지영은 애써 맥주 탓을 하며 고개를 돌렸다.

"그럼 저 먼저 들어갈게요."

방으로 갈 게 아니라 바람 좀 쐬러 나가는 게 더 나으려나. 갑자기 드는 생각에 지영은 방문을 한 발 앞에 두고 멈춰 섰다. 아무래도 한별과 한 집에 있는 것보다는 밖으로 나가는 편이 더 나을 것 같았다. 판단을 끝내자마자 지영은 돌아섰다.

그러곤 단 한 발짝도 앞으로 나갈 수 없었다.

"……!"

언제 바짝 쫓아온 건지, 한별이 바로 앞에 있었다. 지영은 자신도 모르게 한 발 뒤로 물러섰다. 문에 등이 닿았다. 한별은 당연하다는 듯 벌어진 거리를 다시 좁혀왔다.

"그럼, 나 소원 하나 있는 거지."

평소보다 한층 더 낮은 한별의 목소리에 지영은 침을 삼켰다.

"눈…… 감아."

이런 경험에 무지한 지영이라 해도, 한별의 말이 무엇을 의미하는지 정도는 알 수 있었다.

지영은 밀려들 듯 다가오는 그의 얼굴에 천천히 눈을 감았다. 갈대처럼 떨리는 눈꺼풀이 완전히 눈을 덮었다.

이제야 술기운이 도는 것처럼 가슴이 벌떡거렸다. 어디에 둘지 몰라 방황하던 두 손이 한별에게 붙잡힌 뒤로는, 가슴이 쿵쾅대는 소리에 귀가 멍멍할 지경이었다.

이렇게…… 첫키스를 해도 되는 걸까?

지영은 발에서부터 올라오는 불안감에 어깨를 움츠렸다.

그냥 이렇게 해버려도 되는 걸까. 이렇게 가만히 눈만 감고 있는 걸로 충분한 걸까. 어떻게 해야 하는지 도무지 알 수 없었다. 심지어 언제까지 눈을 감고 있어야 하는 건지도.

한별이 조금씩 가까워지는 것이 느껴졌다. 지영은 잘게 떨리는 목소리로 속삭였다.

"저기, 저…… 한 번도……."

"알아."

지영은 숨을 들이켰다. 한별의 숨결이 피부에 닿는 것이 적나라하게 느껴졌다. 그의 숨이 입술 주변을 맴돌았다. 입을 그냥 다물고만 있으면 되나. 정말 이렇게 갑작스럽게 해도…… 괜찮은 걸까. 마음속이 설명할 수 없을 정도로 복잡했다. 한별에게 두 손이 붙잡혀서 밀어낼 수도 없었다.

"이렇게, 이렇게 해도……."

촉.

낯선 소리와 감촉에 지영이 어깨를 바르작 떨었다. 그녀의 눈이 서서히 떠졌다. 지영은 자신을 바라보는 한별과 눈을 맞췄다. 한별은 두 손으로 모아 쥔 지영의 손등 위에 다시 한 번 입을 맞췄다. 촉. 간지러운 소리에 또 한 번 어깨가 떨렸다.

"처음을 여기서 할 수는 없지."

긴장이 풀어진 지영의 입술이 천천히 벌어졌다.

"그래도, 닿고는 싶으니까."

이번에는 이마였다. 지영은 자신의 두 손등에 이마를 부비는 한별을 보았다. 머리카락이 쓸리는 감촉이 간지러웠다. 그 간지러움을 참지 못한 건지, 아니면 긴장이 풀려서인지, 아니면…… 혹시 무의식중에라도 기대하고 있었던 것이 일어나지 않아 허무해서였을까.

웃음이 나왔다.

한별이 한 걸음 멀어지자, 지영은 그제야 참았던 숨을 길게 내쉬었다.

"이제…… 어떻게 해요?"

한별은 웃으며 대답했다.

"그러게. 나도 잘 모르지만."

지영이 뭐라 말하기도 전에, 한별이 먼저 물었다.

"내가…… 나도 처음이라고, 얘기한 적 있었나?"

지영은 천천히 고개를 저었다.

"그래도 너보다는 잘 알겠지."

한별은 지영을 향해 손을 내밀었다.

"그러니까 잘 따라와봐."

지영은 그의 손을 멀거니 바라보았다. 한별은 어서 잡으라고 채근하지 않았다. 그저 가만히 지영을 바라보았다. 그녀가 스스로 손을 뻗을 때까지.

지영은 느리지만 분명하게, 그의 손을 잡았다.

처음이었다.

10. 일촉즉발

선우는 길고 긴 회의를 마치고 저녁이 다 되어서야 집으로 돌아올 수 있었다. 예상보다 회의가 길어진 탓에 끼니도 제대로 못 챙겨 먹은 상태였다. 적당히 뭐라도 먹거나 사가고 싶었지만 선우는 집으로 가는 길에 숱하게 깔린 어느 음식점에도 들어갈 수 없었다.

[형. 회의 끝나면 집으로 바로 와.]

한별의 문자를 받은 뒤로는 집으로 어서 가야 한다는 생각뿐이었다. 불길한 예감이 식욕을 뚝뚝 떨어트렸다.

선우는 자신의 집 현관문 앞에서 크게 심호흡을 했다. 한별과 함께 일을 하게 되면서 정말 많은 사건을 겪었지만, 이렇게까지 막막한 사건은 처음이었다. 차라리 언제나처럼 말도 안 되는 스캔들이 터지는 게 오히려 나을 지경이었다.

한 가지 다행인 점은 지영이었다. 지영은 한별과 같은 마음을 가지고 있는 것 같지는 않았으니까. 한별이 대놓고 들이대는 탓에 의식하고는 있는 것 같지만, 그렇다고 해서 지영이 한별을 좋아하게 되는 일은 없을 게 분명했다. 지영이 전주로 다시 돌아가기까지 2주도 채 남지 않았다. 누군가에겐 긴 시간일 수도 있지만, 한별에게는 아주 짧은 시간이다. 촬영과 스케줄로 바쁜 한별이 지영과 관계를 발전시키기에는 턱없이 짧았다.

"그래. 괜찮아."

2주는 쏜살같이 지나갈 테고, 지영이 서울을 벗어나면 한별은 어쩔 도리가 없을 테고, 그렇게 되면, 이 난처한 상황은 그저 하나의 해프닝으로 끝날 수 있었다. 선우는 그렇게 마음을 다잡고, 표정을 가다듬은 뒤에 문을 열었다.

"나 왔어."

거실에 있었는지 지영이 곧장 현관으로 나왔다.

"삼촌. 오셨어요?"

"응. 브런치는 잘 먹었어? 미안해. 나 때문에 난처했지."

지영은 대답 없이 어색하게 웃었다. 그러곤 곧바로 말을 돌렸다.

"저기, 삼촌."

"응?"

답지 않게 머뭇거리는 지영을 보며 선우는 고개를 갸웃거렸다. 할 말이 있는 듯 앞을 막고 선 지영 때문에 선우는 앞으로 더 갈 수도 없었다.

"왜 그래? 참, 한별이는."

"주방에요."

"……혹시 뭐 먹어? 지금 이 시간에?"

시간은 벌써 10시를 지나고 있었다. 선우는 안쪽을 향해 귀를 기울였다. 달각달각 소리가 나는 것을 보니 정말 주방에서 무언가를 하고 있는 것 같았다. 주방에서 할 일은 먹는 게 전부일 텐데.

"지영아. 잠깐만."

지영이 그의 눈치를 살피며 옆으로 비켜섰다. 선우는 당황스러운 얼굴을 하곤 지영을 지나쳤다.

"최한별. 내일 촬영인데 이 시간에 뭘 먹고……."

선우는 말을 멈췄다. 주방에서 음식 냄새가 진동하고 있었지만, 그의 예상과 달리 한별은 아무것도 먹지 않고 있었다.

"왔어?"

선우는 식탁 근처로 걸어가며 눈을 동그랗게 떴다.

"이게 다 뭐야?"

"뭐긴. 밥."

타이밍 좋게 오븐에서 소리가 났다. 선우는 그제야 한별을 제대로 보았다. 어울리지도 않는 분홍색 하트무늬 앞치마까지 입은 그는 수저와 젓가락을 식탁에 놓고 있었다.

"손만 씻고 와."

한별이 오븐을 열자 고소하고 기름진 냄새가 진동을 했다.

"네가 했어?"

"밥 못 먹었을 것 같아서."

한별은 오븐 장갑을 벗으며 화장실을 향해 턱짓했다.

"뭐 해? 얼른 손 씻고 와."

선우는 얼떨떨한 얼굴로 손을 씻고 나와, 입고 있던 셔츠 소매를 걷어 올리며 식탁 앞에 앉았다.

"고기를 오븐에 구웠어?"

"응. 형 목살 좋아하잖아."

노릇노릇하게 구워진 두툼한 고기를 보며 선우는 침을 삼켰다. 그간 한별이 음식 냄새에 예민해할까 봐 함께 샐러드로 대충 때우거나 그저 그런 도시락을 먹곤 했다. 오랜만에 고기를 보니 가슴이 뛰기까지 했다. 선우는 웃음이 나오려는 것을 참으며 한별을 향해 새침하게 물었다.

"무슨 바람이 불어서?"

"그냥. 형 보니까 살이 좀 빠진 것 같아서."

한별은 두툼한 고기를 일일이 먹기 좋게 썰어 그릇에 보기 좋게 옮겨 담았다.

"나 때문에 고생도 많이 하잖아."

"알긴 아네."

선우는 젓가락으로 고기를 한 점 집었다.

"참, 지영이는? 같이 먹자."

지영은 맞은편에 앉을 뿐 젓가락을 들지 않았다.

"저는 조금 전에 저녁 먹어서 괜찮아요."

"하긴. 시간이 너무 늦었지."

선우는 고기를 앞에 두고 함박웃음을 지었다.

"내가 최한별한테 이런 밥상을 다 받아보고. 다 이뤘네, 다 이뤘어."

선우는 날름 고기를 삼켰다. 기름기가 쏙 빠진 고기가 입에서 녹아내렸다. 씹을 때마다 안에 갇혀 있던 육즙이 퐁퐁 터지면서 그의 혀를 즐겁게 했다.

"진짜 맛있다."

선우는 엄지를 치켜들곤 방정맞게 흔들었다.

"종종 해줄게."

선우는 번들번들해진 입매를 길게 늘이며 웃었다.

"갑자기 왜 이렇게 잘해줘? 아까 전만 해도 얄밉게 굴더니."

"말했잖아. 형, 나 때문에 고생하는 거 고맙고 미안해서."

"최한별이 드디어 철들었네."

선우의 양 볼이 먹이를 입에 모은 햄스터처럼 빵빵하게 부풀었다.

"그리고 앞으로도, 나 때문에 고생 많이 하게 될 것 같으니까."

한별은 냉수가 가득 담긴 컵을 그의 앞에 내려놓고, 지영의 옆에 앉았다. 선우의 턱 움직임이 조금씩 느려졌다. 나란히 앉은 두 사람은 알 수 없는 눈빛을 주고받았다. 선우는 고기를 꿀떡 삼키며 동시에 자신을 바라보는 두 사람을 향해 입을 뗐다.

"……왜 그래?"

"형."

한별은 지영에게 손을 내밀었다. 선우의 눈빛에 순간 불안함이 깃들었다.

"너 또 지영이 좋아한다, 어쩐다 말하려고?"

선우는 젓가락으로 한별을 가리켰다. 지영은 자신의 조카였고, 즉 가족이었다. 아무리 자신의 인생에서 한별이 많은 부분을 차지한다고 해도, 가족을 곤란하게 하는 것을 더 이상 보고만 있을 수 없었다. 선우는 따끔하게 한마디 쏘아붙이기 위해 입을 뗐다.

"그만해. 너도 마음 없는 사람이 너 쫓아다니는 거 싫어하잖아.

네 마음이야 어쩔 수 없다 쳐도 지영이가 부담스러워하는데 이제 그만……."

날카로운 활처럼 쏘아붙이던 선우의 목소리가 잦아들었다. 선우는 이윽고 입을 다물었다. 입 대신 벌어진 손가락 사이로 간당간당하게 걸려 있던 젓가락이 식탁에 곤두박질쳤다.

지영이 스스로 한별의 손에 자신의 손을 얹었다. 그러곤 누가 먼저랄 것도 없이 두 사람이 손을 맞잡았다.

"삼촌……. 곤란하게 해드려서 정말 죄송해요."

선우는 고장 난 로봇처럼 끼긱끼긱 고개를 움직여 지영을 보았다. 지영은 진심으로 미안한 표정을 짓고 있었다.

"그런데 이게, 어쩔 수가 없는 일이어서."

"불가항력이지."

한별은 지영과 잡고 있는 손을 흔들며 이를 보이고 웃었다.

"우리, 사귀기로 했어."

한별은 냉수로 가득한 컵을 가리키며 말했다.

"마시든지, 뿌리든지."

경직되어 있던 선우의 어깨가 흐물흐물 풀어졌다. 선우는 얼마 남지 않은 고기 조각을 보며 깨달았다.

한별이 준비한 이 식탁이 자신을 위한 최후의 만찬이라는 것을.

한별의 연기력은 호불호가 거의 갈리지 않을 정도로 영화인과 평론가, 대중 모두에게 인정받고 있었다. 그렇기 때문에 한별은 언제나 자신의 연기에 자신만만했다. 원한다면 어떤 배역이든 백퍼센트 이상으로 소화할 수 있다고 장담했다. 사랑에 빠진 순수한 청년, 위태로운 소년, 잔악한 범죄자……. 그 어떤 극적인 캐릭터라 해도 그는 언제나 훌륭히 소화했다.

한별은 처음으로 아역 시절부터 지금까지, 단 한 번도 의심하지 않고 오직 자부심만을 느껴왔던 자신의 연기력에 부족함을 느꼈다.

"한별 씨. 오늘 이상하게 삐걱대네. 몸이 좀 굳은 느낌이야."

"죄송합니다. 엔딩 씬이라 긴장이 많이 됐나 봐요."

"재환 씨도 대본 한 번 더 체크할 겸, 잠깐 쉽시다. 20분 뒤에 리허설부터 다시 할게요."

감독이 먼저 자리를 뜨자 분위기가 금세 어수선해졌다. 한별은 스텝들을 지나쳐 대기실로 향했다.

몸이 굳은 것이 스스로도 느껴졌다. 감독에게는 그럴싸한 변명으로 둘러댔지만, 그 변명은 사실이 아니었다. 사실 한별은 전혀 긴장하지 않았다. 그렇다고 해서 컨디션이 좋지 않은 것도 아니었다. 충분할 만큼 편히 자고, 새벽에 일어나 가볍게 운동을 해서 몸은 가뿐했고 기분도 좋았다. 내외적으로 아무 문제가 없었다.

아무런 문제가 없는데도, 몸이 굳어 삐걱거리는 이유는 지영이었다.

"죄…… 한별, 오빠."

한별은 재빠르게 뒤를 돌았다. 대기실에 있을 줄 알았던 지영이 자신의 뒤에 서 있었다. 지영과 얼굴을 맞닥트리자마자 한별은 고개를 푹 숙였다. 표정이 가다듬어지지 않았다.

"저 찾은 거 아니에요?"

한별은 거울에 비추어 보지 않아도 자신이 어떤 얼굴일지 알 수 있었다. 안면 근육이 제멋대로 움직이는 것을 통제할 수 없었다. 그 누구라도 자신의 얼굴을 보면, 의심스럽게 생각할 정도였다.

"계속 안 보이길래, 대기실에 있나 했어."

"차에 다녀왔어요. 셔츠 하나를 안 가지고 와서."

한별은 뛰는 가슴을 진정시키지 못했다. 이렇게 감정을 주체하지 못하고 울렁대는 얼굴과 반대로 몸은 뻣뻣하게 굳어 삐걱거렸다.

도무지 연기를 할 수 없었다. 물 흐르듯 자연스럽게, 어디에서든 어떤 상황이든 쉽게 시작할 수 있었던 연기가 되지 않았다. 남들 눈에 튀어 보이지 않게, 평소와 같이 보이게, 둘의 관계가 코디와 연예인 그 이상으로 보이지 않게. 선우가 강조한 세 가지 중 그 어떤 것도 훌륭하게 소화하지 못했다. 통제되어야 하는 감정이 제멋대로 통통 튀어 올랐다.

한별은 심각하게 고민했다. 이 정도 연기도 안 되다니, 감 떨어지는 거 아닌가.

선우는 그저 남들이 자신을 이상하게, 의심스럽게 보지 않을 수 있게 평소대로만 표정과 행동을 유지하라고 부탁했다. 어려운 일이 아니었다. 그저 남들이 생각하고 있는 연예인 최한별으로서의 모습만 유지하면 되니까. 평소대로 조용히 연기에만 집중하고, 적당히 까칠하고 무심하게 굴면 됐다.

"그런데 왜 벌써 이렇게 나와요? 촬영 다 했어요?"

그런데 그게 되지 않았다. 자신의 모습 그대로를 유지하는 것뿐인데, 연기라고 할 것도 없는데 그게 어려웠다.

"아니. 잠깐 쉬기로 했는데."

"왜요? 또 장비에 무슨 문제 있대요?"

지영을 보지 않아도, 그녀를 생각하는 것만으로도 웃음이 실실 나왔다. 어제 오후, 지영이 되돌려준 고백은 무의식중에 제멋대로 떠올라 그를 간질였다. 웃으면 안 되는데, 웃으면 모두 왜 저러냐며 평소와 다른 자신에게 집중할 텐데, 그걸 알면서도 웃음을 멈출 수가 없었다. 필름이 재생되듯 어제 오후 고백하던 지영의 모습이 제멋대로 반복되어 재생되고, 눈앞에서 같은 장면이 펼쳐질 때마다 한별은 웃었다. 풀어진 얼굴을 들키지 않기 위해 자신을 억지로 가다듬다 보니 도리어 몸이 뻣뻣하게 굳었다.

"아니. 나 때문에."

"왜요?"

"아니다. 너 때문에."

지영은 눈을 동그랗게 떴다.

"네?"

한별은 진심으로 걱정하기 시작했다.

"어떻게 하지?"

"뭐가요?"

"나 지금 너무 티 나."

꾹 참고 있던 웃음이 기어코 다시 터졌다.

"좋은 게 주체가 안 돼."

지영의 얼굴에 붉은색이 진해지는 만큼, 한별의 눈이 길게 휘었다.

"컷! 오케이!"

한별은 희미한 미소를 지었다. 숨 가쁘게 달려온 촬영이 드디어 끝이 났다. 한별은 민석이 준 수건으로 얼굴을 닦아냈다.

"한별아. 대기실로 와. 지금 분장 지우자."

한 팀장이 대기실 앞에서 그를 불렀다. 한별은 알겠다고 손짓하곤 감독에게 다가갔다. 감독의 옆에는 이미 재환이 있었다.

"감독님. 고생 많으셨습니다."

감독은 한별이 다가오자 금세 재환을 등졌다.

"두 사람도 끝까지 잘 따라와줘서 고마워. 고생 많이 했어."

감독은 한별의 어깨를 두드렸다.

"오늘 뒤풀이는 같이 가야지?"

감독은 벼르고 있었다는 듯 웃었다. 워낙 뒤풀이나 사적인 모임을 가지지 않기로 유명한 한별이었지만, 감독은 꼭 그를 뒤풀이 자리에 끌어올 심산이었다. 제작 투자가 확정된 차기작에 우정출연을 부탁하기 위해서였다.

감독의 계획을 모르는 한별은 속으로 시간을 가늠했다. 지영도 오늘 친구들을 만나 저녁까지 먹고 온다 했으니, 1차 회식에서 밥만 먹고 나가면 시간을 맞춰 만날 수 있을 것 같았다.

"네. 그럴게요."

한별은 감독에게 다시 고개를 숙이며 인사하곤 대기실을 향했다. 얼굴에 칠한 분장만 닦아낸 그는 한 팀장이 나가자마자 옷도 갈아입지 않고 휴대폰을 먼저 찾았다.

"형. 저 한 팀장님 짐 좀 들어드리고 올게요."

"주차장까지 가는 거지? 그러면 다시 오지 말고 차에 먼저 가 있어. 나도 옷만 갈아입고 바로 갈 테니까."

"네. 그럼 전화드릴게요."

"형은?"

"대표님은 미팅 끝나고 서울로 올라오시는 중이래요."

"나 뒤풀이 가기로 했으니까 그쪽으로 오라고 해줘."

"네."

민석까지 나가자 대기실에는 그 혼자였다.

"친구들 만났으려나."

전화를 하고 싶었지만, 혹시나 지영이 곤란한 상황에 처하게 될까 한별은 문자를 보내기로 했다.

[친구들 만나고 있어?]

전송을 누르자마자 한별은 가슴팍에 휴대폰을 대고, 검지로 휴대폰 뒷면을 톡톡톡 두드렸다. 설레는 마음 위로 금세 진동이 왔다.

[네.]

한별의 얼굴에 미소가 피었다.

[난 일 끝났어. 회식 가려구.]

[전 이제 저녁 먹으러 가고 있어요.]

[난 저녁만 먹고 나올 거야. 친구들이랑 놀다가 헤어질 때 전화]

한참 문자를 쓰고 있던 한별의 손이 멈췄다. 당황하는 것도 잠시, 한별은 진동하기 시작한 휴대폰 액정에 뜬 낯익은 번호에 함박웃음을 지었다. 한별은 혹시나 끊어질세라 얼른 통화버튼을 눌렀다.

"전화해도 돼?"

-잠깐 화장실에 왔어요.

"나도 전화하고 싶었는데, 혹시 친구들 앞에서 곤란할까 봐 참았어."

-저녁 먹고 헤어질 것 같아요. 한 9시쯤?

"음……. 시간 맞을 것 같다. 나도 밥만 먹고 나갈 거야."

-어디서 회식해요?

"이 근처에서 할 것 같은데. 넌 계속 홍대야?"

-네. 저녁도 여기서 먹고 헤어지기로 했어요. 일은, 잘 끝났어요?

"보고 싶다."

휴대폰 너머로 얕은 숨소리가 들렸다. 지영이 어떤 얼굴을 하고 있을지 눈에 훤했다.

"그냥 계속 같이 다니자고 할 걸."

-뭐야. 너무 티 나니까 이제 그만 나오라고 할 때는 언제고.

목소리만 들어도 지영의 표정이 떠올랐다. 동그랗게 모은 입술, 가늘게 늘어난 눈, 얄밉게 흘겨보는 눈빛이 선명했다.

-저 두 번이나 갑작스럽게 해고된 거 알죠? 이것도 엄연히 위법이에요.

"보고 싶어."

-……지금 일부러, 나 할 말 없게 만들려고.

"왜 할 말이 없어? 넌 나 안 보고 싶어?"

-그게 아니라…….

"그럼 너도 말해줘."

지영은 의외로 부끄러움이 많았다. 할 말은 다 했던 그 이지영이 맞나 싶을 정도로, 지영은 이런 표현을 하는 것을 굉장히 부끄러워했다.

-꼭 말로 해야 알아요?

"응. 꼭 말로 해야 알아."

고심하느라 미간에 주름이 져 있을 얼굴이 눈앞에 그려졌다. 한별은 겨우 웃음을 참으며 재촉했다.

"뭐야. 보고 싶다는 말도 안 해줘? 그렇게 부끄러운 말도 아닌데."

-좋아하는 사람한테 하려니까 부끄러워서요.

한별은 간지러움을 참지 못하고 웃었다. 부끄러움에 표현하지 못하는가 싶다가도, 지영은 이렇게 불쑥불쑥 그를 간지럽게 했다.

-지영아! 뭐야. 안 나오구 뭐 해?

낯선 목소리에 한별의 눈썹이 움찔거렸다. 아마도 지영의 친구 중 한 명인 것 같았다. 전화가 예고도 없이 끊어진 것을 보면. 한별은 이미 전화가 끊어진 것을 알면서도 휴대폰을 귀에서 떼지 않았다.

"진짜 보고 싶다. 이지영."

미련이 가득 남은 채로 휴대폰을 떼어냈다. 커튼 안으로 들어가 옷을 갈아입고 나오자, 때마침 휴대폰이 다시 진동했다. 혹시나 또 지영이 전화한 건가 싶어 부리나케 휴대폰을 집은 한별은, 액정에 뜬 다른 이름에 휙 식은 얼굴로 전화를 받았다.

"어. 민석아."

-형. 아직 대기실에 계세요?

한별은 벗은 옷을 쇼핑백에 넣고, 짐을 챙겨 손목에 걸었다.

"응. 잠깐 통화 좀 하느라."

-대표님도 거의 도착하셨대요. 지금 나오시면 될 것 같아요.

한별은 문고리를 돌렸다.

"응. 안 그래도 지금 나가⋯⋯."

문을 열고 막 한 발을 떼려던 한별은 말끝을 흐렸다.

-형?

"⋯⋯나가려고. 금방 가."

당황스러움을 느낀 것도 잠시, 한별은 빠르게 표정을 가다듬고 전화를 끊었다.

"뭐야?"

한별은 앞에 서 있는 재환을 보다가, 그의 등 뒤를 살펴보았다. 마지막 정리를 하고 있는 스텝들 몇몇을 제외하고는 모두 다 썰물처럼 세트장을 빠져나간 뒤인 것 같았다.

"왜 안 가고 여기 서 있어?"

"⋯⋯수고하셨다고 인사드리려고 왔어요."

"어차피 오늘은 뒤풀이도 가는데, 뭐하러 여기 서 있어."

"문을 두드리려다가."

재환의 눈빛이 전에 없이 뾰족했다.

"통화하시는 것 같길래, 잠깐 기다린다는 게."

한별의 눈매가 날카로워졌다. 너무 예민하게 반응하지 않기 위해, 한별은 입을 떼기 전 마음을 차분히 가라앉혔다. 부러 딱딱하게 강조해서 말하는 것을 보니 통화를 어느 정도 들은 것 같았다. 들었느냐고 따지듯 물어볼까, 아니면 자연스럽게 화제를 돌릴까. 한별이 빠르게 생각하는 사이, 재환이 먼저 고개를 숙였다.

"그동안 고생하셨습니다. 뒤풀이 오신다고 하니까, 거기서 다시 뵐게요."

한별은 별다른 대답 없이 재환을 지나쳤다. 과하게 반응하거나 대답을 하기보다는 평소처럼 그냥 무시하고 가는 것이 나을 것 같다는 판단에서였다. 아무렇지 않은 척하고 있었지만, 뒤에서 쫓아 걸어오고 있는 재환에게 신경이 집중되었다.

부산에서도 워낙 지영과 가까이 지내는 것을 경계한 데다가, 지영에 대한 마음을 깨닫고 나서는 자신도 모르게 그녀를 주시하고 있었으니 재환은 이미 지영에 대한 자신의 마음을 눈치챘을 게 분명했다. 촬영하는 내내 자신의 주변을 맴돌던 그가 모를 확률은 현저히 낮았다.

"참, 선배님."

재환의 목소리에 한별의 발이 멈췄다.

"그러고 보니 얼마 전부터 지영 씨가 안 보이네요."

한별은 눈을 감았다 뜨며 돌아섰다. 자신을 떠보려는 의도가 다분히 묻어나는 말이었다.

"그만뒀어."

"왜요?"

"왜?"

한별은 고개를 삐딱하게 기울이며 재환을 훑었다.

"내 스텝이 그만둔 이유가 왜 궁금한데?"

"그냥…… 너무 갑작스럽게 그만둔 것 같아서요."

"갑작스럽든 뭐든 간에, 네가 알 필요 없잖아."

"그때 일, 제대로 고맙다는 말도 못 하고."

"했다고 들었는데, 얼마 전에 물 뜨러 가다 마주쳐서."

재환이 도리어 들킨 사람 같은 표정을 지었다. 한별은 별일 아니라는 듯 담담히 말을 덧붙였다.

"들었어. 이지영한테."

눈치채고 자신을 떠보려는 재환에게 세게 나가는 게 차라리 나은 방법이었다. 어중간하게 감추려 하면 그게 오히려 정확한 심증이 될 수도 있었다. 아무것도 숨길 게 없다는 듯 당당하게 나가야 했다. 한별은 고개를 치켜들곤 재환을 위아래로 훑었다.

"처음부터 말했지. 남의 스텝한테 관심 두지 말라고."

"……."

"관심 두지 마. 신경도 쓰지 말고."

한별은 너무 빠르지 않게 차분히 돌아섰다. 세트장 밖을 벗어나며 등 뒤에 있는 재환에게 두었던 관심까지 돌려세웠다. 어차피 오늘이 지나면 영화 개봉이 다가올 때까지 가까이할 일이 없는 그였다. 스토커도 잡혔으니 한동안은 재환의 회사도 조용할 테고, 그러는 동안 한별은 지영과 자신의 관계를 최대한 자연스럽고 온전하게 공개할 수 있는 방법을 찾아 연애 중인 것을 공개하면 될 일이었다. 최대한 아무 문제 없이, 문제가 있어도 빠르게 해결할 수 있게. 한별은 그렇게 할 자신이 있었다.

그리고 그가 자신만으로는 되지 않는 일이 있다는 것을 깨닫게 된 것은, 그로부터 며칠이 지난 어느 날이었다.

지영과 만나는 데에는 첩보영화를 방불케 하는 작전이 필요했다. 한별은 귀신같이 자신에게 쫓아 붙을 기자들을 따돌리기 위해 회식 자리를 나와 일부러 회사로 향했다. 회사 사무실로 가 시나리오집 몇 개를 가지고 도로 나왔다.

한별이 다음으로 향한 곳은 바로 옆에 있는 카페였다. 한별은 밖에서 보일 듯 말 듯한 곳에 자리를 잡고, 가져온 시나리오집들을 순서대로 훑어보았다. 마지막 권까지 훑어보고 나니 시간은 한 시간이 지나가고 있었다. 새 작품을 고르는 척 연출하고 있는 자신을 기자들이 사진에 담기 충분한 시간이었다.

한별은 속으로 시간을 가늠하며 자리를 정리했다. 얼마 있지 않아 최한별이 새 작품을 바로 고르고 있다는 소식이 퍼질 것이고, 내일 아침이면 그에게 시나리오를 보내왔던 영화사나 드라마 제작사가 앞다투어 출연 논의 중이라는 입장을 기사로 내보낼 것이었다. 한별은 느긋하게 선우의 빌라로 향했다.

엘리베이터에 몸을 싣고 나서야, 한별은 휴대폰을 꺼내 전원을 켰다.

[저 이제 지하철 환승해요.]

내내 느긋했던 한별이 분주해졌다.

"신기하다."

"뭐가?"

"이거 진짜 딱, 숨어서 몰래 하는 데이트 같잖아요. 친구들이 가끔 보여주는 열애설 기사에서 본 그런 거랑 똑같아서요."

한별은 웃음을 터트렸다.

"숨어서, 몰래 하는 데이트 같은 게 아니라 그거 맞아."

"이제야 좀 실감이 나네요. 최한별 씨 연예인인 거."

"그럼, 이제까지는 뭔지 알았어?"

"뭐. 그냥."

"나한테 그냥이라고 하는 사람도 너밖에 없을 거다."

지영은 짓궂게 웃으며 차 안을 둘러보았다.

"이 차는 누구 차예요?"

한별의 눈이 지영의 시선을 빠짐없이 쫓았다.

"네 삼촌 차."

"그땐 이거 아니었던 거 같은데."

"다른 거야. 주차장 한쪽에 박아두고 잘 안 끌고 다니는 거."

지영은 넓은 차 내부를 이리저리 보며 중얼거렸다.

"우리 삼촌 진짜 돈 많구나."

"많이 벌었지. 누구 덕에."

"시급을 더 쳐달라고 할 걸 그랬어요."

순진한 얼굴로 중얼거리는 지영을 보며 한별은 웃음을 참지 않았다.

연예인이나 유명인들의 비밀 데이트는 뻔했다. 사람이 거의 없는 심야에 영화관을 가거나, 그것도 아니면 스텝들을 이용해 다 함께 식사를 하러 가는 척 밥과 술을 먹고 따로 몰래 빠지거나, 최대한 기자들의 눈을 피해 서로의 집을 오가며 집 안에서 데이트를 즐기곤 했다. 지금 한별과 지영이 하는 데이트는 그런 비밀 데이트 중에서도 가장 클래식한 데이트였다.

한강을 앞에 두고 세운 차 안에서, 지영과 단둘이 시간을 보내고 있는 지금이 믿겨지지 않았다. 지영에게 데이트를 하자며 선언하듯 말한 뒤부터 무엇을 해야 할지 고민에 고민을 거듭했지만 막상 생각나는 게 이것밖에 없었다. 스캔들이 터질 때마다 '또 한강에서 걸렸어?'라고 말하며 미련함에 혀를 찼던 그것을 자신이 하고 있다는 현실에 웃음만 났다.

"왜 자꾸 웃어요?"

"좋으니까."

한별은 지영과 잡은 손을 가볍게 흔들었다.

"영화도 다 봤고…… 우리 이제 뭐 해요?"

"다음 코스로 가기 전에, 먼저 호칭 정리부터."

"호칭 정리요?"

한별은 지영을 지그시 보며 물었다.

"언제까지 최한별 씨라고 할 거야?"

지영은 그의 질문이 내심 당황스러웠는지, 눈만 끔뻑끔뻑 감았다 뜨기를 반복했다.

"촬영장에서는 오빠라고 하잖아요."

"촬영장에서만, 하잖아. 막상 둘이 있을 때는 최한별 씨라고만 하고."

할 말을 잃은 지영이 입을 꾹 다물었다. 한별은 지영을 향해 얼굴을 기울이며 낮게 속삭였다.

"지영아."

나긋한 목소리에 지영의 팔이 움찔 떨렸다. 한별은 그녀에게 얼굴을 가까이 기울인 채로 말을 이었다.

"난 앞으로 이렇게 부를 건데."

"뭐예요. 그냥…… 성만 떼고 부르는 거잖아요."

"그럼 자기라고 할까?"

'자기'라는 단어에 알레르기라도 있는 것처럼 지영이 어깨를 들썩이며 격하게 반응했다. 한별은 그런 지영을 놀리듯 샐쭉 웃었다.

"자기가 더 좋은가 보네?"

"아니요."

지영은 어느새 주먹을 꾹 쥐고 있었다. 조명에 노랗게 비친 얼굴에 붉은색이 감돌았다.

"그럼 지영이로."

한별은 턱을 들고 눈을 아래로 내리깔았다. 집요하게 바라보는 그의 시선에 지영의 눈이 조금씩 반대쪽으로 돌아갔다.

"너는?"

"저는 생각을…… 좀 해보고……."

"언제까지?"

"……한 사흘 정도?"

한별의 눈이 둥글게 휘어졌다.

"어차피 둘러대는 거면서, 왜 이렇게 정확하게 시간을 정해?"

웃느라 눈에 눈물까지 맺힐 지경이었다. 한별은 하도 웃어서 욱신대는 광대를 두 손으로 눌렀다.

"좋아. 사흘."

한별은 장난스럽게 웃으며 손가락 세 개를 펴 지영에게 흔들어 보였다.

"3일 안에 딱 정해와. 최한별 씨 빼고."

한별은 짓궂게 웃으며 조수석 창문을 반쯤 내렸다. 차가운 바람이 창문 틈새로 스며들었다.

"이제 얼굴 좀 식혀. 얼굴 엄청 빨개."

그 말에 지영은 그를 보며 진지하게 물었다.

"그럼 저, 아예 나가서 한 바퀴만 좀 돌고 와도 될까요? 떨리는 게 진정이 안 돼서."

한별의 웃음소리가 바람과 뒤섞여 웅웅 울렸다.

그로부터 딱 사흘째 되던 날은 한별과 재환의 잡지 화보 촬영이 있는 날이었다. 한별은 분주히 촬영을 준비하는 스텝들의 눈을 피해 휴대폰을 들었다.

[이제 친구랑 점심 먹으러 가요]

[늦게까지 놀 거야?]

[아니요. 친구가 오늘 아르바이트가 있어서, 그 전에 헤어질 것 같아요]

[아르바이트 몇 시에 간대?]

[5시까지 가야 해서, 아르바이트하는 카페 근처에서 밥 먹고 얘기할 거예요.]

다섯 시. 한별은 속으로 중얼거리며 재빠르게 답장을 했다.

[그럼 저녁 같이 먹을 수 있겠네.]

[네.]

[좀 이따가 봐. 일 끝나고 전화할게.]

"선배님. 안녕하세요."

한별은 갑작스러운 재환의 목소리에 반사적으로 고개를 치켜들었다. 재환의 시선이 살짝 아래로 떨어져 있었다. 한별은 자연스럽게 표정을 가다듬고, 의자에서 일어나 자연스럽게 휴대폰 전원을 껐다. 홍보 행사가 잡히기 전까지는 볼 일 없을 줄 알았던 재환을 며칠 만에 다시 보는 것은 썩 유쾌한 일이 아니었다.

"그날은 잘 들어가 쉬셨어요? 인사도 제대로 못 드려서 죄송해요."

한별은 고개를 끄덕였다.

화보 촬영은 이틀 전 갑작스럽게 정해졌다. 배급사 일정이 달라지면서 영화 개봉 시기가 앞당겨진 탓이었다. 감독은 일정에 맞추기 위해 편집에 몰두하고 있었고, 제작사는 홍보 일정을 빠르게 조율했다. 한별이 재환과 화보를 촬영하는 것도 홍보의 일환이었다.

"재환아!"

한별은 재환 뒤에서 손을 흔들며 걸어오는 남자를 보고 얼굴을 굳혔다.

"마침 둘이 같이 있었네."

"안녕하세요."

윤호는 호들갑을 떨며 한별과 재환 사이에 섰다.

"뒤풀이, 밥만 먹고 갔더라?"

"네."

평소보다 더 과하게 호들갑을 떠는 걸 보니 무언가 원하는 바가 있는 모양이었다. 한별의 눈이 가늘어졌다. 뭘 원해서, 아니면 뭘 알고 싶어서 이렇게 호들갑을 떠는 건지. 한별은 윤호의 속내를 읽기 위해 그의 눈빛을 지그시 보았다. 다행히 윤호는 자신의 속내를 감추지 않았다.

"우리 한별 씨가 정말 대스타는 대스타인가 봐. 지금까지도 계속 기사 올라오더라?"

"아……. 네."

이거였네.

한별은 속으로 중얼거리며 표정을 가다듬었다.

"차기작은 이미 정해졌다고 들었는데, 겨울에 크랭크인 한다고."

"네. 윤영 감독님 단편이요."

"조연이라며?"

"네."

"한별 씨가 뭐가 모자라서 조연을 해?"

"작품이 좋아서요."

"게다가 여자 감독 단편이잖아. 아무리 좋다지만……."

"감독님 성별이 중요한 문제인가요?"

한별이 차갑게 말을 잘라내며 받아치자 윤호는 당황스러운 얼굴로 눈을 깜빡였다. 분위기가 가라앉자 재환이 한별과 윤호의 눈치를 살폈다. 먼지가 내려앉듯 우중충해진 분위기 속 적막함을 먼저 깬 것은 윤호의 웃음소리였다.

"아이, 그냥 하는 말이지. 여자 감독들은 대체로 별것도 아닌 걸로 예민하게 구니까, 혹시나 한별 씨 스트레스 받을까 봐."

대답할 가치조차 없는 말이었다. 한별이 불편함을 얼굴에 그대로 드러내며 고개를 돌리자, 윤호는 다급하게 다시 말을 꺼냈다.

"그러면, 기사에 난 거는…… 그 다음 작품 고르는 거야? 내년에 들어갈 거?"

"골랐다기보다는 우선 보기만 했어요. 그중에 고민해봐야겠죠. 추후에 들어오는 것도 보고요."

사흘 전 밤, 한별이 연출한 대로 기자들은 착실하게 움직였다.

그가 회사로 들어가는 사진과 카페에 앉아 시나리오를 읽고 있는 사진이 한 기사에 몇 장씩 실렸다. '최한별, '집' 크랭크업 직후 차기작 고심?' 같은 제목으로 기사들이 올라가자, 기다렸다는 듯 아침부터 하루 종일 영화사와 제작사에서 출연 논의 중이라는 기사를 내보내기 시작했다.

사람들은 한별이 또 한번 영화를 할지, 아니면 드라마로 브라운관에 컴백할지, 장르는 무엇을 할지에 관심을 쏟아부었다. 기자들과 업계 관계자들의 물밀듯한 문의에 도이 엔터테인먼트는 '회사 내부에서 한별과 함께 고르고 있는 중이다'라는 한 문장으로 대답을 일축했다.

"이선혁 감독 차기작, 시나리오 들어갔다고 들었는데."

윤호는 확실하게 속내를 드러내고 있었다.

이선혁 감독. 아시아에서 최초로 미국 블록버스터 시리즈 영화의 연출을 맡아 대대적인 흥행을 기록하고, 그 뒤 파격적인 소재의 영화로 베니스 영화제에서 황금사자상을 수상하며 거장의 반열에 선 감독이었다.

미국과 해외 등지에서만 활동하던 그가 6년 만에 한국으로 돌아와 시나리오를 만든다는 이야기가 퍼진 것이 지난봄이었다. 아직 구체적인 것이 아무것도 정해지지 않았는데도 그의 영화에 출연하기 위해 내로라하는 배우들이 소속사를 앞세워 줄을 섰다. 물론 한별도 그중 하나였다.

한별은 이선혁 감독이 한국에 돌아온 직후 그를 두 번 정도 만나 이야기를 나누었다. 기회가 된다면 작은 배역이라도 좋으니 함께해보고 싶다고 마지막 말을 남긴 뒤, 한별은 그저 기다렸다. 그리고 반년이 지난 뒤, 이선혁 감독은 도이 엔터테인먼트로 시나리오 하나를 보냈다. 사흘 전 밤, 한별이 처음으로 읽은 시나리오가 바로 그의 것이었다.

"네. 받았어요."

윤호와 재환의 얼굴이 동시에 구겨졌다. 보아하니 받아보지 못한 것 같았다. 윤호가 이선혁 감독의 영화 주인공으로 재환을 엄청나게 밀어주고 있다는 소문은 봄부터 들어온 터라 이미 잘 알고 있었다. 그의 성격에 온갖 방법을 다 써서 강행했을 텐데, 시나리오조차 들어오지 않은 걸 보니 그게 잘 먹히지 않은 모양이었다.

"제일 유력하겠네?"

"아직 제대로 못 봐서."

"아직, 제대로…… 못 봐서?"

"네."

윤호는 헛웃음을 터트렸다. 겉으로 티를 내지 않기 위해 안간힘을 쓰고 있지만, 한별의 눈에는 그의 속이 부글부글 끓는 게 보였다. 속으로 혀를 차던 한별은 일순간 무언가 깨달은 듯 눈을 크게 떴다. 혹시 이것 때문에, 그렇게 날 못 잡아먹어서 안달이었나.

한별은 확신을 얻기 위해 은근슬쩍 말을 흘렸다.

"미팅 하고 나면 좀 확실해지겠죠."

"미팅을 해? 이선혁 감독하고?"

"네."

한별은 윤호의 얼굴을 면밀히 살폈다. 표정이 가다듬어지지 못하는 걸 보니 확신이 들었다. 왜 그렇게 자신을 다치게 하려고 했는지, 이제야 제대로 그 이유를 알았다. 한별은 여유롭게 미소를 지으며 입을 뗐다.

"저 대기실에 먼저 가도 될까요. 촬영 들어가기 전에 좀 쉬고 싶어서."

"어……. 그래."

한별은 웃는 낯으로 돌아서서 여유롭게 걸었다. 윤호의 속이 얼마나 뒤틀어져 있을지 상상하는 것만으로도 즐거웠다.

한별은 촬영이 끝나자마자 민석을 따돌리고 자신의 차를 운전해 스튜디오를 빠져나갔다. 민석에게 수십 통의 전화가 왔지만 받지 않았다. 신호가 바뀌기를 기다리는 동안 '먼저 감'이라는 짤막한 문자 하나를 보낼 뿐이었다.

건물 뒤쪽으로 차를 대자마자 타이밍 좋게 지영이 뒷문으로 나왔다. 미리 알려준 차 번호를 단번에 확인한 지영은 거리낌 없이 조수석 문을 열었다.

"딱 맞췄네요?"

"불러봐."

안전벨트를 매기도 전에 대뜸, 앞뒤 말 다 자르고 불러보라는 한별에 지영은 어리둥절한 얼굴로 물었다.

"뭘 불러요?"

"나."

지영의 입이 의미 없이 달싹였다. 한별은 입꼬리를 씩 올리며 또박또박 말했다.

"네가 사흘이라고 했잖아. 오늘이 딱 사흘째 되는 날이야."

지영은 궁색하게 중얼거렸다.

"아직 오늘 다 안 지났는데……."

한별은 바람 빠지는 소리를 내며 웃었다.

"오늘 안에는 꼭 해준다는 얘기지?"

사람 놀리는 게 원래 이렇게 재밌는 거였나.

한별은 이 재밌는 걸 이제야 한다는 게 억울할 지경이었다.

"그럼 우선 저녁 먹자. 뭐 먹고 싶은 거 있어?"

한별이 차를 출발시키자, 지영은 창밖을 보며 말했다.

"집에서 먹어요."

"집? 설마…… 내가 사는 집으로 가자는 거야?"

한별은 지영을 보며 장난스럽게 눈을 흘겼다.

"호칭도 제대로 안 정했으면서, 진도가 이상한 데에서 빠른데."

지영은 헛웃음을 쳤다.

"아저씨 같은 농담 하지 말아요. 확 그냥 아저씨라고 불러버리기 전에."

"아저……. 아저씨는 아니지. 나 최한별이야."

"네. 최한별 아저씨 되기 일보 직전인 분. 제가 말하는 집은 저희 삼촌 집이랍니다."

지영은 창밖을 향해 손가락질하며 말을 이었다.

"여기 꺾자마자 있는 마트 앞에서 내려줘요. 장 봐서 갈게요."

"네가 장을 보려고?"

"네. 오늘은 저녁 해 먹어요."

"형도 같이 먹게?"

"당연하죠. 삼촌도 집에 계시다고 하던데. 오늘같이 둘 다 일찍 집에 들어오는 날이 몇 번 없다면서요. 일찍 들어가는 김에 저녁

같이 해서 먹어요."

한별의 입이 삐죽 나왔다. 차라리 그냥 확 내 집으로 가버릴까, 못된 생각이 들기도 했지만 멋대로 핸들을 꺾었다간 지영에게 자신의 손도 꺾일 것 같아 생각에만 그쳤다. 한별은 고분고분 지영이 가리키는 데로 핸들을 꺾었다.

"기다릴게."

"복잡한데 뭐하러요. 집에 먼저 가 있어요. 금방 장 보고 갈게요."

지영의 단호함에 한별은 다시 한 번 칭얼대지도 못하고 입을 다물었다. 지영이 마트 안으로 사라지는 것까지 확인하고 나서야 한별은 다시 차를 몰았다. 같이 장이라도 보면 좋을 텐데, 마트 안에 사람이 너무 많아 도저히 그럴 엄두가 나지 않았다. 한별은 쓸쓸하게 웃으며 빌라 주차장 안으로 들어갔다.

한별이 현관을 열고 들어가자마자 선우의 비명이 귀를 찔렀다.

"너 왜 혼자 나가! 민석이가 혼자 얼마나 애태웠는지 알아?"

"문자 했어. 먼저 간다고."

"세상에 어떤 미친 연예인놈이 매니저 없이, 말도 안 하고 혼자 튀어나가!"

"먼저 간다고, 문자 했다니까."

"수십 통 거는 전화 하나 안 받고, 먼저 간다고 딱 문자 하나 보낸 게 잘한 짓이야?"

한별은 한쪽 귀를 막으며 선우의 주먹 쥔 손을 보았다. 주먹 사이에 휴대폰이 있는 것을 보니 민석과 통화를 한 모양이었다. 한별은 대답하지 않고 뻔뻔한 얼굴로 신발을 벗었다. 선우는 자신을 지나쳐 걸어가는 한별을 쫓아 거실로 갔다.

"지영이랑 같이 있었어?"

"만나러 갔어. 차에서부터 같이 있었던 건 아니고."

"만났으면, 지영이는. 지영이는 어디에 있어?"

"마트 갔어. 저녁 만들어준다고, 집에 먼저 가 있으라고 해서 혼자 먼저 왔고."

선우는 한숨을 푹 쉬며 소파에 주저앉았다.

"내가 오늘 머리를 감는데, 머리카락이 손에 후드득 떨어져 나오더라."

선우는 한별을 가리켰다.

"나는 너, 너 때문인 것 같아."

한별은 대수롭지 않게 반응했다.

"툭하면 머리 쥐어뜯거나 헝클어트리니까 당연히 머릿결이 상하지."

"그러니까 애초에!"

한별이 이렇게까지 미운 적이 있었나. 선우는 며칠 사이 푸석푸석해진 얼굴을 훑었다.

"나 요즘 가위 눌려. 악몽도 꾸고. 꿈에서 네 팬들이 막 나 죽이겠다고 쫓아오는 꿈 꾼다고."

"형이 너무 걱정이 많아서 그래."

"네가 너무 걱정이 없는 거지!"

선우는 결국 화를 이기지 못하고 소파에 드러누웠다.

"형. 걱정 좀 줄여."

"……넌 걱정을 좀 해."

"내가 연애한다고 해서 갑자기 일 뚝 끊기고, 광고 잘리고, 뭐 그럴 것 같아?"

한별은 자신만만한 얼굴로 말했다.

"나 최한별이야."

선우는 한숨을 푹 쉬었다. 한별이 금방이라도 연애 사실을 공개할 기세로 자신만만해하는 것은 다 그럴 만한 이유가 있었다. 아역시절부터 지금까지, 20년 가까이 이 생태계에서 버티며 성인이 된 한별은 자신의 사생활을 철저히 관리했다.

성인이 된 이후로 무슨 작품으로 나오든, 기자들이 인터뷰를 할 때마다 연애와 이상형, 언젠가 터졌던 말도 안 되는 스캔들 따위로 아무리 못 살게 굴어도 한별은 꿋꿋했다. 작품과 관련되지 않은 질문은 받지 않겠다고 딱 잘라 말하고 자리를 비운 것도 여러 번이었다. 말도 안 되는 스캔들이나 상대편의 노이즈 마케팅으로 온갖 여자 연예인, 유명인과 열애 기사가 떴을 때 한별은 언제나 차분하게 말했다.

'제가 아니라고 하는 것은 숨기려 하는 게 아니라, 정말 아니기 때문입니다. 언젠가 연애를 하게 된다면 상대방 동의하에 솔직하게 말하겠습니다. 제가 아니라고 부정하는 것들을 사실이라고 생각하지 말아주세요.'

선우 역시 한별의 의사를 백퍼센트 존중했다. 어차피 친구도 없고, 심지어는 사적으로 만나는 연예인도 손에 꼽게 적은 데다가 일을 하지 않는 날에는 집과 회사를 오가는 게 전부였기 때문에 책잡힐 일이 아예 일어나지 않는 한별이기에 믿는 것도 있었다.

또한 선우는, 한별이 앞으로 최소 5년간은 여자의 이응 자도 보지 않을 거라 생각했다. 한별은 자신보다 일이 더 중요한 사람이었다. 너무 아파서 쓰러지기 직전이어도 수액을 맞고 촬영장에 나가는 연기자였고, 허술해지지 않기 위해 술 한 모금 마시지 않는 연예인이었다. 같은 나이 대의 남자 연기자들을 제치고 독주하고 있는 동안은 절대 연애라는 것에 흥미를 가지지 않을 거라고 판단했다.

완벽한 기우였다.

"조금 지나고, 영화 개봉할 때쯤…… 지영이가 마음의 준비만 되면, 난 공개하고 싶어."

"안 돼."

"어차피 들켜."

"……안 돼."

한별은 답답한 표정을 하곤 따지듯 물었다.

"그렇게 안 된다고만 할 거야? 일에 방해만 되지 않으면, 내 의사 존중해준다며."

선우는 대답을 회피하듯 고개를 돌렸다. 한별이 답답함을 이기지 못하고 소파로 한 발 다가갔다.

"형도 그랬잖아. 만약에라도 사귀는 사람 생기면, 기자들한테 들켜서 시달리는 것보다는 회사에서 먼저 공식 입장 내보내는 게 낫다고. 내 생각에 동의한다고."

"그래도 안 돼."

"예전이랑 달라서 아이돌 아닌 이상에는 연애하는 거에 큰 타격 없다고 형이……."

"내가 안 된다고 하는 건 너랑 지영이야."

선우는 벌떡 일어나 한별과 눈을 맞췄다.

"네가 연애하는 거, 괜찮아. 얘기한다 해도 얼마든지 커버 쳐줄 수 있어."

선우는 한별의 눈을 직시했다. 한별의 눈이 전에 없이 흔들리고 있었다.

"그런데 지영이는 안 돼."

"……형 말은, 내가 지영이랑 만나는 거 자체가 안 된다는 거야?"

선우는 구겨지는 한별의 얼굴을 피해 고개를 돌렸다.

"지영이 스물둘이야. 그냥 평범한 대학생이고."

한별이 받아치듯 대꾸했다.

"……성인 되고도 2년 넘었어. 곧 해 바뀌면 스물 셋이고, 사람들은 대부분 다 평범해. 백 중에 구십이 평범한 사람들이야."

선우 역시 지지 않고 받아쳤다.

"그럼 차라리 다른 평범한 대학생 만나."

한별이 답답함에 인상을 썼다.

"내가 이지영을, 평범한 대학생 여자애라서 좋아하는 거라고 생각해?"

선우는 인상을 쓴 채 신경질적으로 소리쳤다.

"지영이는 내 가족이야!"

잠시 정적이 흘렀다. 선우는 짙은 한숨을 쉬었다.

"지영이는…… 내 조카잖아. 내 가족인 애야."

한별의 목소리가 낮게 울렸다.

"그래서 안 된다는 거야?"

"우리 회사는 오직 너 하나를 위해 운영되는 1인 매니지먼트야. 난 거기 대표고. 지영이는 대표의 가족인 거고."

선우가 억지로 한별을 보았다. 일그러진 눈과 눈이 허공에서 부딪쳤다.

"사람들이 이상한 방향으로 받아들이기 좋은 조건이지. 이런저런 망상하기에도 딱 적당하고."

사람들은 대부분 상상력이 풍부하다. 그리고 기자들은 그 상상력이 진짜인 것처럼 만들어주는 재주가 충만한 사람들이었다. 기자들은 적당한 먹이만 있다면 얼마든지 그럴싸한 요리를 만들어낼 줄 알았고, 사람들은 접시가 깨끗해질 때까지 요리를 먹어치웠다.

지영이 그들의 요리가 될 것임이 뻔했다. 가족을 이용해 한별에게 접근했다는 말이 파다하게 나올 거고, 그것은 곧 그럴싸한 사실로 변질되어 지영을 끝까지 물어뜯을 게 당연했다. 지영이 어디에 사는지, 어느 대학에 다니는지, 학창 시절은 어땠는지 온갖 세세한 것들까지 금세 퍼질 게 분명했다.

"······아니잖아."

"네가 아닌 게, 중요해?"

마음대로 물어뜯고 씹다 보면, 어느새 그게 진짜인지 가짜인지는 중요하지 않게 되었다. 싹 비워진 접시에 지워지지 않는 낙인을 찍어내고 버릴 뿐이었다.

"넌 내가 잡아줄 수 있어. 감당해줄 수 있어."

한별의 얼굴이 어둡게 가라앉았다.

“그런데 지영이는…… 아니야. 안 돼.”

“형.”

“지영이가 그런 상황을 직면해야 한다는 것 자체도, 나는 싫어.”

선우는 한별의 팔을 잡았다.

“네 마음 알겠어.”

자신은 한별과 오랫동안 신뢰를 가지고 일을 해온 소속사 대표이기도 했지만, 그 전에 지영을 자식처럼 돌봐온 그녀의 가족이었다.

“네 마음이 진심이라는 거, 충분히 알았어.”

그렇기에 이 문제에 있어서만큼은 그 무엇보다 지영이 가장 중요했다.

“네가 정말 지영이를 좋아한다면, 여기서 그만둬야 해.”

이기적인 부탁이었다. 한별이 상처 받을 거라는 걸 알지만, 선우는 이게 모두에게 좋은 최선의 방법이라고 판단했다.

“그러니까 네가 먼저 그만둬. 그냥 좋은 기억으로만 남을 수 있게…….”

“……이지영.”

한별의 시선이 선우를 빗겨 그의 등 뒤로 향하고 있었다. 선우는 한별의 시선을 따라 천천히 고개를 돌렸다.

“……지영아.”

미어터지려는 장바구니를 품에 끌어안은 지영이 서 있었다.

“……삼촌, 저녁 아직 안 먹었죠?”

지영은 멋쩍은 얼굴로 웃으며 두 사람을 번갈아 보았다.

11. 스캔들

지영이 저녁을 차리겠다며 팔을 걷어붙이고 나섰지만 정작 요리를 하는 사람은 한별이었다.

"내가 해도 되는데."

"됐어. 잠깐 앉아 있어."

"야채라도 제가 자를게요."

"야채 대신 네 손가락이 잘릴 것 같은데. 그냥 있어."

몇 번이나 앉아 있으라고 말하는데도 지영은 한별의 주변을 맴돌았다. 한별은 뒷짐을 지고 오뚜기처럼 몸을 기우뚱기우뚱 움직이는 지영을 흘긋 돌아보았다.

"수저랑 젓가락만 놔줘. 이제 거의 다 했어."

"네. 그럼 삼촌도 불러올까요?"

한별은 기름을 튀기며 익고 있는 고기를 선우의 얼굴인 양 노려보며 고개를 끄덕였다.

한별은 고기를 뒤집으며 선우가 했던 말을 되짚었다. 사실 그가 했던 말 중에 틀린 것은 아무것도 없었다. 지영을 만나기 전의 한별이라면, 무조건 선우의 말이 옳다고 동의할 법한 말이었다. 선우가 왜 그만두라고 하는지도 충분히 이해할 수 있었고, 무엇을 걱정하고 있는지도 알았다.

내내 억지로 모르는 척하고 있었던 문제를 직면한 기분이었다. 지영의 마음이 자신과 같다는 것에만 빠져, 그 기쁨에 취해 외면하고 있었던 것들과 결국 마주 서는 순간이었다.

연애 사실을 솔직하게 공개한다면 진심으로 축하해주는 사람만큼, 아니 어쩌면 그보다 훨씬 많은 수의 사람들이 자신과 지영을 끌어내리고 할퀴기 위해 애를 쓸 것이었다. 그리고 지영은 자신만큼 견디지 못할 수도 있었다. 아니, 사실은 할 수만 있다면 지영이 그 어떤 것도 견디거나 감당하게 하고 싶지 않았다.

선우의 말대로, 한별 역시 지영이 그런 상황을 직면해야 한다는 것 자체가 싫었다. 지영이 아무것도 견디거나 감당하지 않고, 그런 불행한 상황에 직면하지 않게 해주기 위해서는 선우의 말을 따르는 게 맞았다. 머리로는 충분히 이해하고, 그게 지영을 위한 일이라는 걸 알면서도…… 외면하고 싶었다.

"삼촌은 머리 다 말리고 온대요."

한별은 지영을 돌아보았다. 분명 자신과 선우의 대화를 들은 것 같은데, 마치 아무것도 듣지 못한 것처럼 차분했다.

"맛있겠다."

한별은 지영의 맞은편에 앉았다.

"먼저 먹어."

"삼촌 오면 같이 먹어야죠. 머리 금방 말리잖아요."

한별은 자신의 몫인 샐러드를 의미 없이 뒤적였다. 기름이 번들
번들한 고기와 먹음직스러운 음식들이 눈앞에 있었지만 자신이
먹을 수 있는 것은 퍽퍽한 닭가슴살이 몇 조각 들어가 있는 샐러
드가 전부였다.

"지영아."

한별은 고개를 푹 숙이며 낮은 목소리로 말했다.

"난 앞으로도 계속, 자주 이런 샐러드만 먹어야 해. 체중관리를
계속 해야 해서."

"갑자기 무슨……."

"너랑 맛있는 걸 먹으러 같이 간다 해도, 같이 먹지는 못 할 거
야. 어쩌면 갈 수조차 없는 날이 많을 테고."

한별은 어렵게 고개를 들었다.

"그래도……."

그래도 지영이 자신과 함께해주면 좋겠다고 말하고 싶었다. 그
러나 말이 더 나오지 않았다. 오직 자신만을 생각하는 이기적인 말
이어서, 차마 지영에게 그렇게 해달라고 쉽게 말이 나오지 않았다.

"저는 좋은데요?"

갑작스러운 지영의 대답에 한별이 눈을 크게 떴다. 지영은 그런
한별의 얼굴을 보며 도리어 의아하다는 듯 눈을 깜빡이며 고개를
갸웃거렸다.

"혹시 미안해서 말하는 거예요?"

지영은 젓가락으로 고기를 가리켰다.

"고기 먹는 데 입 하나 줄면, 저한테는 엄청 좋은 일인데요."

예상치도 못한 반응에 한별의 입이 차츰 벌어졌다.

"제가 식탐이 좀 있는데, 밖에서 식탐 부리면 민폐니까 매번 참거든요. 그래서 같이 못 먹어주면 좋을 것 같은데. 오히려 오빠가 스트레스 받지 않을까요?"

"……난 익숙한 일이라."

"그럼 뭐, 문제될 게 없을 것 같은데. 아닌가, 매번 그렇게 안 먹는 사람 두고 혼자만 맛있게 먹으면 좀 그러려나?"

지영은 어깨를 으쓱였다.

"그건 그때 가서 생각해볼게요."

말을 끝내자마자, 지영은 무언가 번뜩 떠오른 얼굴로 해맑게 입을 뗐다.

"그럼 회 먹으러 가면 되겠네. 회는 살 안 찌잖아요. 저 생선도 다 잘 먹는데."

한별의 벌어진 입술 새로 헛웃음이 터졌다.

"다음에 회 먹으러 가요. 생선은 좀 괜찮죠?"

한별은 고개를 끄덕이며 지영을 보았다. 자신이 한 말 속에 숨은 뜻을 알지 못한 건지, 지영은 싱글벙글 웃고 있었다. 조금 더 직설적으로 말해야 하나. 한별은 고민에 빠졌다.

연락이 되지 않을 때도 자주 있을 거고, 남들 시선이 지겨워질 때도 있을 거고, 그렇게 시간을 보내다 보면 지치게 될지도 모른다고. 그렇게 말을 해야 할 것 같았다.

한별은 떨어지지 않는 입을 억지로 벌렸다.

그래도, 그럼에도 나는 너를 만나고 싶다고. 자신의 이기심을 솔직하게 보이는 것이 이렇게도 어려운 일이었던 것인지, 이전에는 미처 몰랐던 것이었다.

"지영아."

한별은 지영을 불러놓고도 한참 말을 잇지 못했다. 가만히 그가 말하기를 기다리며 바라보던 지영이 살며시 입을 뗐다.

"오빠는 무슨 생선 제일 좋아해요?"

"난 아무거나……."

한별의 목소리가 급정거했다.

"아무거나?"

한별은 동그래진 눈으로 지영을 보았다.

"지금 뭐라고 했어?"

"무슨 생선 제일 좋아하냐고요."

"아니. 그거 말고, 그 전에."

"다음에 회 먹으러 가요."

"그거보다 앞에."

"생선은 좀 괜찮죠?"

한별은 답답한 얼굴로 지영을 흘겼다. 그러자 지영이 묘한 미소를 지으며 말할 듯 말 듯 입을 달싹였다. 한별은 그제야 지영이 자신이 원하는 말을 알고 있으면서, 일부러 다른 대답으로 자신을 약 올리고 있음을 깨달았다. 입술을 올려야 할지 내려야 할지, 기분이 좋아 웃어야 할지 약이 올라 눈을 찡그려야 할지 헷갈렸다.

그때, 지영이 환하게 웃으며 속삭였다.

"오빠."

한별의 표정이 일순간 몽롱하게 풀렸다.

"이게 제일 마땅한 것 같아서."

단풍이 물든 것처럼 울긋불긋한 얼굴이 한별의 마음을 쥐고 흔들었다.

"이참에 말도 놓을까?"

걱정과 불안이 전부였던 그늘진 그의 얼굴이 언제 그랬냐는 듯 맑게 피었다.

"……호칭 정하는 데는 사흘이나 걸리더니, 말 놓는 건 1초도 안 걸리네."

지영은 어깨를 으쓱이곤 선우의 방으로 시선을 돌렸다. 타이밍을 일부러 맞춘 건지, 선우는 지영이 방으로 눈길을 돌리는 그 순간 문을 열고 나왔다. 한별은 선우를 지그시 바라보았다. 어쩐지 드라이기 소리가 하나도 안 난다 했더니, 앞머리가 아직도 젖은 채로 푹 가라앉아 있었다.

"먼저 먹고 있지 그랬어."

"금방 나올 것 같아서 기다렸어요."

선우는 한별의 옆에 앉았다. 팔이 붙을 정도로 가까운 둘 사이에 어색한 기류가 흘렀다.

"먹자."

선우의 말을 시작으로 고요한 식사가 시작됐다. 젓가락이 식기를 건드리는 소리만이 유일한 식사 자리의 소음이었다. 선우가 먼저 고기를 한 점 집자, 지영이 기다렸다는 듯 고기 하나를 집어 입에 넣었다.

"맛있다."

"많이 먹어."

두 사람이 주고받은 짧은 대화에 선우의 젓가락질이 멈췄다.

"말…… 놓기로 했어?"

"네."

선우는 젓가락을 내려놓으며 지영을 보았다.

"지영아. 조금 전에 들었을지 모르겠지만 삼촌은……."

"그 얘기 나랑 먼저 끝내."

한별이 선우의 말을 잘라냈다.

"나랑 먼저 얘기해."

"너한텐 내가 하고 싶은 얘기 다 했어."

"……그리고 지영이랑 내가 먼저 얘기하게 해줘."

"우리도 얘기 다 했잖아요."

한별의 말을 끊은 것은 지영이었다.

"설마 내가 그 말을 그 말 그대로만 받아들인 거라고 생각한 건 아니죠?"

지영은 어깨를 으쓱이며 말을 이었다.

"저 나름 국문학과인데, 말 속에 숨은 뜻 찾는 거 잘하거든요."

한별은 자신도 모르게 아, 하고 작은 소리를 내며 입을 달싹였다. 무슨 말을 하고 싶었던 건지 이미 다 알았구나. 한별은 자신의 말에 흔쾌히 '좋은데요'라고 대답했던 지영을 떠올렸다.

"두 분 옥신각신하시기 전에, 제가 먼저 통보드리고 싶은 게 있는데요."

"……통보?"

"저 내일 여기 나가려고요."

한별과 선우의 얼굴에 희비가 교차했다.

"집에…… 벌써 내려가?"

"내일 아침에? 아빠한테는 전화했고? 삼촌이 터미널까지, 아니 전주까지 데려다줄게."

지영은 고개를 저었다.

"저 집에 간다는 거 아닌데."

가라앉아 있던 한별의 얼굴이 떠오름과 동시에 선우의 입이 다물어졌다.

"아까 원래 일 도와주기로 했던 검도 사범님한테 전화가 왔었어요. 아내분이 생각보다 빠르게 회복해서, 다시 검도장을 열려고 하는데 괜찮으면 도와줄 수 있겠느냐고."

"그럼 지영이 네가 간다는 데가 집이 아니라……."

"그리고 학교 친구 중에 1년 동안 어학연수 가는 친구가 있어서, 그 친구 집에 월세 주고 지내기로 했고요. 마침 검도장이랑도 그다지 멀지 않아서."

선우의 얼굴이 하얗게 질렸다.

"지영아. 너 그럼 계속 서울에……."

"네. 저 계속 서울에 있을 거예요."

지영은 차분하게 말을 이었다.

"복학하기 전까지 계속 서울에 있을 생각이에요. 복학하고 나면 어차피 학교 다녀야 해서 다시 자취해야 할 거고요."

"지영아."

"삼촌. 저 지금 이미 다 결정하고 난 다음에, 통보드리는 거예요."

선우가 충격에 입을 뻐끔거렸다. 형의 무대포 기질을 그대로 빼다 박은 성격인 줄은 알았지만, 이렇게까지 무대포일 줄이야.

선우는 자신의 실수를 자책했다. 지영은 이런 쪽에 관해서는 잘 모르고, 아무리 대담해도 어린 나이이니 조금만 설득하면 집으로 돌려보낼 수 있을 거라 생각했다. 그래도 삼촌 말이면 어려서부터 네, 하고 곧잘 들었던 지영이니 쉽게 마음을 돌릴 수 있을 거라 판단했던 것이다. 고집불통인 한별을 먼저 설득하는 동안에, 지영이 손쓸 새도 없이 일을 저지르고 돌아올 거라는 것은 조금도 예상하지 못했던 일이었다.

"제가 처음이거든요."

"……지영아. 그래도 삼촌 말을 한 번만……."

"처음이라는 거에 의미를 부여하는 거 자체가, 처음이에요."

지영의 시선이 한별에게 닿았다.

"그래서 계속, 이 의미를 이어가고 싶어요."

선우는 한별을 향해 있는 지영의 눈길을 보며 절망했다. 그 눈길을 돌려세울 방법은 없을 것 같았다.

"지영아. 지금 네가 한 모든 말을, 후회하게 될 수도 있어. 아니…… 분명히 후회하게 될 거야."

"제 선택에 따른 결과라면 어쩔 수 없죠."

지영이 유유히 웃었다.

"삼촌이 삼촌 선택에, 지금 후회하는 것처럼요."

그 말에 선우는 백기를 들 수밖에 없었다.

지영의 말이 맞았다. 자신의 선택이 지금의 후회를 불러온 것이었다. 자신이 터미널로 간다는 지영을 굳이 집으로 데려왔고, 아무 생각이 없었던 지영을 경호랍시고 한별의 옆에 철썩 붙여놓은 것도 자신이었다. 한별이 어느 순간부터 지영을 찾고 있다는 것을 알았지만, 애써 아닐 거라고 모른 체했던 것 역시 자신이었다.

"삼촌이 우리 둘 다, 걱정해서 그러는 거 알아요."

지영은 젓가락으로 한별을 가리켰다.

"그러니까 잘해요. 나도 잘할 테니까."

지영은 젓가락을 내려놓고, 군더더기 없는 몸짓으로 의자에서 일어났다.

"그럼 이제 두 분이서 옥신각신하세요. 저는 짐 정리해야 해서."

지영은 붙잡을 새도 없이 방 안으로 사라졌다. 지영을 붙잡기 위해 허공에 뻗었던 선우의 팔이 천천히 아래로 떨어졌다.

"형."

선우는 마음을 가라앉히고 생각했다. 내가 저 방문을 열고 들어가, 지영의 마음을 돌려세울 수 있을까. 이미 다 정해놓고 온 모든 결정들을 무르게 할 수 있을까.

"내가 모든 걸 막아줄 수 없는 거 알아. 그래도…… 같이 있을게. 아니, 같이 있을래."

한번 열려버린 한별의 마음을 억지로 닫을 수 있을까.

"난 지금 내 감정에 충실하고 싶어."

선우는 길게 한숨을 내쉬었다. 답은 '아니'였다. 지영의 마음을 돌려세울 수도 없고, 이미 다 정해놓은 결정을 번복시킬 수도 없고, 한별의 마음을 억지로 닫아 잠글 수도 없다. 이 모든 일의 원인은 자신이었다. 현실을 부정할 수도 없다. 선우는 눈을 질끈 감았다 떴다.

"……잘해."

한별을 막을 수도, 지영을 돌려세울 수도 없으니 이제부터는 다른 고민을 해야 했다.

"일도, 지영이도…… 잘하라고."

두 사람이 고작 연애를 하는 것만으로 당해야 하는 온갖 공격들을 어떻게 막아낼 것인지에 대한 고민을.

"형."

"그리고, 보고해."

선우는 기쁨을 감추지 못하는 한별을 보며 단호하게 말했다.

"지영이 만날 때. 어디서 몇 시에 만나는지, 내가 너희 일거수일투족을 다 알 수 있을 만큼. 민석이 대동할 수 있으면 최대한 대동해서 만나. 최대한 들키지 않게, 자연스럽게. 지영이가 이제 공개해도 될 것 같다고 할 때까지."

기꺼이 그러겠노라 열렬히 고개를 끄덕이는 한별을 보며, 선우는 뒤숭숭한 마음을 한숨으로 달랬다. 그러곤 마음속으로, 온 힘을 다해 빌었다. 부디 한별과 지영이 스스로 공개하기 전까지 들키지 않게 해달라고.

"감독님. 저희가 얼마나 기다렸는지 아시면서. 그러지 마시고, 리딩이라도 한번 시켜보세요. 분명히 마음에 드실…… 감독님? 여보세요?"

전화기가 거칠게 내던져져 벽에 부딪쳤다. 재환은 바닥에 나뒹굴고 있는 전화기에 자신을 빗대었다. 모서리가 금이 간 전화기를 멀거니 보던 재환의 귀에 윤호의 신경질적인 고함이 파고들었다.

"최한별, 최한별!"

지난봄, 이선혁 감독의 차기작이 한국에서 진행된다는 소문이 퍼지자마자 가장 먼저 움직인 것은 윤호와 재환이었다. 무슨 장르의, 어떤 소재의 작품이든 이선혁 감독 작품의 주연이 되면 국내에서 최고의 배우가 되는 것은 물론 해외에도 눈도장을 찍을 수 있었다. 어중간한 2인자 자리에 머물러 있는 재환이 한별을 제치고 최고가 되기에 가장 좋은 기회였다.

　그런데 어쩐 일인지, 이선혁 감독은 한국에 돌아온 직후부터 재환과 윤호를 만나주지 않았다. 처음에는 아직 작품을 구상 중이라는 말로 거절하더니, 그 이후부터는 캐릭터에 맞는 연기자를 직접 선별할 거라며 번번이 거절했다. 윤호는 입발린 말로 그를 회유하기도 하고, 굴욕적이다 싶을 정도로 매달리기도 했지만 선혁은 미팅 한번 허락하지 않았다.

　그러던 중, 한별이 이선혁 감독과 미팅을 했다는 이야기가 들려왔다.

　"그래서 그 짓까지 했는데!"

　재환은 눈을 질끈 감았다.

　윤호는 재환을 밀어주기 위해 수단과 방법을 가리지 않았다. 그런 윤호에게 영화 '집'에 재환이 한별에 이어 캐스팅된 것은 천운이었다.

　"이제는 정말, 몇 달은 못 일어나게 어디 하나를 고장내야……."

　윤호는 한별이 촬영을 위해 한국으로 귀국한 직후부터, 사람을 부려 그를 스토킹하도록 지시했다. 그것도 모자라 영화 촬영장과 한별이 가는 곳곳에 사람을 심어 그에게 직접적인 위협을 가했다. 윤호의 입장에서도 무리한 행동이었다.

한별이 집에도 들어가지 못하고 선우의 집에 머문다는 소식을 접했을 때, 윤호는 쾌재를 불렀다. 촬영장에서 직접적인 위협을 가한 것도 그에게 더 강한 위기감과 트라우마를 심어주기 위해서였다. 언제 어디서, 누군가가 저를 노리고 위협을 줄 수도 있다는 불안감에 사로잡혀 흔들리기를 바랐고, 더 나아가 촬영장에 들어오는 것 자체에 두려움을 느끼기를 바랐다.

윤호는 자신의 예상대로, 바깥으로 새어 나가는 말에 누구보다 예민한 한별이 어디에도 밝히지 않고 혼자 감당하고 있음에 기뻐했다. 조금만 더, 한 번만 더 제대로 압박하면 정말 무너질 수도 있을 거라고 생각했다.

"그때 확실하게 끝냈어야 하는데, 하필 걸려서는."

윤호의 위험한 발언에 재환이 흠칫 떨었다.

지난 영화 인터뷰장에서 그 일을 겪은 뒤에야, 재환은 윤호가 뒤에서 무슨 짓을 벌이고 있었는지를 알았다. 한별을 향한 열등감으로 그를 욕하고 화낼 때마다 자신을 달래주며 '조금만 기다려'라고 말하던 윤호가 이렇게까지 위험한 짓을 하고 있는지는 미처 알지 못했다.

처음부터 자신이 한별을 누르기 위해 맞춤으로 제작된 상품인 것을 알았다. 윤호는 언제나 '최한별보다 더'라는 말을 입에 달고 살았다. 무슨 연기를 어떻게 해도, 오직 윤호에게는 최한별의 영화보다 더 흥행하는 것, 최한별이 찍은 광고들보다 더 많은 수의 광고를 찍는 것이 중요했다. 재환은 그에 세뇌당해 명령어가 하나밖에 없는 로봇처럼 움직였다.

시간이 지날수록 잡히지 않는 한별에 대한 열등감은 커져갔고,

윤호의 기대치를 충족시켜주지 못하면 자신조차 순식간에 사라질 수도 있다는 두려움에 압박감을 느꼈다.

"또, 안 돼."

재환은 고개를 떨궜다.

"또, 또 최한별이야. 결국, 또!"

윤호는 발을 쿵쿵대며 걸어와 재환의 턱을 쥐고 위로 당겼다. 재환의 하얗게 질린 얼굴이 천장을 향해 젖혀졌다.

"왜 못 이겨. 내가 다 만들어줬는데, 내가 다 해줬는데! 넌 최한별 하나만 잡으면 되잖아. 잡을 기회도 줬잖아!"

윤호는 한별에게 광적으로 집착했다. 지난날, 윤호는 가장 좋은 상품인 그를 몇 번이나 소속 배우로 스카웃하려 했지만 한별은 늘 거절했다고 했다.

재환은 윤호가 처음, 말도 안 되는 스캔들을 꾸며냈을 때를 회상했다. 분명 처음에는 몇 번이나 거절하며 굴욕을 준 것에 대한 소심한 복수였다. 그러나 윤호는 타격조차 받지 않는 한별에게 오기가 생기기 시작했다. 한별은 굳건했다. 결국 윤호는 한별을 무너트리는 것이 목표가 될 정도로 그에게 집착하기 시작했다.

"틈이 하나도 없잖아. 무슨 방법을 써도 안 돼!"

재환은 눈을 번뜩이는 윤호를 보며 덜컥 겁을 먹었다. 결국 안 된다는 걸 깨닫게 되면, 가장 먼저 나를 버리지 않을까. 버려지고 나면 어떻게 하지. 상품으로서의 효용가치가 다 떨어지고 나면, 겨우 버티고 있는 이 자리를 잃고 나면.

"네가 해야 하는 건 그거 하나라고 했는데, 왜 그거 하나를 못 해서 이 지경을 만들어!"

재환은 두려움에 덜덜 떨리는 손으로 윤호의 팔목을 쥐었다.

"······있어요."

한 번 물을 엎지르면, 다시 주워 담을 수 없다는 것을 알았다.

"있어요······. 틈."

재환은 알면서도 물을 엎질렀다.

"······무슨 소리야. 틈이 있다니."

"최한별."

이제 와서 자신만 가라앉을 수 없었다. 한별을 똑같이 가라앉히지는 못해도, 그를 적시기라도 해야 했다.

"스캔들 내요. 이번에는 없는 허풍이 아니라, 진짜 있는 얘기로."

[나도 오늘 집에 들어가려고. 짐 정리하는 중.]

[나는 친구들이랑 카페. 다른 친구 알바 끝나는 거 기다리는 중.]

[저녁에 잠깐 볼까?]

[응.]

"이지영. 뭔데 그렇게 히죽거려?"

지영은 재빠르게 휴대폰 화면을 껐다. 오랜만에 만난 친구 수정이 의심스러운 눈초리로 휴대폰을 보았다.

"너 남자친구 생겼지."

"어?"

수정은 얼른 자리에 앉으며 지영을 한층 더 의심스럽게 보았다.

"당황하는 거 보니까 맞네. 남자친구 생겼지?"

"그게······."

"와. 이지영. 나 너 이렇게 당황하는 거 처음 본다? 지금 네 얼굴이 맞다고 그냥 얘기하고 있는데?"

수정은 눈을 가늘게 뜨며 질문 폭격을 날리기 시작했다.

"뭐야. 언제부터? 누구야? 어디서 만나서?"

지영은 금세 땀을 삐질삐질 흘렸다. 한별은 혹시라도 친구들이 눈치채면 사귀는 사람이 있다고 우선 말하라고 했지만, 막상 그 일이 실제로 닥치니 입이 잘 떨어지지 않았다. 사귀는 사람이 있다고 하면 아, 그렇구나. 하고 넘어갈 위인들이 아니었다. 분명 자신들이 원하는 정보를 다 불 때까지 자신을 괴롭힐 게 분명했다.

"있잖아. 사실은…… 있기는 있는데……."

"와. 대박."

수정은 박수를 쳤다. 그녀의 박수 소리에 카페 안에 있던 사람 몇몇이 흘끔 돌아보았다. 지영은 수정의 손을 얼른 잡으며 쉬이, 하고 그녀를 진정시켰다.

"오늘 며칠이지? 국가 공휴일로 지정하자고 청원해야겠다. 이지영이 남자친구라니!"

"야. 좀, 조용히 좀."

"우리 지영이가 드디어 좋아하는 사람이 생겼다니. 나 진짜 눈물 나려고 해. 정원이 오면 파티하자."

"오버 좀 하지 말고, 좀 조용히."

"야. 마침 정원이 온다. 정원아!"

지영이 뒤를 돌아보았다. 수정의 말대로 정원이 막 카페로 들어오고 있었다. 지영이 수정을 억지로 앉히며 정원을 향해 손을 흔들었다. 그런데 테이블로 돌진하듯 걸어오는 정원의 얼굴이 심상치 않았다. 지영이 고개를 갸웃거리며 정원의 얼굴을 살폈다.

"야. 대박 사건."

정원이 지영과 수정에게 자신의 휴대폰을 들이밀었다. 수정은 코웃음을 치며 대답했다.

"여기가 지금 더 대박 사건이야. 지영이가 남자친구를……."

"최한별 스캔들 터졌어."

수정을 잡고 있던 지영의 손에 힘이 풀렸다.

그와 동시에 지영의 휴대폰이 웅웅 울려대기 시작했다. 발신자는 선우였다.

그야말로 비상이었다. 회사로 물밀듯이 밀려오는 기자들과 전화 세례로 선우는 정신을 잃을 지경이었다.

"대표님, 찾았어요. 정윤호가 흘린 것 같아요. 정윤태 기자가 그쪽 라인이잖아요."

"정윤호 이 개자식을!"

무슨 일을 해도 끈질기게 방해하던 윤호에게 결국은 한 방 맞은 꼴이었다. 선우는 머리를 거칠게 헤집으며 전화기를 들었다 놓기를 반복했다. 마음 같아서는 지금 당장 윤호를 찾아 한 대 때리고 싶었지만, 지금 먼저 해야 할 건 그게 아니었다.

"30분 내로 공식 입장 내야 돼."

선우가 날카로워진 눈으로 한별을 보았다.

"부인하면, 넌 앞으로 지영이 못 봐."

예상에 없었던 일에 한별은 짐짓 당황한 듯한 모습이었다.

"인정하면, 지금 이 개자식들한테 제대로 먹이 물려주는 거고."

한별은 이를 악물었다. 자만하고, 방심했다. 자신의 실수였다. 자신이 원하는 대로 모든 일이 순조롭게 잘 풀릴 수 있을 거라 생각한 건 완벽한 과오였다. 더 철저했어야 하는데, 더 침착하게 숨기고 들키지 않았어야 했는데. 감정이 이성을 앞서면 일을 그르친다는 것을 알면서도, 그것을 제어하지 못했던 자신의 실수였다.

한별은 지영과 자신의 주변을 맴돌던 재환을 떠올렸다. 출처가 윤호라면 분명 재환이 그에게 말했을 것이다.

"지금 정해야 돼."

한별은 바짝 얼은 얼굴로 휴대폰을 빤히 보았다.

[난 오빠가 어떤 선택을 해도 괜찮아.]

지영이 보낸 문자를 몇 번이나 곱씹으며, 그는 결정을 내렸다.

30분 뒤, 선우는 한별의 결정을 따라 공식 입장을 내놓았다.

[최한별, 열애 사실 공식 인정! 상대는 도이 엔터테인먼트 이선우 대표의 조카 L양.

배우 최한별이 데뷔 이래 최초로 연애 사실을 인정했다. 어제 오후, 도이 엔터테인먼트는 최한별이 열애 중임을 공식적으로 밝히며, 상대는 기사에 나온 대로 도이 엔터테인먼트 이선우 대표의 조카 L양이 맞음을 인정했다. 도이 엔터테인먼트 측은 L양이 이선우 대표의 조카이기는 하나 연예계와 거리가 먼 일반 여대생임을 강조하며 과도한 추측을 삼가달라 말했다.

그러나 오늘 오전, 영화 '집' 촬영 관계자를 통해 이선우 대표가 L양을 최한별의 스타일리스트로 스케줄에 대동했음을 확인했다. 관계자는 스타일리스트라고 하기에는 이상한 점이 많았다며 말을 덧붙였다. 이로 인해 최한별과 L양은 이선우 대표의 소개로 만나며 스타일리스트로 눈속임해 촬영장에서까지 대담한 연애를 즐긴 것이 아니냐는⋯⋯.]

휴대폰을 내려놓는 윤호의 표정이 밝았다. 기사에는 한별이 부정할 수도 없게, 모자이크된 지영과 한별이 함께 있는 사진이 몇 장씩 있었다.

재환은 윤호와는 사뭇 다른 표정으로 관련 글들과 댓글들을 훑어보았다. 벌써부터 지영의 실명과 그녀가 다니는 학교, 사는 집 같은 신상들이 줄줄이 쏟아져 나오고 있었다. 동창이라는 사람들이 사실관계를 알 수 없는 글들을 쏟아내기 시작했다. 원래 최한별 팬이었다, 삼촌이 소속사를 한다고 자랑하고 다녔다, 휴학을 한 이유도 최한별을 만나기 위해서다, 같은 증언 아닌 증언들이 속수무책으로 퍼져 나가기 시작했다.

재환은 이틀 동안, 자신이 엎지른 물이 끝을 모르고 번져 나가는 것을 그저 보고만 있었다. 지영이 선우의 조카임이 밝혀지자마자 대중들은 한별이 자신들을 기만한 거짓말쟁이라고 공격했고, 지영의 모든 것을 파헤쳐 깎아 내리기 시작했다.

들끓기 시작한 불씨에 장작이 수도 없이 들어갔다. 시간이 지날수록 대중들의 화는 치솟았고, 공격은 과격해졌다. 아마 오늘이 끝나기 전 한별은 천하에 다시없을 거짓말쟁이가 될 것이었고, 지영은 그 어떤 도시에서도 얼굴을 들고 다닐 수 없을 만큼 참담한 처지가 될 것이었다.

한별을 감싸고도는 사람들과 그를 욕하는 사람들이 반반으로 나누어져 싸우는 반면, 지영은 그녀의 편을 들어주는 사람이 아무도 없었다. 기자들은 눈치를 보지 않고 신나게 지영을 모두의 앞에 전시했다.

"지금이 제일 적기네."

재환이 고개를 들어 윤호를 보았다. 몇 주 동안 본 얼굴 중에 가장 기뻐 보였다. 윤호는 재환의 어깨를 토닥이며 입이 찢어지도록 웃었다.

"낌새가 있을 때 바로 말해주지. 왜 이제야 말했어."

재환은 아무 대답도 하지 못했다. 윤호는 입을 다물어버린 재환 대신 제멋대로 답을 유추했다.

"확실해지면 얘기하려고 그랬어? 어쩐지, 네가 너무 최한별 그 자식 주변을 기웃대더라."

정확히 따지자면 한별이 아니라 지영의 주변을 맴돈 것이지만, 재환은 그 사실을 구태여 말하지 않았다.

"우리 재환이가 기어코 이렇게 위기를 극복해낸다니까. 조금만 기다려. 내가 최한별 일어서지도 못하게 밟아줄 테니까. 지금이 딱이야."

재환은 윤호의 들뜬 목소리가 불길했다. 윤호는 그런 재환의 감정을 읽지 못하고 신이 나 어딘가에 전화를 걸었다.

"나야. 최한별은?"

윤호의 얼굴이 일순간 비열해졌다.

"회사에 있단 말이지……. 회사 앞에 기자들 있고?"

재환은 그의 표정을 살피며 휴대폰 너머에 귀를 기울였다. 그러나 아무것도 들리지 않았다.

"그래. 그럼…… 나오는 때에, 맞춰서."

윤호가 전화를 끊자, 재환은 휴대폰을 보며 조심스럽게 입을 뗐다.

"최한별······ 더 건드리려고요?"

"건드리다니."

윤호가 재환의 어깨를 다독였다.

"말했잖아. 밟아주겠다고."

재환의 얼굴이 싸늘하게 굳었다. 윤호는 뻣뻣해진 재환의 눈을 보며 또박또박 말했다.

"최한별은 기자들을 피해 회사 후문으로 몰래 나올 거야. 후문에 있는 기자들도 있을 테니 차로 빠져나오지 못하겠지. 매니저 하나 동원해서 조용히 나올 거고."

"대표님. 설마······."

"최한별이 병원에 입원하고 나면, 바로 기사가 하나 나갈 거야. 헤드라인도 이미 뽑아놨어."

윤호는 엄청난 비밀 작전인 양 재환의 귓가에 속삭였다.

"최한별의 연애 사실을 인정 못한 극성팬의 테러."

"야. 우리 고2때 여자화장실 몰래 찍었던 놈 기억나? 그놈도 너한테 얻어맞았었다고 졸업앨범 인증까지 해가면서 글 썼다."

지영은 바닥에 대자로 누워 천장을 멀거니 보고 있었다. 자그마한 방 안, 대자로 누운 그녀는 혼자가 아니었다.

"이지영 씨. 전주 서신동의 영웅호걸에서 양아치 일진이 되어버린 기분이 어떠신지?"

전주에서부터 함께 자라 대학까지 함께 온 오래된 절친 윤아.

"어이없고 기분 참 드럽고……. 오랜만에 그놈 얼굴이나 한번 보고 싶네요."

"근데 언제까지 이러고 있을 거야? 우리 과 사람들 아주 난리다, 난리. 너 내년에 복학할 수 있겠어?"

지영의 벌어진 팔 사이로 데구르르 굴러 들어와 자리를 잡은 같은 과 동기 혜미, 그리고…….

"1년 더 할까?"

"1년으로 되겠어? 한 10년은 해야 할걸."

지영의 머리맡에 앉아서 그녀의 머리카락을 빗겨주고 있는 또 다른 동기 나은까지. 지영은 스캔들이 터진 직후 검도장에서 나와 윤아의 자취방에서 세 사람과 함께 피신해 있는 중이었다.

"서희가 너 괜찮냐고 문자 온다. 전주 애들도 난리래."

"너 진짜 아무한테도 얘기 안 했구나? 부모님 뒤로 넘어간 거 아냐?"

"엄마, 아빠 둘 다 혈압 정상이라 넘어가지는 않을걸."

지영의 머리를 땋고 있던 나은이 그녀의 이마를 가볍게 톡 쳤다.

"농담할 게 아니라, 진짜 왜 말도 안 해줬어? 솔직히 나 좀 섭섭해."

혜미가 나은을 나무라듯 말했다.

"야. 지금 섭섭하다 어떻다 할 때냐."

"뭐, 섭섭한 건 섭섭한 거지. 나 너 기사 터진 거 보고 심장마비 걸릴 뻔했잖아."

지영은 입을 삐죽거리는 나은을 올려다보며 옅게 웃었다.

"미안해. 시간 좀 두고 천천히 말해주려고 했는데, 갑자기 이렇게 되어버려서."

휴대폰을 심각하게 보던 윤아가 얼굴보다 더 심각한 목소리로 두 사람 사이에 끼어들었다.

"근데 진짜 상황 심각하다. 이지영, 너 지금 무슨 엄청 부잣집의 철없는 양아치 일진 딸내미가 삼촌빨로 최한별 꼬여낸 꽃뱀 됐어."

혜미와 나은이 한마디씩 거들었다.

"부잣집인데 왜 꽃뱀이야?"

"연예인이랑 사귀는 여자는 무조건 꽃뱀이야. 원래 그렇잖아."

윤아는 지영을 억지로 일으켰다.

"누워 있을 때가 아니라 뭐라도 해야 하는 거 아냐?"

"그래. 일단 이런 거 다 모아서 고소하자."

"우리도 졸업앨범 같은 거 인증해서 반박글 써줄까?"

혜미가 나은의 말에 박수를 치며 고개를 끄덕였다.

"그래. 그러면 되겠네. 윤아 네가 중, 고등학교 때 애들한테도 연락해서 다 같이 반박글 쓰자고 해."

윤아가 눈을 번뜩이며 지영을 흔들었다.

"진짜 그럴까? 너도 뭐라도 해야지."

지영은 내키지 않는 얼굴로 고개를 저었다.

"괜히 너희까지 이래저래 말 나오면 어떻게 해. 나 때문에 너희까지 피해 입는 거 싫어."

"그래도……."

"괜찮아. 상황이 이렇게 꼬여버렸지만, 나름 각오한 일이고."

세 사람이 동시에 지영의 어깨와 등을 다독였다.

"우리 지영이 남자친구 생겼다고, 내가 다 좋아했는데."

"그러게. 최한별이 뭐라고, 왜 네가 이렇게 있지도 않는 얘기로 욕먹어야 돼?"

혜미는 갑자기 화가 치밀어 오르는 듯 씩씩거렸다.

"괜히 최한별한테도 열 받네. 나중에 만나기만 만나봐라."

"만나면?"

"사진 찍어야지. 사인 받고."

네 사람이 동시에 웃음을 터트렸다.

"그런데, 삼촌한테 연락드려야 되는 거 아냐? 너 걱정하고 있을 것 같은데."

지영은 전원이 꺼진 휴대폰을 보며 고개를 끄덕였다.

"응. 엄마랑 아빠한테도, 서희랑 친구들한테도 연락해야지."

진영의 집으로 피신을 오고 벌써 하루가 지나가고 있었다. 그사이 상황이 더 안 좋아졌으니, 선우와 한별이 회사에서 얼마나 허덕이고 있을지 걱정이었다.

"내 걸로 전화할래?"

지영은 고개를 저으며 자신의 휴대폰 전원을 켰다. 전원이 켜지자마자 부재중 전화와 문자가 우수수 쏟아졌다. 지영은 가장 먼저 선우에게 전화를 걸었다.

-지영아! 지금 어디 있어? 누구랑 있어? 혼자야?

"삼촌. 친구 집에 있어요. 친구들이랑 같이요."

-계속 전화가 꺼져 있어서 걱정했어. 괜찮아?

"네. 삼촌은……"

-난 괜찮아. 한별이도…… 회사에 있고.

"삼촌. 죄송해요."

선우는 잠시 대답이 없었다.

-네가 뭐가 죄송해. 죄송해하지 마. 너무 걱정도 하지 말고. 삼촌이 다 해결할게.

지영은 선우의 목소리만 듣고도 그가 얼마나 힘에 부쳐하는지 알 수 있었다. 기운이 하나도 없는 지친 목소리. 속이 얼마나 상해 있을지 눈에 훤했다. 지영은 진심으로 선우에게 미안했다. 이런 순간에도 한별이 가장 먼저 생각나는 것이, 정말로 미안했다.

-그래서, 지영아……. 잠깐이라도 집에 가 있을래?

"……집에요?"

-형이랑 형수님도 너 걱정하고 있고, 서울에 있는 것보다는 집에 있는 게 좋을 것 같은데. 내려가 있으면…….

지영은 차마 여기에 있겠다고 대답할 수 없었다. 선우의 말이 맞았다. 자신이 계속 서울에 있어 사람들에게 말할 구실을 주는 것보다는, 집으로 돌아가 피해 있는 편이 더 나았다. 지영은 어쩔 수 없이 고개를 끄덕였다.

"네. 그렇게 할게요."

-그럼 내일 새벽에, 민석이 보낼게. 친구 집 주소 문자로 보내줘.

"……네."

지영이 전화를 끊자마자 세 사람이 동시에 눈을 깜빡이며 모였다.

"집에 가 있어야 할 것 같아."

"언제?"

"새벽에. 이쪽으로 차 보내준대."

윤아가 풀 죽은 지영을 다독였다.

"그래. 너한테도 가 있는 편이 좋을 거야. 부모님도 마음 놓으실 거고."

"응."

축 처지는 분위기를 만회하려는 듯 혜미와 나은이 한 톤 높인 목소리로 말했다.

"그럼 우리 맛있는 거 해 먹고, 다 같이 자고 갈까?"

"그래! 맛있는 거 먹고, 다 같이 일찍 자서 새벽에 지영이 보내주자."

윤아가 기다렸다는 듯 일어났다.

"고기 구워 먹자."

집주인 윤아의 빠른 지시로 이른 저녁이 차려졌다. 네 사람은 아무 일 없이 모인 친구들처럼 맛있는 저녁을 먹고, 비좁게 누워 도란도란 이야기를 나누었다.

끝없는 수다를 잠재우기 위해 밤이 찾아왔다. 지영은 모두가 잠든 저녁, 휴대폰 액정을 가만히 보았다.

[괜찮아?]

휴대폰을 꺼둔 사이 한별에게 와 있던 문자에 답장을 쓰기 위해 손을 움직였지만, 지영은 글자를 썼다 지우기를 반복할 뿐 답장을 보내지 못했다. 괜찮다는 말도, 잠깐 집에 가 있기로 했다는 말도 그에게 전하지 못하고 지영은 머뭇거렸다.

그때 또 다른 문자가 액정에 떴다.

[보고 싶어.]

지영은 그제야 한별에게 답장을 했다.

[나도.]

그러나 지금 볼 수 없음을 알기에, 지영은 다시 휴대폰을 껐다. 그러곤 잠이 오지 않는 눈을 억지로 감았다.

민석은 미리 정한 시간에 딱 맞추어 윤아의 집 앞에 섰다. 지영은 윤아가 혹시 몰라 빌려준 모자를 꾹 눌러쓴 채 친구들과 한 명 한 명 인사를 나누었다.

"전화할게."

혜미가 지영의 손을 꼭 잡았다.

"우리 도움 필요하면 언제든지 전화해. 날짜 정해서 같이 전주 갈게."

"응. 고마워."

지영이 세 사람의 등을 떠밀며 집 안을 향해 손짓했다.

"들어가. 갈게."

윤아가 차를 향해 턱짓하며 도리어 지영을 떠밀었다.

"가. 너 가는 거 보고 들어갈게."

나은이 지영의 어깨를 쓰다듬었다.

"우리 지금 너무 애틋하다. 영화 찍는 거 같네."

"고마워. 얘들아."

"얼른 타."

지영은 다시 한 번 친구들과 인사를 나눈 뒤에야 차에 탔다. 민석은 지영이 차에 타자마자 지체하지 않고 시동을 걸었다.

"삼촌은?"

"회사에 있지."

지영은 조수석 의자에 이마를 댄 채 조용히 말했다.

"미안해. 괜히 고생시키는 것 같아서…… 피곤할 텐데."

"……저기, 지영아."

"응?"

지영이 민석을 보기 위해 고개를 드는 그 순간, 차가 속도를 줄이는가 싶더니 갑자기 오른쪽으로 길을 꺾었다. 민석은 언제 속도를 줄였나 싶게 빠르게 차를 몰았다.

"나, 이거 대표님이 알면 진짜 죽어."

"갑자기 무슨……."

"지금 회사로 갈 거야."

"뭐?"

지영이 창밖을 보았다. 창밖이 제대로 보이지 않을 만큼 차가 빠르게 가고 있었다.

"한별이 형이 회사 밖으로 나와 있을 수가 없어서, 후문에서 잠깐 차 세울 거야."

"회사에 기자들 있어서, 걸리기라도 하면."

"후문에 있는 기자들 다 빠져나간 거 확인하고 왔어. 후문에 정말 잠깐 세웠다 갈 거니까, 인사만 해."

민석은 다시 한 번 핸들을 꺾으며 어딘가에 전화를 걸었다.

-응.

짤막하게 들려오는 말에도 지영은 그가 한별임을 알았다.

"5분 뒤에 도착해요. 후문 앞으로 맞춰서 나오세요."

전화는 싱겁게 끊어졌다. 지영은 자신도 모르게 두 손을 모았다.

전주로 곧장 내려가야 할 이 차를 회사로 돌린 사람은 한별이었다. 위험한 일이었다. 누군가에게 들킬 위험이 다분했다. 삼촌 말대로 조용히 집으로 가야 했다. 지금이라도 민석을 말려 다시 핸들을 꺾게 해야 했다.

"……거의 다 왔어."

그러나 이러면 안 되는 걸 알면서도 지영은 민석을 말리지 않았다. 빠르게 내달리는 차를 억지로 세우지도, 다시 돌리지도 않았다. 감정이 이성을 앞서는 최초의 순간이었다.

차가 골목 안을 진입하다 말고 멈춰 섰다. 지영은 민석의 낮은 욕지거리를 들으며 창밖을 보았다.

"큰일 났네."

민석이 한별에게 급히 전화를 걸었다. 신호음이 몇 차례나 이어질 뿐 한별은 전화를 받지 않았다. 지영은 바깥에 진을 치고 있는 기자들을 보았다. 기자들은 후문 입구와 간격을 어느 정도 둔 채 삼삼오오 모여 있었다. 언제든지 찍을 수 있게 카메라를 손에 쥔 채로.

민석은 다시 한별에게 전화를 걸었다. 속이 바짝바짝 타들어가는 신호음만 이어졌다.

"받아라. 받아라. 받아라……."

애가 탄 민석이 다시 전화를 걸었다. 이미 차는 조금씩 뒤로 빠지는 중이었다. 지영은 조금씩 멀어지는 창밖 속 후문 입구를 바라보았다. 한별은 모습을 보이지 않고 있었다. 차라리 나오려다 선우에게 들켰으면 하는 바람으로 지영은 손을 모았다.

"그냥 얼른 빠져요. 들키기 전에……."

지영은 입구에서 눈을 떼고 그 맞은편을 보았다. 머리를 맞대고 서 있는 기자들이 원망스러웠다. 분명 없다고 했는데, 언제 이렇게 또 모여 있는 건지. 원망스러운 눈으로 기자 무리를 보던 지영의 눈이 옆으로 움직였다. 무심코 스치던 그녀의 눈이 한 사람에게 멈췄다. 무리 지어 모여 있는 기자들 뒤로 물러서 있는 한 사람에게.

카메라를 안 들고…… 왜 저렇게 끈을 쥐고 있지.

언제든 사진을 찍을 준비가 되어 있는 다른 기자와 달리, 그 한 사람은 카메라 끈을 손으로 쥐고만 있었다. 그냥 그렇게 들고 있는 것일 수도 있는데, 이상할 정도로 그 모습이 거슬렸다. 기자들과 모여 있지 않고 한참 물러서 있는 것과 그저 멀찍이 서서 입구를 유심히 바라보고만 있는 것까지.

갑자기 뒷목이 서늘해졌다.

"오빠. 잠깐……."

-어.

"형!"

차는 계속 뒤로 빠지고 있었다.

-다 왔어.

"차 잠깐 멈춰……."

지영은 말을 다 잇지 못했다. 드르륵, 갑작스럽게 열리는 문에 민석이 고개를 돌렸다. 지영이 차에서 뛰어내리자 민석이 반사적으로 시동을 껐다.

"지영아!"

민석은 쏜살같이 달려 나가는 지영을 눈으로 좇았다.

-무슨 일인…….

순식간에 아수라장이 되었다. 입구까지 나와서 멈칫한 한별과, 그런 한별을 목격하고 카메라를 들이미는 기자들, 그리고 그 사이를 누구보다 빠르게 뚫고 달려가는 지영. 그리고…….

"형!"

민석이 차에서 내려 소리쳤다. 그가 마지막으로 본 것은 한별의 어깨를 쥐고 그를 밀어내는 지영이었다.

"형!"

뒤엉키며 쓰러진 한별과 지영이 기자들에 묻혀 민석의 시야에서 사라졌다.

12. 전화위복

한별은 민석에게 전화가 오는 줄도 모르고 정신없이 계단을 내려갔다. 이러면 안 된다는 걸 알면서도, 이렇게라도 지영을 보고 싶었다. 오늘 지영이 서울을 떠나면 언제쯤 다시 볼 수 있을지 알 수 없어서일까. 단 몇 분, 고작 몇 초라도 얼굴을 보아야 안심할 수 있을 것 같았다. 이제껏 한심하다고 생각했던 것들을 자신이 하고 있는 꼴이었다.

한별은 초조함과 두근거림이 뒤섞인 마음으로 마지막 한 층을 내려갔다. 그리고 그 순간, 그제야 자신의 휴대폰이 진동해대고 있는 것을 느꼈다.

"어."

-형!

"다 왔어."

⋯⋯지영아!

민석의 외침에 한별의 걸음이 멈췄다. 발은 겨우 멈췄지만, 손은 아니었다. 한별의 손은 이미 입구 문을 밖으로 젖힌 뒤였다.

"민석아."

한별이 무심코 한 발 내디뎠다.

"무슨 일인⋯⋯."

"최한별이다!"

순식간에 플래시가 터졌다. 수도 없이 마주했던 플래시 세례인 데도 한별은 벼락을 맞은 것처럼 몸이 뻣뻣하게 굳었다. 당황한 한 별은 팔을 들어 얼굴을 가리려 했다. 재빨리 뒤로 물러서 다시 돌아가려 했다.

"최한별 씨!"

그러나 한별은 아무것도 하지 못하고 그 자리에 멈춰 섰다. 저 뒤에서부터 지영이 달려오고 있었다. 다급한 얼굴로 무언가를 외치고 있었지만 그것까지는 들리지 않았다. 그저 달려오는 지영이 보일 뿐이었다. 모자를 꾹 눌러써서 얼굴 절반이 보이지 않는데도 지영인 것을 분명하게 알 수 있었다. 빠른 속도로 뛰어오는 지영의 모습은 한별을 옴짝달싹 못하게 했다.

"지영⋯⋯."

지영은 금세 코앞까지 다가왔다. 지영의 숨결이 거칠다는 것을 느끼던 그 순간, 한별은 자신의 몸이 기울어져 있음을 느꼈다.

퍽!

둔탁한 마찰음과 함께 잠시 적막이 흘렀다. 한별이 옆으로 기울어짐과 동시에 그를 둥글게 에워싸던 기자들이 움직임을 멈췄다.

"형!"

민석의 외침에 한별은 눈을 번쩍 떴다. 잠시 멈춰 있던 기자들이 다시 플래시를 터트리기 시작했다. 환호성과 비슷한 알 수 없는 고함 소리도 들렸다. 정신을 곧 잃을 것처럼 눈앞이 빙그르르 돌았다. 플래시에 눈앞이 하얘지고, 소리가 멀어졌다. 한별의 눈이 스르르 감겼다.

"형!"

눈을 감자 시각 대신 다른 감각이 더 선명해졌다. 한별은 자신의 몸을 누르는 묵직한 무게를 느끼곤 두 팔을 들었다. 무언가가 가슴을 짓누르며 안겨왔다. 한별이 조금씩 눈을 떴다. 가장 먼저 보이는 것은 기자들을 밀치며 무어라고 소리치고 있는 민석이었다.

"비켜요! 비키라고요!"

"한별아!"

언뜻 선우의 목소리가 들렸다. 한별은 기자들을 헤치며 뛰어오는 선우를 발견했다. 하얗게 질린 선우의 얼굴이 점점 가까워졌다.

"지영아!"

선우의 외침에 한별은 두 팔에 힘을 주었다. 그제야 품에 안겨 몸을 누르는 이 무게의 정체가 지영이라는 것을 알았다. 한별은 정신이 든 사람처럼 눈을 다시 뜨며, 지영을 품에 안았다. 품 안에 있는 지영의 몸이 떨리고 있었다.

"지영…… 지영아."

한별이 지영의 등을 조심스럽게 감쌌다. 지영은 대답이 없었다. 한별이 지영의 몸을 감싸 안은 채 상체를 일으켰다. 그의 손이 지영의 몸처럼 잘게 떨렸다.

"119, 119에 신고해!"

선우의 하얗게 질린 얼굴이 하늘을 가렸다. 한별은 선우와 민석의 도움으로 몸을 일으키면서도 지영을 품에서 놓지 않았다. 어느 방향에서도, 누구도 지영의 얼굴을 보지 못하게 그녀를 가슴에 묻은 채 꼭 안았다. 선우를 따라 나온 회사 직원들과 경비들이 기자들을 밀치며 길을 트자 한별이 앞으로 한 발 걸었다.

"윽……."

지영의 나지막한 신음이 한별의 발을 붙잡았다.

"어깨, 어깨가……."

지영의 몸이 바르르 떨리고 있었다. 한별은 지영의 어깨와 팔에 제대로 손도 대지 못하고 더 조심스럽게 걸었다.

"미안해."

한별은 바들바들 떨리는 이를 악물었다. 얼마나 세게 깨물었는지 금세 입술이 터져 피가 고였다.

수술실에 불이 켜졌다. 선우는 수술실 앞에서 한시도 가만히 있지 않고 부산스럽게 움직이는 한별과 패드 안에서 속속들이 뜨는 기사 헤드라인을 번갈아 보았다.

고작 자신이 한별에게서 눈을 뗀 지 5분 만에 벌어진 일이었다. 한별이 민석을 시켜 지영을 회사로 데려오게 했고, 그렇게 만나러 내려가다가 기자들에게 모습을 보인 것은. 일은 거기서 그치지 않았다. 끝이라고 생각했던 위협이 다시 한별에게 가해졌고, 위험할 수 있는 상황에서 한별을 구한 것은 또, 지영이었다.

그 결과로 지영은 병원에 옮겨져 수술실로 직행했다. 빠른 속력으로 날아드는 카메라를 어깨로 막은 탓에 골절되었고, 수술이 불가피하다는 것이 의사의 소견이었다. 다행히도 지영은 마취가 가능한지를 확인하는 검사 결과가 나온 직후 수술에 들어갈 수 있었다. 수술 시간은 5시간 남짓. 선우는 한별의 등을 바라보았다.

"최한별."

"형."

수술실을 등지고 돌아서는 한별은 전에 없이 싸늘한 표정으로 선우를 보았다.

"왜 그 생각을 못했을까."

두 사람의 눈이 부딪쳤다.

"왜 처음부터…… 그럴 생각을 못했을까."

한별이 이를 악물었다.

스캔들이 터진 직후에 솔직하게 말하기만 하면 될 일이었다. 오래 전부터 스토킹에 시달리고 있었고, 영화를 촬영하는 동안에도 누군가 일부러 저지른 사고에 당할 뻔했다고. 지영은 기사에 나온 대로 삼촌을 이용해 좋아하던 연예인을 만나 사귄 게 아니라, 삼촌의 부탁에 관심도 없던 연예인의 경호를 도맡아준 것이라고. 그리고 지영 덕분에, 몇 번이나 있었던 사고에서 다치지 않을 수 있었다고.

처음부터 사실을 바로 잡았어야 했다. 증거와 증인이 차고 넘치게 있는데도 그 생각을 하지 못했던 자신이 한심해 미칠 지경이었다.

"기자회견 잡아줘. 최대한 빨리."

5시간이었다. 상황을 반대로 뒤집을 수 있게 주어진 시간이.

더 늦기 전에 바로잡아야 했다. 상황을 뒤집을 수 있을 때, 뒤집어야 했다.

"대표님! 형!"

두 사람이 동시에 복도 끝을 돌아보았다. 민석이 휴대폰을 흔들며 허겁지겁 달려오고 있었다.

"잡혔어요. 잡혔대요!"

두 사람 앞까지 달려온 민석이 숨을 헉헉 몰아쉬며 휴대폰을 내밀었다.

"그, 범인…… 그놈 통화 목록에…… 정윤태 기자가 있대요."

한별과 선우의 눈이 동시에 번뜩였다. 사고의 배후를 확실히 잡기 위해 파헤치기도 전에, 증거가 알아서 손에 들어왔다. 선우가 차분하게 입을 뗐다.

"민석아. 병원 밖에 기자들 깔려 있지."

"네."

"혹시 보면서 얼굴 아는 기자 있었어?"

"어…… 서준희 기자요. 제일 앞에 있어서 확실하게 기억나요."

"전화해. 지금 간단하게 인터뷰할 거라고. 장소는 여기 말고…… 우리 회사 로비로 오라고 하고."

"네. 네!"

"차로 가자. 먼저 가서 시동 좀 걸어줘."

민석이 바쁘게 뛰어가자마자 선우는 다시 어딘가로 전화를 걸었다. 한별이 함께 움직이자 선우는 휴대폰을 귀에서 살짝 떼곤 그의 어깨를 붙잡았다.

"넌 여기 있어야지."

"미안해."

선우는 한별의 얼굴을 보았다. 이제껏 보지 못했던 얼굴이었다. 항상 자신만만했던 얼굴이 자괴감으로 무너져 있었다.

"나 인터뷰하고 와서……."

선우는 굳게 말아 쥔 주먹으로 한별의 어깨를 툭 쳤다.

"딱 한 대만 맞자."

마음 같아서는 한별도 지영처럼 수술대 위에 눕히고 싶은 심정이었다. 하지만 선우는 딱 한 대로 만족할 심산이었다. 자신이 굳이 손대지 않아도, 따로 그를 때려눕힐 사람이 오고 있기 때문이었다. 선우는 한별에게 지영의 휴대폰을 넘겼다.

"우리 형 오고 있다."

자신에게는 형이었고, 지영에게는 아빠였지만, 한별에게는 저승사자가 될 수도 있는 사람이 서울로 오고 있었다.

"아까 전화했을 때 곧바로 출발한다고 했어. 나 인터뷰 끝내고 후속조치 하고 같이 올 테니까, 혹시 그사이에 지영이 휴대폰으로 전화 오면 네가 받아서 경과 알려줘."

선우는 금세 긴장한 얼굴로 뻣뻣하게 굳은 한별의 어깨를 툭툭 치고 돌아섰다. 지금부터는 단 일 분도 시간을 허비할 수 없었다. 코너에 몰려 벼랑 끝으로 떨어지기 직전인 한별을 다시 앞으로 꺼내고, 지영에 관한 말도 안 되는 이야기들을 바로잡을 절호의 기회였다.

"……분, 환자분."

지영이 마른입을 천천히 달싹였다.

"제 목소리 들리시면 눈 한 번 깜빡일게요."

아직 초점이 잡히지 않은 두 눈이 꺼지듯 감겼다 다시 올라갔다.

"수술 잘되셨어요. 움직이지 마시고요."

정신이 몽롱했다. 손을 움직이고 싶은데, 몸에 힘이 하나도 들어가지 않았다.

"이제 병실로 갈 거예요. 다시 잠드시면 안 돼요."

지영이 입술을 겨우 움직였다. 눈을 뜨고 있는데도 앞이 잘 보이지 않았다. 시력이 갑자기 낮아진 것처럼 눈앞의 모든 게 안개 속에 뒤덮인 듯 희뿌옇게 보였다.

지영아. 이지영.

자신을 부르는 소리에도 지영은 어떤 답을 할 수 없었다. 익숙한 기척이 가까이에서 느껴지는데도 보이지 않았다. 마음 같아서는 손을 뻗고 싶은데, 손가락 하나 까딱하지 않아 가슴이 답답했다. 지영은 자신도 모르게 눈을 감았다.

처음 느낀 감각은 코를 찌르는 알싸한 소독약 냄새였다.

"으으……."

"환자분. 정신이 드세요?"

지영은 반사적으로 눈을 깜빡였다. 몇 차례 시야가 열렸다 닫히기를 반복하자 그제야 눈앞에 있는 것들이 제대로 보이기 시작했다. 가장 처음 보이는 것은 담담한 얼굴을 한 간호사였다.

"선생님 불러올게요. 잠시만 계세요. 움직이면 안 되시고요."

지영이 쇠가 끓는 목소리를 냈다.

"여기…… 어디……."

"병실이에요."

지영이 무의식중에 고개를 움직이려 하자 간호사가 단호하게 저지했다.

"마취가 다 풀려서, 통증이 좀 있을 거예요. 그래도 움직이시면 안 돼요."

간호사는 뒤를 돌아 어딘가에 손짓했다. 지영의 눈이 그를 좇았다.

"환자분 움직이지 못하게 잘 좀 봐주세요."

"어……."

간호사가 멀어지자 그녀의 등 뒤에 서 있던 한별이 또렷하게 보였다. 지영은 느리게 눈을 깜빡였다. 마취가 덜 깬 건지, 한별 옆에 아빠가 있는 것 같았다.

"지영아."

지영은 선명해져오는 한별을 보며 힘들게 입꼬리를 올렸다.

눈가 주변이 불긋불긋한 한별이 조심스러운 손길로 지영의 머리카락을 가다듬었다.

"미안해."

한별은 미안하다고 했지만, 지영은 다행이라고 생각했다.

"미안하다는 말로만 끝내지 않을게."

미안해하지 않아도 된다고 말해주고 싶었다.

"앞으로는, 절대…… 나 대신에……."

자신을 스치지도 못하고 바르르 떠는 그의 손을 잡아주고 싶었다. 그러나 움직일 수 있는 거라곤 눈꺼풀이 전부였다. 지영은 온 마음을 다해 눈을 깜빡이며 한별을 보았다.

다행이다. 괜찮아. 미안해하지 않아도 돼.

밖으로 나가지 못한 목소리가 그의 마음에 닿기를 바라며.

"아버님……. 조금 전에 오셨어."

한별이 눈가를 손으로 훔치며 옆으로 비켜섰다. 지영은 오랜만에 얼굴을 보는 자신의 아빠, 장우와 가만히 눈을 맞췄다. 장우는 눈을 껌뻑껌뻑 움직이고 있는 지영을 멀거니 보았다. 어깨와 쇄골이 아작나 철심을 박고 나온 딸을 보는 것치고는 꽤나 심드렁한 표정이었다.

한참을 말없이 딸을 바라보던 장우는 나직이 물었다.

"백날 천날 사람 아작내서 병원 보내더니, 아작나서 병원에 실려 온 기분이 어떠냐."

옆에 있던 한별이 놀라 움찔거릴 정도로 놀라운 질문에, 지영이 간신히 입을 뗐다.

"아…… 파…….."

쫏. 장우가 혀를 차자 한별이 땀을 뻘뻘 흘리기 시작했다.

"전부 다 제 잘못으로……."

"때린 놈 따로 있는데 뭘 자꾸 잘못했대."

장우는 지영의 어깨를 가리켰다.

"이렇게 한 놈이나 똑바로 잡아 와요. 그놈 양쪽을 다 아작낼 테니까."

"……네. 꼭 산 채로 잡아다 바치겠습니다."

"있어봤자 부산스럽기나 하니까, 갔다가 저거 좀 정신 차리면

올게요."

"서울에 급하게 오셨을 텐데, 지내실 곳은……."

"선우 집으로 가야지. 내일 아침에 아까 그 번호로 전화 하나만 줘요."

장우는 손을 휘휘 저었다.

"정신 사나우니까 나오지 말고. 애나 좀 잘 봐줘요."

한별은 자리를 떨치고 나가는 장우에게 깍듯하게 인사했다.

지영은 장우가 나가자마자, 다시 자신 옆으로 바짝 붙어오는 한별을 향해 천천히 물었다.

"어떻게…… 됐어?"

그 이후의 일들을 묻는 듯했다. 한별은 혹시나 부서질까, 지영의 털 끝 하나 건드리지 못하고 손으로 허공을 더듬었다.

"잘될 거야."

한별은 다짐하듯 말했다.

"잘되게 할 거야."

한별은 지영에게 굳건히 약속했다.

"그렇게 할게. 아무것도 걱정하지 않을 수 있게 할게."

[L양이 몸을 던져 최한별을 구해낸 사진이 공개되면서 여론이 급변하고 있는 추세다. 기자로 위장해 최한별에게 위협을 가한 범인이 누군가에게 폭행사주를 받았다는 것이 밝혀지자 네티즌들은 사주한 사람의 신변을 밝히라며 청원까지 하고 있는 상황이다.

도이 엔터테인먼트의 이선우 대표는 현재 L양은 어깨와 쇄골이 탈골·골절되어 수술에 들어갔으며, 최한별은 충격으로 휴식을 취하고 있음을 알렸다. 또한 L양의 수술이 끝나고 나면 최한별과 함께 직접 나와 짧게 회견을 가질 것이라 밝혔다. 그는 이 충격적인 폭행미수 사건의 배후를 아는 듯한 뉘앙스를 풍기며, 회견을 가지기 전 사주범이 자수한다면 더 이상 언론에 알리지 않고 조용히 처리할 것임을 말했다.

한편, L양이 고등학생일 무렵 동네를 떠들썩하게 했던 성추행범을 직접 잡아 관할 경찰서에서 '용감한 시민상'을 받은 것이 뒤늦게 알려져 화제다. 그동안 사실처럼 돌았던 일진회설이나 학교폭력의 가해자라는 이야기를 전면으로 반박하는 글 역시 시간이 지날수록 쏟아져 나오면서 네티즌들은 무엇이 사실인지를 두고 갑론을박을 펼치고 있다. ……(중략)……]

"용감한 시민상…… 안 받았음 큰일 날 뻔했네……."

윤아가 휴대폰을 주머니에 넣으며 말했다.

"지금 팬들은 그런 상 하나 더 만들어서 너한테 조공 넣어주자고 난리야."

지영은 가라앉은 얼굴로 윤아를 보았다.

"인터넷에 글 같은 거 올리지 말라니까. 괜히 너네도 안 좋은 말 들으면 어떡해."

윤아는 아무것도 모른다는 순진한 얼굴로 어깨를 으쓱였다.

"나 아무것도 안 올렸어."

"뭐?"

"서희랑 혜미, 그리고 나은이도. 우리 고등학교 친구들도."

지영이 알 수 없는 얼굴로 고개를 갸웃거렸다.

"그럼 그 글들은 다 뭐야?"

"뭐겠어. 이지영, 네가 뿌린 거 그대로 거둔 거지. 네가 그동안 도와주거나 구해줬던 사람들이 이어달리기하는 것처럼 줄줄이 올리더라."

윤아는 대견한 얼굴을 하곤 지영의 등허리를 토닥토닥 두드렸다.

"다행이다, 이지영. 엄청 착하게 살아서."

윤아는 지영의 침대 시트를 세워주곤, 병실 한쪽 벽에 마련되어 있는 TV를 틀었다. 한별이 몇 번이나 반복해 얘기하던 4시였다. 연예 뉴스 프로그램이 막 시작하고 있었다. 지영은 윤아의 도움으로 어깨를 겨우 가누곤 TV에 시선을 고정했다.

플래시 세례와 시끄러운 외침 속에 한별이 나오고 있었다. 한별은 준비된 자리에 서서 허리를 숙여 인사했다. 지영은 다시 허리를 세우는 그의 얼굴을 유심히 보았다.

"얼굴이 왜 저래?"

"네 삼촌한테 맞았잖아."

지영은 입을 떡 벌리며 시퍼런 멍이 든 한별의 이마를 보았다.

"얼굴을 때리다니. 때려도 안 보이는 데를 때려야지."

"……때리지 말라고 해야 하는 거 아냐?"

"삼촌 입장에서는 한 대 맞을 만하지. 날 얼마나 예뻐하는데."

"쓸데없이 객관적이야."

"그래도 다행이다. 우리 아빠한테는 안 맞아서."

지영은 다시 TV 속 한별에게 집중했다.

-처음 입장을 밝혔듯이 저는 연애 중입니다. 상대가 이선우 대표님의 조카인 것은 맞지만, 가족을 이용해 저에게 접근한 것이 아

니라는 점을 이 자리에서 분명하게 밝힙니다.

-스타일리스트로 위장해 스케줄에 대동한 사실이 밝혀졌는데, 이것에 대해 한 말씀 해주시죠!

-스타일리스트로 위장해 영화 촬영과 그 외의 스케줄에 대동한 것은 사실입니다.

장내가 소란스러워졌다. 한별은 소란 속에서 잠시 입을 다물었다. 기자들이 너 나 할 것 없이 그에게 질문을 퍼부었지만, 한별은 눈 하나 깜짝하지 않았다.

-제가 그분을 스타일리스트로 위장해 대동한 이유는, 몇몇 기사에 나와 있는 것처럼 대담한 연애를 즐기기 위해서가 아닙니다.

한별은 차분하게 말을 이었다.

-그분은 제가 대표님께 부탁한 개인 경호원으로, 경호 사실을 숨기기 위해 스타일리스트로 위장해 저와 동행했습니다. 또한 부산에서 촬영 중일 때는 그분과 사귀는 사이가 아니었음을 이 자리에서 확실하게 말씀드리는 바입니다.

'경호'라는 단어에 기자들의 목소리가 더 커졌다. 한별은 점점 더 부피가 커져가는 질문 공세에도 당황하지 않았다. 한별은 침착하게, 가지고 있던 폭탄을 던졌다.

-저는 '집' 영화 촬영을 위해 한국으로 귀국한 직후부터 스토킹에 시달리고 있었습니다.

헉. 지영의 옆에 있던 윤아가 숨을 들이켰다. 그것은 TV 속의 기자들도 마찬가지였다. 파도가 넘실거리듯 술렁이기 시작했다.

-집을 오랫동안 비운 것 역시 스토킹 때문이었고, 당시 저는 촬영장에까지 쫓아올 수 있다는 불안감을 가지고 있었습니다. 그러

나 이 일이 외부로 누설되는 것을 극도로 꺼려해 신고를 하는 것조차 원하지 않았습니다.

　-경호업체를 고용하지 않은 것도 같은 이유입니까!

　-네, 그렇습니다. 그렇지만 신변에 위협을 느끼고 있었고, 대표님에게 개인적으로 믿을 수 있는 사람을 부탁했습니다. 그렇게 그분과 처음 만나 부산에 동행하게 된 것입니다.

　-하지만 여자에게 경호를 맡겼다는 게 의아한데요!

　-이미 많은 분들이 알고 계시는 사실이지만, 그분은 남자 못지않은 남다른 운동신경을 가지고 있고, 저 하나를 지켜줄 수 있을 만한 능력이 있는 분이었습니다. 어제 벌어진 사건만 봐도…….

　한별은 잠시 말을 잇지 못했다.

　-부산 촬영장과 승오 씨의 영화 VIP 시사회장, 그리고 기사로 났다시피 인터뷰장에서도 같은 위협이 있었습니다. 그때마다 저를 구해준 것이 그분입니다.

　기자들이 다시 술렁거렸다.

　-인터뷰장을 습격한 괴한이 스토킹한 범인이라고 말하시는 겁니까?"

　-……범인은 각각 다른 사람일 수도 있지만, 사주한 사람은 동일하다고 생각하고 있습니다.

　-어제 벌어진 사건 역시 같은 배후라고 생각하십니까!

　-네, 그렇습니다.

　한별은 마이크를 쥐었다.

　-저는 제 연애 사실을 숨기지 않겠다고 말했고, 실제로도 공개를 준비하고 있던 와중이었습니다. 그러던 중 외부에서부터 기사

가 났고, 기다렸다는 듯 끔찍한 사건이 벌어졌습니다. 저는 이게 단순히 극성팬의 범행이라고 생각하지 않습니다.

그의 얼굴은 백지장처럼 차가웠고, 목소리는 단호했다.

-이런 일로 팬 여러분과 대중분들에게 심려를 끼쳐드려 진심으로 죄송합니다.

한별은 허리를 깊게 굽혔다가, 다시 반듯하게 몸을 세웠다. 그가 뒤로 한 발 물러서자 선우가 바통을 이어받듯 앞으로 나왔다.

-스토킹과 폭행을 사주한 배후는 자수하지 않았습니다. 우리 회사는 이러한 범죄를 더 이상 묵과하지 않을 것입니다. 이미 배후를 짐작할 수 있는 유력한 증거가 잡힌 상태입니다. 확실한 증거가 정리되면 그때 모든 것을 밝히도록 하겠습니다. 이상입니다.

-잠시만요! 최한별 씨 이마에 상처도 그 사고로 인한 것입니까!

-⋯⋯부딪치면서 타박상을 입었습니다. 그 외에 다친 곳은 없습니다.

두 사람이 다시 한 번 동시에 고개를 숙여 인사하곤, 경호를 받으며 자리를 떴다. 펑펑 터지는 플래시 세례를 끝으로 화면이 전환됐다. 짐짓 심각한 얼굴을 한 진행자가 상황의 심각성을 중계했다.

"최한별이 스토킹이라니⋯⋯. 그것도 누가 사주해서?"

아직도 경악에 찬 윤아가 고개를 저었다.

"무섭다, 무서워. 연예계랑 조폭, 그런 거랑⋯⋯ 연관 있다더니, 너 진짜 위험할 뻔한 거 아냐?"

"다행이지. 위험할 뻔, 만 해서."

윤아는 다시 시트를 아래로 내려주었다. 지영은 욱신욱신 쑤시는 어깨의 통증을 인내했다.

"그럼…… 이제 어떻게 되는 거야? 너랑, 최한별."

"그러게."

"뭐야. 남의 얘기인 것처럼. 네 얘기거든?"

윤아의 핀잔에도 지영은 살며시 웃을 뿐이었다.

──……아, 지금 현장에 나가 있는 리포터로부터 전해진 속보입니다!

지영과 윤아가 다시 동시에 TV로 고개를 돌렸다. 갑작스러운 속보를 전해 받은 진행자는 당황하지 않고 노련하게 말을 이었다.

─몇 시간 전 잡힌 범인이 지금, 자신에게 최한별을 폭행하라고 사주한 배후가 누구인지 자백했다고 합니다! 아직 회견장에 남아 있는 윤슬기 리포터를 연결하도록 하겠습니다. 윤슬기 리포터!

──……네, 윤슬기 리포터입니다! 저는 기자회견이 열렸던 도이 엔터테인먼트 회사 로비에 있습니다. 조금 전 이선우 대표가…….

13. 첫사랑

역전은 순식간이었다. 대중은 손바닥보다 더 쉽게 뒤집혔다. 한별을 등졌던 사람들은 다시 그에게로 돌아섰고, 한별에게 손가락질을 하던 사람들은 손가락을 반대로 돌렸다.

며칠 전까지만 해도 히죽 웃고 있던 윤호의 얼굴이 반대로 잔뜩 구겨졌다. 웃음소리로 터져나갈 듯했던 사무실은 얼음장처럼 싸늘했다. 재환은 침묵을 지켰다.

"정윤태, 이 개새끼!"

윤호는 물에 빠진 사람처럼 허우적댔다.

기사로는 범인이 직접 배후를 자백했다고 했지만, 사실 직접적으로 윤호를 지목한 것은 범인이 아닌 정윤태였다. 경찰이 범인 휴대폰 통화 목록에 있던 정윤태를 끌어냈고, 선우가 직접 사자대면을 요청했다. 그 속에서 무슨 이야기를 했는지, 정윤태는 얼마 지나지 않아 자신이 범인과 배후의 중간다리 역할을 했다고 밝혔다.

"정윤호 씨."

윤태의 증언은, 빠져나가기 어려운 확실한 증거였다.

"당신을 최한별 폭행사주 혐의로 체포합니다."

윤호가 저항하지 못하도록 팔을 단단하게 쥔 형사는 침묵을 지키고 있던 재환까지 끌어냈다. 재환은 순순히 뒤를 따랐다.

"윤재환 씨!"

"윤재환 씨! 한마디만 해주시죠! 사실을 알고 있었습니까!"

얼마 전까지만 해도 한별을 괴롭히던 플래시가 이번에는 재환의 눈을 멀게 했다.

한별은 실시간으로 뜨고 있는 기사들을 빠르게 훑었다. 내용은 다 비슷비슷했다. 윤호가 배후로 밝혀지면서 사건은 급물살을 탔다. 동종업계의 소속사 대표가 벌인 일이라는 것이 엄청난 충격을 가져다주는 듯했지만, 사람들은 금세 다른 것에 관심을 쏟았다. 바로 재환이었다. 기자들은 재환이 한별의 뒤에서 늘 '만년 2인자'라는 타이틀을 가지고 있었다는 것을 강조하며 은근하게 그 역시 대표의 범죄 사실을 알았을 것이라는 뉘앙스를 흘렸다.

한별을 두고 극과 극으로 나뉘었던 사람들은 다시 재환을 두고 극과 극으로 나뉘었다. 몰랐을 것이다. 알았어도 어쩔 수 없었을 것이다. 라며 막아서는 사람들과 분명 알았을 것이고, 뿐만 아니라 가담했을 것이다. 방관도 범죄다. 라고 강경하게 밀어붙이는 사람들이 맞붙었다.

한별과 재환이 함께 촬영한 영화 '집'의 개봉 여부까지 끼어들며 판은 완전히 아수라장이었다. 뒤집어진 판에서 한별은 무결한 피해자였고 재환은 방관자, 혹은 가해자였다.

"윤재환."

한별은 패드를 내려놓으며 맞은편에 앉은 재환을 보았다. 방관 혐의가 씌워진 재환 역시 조사 대상이었다. 한별은 경찰에게 양해를 구하고 조사실에서 먼저 재환과 마주 앉았다.

"언제부터 알았어?"

한참 눈을 감고 있던 재환은 눈을 뜨며 답했다.

"어렴풋이는, 스튜디오에서 인터뷰한 이후로. 확실하게는…… 며칠 전, 사고가 일어나기 전에."

"범인이 던진 카메라에 지영이 어깨가 부러졌어."

미동도 하지 않던 재환이 그제야 반응을 보였다.

"그래서 난 네 대표 인생을 부러트릴 생각이야. 다시는 일어서지 못하게 아주 자근자근."

한별은 의자에 등을 기대며 여유를 부렸다.

"난 여기에서 나가면, 기자들 앞에서 이렇게 얘기할 거야. 윤재환은 몰랐을 것이다. 지난 인터뷰장 사건 당시에도 범인을 붙잡기 위해 그를 막아서기까지 했다. 알았으면 그러지 못했을 것이다. 라고."

재환이 놀란 얼굴을 감추지 못했다.

"그러면 아마 네게 헌신하는 팬들이 그걸 가지고 널 보호하겠지. 넌 방관 혐의를 벗을 수 있을 거야."

"왜 그런……."

"정윤호는 구속될 거고, 회사는 엉망진창으로 흘러가겠지. 넌 계약 기간이 만료될 때까지 기다려야 할 거고. 아……. 운이 좋으면 어떤 좋은 사람을 만나 도움을 받을 수도 있겠지. 그럼 더 빠르게 계약을 끝낼 수도 있을 거고."

재환의 얼굴이 구겨졌다.

"무슨 말을 하고 싶은 거야?"

"그러는 동안 넌 잊혀질 거야. 아무도 널 찾지 않을 거고, 넌 어디에도 나올 수 없을 거야. 넌 끝까지 내 이름 뒤에서 발버둥 치다가, 결국은 네 이름도 잃고 가라앉을 거야."

"최한별!"

"내가 널 밟지 않고 놔주는 이유야."

"……뭐?"

"내가 군이 힘들여 밟지 않아도, 넌 그냥 누구에게든 밟혀 묻힐 테니까."

한별은 재환을 똑바로 보며 그를 비웃었다.

"실수에 두 가지 종류가 있어. 돌이킬 수 있는 것과 돌이킬 수 없는 것."

한별은 다시 재환을 향해 허리를 숙이며 나직이 속삭였다.

"스캔들. 네가 시작했지."

재환은 입술을 깨무는 것으로 대답을 대신했다.

"네가 저지른 실수는 후자야."

"……."

"돌이킬 수 없는 실수를 했어. 윤재환."

한별은 미련 없이 일어서서 조사실을 나갔다. 재환과 더 오래 마주 보고 싶지 않았다.

재환은 앞으로 누구도 찾지 않는 잊혀진 사람이 될 것이었다. 그를 방관했다는 죄목에서 풀어준 것은 그 때문이었다. 방관자라는 이름을 붙여주는 것보다, 방관자라는 이름조차 없는, 윤재환도, 그 무엇도 아닌 빈껍데기로 잊혀지게 만드는 것이 가장 큰 벌이었다.

"이틀 정도 더 보고, 그 이후에 퇴원 수속 하시는 걸로 할게요. 통증은 어때요?"

지영은 답지 않게 눈물까지 글썽거렸다.

"아파요."

이제껏 그 수많은 운동들을 병행하면서도 이렇게 다친 적이 없어서였을까. 워낙 병치레가 없는 체질에 타고난 무쇠 팔, 무쇠 다리여서 그동안 크게 다쳐본 거라고는 몇 년 전 태권도 시범을 보이다 넘어져 발목이 삐끗한 게 다였다. 이런 통증은 생에 처음이었다. 얼마나 아픈지, 통증이 느껴지는 감각이 신선할 정도였다.

지영은 22년 만에 처음으로 통증에 잠에서 깨고, 아파서 울었다. 병문안을 온 선우가 놀라 입을 빼끔거릴 정도로 충격적인 일이었다. 마취가 완전히 풀리고 나서부터 3일 동안은 계속 눈물을 찔끔찔끔 흘렸다.

"붓기는 괜찮은 것 같은데."

의사는 차트를 덮으며 담담하게 말을 이었다.

"찜질 계속 해주시고요. 보조기는 안 불편하시죠?"

"네. 아주 불편하지는……."

"보조기 하셨어도 의식적으로 움직이지 않으려고 하셔야 하고요. 쉬세요."

의사가 나가자마자 선우는 상체가 다 가려질 만큼 큰 상자를 들고 들어왔다.

"좀 어때?"

"이제 죽을 정도는 아니에요. 아프긴 하지만."

선우는 간이의자에 상자를 내려놓았다. 지영이 자연스럽게 상자 안을 보았다.

"뭐예요?"

"선물."

"선물이요?"

"아니다. 정확히 말하자면, 조공?"

"……조공?"

선우는 상자를 활짝 열었다. 가장 먼저 보이는 것은 엄청나게 많은 편지봉투였다. 선우는 편지봉투를 한데 모아 지영에게 건넸다. 얼떨결에 받아 든 지영은 사진을 넘기듯 하나씩 넘겼다.

"저한테 온 거예요?"

"한별이 공식 팬클럽에서 편지 모아 보냈어. 뭐 대충 오해해서 미안하다, 우리 배우 구해줘서 고맙다. 이런 거겠지?"

지영은 봉투 하나를 뜯어 편지지를 열었다. 글씨로 빼곡한 편지를 빠르게 훑어 읽던 지영이 푸흡, 하고 웃음을 터트렸다.

"왜?"

"아닌데. 어깨가 아니라 머리가 깨졌어야 한다는데요? 완전 저주가 가득."

지영은 다른 편지를 뜯어 읽었다.

"네가 한별이를 구해준 건 고마운 일이지만 그렇다고 너를 인정할 수 없다. 애초에 너랑 만나지만 않았어도 그런 일은 없었을……."

선우가 다급히 편지지를 빼앗았다. 당황해 얼굴이 하얗게 질린 선우와 달리, 지영은 샐쭉 웃기까지 했다.

"뭐야. 애초에 내가 경호해주러 간 거라고 말까지 했는데."

선우는 다급하게 지영의 손에 들려 있는 봉투들을 빼앗듯 가져가 하나씩 빠르게 넘겼다.

"아닌데. 분명히…… 여기 있다. 이거 보면, 이 사람이 팬클럽 회장인데."

지영은 선우가 건네준 편지를 읽었다. 처음 연애 사실을 접했을 때 복잡했던 심경부터, 오해해서 미안하다는 사과, 한별을 구해줘서 고맙다는 감사 인사가 빼곡하게 적혀 있었다. 그리고 앞으로 마음고생 할 일이 많을 테지만 예쁘게 잘 만나라는 당부가 마지막 말이었다. 지영은 진심이 꾹꾹 눌러 담겨진 편지를 곱씹어 읽었다.

"밖에 반응도 반반이기는…… 해. 자기들끼리 이게 맞네, 어쩌네 하면서 치고 박고. 원래 그래. 한 번 터진 루머는 끝까지 발목 잡고."

"윤아한테 대충 들었어요. 그래도 나서서 아니라고 해명해주는 사람들도 많이 생기고, 사귀는 거 자체에 대한 반응은 많이 유해졌다고."

지영은 편지지를 팔랑팔랑 흔들며 웃었다.

"그리고 회장님이 잘 사귀라는데요. 이 정도면 공인받은 거 아닌가. 팬클럽 회장이 인정해줬는데, 누구 인정이 더 필요하겠어요."

지영은 편지를 다시 곱게 접어두곤, 다시 상자 안을 보았다.

"다른 건 다 뭐예요?"

"어. 이거는 여기저기서 회사로 보내준 네 선물인데…… 혹시 모르니까 다 까봐야겠다."

작정을 하고 자리에 앉은 선우가 예쁘게 잘 포장되어 있는 상자를 하나씩 뜯기 시작했다. 다행히 그가 생각하는 끔찍한 선물은 없었다. 영양제, 비타민, 각종 영양즙 같은 것들이 우르르 쏟아져 나왔다. 마지막 상자까지 열어 문제가 없음을 확인한 선우가 다시 상자에 차곡차곡 정리를 하기 시작했다.

"영양제 따로 안 사 먹어도 되겠다."

선우는 지영의 어깨를 꼼꼼히 살펴보았다.

"의사 선생님이 뭐래?"

"이틀 정도 경과 더 보고, 그 다음에 퇴원하래요. 보조기 뺄 때까지는 계속 통원 치료 하고."

"형이 아침에 사골을 이만큼 사 왔더라. 아마 지금 펄펄 끓고 있을걸. 내일 가져올게."

"삼촌 일 많지 않아요? 그냥 퇴원하고 집에 가서 먹어도 괜찮은데."

"바빠서 몸이 쪼개져도 와야지."

지영은 금세 쓸쓸하게 웃는 선우를 보며 한숨을 쉬었다. 그렇게 생각하지 말라고 몇 번을 강조해 말했는데도, 선우는 이 사고에 부채감을 느끼고 있었다. 막상 죄책감을 느껴야 할 사람은 뻔뻔하게 억울하다고 소리 지르고 있는데, 아무 잘못도 없는 사람들이 자신에게 미안해하는 것이 마음에 들지 않았다. 지영은 삽시간에 풀이

죽어 어깨를 축 늘어트리고 있는 선우의 손을 토닥토닥 두드렸다.

"그럼 내일 부탁드려요."

"그래."

선우는 시간을 확인하곤 자리에서 일어섰다.

"내일 오기 전에 전화할게."

재킷 단추를 잠그던 선우가 무의식적으로 문을 흘끗 바라보다가, 다시 지영에게 고개를 돌렸다.

"아, 참."

"네?"

"그리고 한별이가 물어보래서 물어보는데."

선우는 문틈 사이로 비 맞은 개처럼 처량한 얼굴로 서 있는 한별을 가리켰다.

"왜 못 들어오게 하는 거야?"

선우의 손가락을 좇아 문으로 향하던 지영의 얼굴이 다시 반대편으로 돌아왔다. 선우는 티가 나게 한별을 외면하고 있는 지영과, 그런 그녀와 어떻게든 눈을 마주치려 애를 쓰는 한별을 번갈아 보았다.

기이한 일이었다. 한별은 벌써 4일째, 지영의 병실 문 앞만 기웃거릴 뿐 병실 안으로 한 발짝도 들어갈 수 없었다. 마취에서 완전히 깨어난 뒤 하루를 보낸 지영은 무슨 생각인지, 갑작스럽게 한별에게 출입 금지를 선언한 이유였다. 그래서 한별은 그날로부터 지금까지 계속 주인이 방문을 열어주기를 기다리는 개처럼 문 앞을 지키고 서 있었다.

"온갖 사람들 다 들어오게 하면서, 한별이만 왜? 싸웠어?"

"아니요."

"그런데 왜?"

지영은 곤란한 듯 우물쭈물대며 대답을 회피했다.

"최한별 저러고 있는 거 사진 다 찍혀서 인터넷에 막 돌아다닌다. 요즘 쟤 스케줄이 저거 하나야. 저렇게 서 있다가 사진 찍어주고, 사인해주고."

선우는 다시 자리를 잡고 앉아서 지영을 채근했다.

"무슨 일인데 그래?"

지영은 한참을 망설이다가 쭈뼛대며 입을 뗐다.

"그게……."

한별은 싸늘하게 굳어서 나오는 선우를 보며 다급히 물었다.

"뭐야. 표정이 왜 그래? 왜 그런데? 심각해?"

한별은 지난 4일간 문 앞을 지키면서 불안에 떨었다. 지영이 병실에 절대 들어오지 말라며 쫓아낸 이후로 오만 가지 생각을 다 했지만 딱 떨어지는 해답을 찾을 수 없었다. 너무 답답해 막 병실에서 나오는 윤아를 붙잡고 혹시 무슨 말 들은 게 없냐고 물었을 때도, 윤아는 '퇴원하시고 보는 게 나을 것 같아요'라고만 말하고 도망치듯 사라졌다.

"뭐라고 말 좀 해봐."

선우가 착잡한 표정을 지으며 고개를 가로저었다.

"여기에 그만 있는 게 좋을 것 같다."

"뭐?"

4일 내내 혹시, 설마 했던 생각이 맞는 것 같다는 불안감이 온

몸에 쫙 퍼져 나갔다. 한별은 동아줄처럼 선우의 팔을 꾹 쥔 채 다시 물었다.

"왜…… 왜 그런 거래?"

"네가 병원에 안 왔으면 좋겠다는데."

한별의 손이 힘없이 허물어졌다. 금방이라도 주저앉을 것처럼 다리가 휘청거렸다.

"퇴원하고, 나중에 봐. 내 생각에도 그게 좋을 것 같다."

"이유가…… 뭔데."

"잠깐만."

선우는 갑자기 휴대폰을 꺼내, 한별이 피할 새도 없이 그의 얼굴을 찍었다. 셔터 소리에 깜짝 놀란 한별이 이내 다시 표정을 구기며 선우를 채근했다.

"이유가 뭐냐니까, 왜 사진을 찍어!"

"지영이가 사진이나 하나 보내달라고 해서."

"뭐?"

휴대폰을 집어넣은 선우의 얼굴은 언제 착잡하게 굳어 있었냐는 듯 미소로 만개해 있었다. 한별은 도무지 종잡을 수 없는 선우의 행동에 치밀어 오르는 짜증을 애써 억눌렀다. 지금은 짜증이나 화를 낼 때가 아니었다. 왜 지영에게 갑자기 심경의 변화가 있었는지 알아야 했다. 한별은 마음속에만 담아두고 있었던 추측들을 하나씩 꺼내놓았다.

"사고 겪으니까, 내가 싫어졌대? 만나기 무섭대? 부담스럽고 그렇대?"

"다 틀렸고."

선우는 한별의 어깨를 두드렸다.

"내가 내 조카 체면 때문에 말 안 하려고 했는데, 진짜 큰맘 먹고 얘기해준다."

선우가 한별에게 더 가까이 다가가 무언가를 속삭였다. 심각하게 선우의 이야기를 듣던 한별의 표정이 초 단위로 변했다. 이윽고 그의 얼굴이 환해졌다.

지영은 잠에서 깨자마자 스멀스멀 올라오는 간지러움에 주먹을 꽉 쥐었다. 병원에 입원해본 적이 없어서 몰랐던 애로 사항 중 그녀를 가장 힘들게 하는 것은 바로 제대로 씻지 못한다는 것이었다. 보조기를 한 데다가 한쪽 팔을 움직일 수 없고, 목도 제대로 가눌 수 없어서 씻지 못한 것이 어언 일주일을 향해가고 있었다. 누군가의 도움 없이는 양치조차 할 수 없었다.

아침에는 장우의 도움으로 겨우 양치를 했다. 고개를 숙일 수 없어 정면을 보는 그대로 물을 뱉어내야 했는데, 장우는 그럴 때마다 '아침 드라마에 나와서 주스 뿜는 탤런트 같다'고 놀려대곤 했다. 세수도 윤아가 가져온 클렌징 티슈로 닦는 게 전부였다.

가장 견딜 수 없는 것은 머리였다. 윤아가 드라이 샴푸를 가져와주었지만 그것만으로는 한계가 있었다.

얼굴이 꾀죄죄해지고, 머리에 기름이 지기 시작하자마자 지영이 가장 먼저 한 일은 한별을 병실 밖으로 쫓아내는 것이었다. 앞으로 여기서 더 꾀죄죄해질 텐데, 이런 몰골을 보여주고 싶지 않았다. 한별이 처량하게 문 앞에 서 있는 걸 알면서도 내내 모르는 척하고, 눈조차 마주치지 않은 이유였다.

자신이 거울로 봐도 정이 뚝 떨어질 만큼 추잡한 꼬라지를 한별이 가까이에서 본다는 것은 상상조차 하기 싫었다. 아무리 무지한 자신이라도, 연애 초반에 민낯을 보여주면 안 된다는 것 정도는 알고 있었다. 거울로 이리저리 얼굴을 비춰보았다. 거울에 비치는 자신의 얼굴은 민낯 정도가 아니었다.

지영은 수심이 가득한 얼굴로 휴대폰을 집었다. 휴대폰 바탕화면에는 어제 선우가 찍어 보내준 한별의 얼굴이 있었다.

"잘생겼네."

보고 싶다.

한별의 얼굴이 꺼지지 않도록, 지영은 액정을 톡톡 두드렸다.

"지영아."

톡톡, 소리를 끊은 것은 익숙한 목소리였다.

"엄마, 깜짝이야."

지영은 식겁한 얼굴로 한별을 보았다. 지영은 멀쩡한 왼쪽 팔을 뻗어 성큼성큼 다가오는 그를 막다가, 자신의 얼굴을 가렸다.

"뭐, 뭐야. 들어오지 말라고 했잖……!"

지영은 말을 다 잇지 못하고 얼굴을 가린 손을 천천히 내렸다. 성큼성큼 다가오던 한별이 갑작스럽게 방향을 틀어 화장실에 들어간 탓이었다. 지영은 뭔가 싶어 한별이 사라진 자리를 보았다. 그가 들어간 화장실에서 물소리가 났다.

……화장실이 급했나?

지영이 그렇게 단정 짓기 직전, 다시 화장실 문이 열렸다. 지영은 반사적으로 자신의 얼굴을 다시 가리곤, 손가락을 살짝 벌려 틈새로 한별을 보았다.

"……뭐야?"

지영은 한별이 들고 있는 대야를 보았다. 대야는 물이 가득 채워져 김을 모락모락 뿜어내고 있었다. 한별은 대야를 테이블에 올리고, 그 테이블을 통째로 들어 침대 앞까지 들고 왔다.

물소리가…… 그 물이 아니라 이 물이었구나. 하던 생각도 잠시, 지영은 헉 소리와 함께 다시 얼굴을 제대로 가렸다.

"퇴원하고 보자고 했잖아."

"이쪽으로 천천히 누워봐."

지영이 다시 손을 살짝 내렸다. 한별은 언제 빼간 건지 넓은 베개를 그녀의 발밑에 두고, 그 위에 몸을 다 가릴 만큼 크고 두꺼운 수건을 한 번 접어 깔았다.

"……뭐야?"

한별은 말없이 지영에게 다가갔다. 지영은 아연실색을 하며 할 수 있는 만큼 최대한 몸을 뒤로 뺐다. 지영은 입원하고 난 뒤 처음으로, 자신의 몸을 의지대로 움직일 수 없는 것에 참담함을 느꼈다. 한별은 지영의 어깨와 목을 건드리지 않기 위해 조심스럽게 그녀의 등을 손으로 받쳤다. 미약한 저항으로는 그를 당해낼 수 없었다. 지영은 결국 그의 손길을 따라 수건 위에 머리를 대고 누웠다.

"설마……."

익숙한 자세에 지영은 눈을 치켜떴다. 한별은 설마가 진짜라는 걸 보여주듯이 머리카락에 물을 묻혔다.

"물 들어가면 안 되니까 움직이지 말고, 편하게 누워 있어."

지영은 눈을 질끈 감으며 나직이 말했다.

"삼촌이 말했구나."

한별에게 기름진 머리를 맡기다니, 쥐구멍이라도 있으면 숨고 싶은 심정이었다. 어깨가 다시 아작 나든 말든 자리를 박차고 도망치고 싶었다. 그러나 아무것도 할 수 없었다. 오히려 머리카락 사이사이에 따뜻한 물이 닿아 흐르자 온몸이 노곤하게 풀어졌다.

"내가 4일 동안 밖에서 무슨 생각까지 했는지 알아?"

지영은 천천히 눈을 떴다. 고개를 숙인 한별의 얼굴이 가까이에 있었다. 어둡게 가라앉은 얼굴을 보니 갑작스럽게 미안한 마음이 들었다. 지영은 두서없이 변명을 늘어놓기 시작했다.

"그게 아니라…… 내가 보기에도 너무, 아니어서……."

"뭐가 아니야?"

"몰골이."

목소리가 저절로 기어 들어갔다. 지영은 눈을 굴리며 한별의 눈치를 살폈다.

"화났어? 그래서 나는, 퇴원도 서두르려고…… 이렇게 꾀죄죄한 얼굴 보여주기 싫어서."

"화 안 났어."

한별은 지영의 머리카락을 모아 쥐곤 조물조물 만졌다.

"안도하는 중이야."

지영은 그제야 한별과 시선을 맞췄다.

"너한테 안 차여서."

'지영이 5일 내내 제대로 씻지도 못하고 저렇게 누워만 있었어. 넌 5일 동안 제대로 씻지도 않고 누워만 있는 네 모습, 지영이한테 보여주고 싶어?'

어젯밤, 선우의 말을 듣고 나서 처음 느낀 감정은 안도였다. 다행이다. 한별은 자신이 생각한 최악과 거리가 먼 이유에 가슴을 쓸어내리며 안도했다.

"말이나 좀 해주지. 진짜 온갖 상상 다 하면서 벌서고 있었어. 알아?"

"어떻게 말해. 내 꼴이 개판이라 보면 깰 것 같으니까 나중에 보자고 할 수도 없고. 내가 아무리 몰라도 이 정도는 알거든. 초반에 이런 모습 보여주면……."

"몰라도 너무 모르는데?"

"……내가 뭐?"

"초반에 얼마나 두꺼운 콩깍지가 끼이는지 알아? 난 지금도 너 선녀 같아."

"선녀…… 가 뭔지 잘 모르는 거 같은데."

"난 앞으로도 콩깍지 안 벗을 예정이라, 네가 무슨 모습으로 뭘 해도 좋아."

한별이 애틋한 목소리로 속삭였다.

"뭘 해도 좋으니까, 보지 말자는 말만 하지 마."

어쩐지 처량 맞아 보이는 한별의 얼굴을 보며, 지영은 죄인이 된 듯한 기분을 느꼈다.

"미안."

"이제 안 그러기만 하면 돼."

"안 그럴게."

더 이상의 대화는 없었다. 한별은 화장실과 침대를 바쁘게 오가며 새 물을 받아 머리를 헹구고, 다시 샴푸를 덜어 거품을 냈다. 기다란 손가락이 지영의 머리를 세심하게 감겼다. 거품을 씻길 때에도, 목덜미 밑으로 물이 새지 않게 일일이 손으로 닦아냈다. 한참 동안 눈을 감고서 그에게 머리를 맡기고 있던 지영이 별안간 웃음을 터트렸다.

"푸흐흐……."

"왜? 간지러워?"

"아니. 그게 아니라…… 너무 시원해서."

"웃지 마. 어깨 흔들리면 아파."

한별은 지영의 머리카락을 모아 물기를 꼭 짰다. 그러곤 다시 새 물을 받아 와 이마에 묻은 거품을 조심스럽게 걷어내고 물로 닦았다. 손을 갈고리처럼 만들어 머리카락을 빗어주는 그의 손길에 지영은 다시 웃음을 터트렸다.

"웃지 말라니까. 어깨 아프면 어떻게 하려구."

한별은 지영의 머리가 흔들리지 못하게 이마를 살짝 누르곤, 다시 머리카락의 물기를 쭉 짜냈다. 얼마나 열심히 감겼는지, 그의 이마에 땀이 송골송골 맺혔다. 한별은 지영의 머리카락을 수건으로 닦고, 둘둘 말아 위로 고정시켰다.

"이제 천천히 일어나."

지영은 한결 개운한 얼굴로 그에게 기대어 상체를 일으켰다. 한별은 혹시나 물이 묻을까 다른 수건으로 지영의 뒷목을 조심스럽게 감쌌다. 지영을 다시 똑바로 앉히고, 시트를 조정해 위로 올렸다.

"수건으로 머리 이렇게 감싸는 건 어떻게 알아?"

"숍에서 본 대로 해보니까 되네."

"맞다. 연예인이었지."

지영의 농담에 한별은 픽 웃으며 수건을 꼭꼭 눌렀다.

"말리지는 못하겠다. 물기 좀 없어질 때까지 이렇게 있어."

"고마워. 지금 진짜 날아갈 것 같아."

"잠깐 있어봐."

한별은 머리를 감겨주는 것으로 그치지 않았다. 지영이 양치를 할 수 있도록 도와주고, 다시 부산스럽게 움직여 깨끗한 물을 대야에 받아와 베드 테이블 위에 놓았다.

"세수까지 시켜주려고?"

한별은 고개를 끄덕이곤 지영의 목에 수건을 둘러 꼼꼼하게 묶었다.

"눈 감아봐."

한별은 혹시나 턱 아래로 물이 흐를까 턱 아래를 수건으로 막듯이 받친 채 조심조심 얼굴에 거품을 묻혔다. 지영은 멀쩡한 왼 손을 살짝 들었다.

"비누칠하는 건 내가 할 수 있는……."

한별의 손이 서슴없이 입술에 닿아 지영은 말을 다 하지 못하고 입을 꾹 다물었다. 보들보들한 거품이 묻은 손길이 퍽 부드러웠다. 지영은 손을 다시 내리고 얌전히 그에게 얼굴을 맡겼다.

한별은 최대한 살살 거품을 닦아냈다. 지영은 얼굴이 보송보송해진 느낌이 좋아 만족스러운 미소를 지었다. 거품이 사라진 살결에 물기로 촉촉한 한별의 손이 스쳤다. 간질간질한 감촉에 지영의 눈가가 파르르 떨렸다. 얼굴에 조금씩 열이 오르는 것이 느껴졌다.

"이제 눈 떠도 돼?"

한별의 손이 뺨을 감싸자 기다렸다는 듯 화하게 열이 뺨에 퍼져

나갔다.

"잠깐만. 여기에 거품 덜 닦였어."

스멀스멀 눈을 뜨려던 지영은 그 말에 다시 눈을 꼭 감았다. 한별의 반대쪽 손이 그녀의 눈가를 스치고 지나갔다. 그의 손길이 지나가자마자, 지영은 성급하게 눈을 떴다.

"이제 됐……."

눈을 떴는데도 앞이 보이지 않았다. 지영은 자신의 시야를 깜깜하게 막은 것이 한별의 손이라는 것을 뒤늦게 깨달았다. 앞이 보이지 않자 다른 감각이 몇 배 더 선연하게 느껴졌다. 뺨을 쓰다듬는 보드라운 손길, 점점 더 가까워져 오는 미지근한 숨결, 나른한 한숨 소리.

그리고 입술에 닿는 말캉한, 낯선 감촉.

지영이 어둠 속에서 눈을 깜빡였다. 여전히 보이는 것은 없었지만, 입술에 닿은 것이 무엇인지쯤은 보지 않아도 알 수 있었다.

입술 새를 파고들던 한별의 숨결이 멀어졌다. 그와 동시에 지영의 시야를 가리고 있던 한별의 손이 사라졌다. 지영은 축축하게 젖은 입술을 달싹였다. 한별이 다시 그녀의 뺨을 어루만졌다.

"좋아해."

한별은 연필에 힘을 주어 글자를 꾹꾹 눌러쓰듯, 지영의 가슴 위로 자신의 마음을 적어 보냈다.

"정말 좋아해."

그의 나직한 고백이 지영으로 하여금 다시 눈을 감게 했다.

"보조기 뗐다고 해서 막 움직이시면 안 되고요. 재활 치료 받으러 병원 꾸준히 오셔야 합니다."

지영은 거의 두 달 만에 스스로 어깨와 팔을 움직였다. 기름칠 안 한 녹슨 쇠처럼 뻣뻣하게 움직이기는 했지만, 지영은 어깨를 움직일 수 있다는 것에 의의를 두었다.

"고맙습니다."

의사는 지영이 나가는 그 순간까지도 절대 무리하게 움직이지 말라고 거듭 당부했다. 지영은 그의 당부에 걱정하지 말라며 단언했다. 그도 그럴 것이, 지영이 조금만 움직여도 기겁을 하며 못 움직이게 막는 감시자가 있어 걱정할 게 없었다.

지영이 나오자 복도를 서성이던 한별이 모자를 살짝 들췄다. 지영은 손을 살짝 흔들었다.

"해방이다!"

그러나 그 작은 움직임마저도 한별에 의해 저지당했다.

"조심해. 갑자기 움직이면 안 돼."

"이 정도는 괜찮아."

"안 돼."

한별은 단호했다. 병원에서 나와 차를 타고 집으로 가는 내내 한별은 물가에 애를 둔 부모처럼 일, 이 분에 한 번씩 지영의 팔을 흘긋거렸다. 혹시나 잘못 만져 다시 으스러질까, 한별은 위태로운 유리 공예품을 대하듯 조심스러웠다.

"이것만으로도 살 것 같다."

마음 같아서는 풍차처럼 팔을 붕붕 돌리고 싶었다. 앞으로 몇 달은 더 신경 쓰고 조심해야 한다는 부담감이 있었지만, 오늘만큼은 보조기로부터 해방되었다는 기쁨만을 누리고 싶었다.

"저녁 먼저 먹자."

지영은 기다렸다는 듯 대답했다.

"피자 먹고 싶다. 기름지고 느끼한 밀가루."

"안 돼."

"……그럼 치킨."

"안 돼."

"구운 치킨."

"혹시 몰라서 안 돼."

"……맥주."

"절대 안 돼."

지영은 강경하게 나오는 한별을 물끄러미 보며 물었다.

"스케줄 없어? 안 바빠?"

"오늘 없어. 내일도 없고, 모레도 없을 예정."

"……설마 영화 잘렸어?"

사뭇 진지한 물음에 한별은 웃음을 터트렸다. 그가 웃는데도 지영은 진지한 표정을 하곤 대답을 기다렸다. 그러고 보니 퇴원을 하고 보조기를 빼는 오늘까지 두 달 동안, 한별이 일 때문에 옆을 비웠던 날이 그다지 많지 않았다. 두 달 동안 가장 길게 떨어져 있던 것은 한별이 일본으로 화보 촬영을 갔다 왔던 지난 달, 3일이 최장 기록이었다. 분명 이즈음 새로 영화를 찍는다고 했었던 것 같은데, 생각해보니 최근 영화의 이응 자도 꺼내지 않았다.

"진짜 잘렸어?"

"세상 사람들이 다 잘려도, 나는 안 잘려."

한별은 겨우 웃음을 멈추곤 지영의 불안을 해소해주기 위해 말했다.

"윤영 감독님이 갑자기 봄에 찍고 싶다고 일정을 미뤘어."

"……그럴 수 있는 거야?"

"워낙 소규모 영화여서. 다행히 스케줄도 잘 조율됐고, 오히려 난 휴식 기간이 있어서 더 좋고."

한별은 지영을 흘겨보며 투정을 부렸다.

"스케줄 있었으면 하고 바라는 것 같다."

"내가? 아니."

지영은 부러 과장된 표정과 한층 높인 목소리로 강하게 부정했다. 스케줄이 없어서 너무 좋다는 말을 여섯 번쯤 들은 뒤에야 한별은 풀어진 얼굴로 다시 운전에 집중했다.

"그런데, 어디로 가는 거야?"

"집."

"집? 삼촌 집 가는 길이 아닌데."

"형 집에 가는 거 아냐."

"그러면?"

한별은 씩 입꼬리를 올렸다.

"내 집."

지영의 낯빛이 단번에 굳었다. 집. 한별의 집이라니. 지영이 알고 있는 바로는, 한별은 새로 이사 간 빌라에서 혼자 지내고 있었다. 혼자인 그의 집에 갑자기 어느 가족이 있을 리 만무했다. 그러니까 지금 한별이 말하는 것은 아무도 없는 빈집에 함께, 단둘이 나란히 가겠다는 뜻이었다.

"……그 집에는 왜?"

지영은 순식간에 긴장한 얼굴을 하곤 침을 꿀꺽 삼켰다. 친구들이 '기다리고 있겠다. 너 팔 다 낫는 거' 하고 말하며 음흉하게 웃을 때마다, 지영은 그 말이 무슨 뜻인지 모르는 시늉을 했지만 사실은 다 알고 있었다. 한별이 그런 뉘앙스를 풍긴 것은 단 한 번도 없었지만, 지영은 속으로 그가 내심 참고 있을 거라고 짐작하고 있었다.

"왜긴."

한별은 짧은 대답 이후 아무 말도 하지 않았다. 지영은 다시 침을 꼴깍 삼켰다.

오늘이 디데이였나. 아직 마음의 준비가 안 됐는데. 이렇게 그냥 이끌려서 가도, 아니 해도 되는 건가?

두 달 동안 얕고 짙은 키스는 매일 도장을 찍듯 했다. 사람들 눈을 피해, 할 수 있을 때마다 입술을 부딪쳤다. 어설픈 입맞춤이었지만 시간이 지난 뒤에는 꽤 자연스러워졌다. 이제 포옹을 하거나 키스를 하는 것은 망설이지 않고 할 수 있었다. 문제는 그 다음, 오늘 닥친 이것이었다.

"저기, 음."

"다 왔다."

지영은 창밖을 보며 좌절했다. 복잡한 생각에 잠겨 있던 사이 어느새 주차장 안이었다. 지영은 울며 겨자 먹기로 한별에게 이끌려 나왔다. 지영은 자신의 어깨에 한별의 손이 닿자마자 흠칫 떨었다.

"왜? 아파?"

한별은 금세 어쩔 줄 몰라 하는 얼굴로 지영을 살폈다. 지영은 얼른 고개를 저었다.

"아니야. 갑자기…… 좀 추워서."

조심스럽게 어깨를 감싸 안은 한별의 손이 오늘따라 뜨겁게 느껴졌다. 한별은 그런 지영의 속을 아는지 모르는지, 자신의 겉옷까지 벗어 지영의 어깨 위에 조심스럽게 걸쳐주었다.

"얼른 가자."

지영은 밍기적거리며 억지로 한 발씩 움직였다.

"그런데 그냥 가도 돼?"

"응?"

"이사한 지 얼마 안 됐는데. 휴지라도."

한별이 옅게 웃으며 엘리베이터 버튼을 눌렀다. 마침 타는 사람이 아무도 없었는지, 엘리베이터는 금세 주차장까지 내려와 문을 열었다.

"집들이도 아니고, 괜찮으니까 가자. 춥다며."

"어……. 사실 추운 게 아니라 덥네, 더워."

지영은 필사적이었다. 다른 날은 몰라도 오늘은 아니었다. 아무리 담이 큰 자신이라도, 이것에서만큼은 마음의 준비가 필요했다. 이렇게 급작스럽게 소용돌이에 휩쓸리듯 해버리는 것은 아니었다.

"우리 바람 좀 쐴까? 좀 걷자."

"금방 추워서 떨어놓고. 감기 걸려."

지영이 필사적인만큼 한별은 완강했다.

"괜찮은데. 잠깐이라도 여기 동네 한 바퀴만……."

"저녁도 먹어야 하잖아."

지영은 절대 접혀주지 않는 한별을 원망스럽게 쳐다봤다. 어제까지만 해도 져주던 한별이 이렇게 고집스러울 정도로 버티는 것을 보니 정말 오늘이 날인 것 같았다. 어제 낌새라도 좀 주지. 지영은 진심으로 그가 원망스러웠다. 남자는 다 짐승이라더니, 그 말이 딱이었다.

지영은 결국 한별의 손에 이끌려 엘리베이터 안으로 들어갔다. 엘리베이터는 빠르게 올라갔다. 지영은 차라리 이게 멈췄으면 했지만 소망은 이루어지지 않았다.

"잠깐만."

지영은 비밀번호를 누르는 한별의 등을 보았다. 더는 자신의 손으로 다치게 하고 싶지 않았는데, 오늘도 어쩔 수 없이 무력을 감행해야 할 것 같았다. 우선 들어갔다가, 기회를 보고 한 방에 끝내자. 지영은 속으로 결심하며 한별의 뒤를 쫓았다.

"옷 벗어."

지영은 신발도 벗기 전에 본능을 드러내는 한별에 당황해 주먹을 쥐었다. 급소를 피해서 때려야 할지 급소를 때려 한 방에 보내야 할지 고민하는 사이, 한별은 아예 손을 들이밀었다.

"겉옷 안 벗어도 돼?"

"……어?"

한별은 고개를 갸웃거리며 지영의 어깨에 걸쳐주었던 자신의 옷을 걷었다.

"얼른 들어와. 화장실 저기니까 손 씻고."

한별은 소파에 겉옷을 대충 던져놓더니, 분주하게 어디론가 향했다. 지영은 멍하니 서서 그의 동선을 눈으로 따라갔다. 불이 켜지는 소리, 그릇이 부딪치는 소리 같은 게 연이어 들렸다. 지영은 천천히 한별에게 다가갔다. 한별이 분주하게 간 곳은 주방이었다.

"왜 그래?"

"……어?"

한별은 식탁에 수저와 젓가락을 놓으며 의아한 표정을 했다.

"왜 멍하니 서 있어. 어깨 느낌이 이상해? 안 좋아?"

"아니. 아니야."

지영은 황급히 돌아섰다. 뒤에서 한별이 부르는 소리가 들렸지만 멈추지 않고 화장실로 향했다. 한별은 손을 씻으라 했지만 씻어야 할 건 손이 아니라 머릿속이었다. 지영은 차가운 물에 손을 씻고, 물기를 닦지 않은 손으로 얼굴을 감쌌다. 화끈한 열기가 차가운 물기에 조금씩 가라앉았다.

"누가 누구보고 짐승……."

머릿속에 그 생각밖에 안 하고 있던 것은 한별이 아니라 자신이었다. 지영은 거울에 비춰진 짐승을 바라보다, 물밀듯 밀려오는 창피함에 눈을 질끈 감았다.

"미쳤어. 미쳤어."

잠시나마 한별을 오해하고 속으로 난리를 친 게 창피해 죽을 지경이었다. 지영은 성급히 말을 꺼내지 않은 것만으로도 다행이라고 스스로를 달랬다.

"지영아."

지영은 한별의 목소리에 놀라 눈을 번쩍 떴다.

"어, 응."

"어깨 아픈 거 아니지?"

지영은 진심으로 죄책감을 느끼기 시작했다. 두 달 간 다른 것을 다 제쳐두고 오직 자신의 어깨와 쇄골만 걱정하고 간호해준 사람을 잠시나마 짐승으로 치부한 자신이 싫어질 지경이었다.

"아니야. 세수 좀 했어."

"고개 숙이기 괜찮아?"

"응. 이제 나갈게."

나가면 사과를 해야겠다. 한별은 영문을 모르고 왜 그러냐고 하겠지만, 이유는 말해주지 말고 사과만 하자. 지영은 거울을 보며 고개를 한 번 끄덕이곤, 남은 물기를 닦아냈다.

지영은 웃는 얼굴로 문을 열었다.

"이제 가볍게 움직이는 건 괜찮다니……."

가로로 휘어졌던 지영의 눈이 다시 동그랗게 커졌다.

한별이 지영에게 다가와 입을 맞춘 채 그녀의 두 뺨을 조심스럽게 감쌌다. 그의 손이 움직이는 대로 지영의 고개가 살짝 들렸다. 한별이 조심스럽게 눈 아래를 쓰다듬자, 지영은 천천히 눈을 감았다.

그는 허리를 숙이며 고개를 살며시 틀었다. 퍼즐이 맞춰진 듯 두 입술이 완전히 맞붙었다. 한별은 부드럽게 지영의 입술을 두드렸다. 정해진 수순처럼 지영이 더운 숨을 터트리며 입술을 살짝 벌렸다. 한별의 혀가 그 사이를 놓치지 않고 파고들었다.

지영이 두 손을 들어 한별의 가슴 위에 올렸다. 그동안 이렇게 입을 맞출 때마다, 지영은 그를 온전히 안을 수 없는 것에 늘 아쉬움을 느끼곤 했다. 오랫동안 움직일 수 없었던 오른손으로 그의 등을 천천히 안았다. 너른 등이 두 팔 안에 다 담기지는 않았지만, 처음으로 두 팔 가득 한별이 안겨왔다.

한별은 이런 순간에도 지영의 팔과 어깨에 무리가 갈까 무릎을 굽히고 허리를 더 아래로 숙였다. 지영은 그런 한별을 조금 더 힘을 주어 안았다. 지영이 뒤꿈치를 들며 키를 맞추자 두 사람의 가슴이 자연스레 닿았다.

서로의 두근거림이 서로에게 전해졌다. 두 사람의 입꼬리가 동시에 올라갔다. 잠시 떨어진 채로 지영이 속삭였다.

"드디어 안았다."

한별은 그런 지영의 콧잔등에 촉 소리가 나게 입을 맞췄다. 그러곤 지영의 허리를 두 팔로 꼭 안으며 나직이 말했다.

"솔직히 말해봐."

"응?"

"이상한 생각 했지?"

그의 입술이 남기고 간 여운에 잠겨 있던 지영의 얼굴이 벼락을 맞은 듯 깼다.

"뭐, 무슨…… 무슨 생각?"

"이상한 생각."

지영은 은근하게 그의 시선을 피했다.

"내가 무슨 이상한 생각을 했다고 그래."

"배우 앞에서 연기하는 거 아닌데."

한별은 지영의 허리를 더 단단하게 안고, 천천히 얼굴을 숙이며 가까이 다가갔다.

"아니, 아닌데……."

"내가 예전에 말한 적 있지."

한별이 지영의 이마에 자신의 이마를 가볍게 부딪쳤다.

"너 얼굴에 무슨 생각 하는지 다 티 나."

지영은 한별이 몰아붙이는 위기에서 심각하게 고민하기 시작했다. 무릎을 살짝 칠까. 아니면 다치지 않을 정도로만 팔을 살짝 꺾을까.

"이지영 씨. 아직 그런 걸로 부담 줄 생각 없으니까 걱정하지 말지."

한별이 지영에게 다시 가볍게 입을 맞췄다.

"저녁 먹자."

지영은 화장실 안에서 그에게 사과하기로 했던 것을 기억했다. 한별이 허리를 꼭 안았던 손에 힘을 풀자, 도리어 지영이 그의 등을 다시 안았다.

"응?"

지영은 한별에게 사과하지 않았다.

"좋아해."

지영의 고백에 한별은 봄꽃처럼 활짝 웃었다.

두 사람이 다시 입을 맞췄다. 서로를 두드리던 입맞춤은 끊어지지 않는 실처럼 길게 이어졌다.

지영은 겨울 내내 재활 운동에 매진했다. 원래 운동에 길들여져 있어서인지 재활은 원활히 이루어졌고, 의사가 예측한 것보다 훨씬 빠르게 회복되고 있었다. 지영이 조금씩 팔을 가슴 위로 들어 올릴 수 있게 될 때쯤, 윤호의 구속이 결정되었다. 1심 결과를 부정하며 항소를 했으나 결국 받아들여지지 않았고, 그는 자신이 저지른 죄의 값을 톡톡히 치르게 됐다.

한별이 지영과의 연애 사실을 공식적으로 인정한 지도 4개월이 지나가고 있었다. 한별은 여전히 대한민국에서 가장 잘나가는 배우였다. 아무 타격도 입지 않고 도리어 더 승승장구를 하는 한별 덕에, 지영은 '최한별의 그녀'로 4개월째 사람들에게 노출되고 있었다.

사람들이 지영을 보는 시선은 4개월 전과 다르지 않았다. 고마워하거나 잘 만나고 있어 보기 좋다며 진심 어린 축복을 보내는 사람들이 있는 반면, 여전히 루머를 확대, 재생산하며 흠집을 내기에 여념이 없는 사람들도 있었다. 다행인 것은 후자의 수보다 전자의 수가 압도적으로 많다는 것이었다. 전자에 속한 사람들 중에는 지영을 마치 연예인처럼 좇는 사람들도 있었다. 그 사람들은 지영의 용감한 모습을 부러워했다.

대다수의 사람들은 지영을 '용감한 사람'으로 가장 먼저 인식하고 있었다. 고작 열일곱에 동네 성추행범을 때려잡은 의인, 사람들의 손가락질에도 굴하지 않고 떳떳하게 한별과 연애를 하는 담대함, 한별을 위기에서 구해준 기사도 정신까지. 사람들은 그녀의 용기에 박수를 보내기도 했다.

"나 절대 못 봐."

그리고 그 용감한 지영은, 지금 겁에 질린 얼굴로 한별의 손을 거부하고 있었다.

"진짜 안 볼 거야?"

지영은 강경한 얼굴로 버텼다.

"형. 이제 들어가야 되는데."

한별은 다시 한 번 지영에게 손을 내밀었다.

"진짜 안 갈 거야?"

한별이 재환과 찍은 영화 '집'의 VIP 시사회 날이었다. 무대인사와 인터뷰가 끝나고 데이트를 하기로 한 김에, 지영은 오랜만에 한별의 스케줄에 동행했다. 처음에 그저 VIP 시사회라고만 하기에 다른 영화인 줄 알았더니, 지영을 공포에 떨게 했던 그 세트장에서 촬영한 한별의 영화였다.

"어떻게 남자친구 영화 시사회인 것도 모르냐."

지영이 공포 영화를 절대 못 본다는 것을 알지만, 혹시나 싶어 조심스럽게 한 제안이었다. 지영이 예상치 못하게 흔쾌히 승낙할 때부터 눈치를 챘어야 했던 일이었다. 어쩐지 너무 흔쾌히 그러자고 하더라니. 한별은 포스터를 보는 것만으로도 얼굴이 하얗게 질려버린 용감한 여자친구를 보며 한숨을 쉬었다.

"남자친구한테 관심 좀 가져주지."

"미안해. 저번에 광고하는 거 보고 알고는 있었는데, 오늘 볼 영화가 이거인 줄은……."

한별은 픽 웃으며 지영의 머리카락을 귀 뒤로 넘겼다.

"차 안에 계속 있으면 답답하니까, 어디라도 가 있어. 한 4시간쯤은 걸릴 텐데, 친구라도 부를 수 있으면 불러서 만나고."

"응. 조용한 데서 시간 보내고 있을게."

"전화할게."

잠시 머뭇거리던 지영은 막 내리려는 한별의 팔을 잡았다.

"응? 왜……."

한별이 인지하기도 전에, 쏜살같이 다가간 지영이 그에게 입을 맞췄다. 새 부리가 부딪치는 것 같은 간지러운 소리가 고요한 차 안에 퍼졌다.

"진짜 미안해. 잘 하고 와."

한별은 눈을 가늘게 뜬 채 나직이 말했다.

"……좀 삐져보려고 했더니."

한별은 지영에게 손을 뻗었다. 입술이 닿기 직전, 지영이 한별의 팔을 잡으며 속삭였다.

"늦는 거 아냐?"

"괜찮아. 조금 남았어."

오지 않는 한별을 기다리다 못한 민석이 문을 열 수도 있었다. 그런데도 한별을 멈추게 할 수 없었다. 아니, 지영은 그를 멈추지 않았다. 두 사람은 원래 하나였던 것처럼 자연스럽게 서로의 입술을 머금었다.

한별은 결국 민석에게 전화를 받고 나서야 지영을 두고 나갔다. 아슬아슬하게 지각을 모면했다는 그의 문자를 받고 난 뒤에야 안도했다. 지영은 모자를 꾹 눌러쓰고 목도리를 칭칭 감아 얼굴 대부분을 가렸다. 창밖으로 바깥을 한참 살피고 나서야 조심스럽게 차에서 내렸다.

겨울이어서 다행이었다. 지영은 코 아래까지 목도리를 단단히 여미고 주차장을 나와 영화관 뒤쪽으로 걸었다. 사람이 적당히 있는 넓은 카페가 눈에 띄었다. 지영은 유리창 안으로 앉을 자리를 미리 보며 문으로 향했다.

"……지영 씨?"

지영이 순간 경계 가득한 눈으로 돌아보았다. 모자에 시야가 가려져 앞에 선 사람이 잘 보이지 않았다. 지영은 뒤로 한 발 물러서며 모자챙을 살짝 들었다.

"……윤재환 씨?"

"맞네요. 혹시나 해서…… 불러봤는데."

그녀를 불러 세운 것은 재환이었다. 지영은 오랜만에 마주한 재환의 얼굴을 보았다. 윤호의 징역이 결정된 이후, 재환이 소속사와의 계약을 해지했다던 게 마지막으로 들은 소식이었다. 지영은 갑작스럽게 튀어나온 재환의 등장에 당황한 것도 잠시, 의아한 듯 그를 향해 물었다.

"왜 여기 있어요?"

지영이 영화관 건물을 가리켰다.

"시사회…… 이제 시작할 텐데."

"아……. 저는."

재환이 씁쓸하게 웃었다.

"전 프로모션에서 전부 제외됐어요. 투톱 주연이라 편집당하지 않은 게 그나마 다행이죠."

지영은 눈치껏 재환의 말을 알아듣곤 고개를 끄덕였다.

"그럼 영화만 보러 온 거예요?"

"네. 조금 있다가 조용히 들어가려고요."

"그래요."

"……지영 씨."

지영은 다시 재환의 얼굴을 보았다. 기억에 남아 있던 그의 얼굴이 좀처럼 남아 있지 않았다. 마치 완전히 다른 사람이 된 것 같았다.

"미안해요."

"들었어요. 처음에는 몰랐다면서요."

"그 다음에, 눈치채고 있었어요. 사고 나기 전에는…… 직접 들었구요. 그런데도 모르는 척했어요. 방관했어요, 저."

재환의 눈이 깊게 가라앉았다.

"처음 스캔들 난 것도, 저 때문이에요."

지영은 처음 알게 된 사실에 눈을 크게 떴다. 갑작스럽게 터진 스캔들 때문에 사고 나기 직전까지 눈으로 보아야 했던 오만 욕들이 주마등처럼 스쳐 갔다. 아무렇지 않은 척했지만, 사람들의 정도 없는 욕에 상처 받지 않을 수 없었다. 지영은 천장에 둥둥 떠다니는 자신을 향한 욕에 잠 못 이루던 밤을 떠올리며 주먹을 쥐었다.

지금 한 대 갈길까. 막 그렇게 생각하던 참이었다.

"정말 미안해요."

지영은 조용히 주먹에 힘을 풀었다.

"그때……."

무언가 말을 하려던 재환은 이내 고개를 저으며 쓰게 웃었다.

"무슨 말로도 그때 내 행동을 정당화할 수는 없겠죠. 미안해요, 지영 씨. 우연히라도 만나게 되면…… 꼭 사과하고 싶었어요."

"윤재환 씨."

지영은 재환의 눈을 똑바로 보았다.

"진심이네요."

"……네?"

"지금 나한테 한 사과. 진심이라구요. 느껴져요, 재환 씨 진심."

지영은 코트 주머니에 손을 꽂았다.

"받아줄게요. 진심 어린 사과."

재환의 얼굴이 미묘하게 바뀌었다.

"고마워요."

지영은 천천히 고개를 끄덕였다.

"갈게요."

지영은 재환과 동시에 등을 돌렸다. 지영이 그를 돌아보지 않듯, 재환 역시 지영을 돌아보지 않고 서로의 길로 나아갔다.

"하고 싶었던 게 이거야?"

지영은 조그만 자물쇠를 꼭 쥐고 있는 한별을 보았다. 그답지 않게 아이 같은 얼굴이었다.

"왜 갑자기 남산에 가자고 하나 했더니."

"케이블카도 타고, 좋았잖아."

한별은 지영의 손을 잡고 난간 근처까지 걸었다. 살을 에는 듯한 추위 때문인지 자물쇠를 걸러 온 사람들은 몇 없었다. 지영은 주변을 스쳐 가는 사람들을 흘깃 보았다. 대부분이 연인이었다.

"나 먼저 쓴다."

"뭐라고 쓸 건데?"

"보지 마. 비밀이야."

한별은 지영에게 등까지 보이며 자물쇠를 감췄다. 지영은 헛웃음을 터트리며 그의 등을 장난스럽게 두드렸다.

"어차피 보게 될 텐데 뭘 숨겨?"

지영의 말에도 굴하지 않고, 한별은 한참 동안 조그만 자물쇠를 붙잡고 꼼지락거렸다.

"아이, 망했다."

한별은 자물쇠를 손에 넣은 채 주먹을 꼭 쥐었다.

"다시 하면 안 돼?"

"왜? 글씨 쓰는 건데 망할 게 뭐 있어."

지영은 손을 내밀었다.

"거는 거에 의미가 있는 거니까 그냥 줘봐."

한참 머뭇거리던 한별은 지영에게 자물쇠를 건넸다. 지영은 자물쇠 앞면에 한별이 삐뚤빼뚤하게 적은 글자를 읽었다.

〈이지영.〉

그가 한참을 꼼지락거려 쓴 것은 그 세 글자가 전부였다.

"뭐야. 내 이름만 쓰고 말았어?"

"자리배분을 실패했어. 뒤에 더 쓸 말 있었는데."

한별은 아쉬운 표정으로 지영의 어깨를 감싸 안았다.

"뒤에 자리 조금만 주면 안 돼?"

"안 돼. 나도 쓸 건 써야지."

지영은 꽤나 단호하게 한별에게서 펜까지 마저 뺏었다. 그러곤 그가 했던 것처럼 허리를 웅크리고 꼼지락거리며 자물쇠에 글씨를 썼다.

"다 썼어?"

"자."

지영은 한별에게 자물쇠를 다시 건넸다.

"마음에 드는 데에 걸어."

한별은 지영이 새긴 글자를 읽었다.

최한별.

지영이 쓴 것 역시, 그의 이름 세 글자가 전부였다.

"자리 배분 실패했어?"

"아니. 난 일부러 이름만."

"왜?"

"나머지는 그냥 말로 하려고."

"무슨 말 하려고 했는데?"

지영은 한별의 등을 살짝 밀었다.

"먼저 걸면."

그 말에 한별은 얼른 마땅한 자리를 찾았다. 허리를 숙이고 빈 자리를 찾으며, 한별은 다시 아쉬운 표정으로 자물쇠를 보았다. 애초에 여섯 글자를 쓰려는 게 무리였었나. 아쉬움을 떨치지 못한 채 자물쇠를 걸었다.

"……됐다. 걸렸다."

"사랑해."

일시정지를 누른 것처럼 한별의 움직임이 멈췄다. 허리를 완전히 펴지 못하고 어중간한 자세로 굳어버린 그의 등에 지영이 얼굴을 기대었다.

"바람 소리 때문에 못 들었나?"

"……못 들었어."

지영이 그의 허리를 감싸 안았다.

"사랑해."

지영의 팔을 감싸는 한별의 손이 잘게 떨렸다. 한별은 천천히 돌아 지영의 팔을 타고 올라 어깨를 감쌌다.

"이번에는 잘 들었지?"

"사랑해."

지영의 이름 옆에 새겨 넣으려던 나머지 세 글자였다.

"⋯⋯사랑해."

추운 바람이 닿지 않는 것처럼, 두 사람의 가슴이 뜨거워졌다. 한별은 지영의 허리를 온 힘을 다해 안았다. 허공에 발이 붕 뜬 지영이 그의 목을 끌어안았다. 한별이 그녀에게 입을 맞추며 제자리에서 빙글빙글 돌았다. 지영이 참지 못하고 웃음을 터트렸다. 그런 그녀의 입에 한별은 몇 번이고 입을 맞췄다. 사랑을 듬뿍 담은 입맞춤이 쉴 새 없이 이어졌다.

"사랑해."

별빛이 햇볕처럼 내리쬐는 밤, 두 사람은 서로에게 끊임없이 고백했다.

영원히 끝나지 않는 첫사랑의 시작이었다.

외전

한별은 깊은 시름에 잠겨 있었다. 그의 주변 분위기가 우중충해 함께 있는 스텝들이 어쩔 줄을 몰라 할 정도였다.

봄과 다가올 여름을 컨셉으로 하는 화보 촬영인 만큼 산뜻하고 청량한 느낌을 내야 하는데, 메이크업과 헤어스타일링을 받고 있는 한별은 시원한 게 아니라 싸늘한 얼굴을 하고 있었다.

"얼굴 좀 펴라. 장례식 광고 찍으러 왔어?"

보다 못한 선우가 한마디 했지만 상황은 나아지지 않았다.

"프로답게, 일에 집중해."

한별이 퉁명스럽게 대꾸했다.

"아직 일 안 하잖아."

한별은 다시 입을 꾹 다물었다. 얼굴과 머리를 직접적으로 만져야 하는 스타일리스트들이 싸늘한 분위기에 땀을 삐질삐질 흘렸다.

선우가 답답한 얼굴로 한별을 다그쳤다.

"왜. 뭐, 뭐 때문에 그러는데?"

한별은 기다렸다는 듯 자신의 불만을 토로했다.

"나 너무 바빠."

선우는 헛웃음을 터트렸다. 바쁘기는. 빈정 어린 소리가 절로 나왔다. 한별은 요 근래에 데뷔 이래로, 최소한 자신과 함께 일을 시작한 이래로 가장 적은 양의 스케줄을 소화하고 있었다.

겨울이 지나고 봄이 온 뒤로는 더더욱 그랬다. 겨울이 지나고 봄이 올 무렵, 한별은 미뤄졌던 윤영 감독과의 영화 촬영을 시작했다. 촬영이 타이트하기로 소문난 윤영 감독과의 촬영은 2주 만에 끝이 났다.

2주간의 촬영이 끝난 뒤에 한 것이라고는 광고와 화보 촬영, 두 번의 리셉션 파티 참석이 전부였다.

지방에서 영화 촬영을 하다가 잠깐 해외로 가 짧게 화보 촬영을 하고, 다시 돌아와 온갖 행사 참석에 틈틈이 광고를 찍던 살인적인 스케줄에 비하면 최근은 거의 백수 수준이었다.

한별을 보기만을 오매불망 기다리던 마케팅팀의 모 대리가, 이제는 회사에 출근 도장을 찍기 시작한 한별을 보며 '또 왔어?'라고 물을 정도니 더 말할 필요도 없었다.

"네가 뭐가 바빠. 차기작도 안 골라놓고서는."

선우는 갑자기 훅 치밀어 오르는 분노에 주먹을 쥐었다. 한별은 여전히 차기작을 고르지 않았다. 심지어 그는, 이선혁 감독 영화의 주연 자리를 걷어찼다. 자기 발로 직접. 선우가 아무리 뜯어말려도 듣지 않고. 표면적인 이유는 현재 추구하는 이미지와 배역이 맞지 않는다는 것이었지만, 진짜 이유는 지영이었다.

"더 좋은 작품 고를 테니까 곱씹으면서 화내지 마."

"이선혁 감독 거보다 더 좋은 게 어디 있어! 이 원수 같은 놈아."

이선혁 감독은 한국 지방 곳곳을 돌아다니면서, 최소 6개월에서 최장 1년간의 촬영 스케줄을 미리 공지했다. 그 말은 곧 한별에게 '앞으로 6개월에서 1년간은 지방 여기저기 끌려다니느라 지영이 볼 시간이 없을 거다'와 같았다. 한별은 커리어의 정점을 찍을 수 있는 일생일대의 기회를 거절하는 것에 고민하지 않았다. 고민하는 척조차도.

"너 진짜 이거 문제 있는 거야. 알아?"

"형. 진짜 문제는 뭔지 알아?"

한별은 아무 소식이 없는 휴대폰을 흔들며 심각한 어조로 말했다.

"지영이가 나보다 더 바빠."

"나 너네 때문에 진짜 탈모 온다."

선우는 한별을 보며 사랑의 위대함을 뼈저리게 느끼고 있었다. 오랜 시간 함께한 자신조차도 가끔 정이 뚝뚝 떨어질 정도로 싸가지를 눈 씻고도 찾아볼 수 없었던 최한별을 무너트린 게 사랑이 될 거라고는 짐작도 하지 못했었다.

한별은 자신이 보아온 세월 속에서 언제나 자신이 1순위였다. 자신이 원하는 것을 가장 먼저 가졌고, 하고 싶은 것만 쏙쏙 골라서 했다. 그런 한별이 자신이 원하는 것을 양보하고, 하고 싶은 것도 포기했다. 그 사랑 때문에.

양보라는 개념조차 없다고 생각했던 한별이 모든 것을 지영에게 맞췄다. 헌신에 가까운 사랑이었다. 그에게 퇴짜를 맞고, 그의 싹바가지 없는 말과 행동에 뒷목을 잡은 수많은 사람들이 이 꼴을 본다면 분통에 못 이겨 쓰러질 정도였다.

인간은 고쳐 쓰는 거 아니랬는데, 한별은 고쳐졌다. 사랑이 이 토록 위대한지, 선우는 수백 권의 멜로 드라마와 영화 시나리오를 읽었을 때도 몰랐던 사랑의 진정한 힘을 한별로 인해 깨달아 갔다.

"전화도 못 해. 지금도 거절당했다."

"강의 중이겠지."

"왜 대학은 강의를 3시간씩 하는 거야?"

"넌 도대체 왜 그러는 거야?"

선우는 진심으로 한별의 머릿속을 해부해보고 싶은 충동에 사로잡혔다. 사랑이 뇌도 어떻게 조종해버리는 건가 싶을 정도로 한별은 딴사람이 되어버렸다. 선우는 자신이 원래 알았던 한별과 지금의 한별 사이에서 느껴지는 괴리감에 괴로워했다. 불행하게도, 한별은 선우의 괴로움을 단 0.1퍼센트도 신경 쓰지 않았다.

선우는 괴로움에 고개를 저으며 심드렁하게 말했다.

"그래도 오늘은 만날 거 아냐."

한별은 선우를 노려보았다.

"오늘 못 만나는 거 알면서 일부러 말 꺼낸 거지."

"내가 뭘 일부러야? 내일 못 보니까 오늘 잠깐이라도 보나 했지."

"내일은 주말이잖아. 주말에는 원래 거의 못 봤어."

"오늘 잠깐도 안 봐? 네가 그냥 넘어갈 리가 없잖아."

쌍심지를 켜고 있던 한별의 눈이 살며시 풀렸다.

"뭘 그냥 넘어가?"

"뭘 그냥 넘어가냐니. 내일……."

"내일, 뭐?"

잠시 굳어 있던 선우의 이목구비가 점점 벌어졌다.

"……너 설마 내일이 무슨 날인지 몰라?"

"뭐. 무슨 날인데?"

선우는 과하게 놀란 얼굴을 했다.

"내일 11일이잖아."

"11일인 건 나도 알아. 나랑 스무고개 해?"

"내일……."

답답하게 구는 선우 때문에 구겨져 있던 한별의 얼굴이 다린 듯 말끔하게 펴지더니, 이내 조금 전의 선우처럼 서서히 이목구비가 벌어졌다.

지영은 벌써 30분째 어깨에서 떨어질 생각조차 하지 않는 한별의 머리를 살짝 밀었다.

"영화 보자며?"

"영화는 핑계지."

지영은 목을 쭉 내밀고 상영관 전체를 둘러보았다. 몇 줄 앞에 슬쩍 보이는 두 명 말고는 다른 관객이 없는 것 같았다. 지영은 뒷줄에 아무도 없는 것을 몇 번이나 확인한 뒤에야 한별의 머리를 반대로 세게 밀어냈다.

"내가 기댈래."

지영은 냉큼 한별의 어깨에 머리를 기댔다. 한별의 웃음소리가 그녀의 이마를 간질였다. 지영은 팔을 뒤로 뻗어 한별의 등허리를 감고, 편안하게 기대어 눈을 지그시 감았다.

관객이 거의 없는 심야 시간의 영화관 데이트는 나름대로 만족스러웠다. 집에 있는 것보다 나와서 데이트를 하고 있다는 느낌을 더 받을 수 있는 데다가, 오늘같이 피곤한 날이면 어두운 상영관에서 푹신한 의자에 기대어 잠깐이나마 편히 쉴 수 있기 때문이었다.

"종강이 언제랬지?"

지영은 한별의 질문에 웃음을 터트렸다.

"이번 주만 벌써 세 번째 물어보는 거 알아?"

"그랬어?"

"아직 한참 남았어. 이제 중간고사 보는데? 기말까지 보고, 6월 중순은 되어야지."

두 달이나 남은 종강은 까마득했다. 한별은 지영의 머리 위에 제 머리를 기대며 눈을 감았다.

"자고 일어나면 한 일주일씩 그냥 지나갔으면 좋겠다. 종강할 때까지."

"그거 지금 딱 내 소원이야."

한별이 선우에게 '나 요즘 너무 바빠'라고 한 것은 거짓말이었지만, '지영이가 나보다 더 바빠'라고 한 것은 진실이었다.

지영은 정말로 한별보다 바빴다. 수강신청을 망한 탓에 월요일부터 목요일까지 4일 연속 9시 수업으로 시작했고, 학점을 채

우느라 교양을 구겨 넣은 탓에 고등학생 못지않은 시간표를 소화해야 했다.

게다가 지영은 K대에서도 과제 양이 어마어마하기로 세 손가락 안에 드는 국문학과였다. 개인 과제, 합평, 발표, 조별 과제가 몰아쳐 개강 직후부터 지금까지 바쁘지 않은 날이 없었다. 그나마 주말 이틀 동안 한숨을 돌릴 수 있었다. 그러나 한별은 보통 주말에 지방 스케줄이 있었다. 지영이 개강한 뒤로 좀처럼 시간이 맞지 않았다. 그래서 벌써 한 달째, 두 사람은 금요일마다 늦은 저녁에 만나 서로에게 기대어 시간을 보냈다.

이게 한 달 동안 이어진 데이트의 전부였다.

영화가 끝나고, 영화관을 나온 두 사람은 개천으로 내려가 개천 길을 따라 천천히 걸었다. 새벽이 깊어진 시간에 두 사람을 알아볼 만한 사람은 다행히도 없었다. 지영과 한별은 마음 놓고 손을 꼭 잡은 채 천천히 걸었다.

한별은 지영의 걸음과 보폭을 맞추며 나란히 걸었다. 지영과 함께 걸어가는 걸음걸이 하나하나가 소중했다.

"한강 공원에 벚꽃 폈더라."

"응. 지금 그렇겠네."

"아침부터 저녁까지 사람들로 바글바글해."

"그렇겠네."

한별은 남의 일 얘기를 하는 양 무던한 지영의 손을 흔들었다.

"나도 벚꽃 아래에서 사진 찍고 싶어."

지영은 잠시 고민하는가 싶더니, 조심스럽게 대답했다.

"사람들 몰려서 고생하지 않을까? 시간도…… 안 맞고."

"지금 가면 괜찮을 텐데."

지영은 눈을 뜨곤 고개를 들어 한별을 보았다.

"새벽에 지방으로 촬영 가야 한다면서?"

지영은 손목시계를 보았다. 시간은 벌써 새벽 1시를 지나고 있었다.

"응."

"지금도 늦었는데. 벚꽃은 둘째치고 이러고 있어도 돼? 잠깐이라도 자고……."

"나한테는 이게 더 좋은 휴식이야."

한별은 지영의 코에 자신의 코가 닿을 정도로 가까이 얼굴을 들이밀며 속삭였다.

"벚꽃 보러 가자."

지영은 걱정스럽게 물었다.

"정말 괜찮아? 난 내일 쉬기라도 하는데, 쉬지도 못하고……."

"말했잖아. 나한테는 이게, 더 좋은 휴식이라고."

한별이 살며시 미소를 지었다. 그리고 지영은 그의 미소를 거부하지 않았다.

한참을 걸은 뒤에야 두 사람은 한별이 그렇게도 소원하던 벚꽃 아래 설 수 있었다. 한별의 말대로 주변에 사람이라곤 눈 씻고 찾아봐도 볼 수 없었다.

바람이 선선히 불 때마다 연분홍색 벚꽃잎이 하늘하늘 춤을 추며 떨어졌다. 한별은 바닥에 떨어진 벚꽃가지 하나를 주워 들곤 지영에게 건넸다.

"선물."

지영은 꽃잎보다 더 활짝 미소를 피웠다. 한별은 그런 그녀에게 한 발 다가서며 속삭였다.

"지영아."

"응."

한별이 빙그레 미소를 지었다.

"생일 축하해."

그의 속삭임에 지영이 깜짝 놀라 눈을 깜빡였다.

"자정 지났으니까, 오늘 생일 맞지?"

한별은 지영의 허리를 감싸 안았다. 그와 동시에 한별과 지영이 서로를 향해 물었다.

"왜 말 안 했어?"

"어떻게 알았어?"

먼저 대답을 한 것은 한별이었다.

"선우 형."

"아, 삼촌."

지영은 벚꽃 잎을 만지작대며 한별의 질문에 대답했다.

"그냥…… 말하면 괜히 신경 쓰이게 할까 봐. 어차피 매년 돌아오는 생일인데."

"신경 써야 하는 거 맞아."

지영은 기념일에 놀라울 정도로 둔감했다. 그리고 그다지 큰 의미를 두지 않았다. 사귈 때부터 달력에 일일이 기념일을 계산해 별표 치던 한별에게, 정말 중요한 날만 의미 있게 보내자며 말린 것도 지영이었다. 그때 이후로 자잘한 기념일에 큰 의미를 두지 않는다는 것을 알았지만, 의미를 두지 않는 기념일에 자신의 생일까지 들어가 있을 줄이야. 한별은 부러 입을 삐죽였다.

"내가 어떻게 네 생일을 그냥 보낼 수 있겠어?"

지영은 그의 손이 당기는 대로 그에게 이끌렸다. 그녀가 자연스럽게 한별의 어깨에 팔을 걸쳤다.

"4월 11일. 이제부터 나한테 가장 소중한 날이야."

한별이 고개를 꺾어 지영의 소매 위로 입을 맞췄다. 얇은 블라우스 위로 닿는 입술의 감촉이 맨살에 닿는 것처럼 또렷했다. 한별은 지영의 손을 잡아 자신의 가슴 앞으로 내리며 고개를 숙였다.

"선물 예고."

한별은 지영의 팔목에 진하게 입을 맞췄다.

"선물 예고?"

"시간이 없어서…… 준비를 못 했어. 미리 말했으면 빈손으로 축하하지 않았을 텐데."

한별이 짓궂게 눈을 흘기자 지영이 미소로 넘기며 벚꽃가지를 흔들었다.

"이거 줬잖아."

한별은 지영의 입술에 가볍게 입을 맞췄다.

"이건 생일 초 대신."

지영은 턱을 치켜들었다.

"나 한 살 아니고 스물세 살인데."

그러곤 한별이 그랬듯 그의 입술에 가볍게 입을 맞췄다.

"이제 스물한 번 남았다."

지영이 웃으며 다시 한 번 그에게 입을 맞췄다.

한별이 그녀의 허리를 껴안으며 눈을 감았다. 조금 전처럼 가벼울 줄 알았던 입맞춤은 점점 깊어져갔다. 지영의 아랫입술과 윗입술이 번갈아 한별의 입술 새로 사라졌다. 지영의 뒤꿈치가 자연스레 들렸다. 한별은 기다렸다는 듯 그녀의 허리를 더 꼭 안으며 위로 추켜들었다. 지영의 발이 허공으로 조금씩 떠올랐다.

가로등 노란 불빛에 살랑살랑 흔들리는 벚꽃 아래, 두 사람이 서로의 이마를 맞댄 채 웃음을 터트렸다.

"생일 축하해."

사랑한다는 말보다 더 깊이 마음속을 파고드는 속삭임에, 지영은 한별의 목을 꼭 끌어안았다. 달라붙은 가슴에서 두근두근 심장이 뛰는 소리가 들렸다.

"저녁에…… 늦게라도 꼭 올게."

한별은 헤어지기 싫어, 미련이 철철 흐르는 얼굴을 지영의 어깨에 묻었다.

"같이 초 불자."

"응. 기다릴게."

한별은 왜, 멜로 드라마나 영화에서 '시간이 멈췄으면 좋겠어'라는 대사가 빠짐없이 나오는지 이제야 알 수 있었다. 통속적이고 지루한 대사라고 생각했던 그 말을, 한별은 지영과 헤어질 때마다 미련이 철철 흐르는 목소리로 말하고 있었다.

"시간이 멈췄으면 좋겠어."

헤어지고 싶지 않은 마음을, 연인과 계속 함께 있고 싶은 갈망을 이보다 더 적나라하게 표현하지는 못할 것이다. 한별은 자신의 무지함을 반성하며 지영을 꼭 안았다. 그러곤 다시 한 번 더 간절히 바랐다. 시간이 멈추게 해달라고.

한별은 데뷔 이래로 이토록 촬영이 끝나기를 기다려본 전적이 없었다. 1분에 한 번 간격으로 시간을 확인했다. 벌써 오후 7시가 다 되어가고 있었다. 촬영은 이제 막 끝날 기미가 보였다. 소품 하나를 두고 옥신각신하는 스텝들을 보며 한별은 답답함을 내색하지 않기 위해 모든 인내심을 끌어올렸다. 7시쯤 끝난다 해도 시간이 빠듯했다. 한별은 초조한 얼굴을 애써 감추었다.

"마지막 컷 촬영할게요."

한별은 표정을 가다듬었다. 1분이라도 빨리 끝내기 위해 촬영에 몰두했다. 한별의 속내를 알지 못하는 감독과 스텝들은 그의 흐트러짐 없는 모습에 감탄했다. 한별이 평소보다 더 열심인 이유를 아는 유일한 사람인 선우만이 그의 초조함을 눈치채곤 얄밉게 웃을 뿐이었다.

촬영은 결국 7시가 넘어서야 마무리됐다.

한별은 옷도 갈아입지 않고, 화장도 지우지 않고 곧장 차로 직행했다. 지영을 만날 생각으로 자신의 차를 직접 가져온 게 다행이었다. 밟을 수 있을 만큼 밟자. 새벽녘, 지영에게 몇 번이나 다짐했던 말들이 떠올라 걸음을 늦출 수가 없었다.

한별은 저만치 앞에서 오는 선우에게 다급히 손을 내밀었다.

"나 먼저 갈게. 휴대폰, 차 키."

"차 키는 미리 꽂아놨다. 급한 것 같아서."

한별은 대충 손짓을 하며 인사하곤 휴대폰 전원을 켜자마자 지영에게로 전화를 걸었다. 연결음이 길어질수록 초조함도 길어졌다. 한별이 거의 뛰다시피 차로 향했다.

-여보세요?

한별은 긴 연결 끝에 나직이 들려오는 지영의 목소리에 안도하며 차 문에 손을 뻗었다.

"지영아. 미안. 나 이제야 촬영이 끝나서, 지금 서울로 출발……"

차 문을 연 한별이 그대로 굳었다. 하마터면 손에 힘이 풀려 휴대폰을 놓칠 뻔했다.

"안녕."

운전석에 앉은 지영이 해맑게 웃었다.

"선물 받으러 왔어."

지영은 멍하게 서 있는 한별을 보며 조수석 시트를 팡팡 소리가 나게 두드렸다. 한별은 그제야 통화를 끝내곤 눈을 동그랗게 떴다.

"어떻게 왔어? 학교는."

"자체 휴강. 올 때는 버스 타구."

지영은 조수석을 또 한 번 두드렸다.

"얼른 타. 오늘은 내가 기사 해줄게."

한별은 얼떨결에 조수석으로 가 앉으며 문을 닫았다. 그가 안전벨트를 매며 물었다.

"면허 있었어?"

"그럼. 수능 끝나자마자 면허 땄지. 뭐 모를 때 얼른 따버리는 게 좋다고 해서."

지영은 시동을 걸었다.

"형한테 너 운전한다는 얘기는 못 들었는데."

"못 들은 게 당연하지. 지금 이게 세 번째거든."

한별의 얼굴이 삽시간에 굳었다.

"세 번째?"

"면허 따고 아빠 차로 한 번, 작년에 친구들이랑 가평 놀러 갈 때 한 번, 그리고 오늘. 1년 만에 운전대 잡아보네."

한별은 침을 삼키며 자신도 모르게 벨트를 꼭 쥐었다.

"지영아……. 내가 운전할까?"

"아니야. 나 잘해. 놀이공원에서도 범퍼카 제일 잘 탔어."

범퍼카 타듯이 운전하면 죽는 거 아닌가.

"걱정 마. 내 생일 날을 제삿날로 만들지는 않을 테니까."

섬뜩한 농담에 한별의 입술이 바짝 말랐다. 막 출발하기 시작하는 차 안에서, 그는 최대한 긍정적으로 생각했다. 운동신경이 좋으니까 운전도 잘하겠지. 한별은 지금껏 보았던 지영의 날렵한 운동신경만을 믿었다.

"어. 왜 뒤로 가지."

차가 후진하기 전까지는.

"내가, 내가 운전할게. 나 하나도 안 피곤해."

"아니야. 벨트 잘 잡고 누워 있어."

지영은 그의 가슴을 토닥토닥 두드리며 억지로 진정시켰다.

"생일 초 불기 전에 향 냄새 맡게 하지 않을게."

한별은 처음으로 웃고 있는 지영의 얼굴을 보며 두려움을 느꼈다. 그의 불길함이 전면에 퍼져버린 차는 조용히 달리기 시작했다.

지영은 차를 세우고 뻐근한 어깨를 돌렸다. 2시간 넘는 운전에, 밤길이라 긴장하고 집중한 탓인지 팔이며 어깨가 뻣뻣하게 굳었다. 지영은 아직 철심이 박혀 있는 어깨를 조심스럽게 스트레칭하며 고개를 돌렸다.

"뭐야. 이제야……."

한잠 자라고 할 때는 눈을 동그랗게 뜨고 버티더니, 한별은 도착할 때야 잠이 들어 있었다. 지영은 고개를 시트에 기대며 한별을 바라보았다. 감은 눈이 미동도 없는 것을 보니, 어설픈 잠이 아닌 듯싶었다.

학교에 갈 준비를 하던 와중 선우의 전화를 받은 지영은, 아무래도 한별이 자정 내에 서울에 가지 못할 것 같다는 나쁜 소식을 선물로 주었다.

'오늘만 봐줘. 워낙 먼 곳인 데다가 감독이 여간 깐깐한 사람이 아니어서…….'

한별 대신 변명하는 선우의 목소리를 들으며, 지영은 대수롭지 않게 생각했다.

그러면 내가 가면 되는 거 아닌가?

지영은 학교로 가지 않고, 곧장 터미널로 향했다. 잠시 고민도 하지 않고 학교를 빠지면서까지 한별에게 무작정 달려온 이유는 하나였다. 그가 보고 싶어서. 말도 하지 않고 톡 튀어나오는 자신을 보는 그의 놀란 얼굴이 보고 싶어서였다.

문을 열자마자 하얗게 굳었다가 빨갛게 달아오르는 한별의 얼굴을 보며, 지영은 오기를 잘했다고 몇 번이나 생각했다. 이렇게 잠이 든 그의 모습을 볼 수 있는 지금 역시도, 참 잘했다고 속으로 중얼거렸다.

시간은 11시를 넘어가고 있었다. 한별은 아마 깨우지 않으면 일어나지 않을 것 같았다. 일어난 그가 자정이 지난 걸 알게 되면, 생일을 제대로 보내지 못한 것에 아쉬워할 테지만 지영은 아쉽지 않았다.

지영은 한참이나 한별을 보았다. 그녀에게는 처음 있는 일이었다. 잠이 든 누군가를 이렇게 오래 보고 있는 것이. 또한 처음이었다. 바라만 보는 것으로 시간 가는 줄 모를 만큼 즐거운 것은.

"최한별."

이름을 부르면 떨린다고 했었나.

"최한별."

그의 마음을 알 것 같았다. 이름을 불릴 때면 떨렸던 그처럼, 그의 이름을 부르는 것이 가슴 저릿할 만큼 떨렸다.

지영은 한별의 머리카락을 조심스럽게 만졌다. 손가락 틈새로 부드러운 머릿결이 스치며 지나갔다. 지영의 손끝이 한별의 머리카락을 따라 움직이며 매끄러운 이마로 흘렀다. 곱게 다린 비단처럼 펴져 있는 얼굴 곳곳에 지영의 손길이 닿았다가 떨어졌다.

지영의 손가락이 마지막으로 닿은 곳은 한별의 입술이었다. 따뜻한 입김이 규칙적으로 그녀의 손가락을 데웠다. 입김이 닿을 때마다 가슴 아래가 찌릿, 찌릿 전기가 통하는 것처럼 반응했다.

그의 입술을 바르작거리던 손이 설핏 떨렸다.

"이건 반칙인데."

벌어져 있던 한별의 입술이 어느새 오므려져 있었다. 놀란 지영이 손을 빼기도 전에, 한별에게 손이 붙잡혀 그의 얼굴 가까이로 당겨졌다.

"언제부터 깨 있었어?"

"내 이름 부를 때부터."

한별은 고개를 들며 지영의 뒷목을 감쌌다. 짧은 입맞춤이 지나갔다.

자정이 가까워져 오고 있었다. 한별은 시간을 확인하자마자 부리나케 나가 조그만 케이크를 사 왔다. 차 안에서 조심스럽게 초를 켜고, 한별은 달아 녹을 듯한 목소리로 노래를 불러주었다. 사랑하는 이지영, 에 부러 힘을 주어 노래를 부른 그는 지영의 앞에 케이크를 내밀었다.

"소원 빌어."

지영은 일렁이는 초를 바라보며 웃음을 터트렸다.

"진짜 어린애 같은 거 알아?"

"어릴 때 이런 걸 해본 적이 없어서, 지금 한다. 왜."

한별은 지영을 채근했다.

"얼른."

지영은 그가 원하는 대로 두 손을 모으고 눈을 감았다. 눈을 감고 입을 달싹이던 지영은 고개를 들어 초를 껐다.

"생일 축하해."

한별은 연기를 걷으며 지영의 이마에 입을 맞췄다.

"소원은 뭐 빌었어?"

지영은 장난스럽게 눈을 흘겼다.

"비밀이야."

지영은 케이크 크림을 손에 찍어 장난치는 한별을 피하며 웃음을 터트렸다. 그가 아무리 괴롭힌다 해도 말하지 않을 심산이었다.

특별해진 생일에, 언제나 한별의 축하가 함께하기를.

지영은 생에 처음으로 빌어본 생일 소원을 아무에게도 말하지 않고 비밀로 간직했다. 밖으로 새어 나간 소원이 이루어지지 않을까 봐.

그리고 꽁꽁 숨겨놓은 지영의 소원은, 그녀의 바람대로 이루어졌다.

-마침-

작가 후기

미남과 영웅의 이야기를 함께해주셔서 감사합니다. 부디 두 사람의 이야기가 즐거우셨기를 바랍니다.

처음부터 끝까지 큰 도움 주신 담당자님.
늘 저의 버팀목이 되어주는, 사랑하는 친구들.
마지막으로 이 작품을 끝까지 읽어주신 독자님들께 진심으로 감사드립니다.

-2017년 가을, 수증기 올림